Martina Naubert

AF288110

Das Schicksal der besseren Schwester
Buch 1 der Serie
Illustrierte Ausgabe
Das Erbe der Frauen

Für kommende Generationen

Über das Buch

Im Jahr 1916 sind Ida Heym und Maria Häring knapp achtzehn Jahre alt. Es ist das Einzige, was sie gemeinsam haben. Denn beide Mädchen wachsen in verschiedenen Welten auf, obwohl sie in derselben Kleinstadt, Neumarkt in der Oberpfalz, und in derselben, sich rasant verändernden Zeit leben. Gab es vor dem Krieg nichts, was Ida, die Bürgerstochter aus wohlhabendem Hause mit der Bauerntochter Maria in Verbindung gebracht hätte, so ändern die Wirren des Ersten Weltkrieges auch im Leben der jungen Frauen alles. Die jeweiligen Schicksale ihrer geliebten Schwestern vor Augen, deren Leben in völlig andere Bahnen gezwungen wird als sie es wünschen, lehrt sie, schnell erwachsen zu werden.

Mit der Romanserie „Das Erbe der Frauen" verwebt die Autorin wahre Ereignisse der eigenen Familiengeschichte und Zitate von Zeitzeugen mit gesellschaftlichen Entwicklungen, den Blick stets auf das Leben, die Liebe und das Wirken der Frauen gerichtet, die über Generationen hinweg ein wenig bewusstes Erbe an ihre Töchter weiterreichen. Ereignisse der Geschichte werden aus Sicht der Frauen erzählt. Die Serie dieses historischen Generationenromans beschäftigt sich mit der Frage, welchen unbewussten Anteil Frauen daran haben, wider ihre eigenen Interessen ein Patriarchat zu stützen.

Über die Autorin

Martina Naubert wurde 1960 in Kanada geboren und wuchs in Neumarkt i.d.Opf. auf, wo sie nach mehreren Jahren Aufenthalt im Ausland viele Jahre verbrachte. Im Jahr 2007 siedelte sie nach Italien über, lebte zwölf Jahre in Bologna, bevor sie sich mit ihrer Familie in Desenzano niederließ. Während ihrer Ausbildung in Transaktionsanalyse beschäftigte sie sich u.a. intensiv mit familiengeschichtlichen Themen. Die Arbeit der TA beeinflusst ihre Bücher maßgeblich.

Coverfoto/Illustrationen

Die Fotographie des Covers bildet Idas Schwester, Martha Heym mit 20 Jahren ab.
Quellen zu den Fotographien im Buch sind private Fotos der Familie, wie auch erworbene Bilder aus Fotostockquellen, angegeben unter Quellen.

Familienstammbaum

Die Darstellung der Familienstammbäume entspricht nicht den klassischen Formen der männlichen Erblinie, sondern versucht alle Verbindungen und Verzweigungen der Familien aufzunehmen und im Besonderen auch Frauen zu berücksichtigen. Daten sind – soweit bekannt – darin verarbeitet. Im zweiten Weltkrieg sind zahlreiche private Unterlagen, sowie kirchliche und städtische Archivdokumente in Neumarkt verbrannt. Manche Daten konnten von Fotos und Aufzeichnungen rekonstruiert werden, andere sind geschätzt.

Martina Naubert

Das Schicksal der besseren Schwester

Das Erbe der Frauen
Buch 1 (1916 – 1918)

Verlag: BoD · Books on Demand GmbH, In de Tarpen 42,
22848 Norderstedt, bod@bod.de
Druck: Libri Plureos GmbH, Friedensallee 273, 22763 Hamburg

Das Schicksal der besseren Schwester
Buch 1 der Serie ‚Das Erbe der Frauen'

ISBN: 978-3-7693-6848-2

Inhaltsverzeichnis

Der HERR ist geduldig und von großer Barmherzigkeit und vergibt Missetat und Übertretung und lässt niemand ungestraft, sondern sucht heim die Tat der Väter (Mütter) über die Kinder ins dritte und vierte Glied.

(Bibel, 4 Mose 14:18 / LU

Die Familien

Familie Heym 1. Generation um 1900

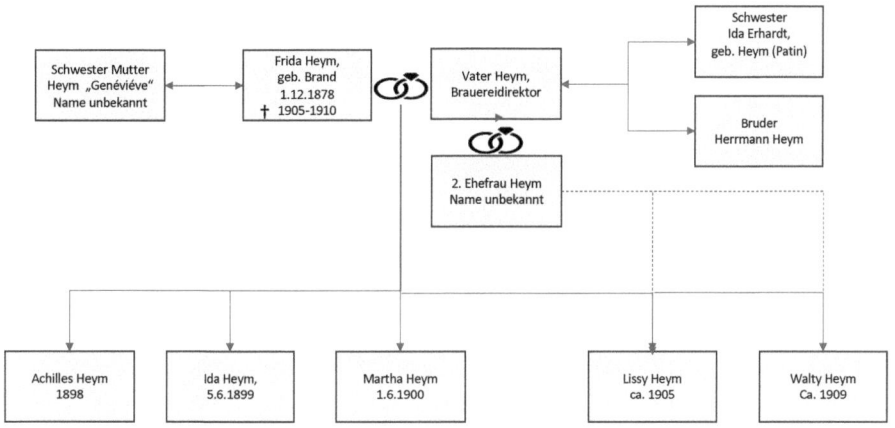

Familie Häring 1. Generation um 1900

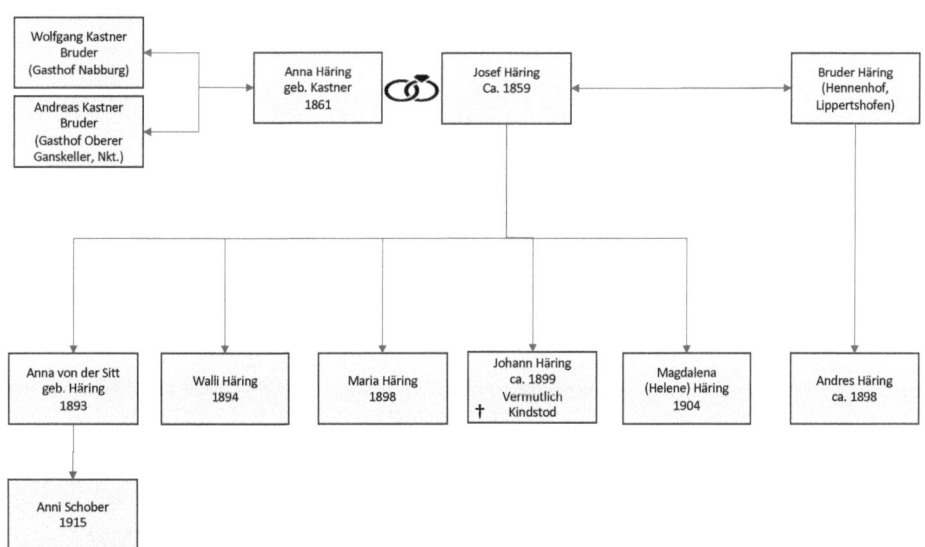

Heimlichkeiten
Ida und ihre Schwester Martha in Lausanne, 1916

Ein Foto aus glücklichen Tagen:
Ida Heym (links), Martha Heym (rechts), leibliche Mutter Frieda Heym, geb. Brand, Fribourg, Schweiz, 1909;

„Ich muss dir ein Geheimnis anvertrauen!"

Martha streckte sich der Länge nach in der Sonne aus. Sie räkelte sich wie eine Katze auf einem weichen Fell. Endlich ein wenig Sommerwetter! Es war die reinste Wohltat für die Glieder.

Das Jahr 1916 war nicht nur wegen der großen Kriegsschlachten und des Todes des Österreichischen Kaisers Franz Josef außergewöhnlich, sondern auch aufgrund der klimatischen Bedingungen.

Es hatte beträchtlich und häufig geregnet, unbefestigte Straßen hatten sich längst in Schlammpfade verwandelt, gepflasterte waren deswegen ebenfalls völlig verdreckt, so dass man kaum noch trockenen Fußes irgendwo hingehen konnte. Die Situation an den Kriegsfronten konnten sich die Angehörigen zu Hause entsprechend ausmalen.[1]

Martha atmete noch heftig von der körperlichen Anstrengung. Sie waren quer durch den See gekrault, bis hin zur hölzernen Badeplattform, die wie das Blatt einer Seerose in einigem Abstand zum Ufer im Gewässer verankert ruhte. Normalerweise schwammen hauptsächlich junge Männer dorthin, aber die waren jetzt, hier in der neutralen Schweiz, umgeben von sich bekriegenden Ländern, mit Grenzsicherung beschäftigt. Auch ihr um ein Jahr älterer Bruder Achilles hatte sich zu diesem Dienst gemeldet. Als in der Schweiz geborene Staatsbürger waren die beiden Schwestern oft bei ihrer Tante in Lausanne, selbst wenn sie jetzt in Deutschland lebten, wo Vater Heym im beschaulichen Neumarkt in der Oberpfalz eine gutgehende Brauerei führte.

Frauen wagten sich jedenfalls kaum hinaus auf das Wasser bis an diese Stelle. Doch Martha und Ida waren schon immer gute Sportlerinnen gewesen. Für sie

---

[1] Der Ausbruch des Vulkans Novarupta in Alaska im Jahre 1912 hatte die Atmosphäre verändert und beeinflusste in den Folgejahren das Klima in Mitteleuropa. 1916 wirkte sich dies am stärksten aus: Die Nässe und der Kälteeinbruch erschwerten die Kämpfe auf Gallipoli, vor Verdun, an der Somme und am Skagerrak erheblich und verursachte durch Ernteausfälle eine zusätzliche Verknappung der Lebensmittel.

war es eine Kleinigkeit, diese Entfernung im kühlen Nass zurückzulegen. Allerdings achteten sie stets darauf, dass auch wirklich niemand sonst dort war. Das gehörte sich nicht.

Ida rollte auf den Bauch und hob neugierig den Kopf.

„Nun mach es doch nicht so spannend!", drängte sie, als Martha nach ihrer so geheimnisvollen Ankündigung noch immer schwieg.

Die Jüngere wendete sich ebenfalls um, rutschte näher an ihre Schwester heran, als riskiere sie, dass fremde Ohren mithören konnten, was bei der Entfernung zum Ufer unmöglich war. Sie stützte den Kopf in die Hand. Ihre hellen Haare, die selbst in nassem Zustand noch golden schimmerten, hingen ihr wirr um den Kopf. Sie lächelte Ida an. Ihre Augen leuchteten geradezu. Dann sprach sie, als verkünde sie eines der zehn Gebote in völlig neuer Fassung.

„Ich habe mich verlobt!"

Ida fühlte, wie ihr Herz für einen Moment einen Schlag auszusetzen schien. Ein kalter Schauer lief über ihren Rücken und das lag nicht an einem Windhauch, der die Nässe auf ihrer Haut vielleicht gekühlt hätte. Sie hatte gewusst, dass Martha einen jungen Mann namens Heinrich getroffen hatte. Heimlich. Seit ihrem Kennenlernen im Lazarett, wo Martha und Ida seit Kriegsbeginn arbeiteten. Während Ida nur hin und wieder ehrenamtlich in der Küche des Lazaretts aushalf und somit nur wenig Verbindung zum Alltag in der Krankenstation hatte, fand sich Martha als angehende Operationsschwester tagtäglich mit den harten Anforderungen konfrontiert, die die Verwundeten und Kranken an das medizinische Personal stellten. Eines Tages war auch Heinrich in diesem Umfeld aufgetaucht. Der Krieg kommandierte jede helfende Hand dorthin, wo man sie brauchte und so war auch der Medizinstudent Heinrich von seiner Heimatstadt Augsburg in das kleine Lazarett in Neumarkt geschickt worden.

Martha hatte ihrer Schwester ihre Gefühle früh gestanden und ihr nächtelang von ihrem Heinrich vorgeschwärmt. Sie sinnierte oft darüber, wie paradox das Schicksal doch war, dass ein so schrecklicher Krieg eine so schöne Begegnung herbeiführen konnte. Beinahe hätte sich auch Ida in dieses von der Schwester heraufbeschworene perfekte Wunschbild eines Mannes verliebt, so sehr hatte sie stets seine Vorzüge gepriesen.

„Jedoch", fuhr Martha schon fort, bevor Ida überhaupt eine Reaktion auf diese Neuigkeit zeigen konnte, ob nachdenklich oder nur erfreut, darüber war sie sich noch gar nicht im Klaren, denn es gab Gründe genug, dieser Entwicklung mit Sorge gegenüber zu stehen. „Wenn da nur nicht diese Sache wäre!"

Ja, die Sache. Ida wusste sofort, was ihre Schwester meinte. Heinrich war das, was man gemeinhin eine gute Partie nannte. Er war angehender Arzt, wohlerzogen, sprach fließend Französisch, wie es sich für einen Spross aus gutem Hause gehörte, und war dazu sogar recht ansehnlich. Groß, blond, mit schlauem, ein wenig schelmischem Blick in den braunen Augen, der einen regen Geist hinter der Stirn versprach. Und er war sportlich. Am Schönsten waren an ihm jedoch seine langen Finger, die einem Klavier die wundervollsten Melodien entlocken konnten. Ida hatte ihn selbst nie spielen hören, aber sie war mit einer lebhaften Fantasie gesegnet und in der Lage, sich die Melodien so gut vorstellen zu können, dass sie sie beinahe als Hintergrunduntermalung zu Marthas Schilderungen zu hören glaubte. Was konnte sie ihrer Schwester mehr an Glück wünschen? Wenn da nur nicht diese Sache wäre.

Badende um 1920

Die Bademode wurde als gewagt betrachtet, erlaubte Frauen jedoch endlich sportliches Schwimmen

Ida hatte die abendlichen Stunden mit ihrer Schwester, die Erzählungen über Spaziergänge, über harmlose Liebkosungen und Berührungen der Hände wie die Erzählung von Märchen genossen. Sie hörte gerne, was Martha ihr über ihre Gespräche mit Heinrich berichtete. Tiefgehende Gedanken, philosophischer Austausch und Erörterungen von Glaubensfragen. Sogar Dinge der Medizin hatte Heinrich ihr erklärt und in Martha damit den Wunsch geweckt, ebenfalls dieses Fach zu studieren. Deshalb hatte Martha sich als Operationsschwester im örtlichen Lazarett, zu Hause in Deutschland, ausbilden lassen, das seit einiger Zeit hauptsächlich mit Kriegsverwundeten überfrachtet wurde. Ida nahm an diesem Glück ihrer Schwester und auch ein wenig am Unglück der Welt durch diese Geschichten teil. Es war, als wäre sie wie ein Schatten in deren Arbeit im Notlazarett, doch viel mehr bei den versteckten Spaziergängen dabei, als nähme sie an dem Gedankenaustausch teil, als wäre sie ein Splitter dieser Liebe. Martha hatte sie mitgenommen. Die Sache, ja die, die hatten sie beide, die Erzählerin und die Lauscherin der Träumerei, einfach beiseitegeschoben. Und so lange sie nur Träumereien nachgegangen waren, war das nicht weiter tragisch gewesen. Doch eine Verlobung war etwas ganz Reelles und damit durfte diese Sache nun nicht länger ignoriert werden.

„Weiß Papa denn schon davon?" Wenn die Töchter über familiäre Angelegenheiten redeten, benannten sie ihren Vater stets mit dem französischen Titel, so, wie sie es von ihrer Tante gelernt hatten, dem respektvollen, langgezogenen „Papaaa". Persönlich dagegen sprachen sie ihn, wie es sich geziemte, mit „Vater" und in der Höflichkeitsform an.

Martha setzte sich auf und schlang die Arme um ihre angewinkelten Knie: „Nein. Noch nicht. Aber nach unseren Ferien werde ich es ihm sagen."

Ida richtete sich ebenfalls auf und nahm unwillkürlich dieselbe Haltung ein. Sie folgte Marthas Blickrichtung über das glitzernde Wasser hinüber zum Ufer, von wo sie gekommen waren, wo sich einige Mütter mit Kindern und ein paar ältere Männer in getrennten Badezonen tummelten. Im Hintergrund lärmte die Stadt und trug das Geräusch über das Wasser bis zu ihnen. Die Stille der blauschimmernden Berge lag in ihrem Rücken, auf der anderen Seite des Genfer Sees.

„Er wird Heinrich mögen." In Marthas Stimme schwang ein Hauch von Zweifel mit. Es klang, als wollte sie vor allem sich selbst mit diesen Worten überzeugen. Sie schien es nicht einmal hier, mitten auf dem See, in dieser intimen Situation, alleine mit ihrer Vertrauten, umgeben von sanfter Natur, zu wagen, laut auszusprechen, was dieses Glück so sehr bedrohte.

Also musste es Ida tun. Vorsichtig. Denn Martha war, was das betraf, bisher verhältnismäßig geschont davongekommen. Sie ahnte nicht einmal, worauf sie zusteuerte.

„Das schon", gab Ida zu bedenken, „aber wird das genügen?"

Heinrich war überzeugter Katholik und die Tatsache, dass ihr Vater ein mindestens ebenso, wenn nicht noch überzeugterer Protestant war, bescherte eine einigermaßen delikate Situation. Im Grunde war Ida tief in ihrem Inneren davon überzeugt, dass dies ihrem Vater zwar eine große Betrübnis sein, er dem Wunsch seiner Lieblingstochter aber letztendlich nachgeben würde. Er hatte Martha noch nie etwas verwehren können. Mit ihrem intelligenten Charme hatte sie ihn immer um den Finger wickeln können. Die wahre Gefahr in dieser Angelegenheit war seine Frau, wie immer in allen Dingen, die Ida und Martha betrafen. Ihre Stiefmutter ließ nichts unversucht, um ihnen das Leben schwer zu machen. Und diese Gelegenheit würde sie bestimmt auskosten. Wenn nicht gar alles ruinieren. Dazu war sie durchaus im Stande. Und dies schien sie allein aus dem einen Grund zu tun: Weil sie es konnte.

„Warum musste unser Vater nur diese Person heiraten?", warf Ida den zusammenhangslos erscheinenden Satz in das Gespräch. Aber Martha war darüber nicht im Geringsten irritiert. Sie begriff die Gedankenkette ihrer Schwester.

„Das hat der Herr Pastor eingefädelt, das weißt du doch. Einen Witwer und eine Witwe zusammenbringen, so etwas tun sie gerne." Martha versuchte sich in einem mütterlichen Ton, als wollte sie Ida trösten oder die Entscheidung des Vaters verteidigen. Vielleicht beides. „Vater war der Meinung, dass der Haushalt eine Frau brauchte. Er wollte uns damit nicht länger belasten, damit wir uns auf unsere Aufgaben konzentrieren können."

Als wollte Martha das heikle Thema umschiffen, als könnte sie es alleine dadurch aus der Welt schaffen, dass sie nicht darüber sprachen, dass sie das Gespräch auf Dinge lenkte, die zwar in unmittelbarer Nähe diese Bedrohung angesiedelt waren, jedoch nicht den Kern der Sache trafen. Ida wurde ein wenig ungehalten darüber.

„Was nützt es, fließend in Französisch zu parlieren und Klavier zu spielen, wenn sie uns das Leben zur Hölle macht?"

„Sei nicht undankbar, Ida! Es gibt nicht viele Töchter, die so von ihren Vätern gefördert werden."

Martha übte sich wieder in diesem Ton, dieser sanften Überzeugung, wie sie es oft tat. Und wie meistens, steigerte es in Ida das Gefühl der Ohnmacht, anstatt beruhigend zu wirken. Besonders, weil sie den Eindruck hatte, Martha wollte nicht verstehen, worauf sie eigentlich hinauswollte. Mit ihrer Haltung zwang sie Ida – zwar ohne Absicht, denn sie wusste es ja nicht –, auszusprechen, wovor sie innerlich zurückschreckte.

„Weißt du, was sie neulich getan hat?"

Ida holte tief Luft. Sie musste es Martha sagen, alles, ganz offen, die ganze Wahrheit, auch, wenn das bedeuten würde, dass sie es noch einmal durchleben musste. Sie wendete ihrer Schwester den Kopf zu, um ihr direkt in die Augen zu sehen, wobei sich ihre eigenen mit diesen Worten zu kleinen, glasigen Kugeln formten. Martha schaute sie erwartungsvoll und ahnungslos wie ein Kind an.

„Sie hat mir befohlen, in den Keller zu gehen, um Konserven heraufzuholen! Und das vor der Heidi, vor den Dienstboten! Und vor diesen Bauerntrampeln, die die Kartoffeln bringen! Es war so demütigend!"

Ida sackte ein wenig in sich zusammen, aber so geringfügig, dass es ihrer Schwester entging. Was redete sie da! Im letzten Moment hatte sie wieder der Mut verlassen, zu erzählen, was für sie selbst zu schmerzhaft war, um es laut auszusprechen, obwohl sie um ihre Unschuld wusste. Die Scham war zu groß, sie konnte sie einfach nicht besiegen.

Martha sog Luft durch die Nase wie ein Wal vor dem Abtauchen in die Tiefe.

„Na, ein bisschen Demut zu üben, schadet vielleicht gar nicht", legte sie Ida tröstend den Arm um die Schultern und lächelte ihr aufmunternd zu. „Denk an die Worte des Pastors letzten Sonntag: Demut ist die am schwersten zu erlernende Tugend. Und leider tut es meistens weh."

„Aber das ist eine Aufgabe der Dienstboten!", brauste Ida auf, so dass Martha vor der unangemessen heftigen Reaktion zurückschreckte und sie etwas konsterniert anschaute. So, wie man eine ungehobelte Person durch bloße Blicke zurechtwies.

Ida schnaufte wie ein Pferd, das man in eine Richtung zwang, in die es nicht gehen wollte. Wieso wollte ihre Schwester nur nicht verstehen? Martha wich ihren Bemühungen beharrlich aus, weil sie vielleicht unbewusst ahnte, dass Ida sie zwingen wollte, sich der harten Realität zu stellen.

„Ich habe ja nichts dagegen einzuwenden, ihr bei der Haushaltsführung zur Hand zu gehen", versuchte Ida ihren Gedanken gemäß etwas gezügelter fortzufahren, jedoch die Richtung beizubehalten, „aber sie sucht doch gezielt die niedrigsten Arbeiten aus, um mich zu piesacken! Verstehst du? Sie quält gerne!"

„Ja, sie ist boshaft. Aber die Zeiten ändern sich, Ida", entgegnete Martha in plötzlich sehr ernstem Ton. Dabei wendete sie ihre Aufmerksamkeit abermals dem Ufer zu, hin zu den Badenden, als wollte sie ihre Aussage durch das sorglose Vergnügen der Menschen dort in Kontrast setzen. „Wir haben Krieg. Nicht allen geht es so gut wie uns. Und denk nur an die vielen Toten und Verwundeten, die von der Front zurückkommen! Das ist so schrecklich. Die Menschen leiden. Verglichen damit ist es nicht so schlimm, wenn wir ab und zu Arbeiten verrichten, die normalerweise Dienstboten tun, oder?"

„Ich weiß", murmelte Ida. Einen Moment lang schämte sie sich tatsächlich, aber weniger, weil sie anscheinend das Elend der anderen aus den Augen verloren hatte. Vielmehr, weil sie Formulierungen gewählt hatte, die wie kindliches Aufbegehren daherkamen. Es wühlte sie auf, keine Worte für das zu finden, was wirklich geschehen war. Es würde Martha möglicherweise das Ausmaß der Gefahr, in der sie sich mit ihrer Verlobung befand, vermitteln. Ihre Schwester war nie Zielscheibe der groben Gehässigkeit dieser Frau gewesen, wie sie, Ida. Aber das würde sich in diesem Fall ändern! Martha würde die ganze Härte ihrer Willkür zu spüren bekommen, weil die Tatsache der Religionsunterschiede die entsprechende Waffe lieferte. Die durfte die Stiefmutter ungestraft benützen, weil es sittlich und moralisch nicht zu beanstanden war. Ihr Vater würde dagegen nicht nur nichts vorbringen können, im Gegenteil, er würde sogar gezwungen sein, sie noch zu unterstützen! Und sie würde diese Waffe einzusetzen wissen, ganz wie die berühmten Kriegshaudegen, die, mit bezeichnenden Namen wie „der rote Baron" [2] oder dergleichen, von allen Gefeierten. Anstatt Martha diese Gefahr vor Augen zu führen, beklagte sie sich wie ein verwöhntes Kind über eine lästige Aufgabe, die alleine deswegen eine Demütigung darstellte, weil sie stets bedient worden war.

Aber wie kleidete man so ungeheure Vorkommnisse in Worte, ohne sich dabei für den Täter zu schämen, als wäre man selbst schuld an dessen Handlungen? Wann immer sie daran dachte, verspürte sie den Drang, sich in einer Ecke zu verkriechen und zu warten, bis es vorbei war. Es in Sätze zu formen war noch erniedrigender als der Hergang selbst. Die verletzte Würde wurde durch das Erzählen nicht geheilt, sie wurde abermals verletzt. Sie hatte den Eindruck, das Unrecht zu legitimieren, wenn sie es laut aussprach, anstatt die Erinnerung daran in die Dunkelheit des Unwissens zu verbannen, und mit dem Mantel des Alltäglichen zuzudecken. Aber es war die einzige Möglichkeit, Martha die Bedrohung, die von diesem Weib ausging, und auf die sie zusteuerte, zu vermitteln. Dabei würde Martha bloßen Worten kaum Glauben schenken, dazu war sie bisher einfach zu ungeschoren davongekommen und deshalb unbedarft. Der bisherige Verlauf dieses Gespräches bestätigte das nur.

So streifte Ida das weit über die Oberschenkel reichende Beinkleid ihres Badeanzuges nach oben und sah ihre Schwester nur stumm an.

---

[2] Manfred-Albrecht Freiherr von Richthofen war ein deutscher Offizier- und Jagdflieger im Ersten Weltkrieg, der zu einem Mythos wurde.

„Du lieber Gott!", rief Martha mit einem Entsetzen aus, dem es nicht an Überraschung mangelte. Unwillkürlich nahm sie den Arm von ihrer Schwester und schreckte von dem Anblick, der sich ihr bot, zurück. „Sie hat dich geschlagen?"

Ida ließ den Stoff los. „Mit der Bratpfanne. Die Gusseiserne."

Martha griff nach dem nassen Tuch auf Idas Haut, zog es noch weiter hoch und berührte die entblößte Stelle ganz sanft, als wollte sie dem Anblick alleine nicht glauben. „Das sieht ja schrecklich aus! Das muss man behandeln! Du bist ja ganz blau und grün!"

Ida zog den nassen Badeanzug wieder an Ort und Stelle und bedeckte damit ihre Blutergüsse. Sie schüttelte den Kopf: „Iwo! Das heilt alleine wieder."

Martha sprang auf die Beine.

„Ich bringe dich zu einem Arzt!", beharrte sie und versuchte die Schwester am Arm hochzuziehen. Aber stattdessen zog Ida an ihr, zwang sie energisch, sich wieder zu setzen.

„Willst du vielleicht einen Skandal heraufbeschwören und Vaters Ansehen als Direktor der Brauerei ruinieren?", sagte sie so bedacht wie es ihr möglich war. Dann versuchte sie ein selbstsicheres Lachen der Ironie, so, wie es Menschen tun, die vorgeben, von etwas, das durchaus Anlass zu tiefster Kränkung gibt, gerade nicht verletzt zu sein. „Das heilt. Das geht von alleine wieder weg. Das ist es immer. Es ist schließlich nicht das erste Mal."

„Wie bitte?" Martha ließ sich von Ida endgültig wehrlos in den Sitz ziehen und starrte sie mit geweiteten Augen an. „Wieso habe ich davon nie etwas mitbekommen?"

„Bei dir wagt sie es nicht", begründete Ida den Vorfall mit dem, was sie sich selbst darüber als Erklärung zurechtgelegt hatte, und was eine gute Überleitung war, um zum Punkt zu kommen. „Du bist Vaters Liebling und davor schreckt sie zurück. Bei mir ist das etwas anderes."

Diesmal war Martha zu keiner Reaktion fähig, unklar, ob aus Entsetzen über die Gewalt oder über die Analyse der älteren Schwester zu dieser Tat. Sie wendete den Kopf der anderen Seite des Seeufers zu, als wollte sie dort, in Frankreich, die Antworten zu den Gedanken finden, die durch ihren Kopf rasten. Gedanken, die alles Strahlen der Liebe schlagartig aus ihrem Antlitz ausradiert hatten.

„Das geht entschieden zu weit", murmelte sie, als spräche sie zu einem unsichtbaren Wesen auf der Wasseroberfläche vor ihr. Sie schüttelte langsam den Kopf. Dann wiederholte sie den Satz leise, bevor sie mit einer abrupten Wendung ihre Entscheidung kundtat: „Ich werde mit Vater sprechen!"

„Das hat keinen Sinn", winkte Ida tonlos ab. Das Geständnis hatte sie mehr Kraft gekostet, als sie erwartet hatte. Sie fühlte sich entblößt, nackt bis auf das Knochengerüst. „Das habe ich schon versucht. Er meinte nur, dass ich die Ohrfeige bestimmt verdient hätte und dass ich unsere Stiefmutter endlich akzeptieren und nicht länger reizen solle. Sie hat ihn aufgestachelt. Sie liegt ihm fortwährend mit meinem angeblichen Ungehorsam in den Ohren. Sie zermürbt ihn, das ist ihre Strategie. Er mag Frieden im Haus haben, wenn er müde von der Arbeit kommt. Das kann man auch verstehen."

„Hast du ihm die blauen Flecken gezeigt?", wollte ihre Schwester wissen.

„Nein."

„Warum nicht? Das musst du!"

„Das würde nichts ändern, Martha", wehrte Ida mit dem Wink einer Hand ab. Sie hatte nicht gedacht, dass es so schwierig werden würde, Martha zu mehr Vorsicht zu überzeugen. Nicht einmal dieses drastische Beispiel schien dieser die Bedrohung vor Augen zu führen, die von dieser Frau ausging. „Er hat sie nun mal geheiratet. Er leidet unter ihrem ständigen Nörgeln. Verstehst du? Sie verwendet die Waffen, die sie zur Verfügung hat, und Papa ist dagegen wehrlos."

„Aber als ihr Mann kann er sie zurechtweisen!", beharrte Martha.

„Ein böses Weib wie die lässt sich nicht zurechtweisen", erwiderte Ida mit derarter Überzeugung, dass auch Martha kleinlaut zustimmen musste. „Sie würde ihm nur noch mehr zusetzen, es würde seine zweite Ehe zerstören, und er könnte sich nicht mehr auf seine gesellschaftlichen Verantwortungen als Direktor und Kirchenvorstand konzentrieren. Das sind ihre Waffen, Martha, und die sind gefährlich! Verstehst du? Du musst aufpassen! Sie kann diese Verbindung mit Heinrich vernichten, bevor du dich versiehst! Und ich fürchte, sie wird es tun."

Angesichts dieser Deutlichkeit verstummte Martha. Sie schaute Ida abwartend an, als hoffte sie auf weitere Aussagen, die das Gesagte wieder ein wenig abdämpfen würden.

„Ich freue mich über deine Verlobung", stellte sich Ida auf. Sie sprach jetzt mit fester Stimme, weil sie sich endlich Marthas Aufmerksamkeit sicher wusste, und weil sie sich bestätigt sah, dass ihr Mut zu blanker Offenheit der richtige Schritt gewesen war. Merkwürdigerweise fühlte auch sie sich ein ganz klein wenig leichter. „Heinrich wird dich sehr glücklich machen, das weiß ich. Du kannst keinen besseren finden, bestimmt nicht. Aber du musst vorsichtig sein! Sie wird die Gelegenheit nutzen, diesmal auch dich zu treffen, und sie wird es geschickt anstellen, darauf kannst du wetten! Wir müssen klug vorgehen."

Martha schaute zu ihr empor wie ein kleines Kind aus dem Sandkasten zu seiner Mutter, die es zwar aus dem Spiel gerissen hat, aber nur, um ihm fürsorglich die Nase zu putzen und einen Sonnenhut aufzusetzen.

„Wir müssen gut überlegen, welche Schritte zu unternehmen sind", regte Ida an und reichte ihr die Hand. Martha ergriff sie und ließ sich von ihr in die Senkrechte ziehen. „Nur nichts Unbedachtes tun! Versprichst du mir das?"

Martha nickte wie eingeschüchtert. Sie stand da wie ein unschuldiges Zicklein auf der Lichtung, dem die Mutterkuh abhandengekommen ist und das vom bösen Wolf aus dem Dickicht des Waldes heraus bereits ins Visier genommen wird.

War Ida bis zu diesem Punkt – bis zu einem gewissen Grad von ihrem eigenen Schmerz begrenzt –, damit beschäftigt gewesen, Martha endlich die Bedrohung vor Augen zu führen, so überfiel sie nun Mitleid mit dem Resultat ihrer Bemühungen.

„Außerdem ...", setzte sie deshalb hinzu, ohne Marthas Hand loszulassen, „werde ich sehr traurig sein, wenn du heiratest und fortgehen wirst! Ich freue mich für dich, aber traurig werde ich sein, dass du mich verlässt."

„Ach, Ida! Nicht doch!"

Martha schaute sie mit stummer Dankbarkeit in den Augen an, sichtbar unfähig, mehr zu antworten.

Ida erwiderte den schweigenden Blick, dachte dabei aber anderes als ihre Schwester. Es durfte sie wahrlich nicht überraschen, dass Martha von einem Verehrer von zu Hause fortgerissen wurde. Martha war – im Gegensatz zu ihr selbst – ein Blickfang, schon immer gewesen. Sie musste sie nur ansehen, wie sie so vor ihr stand, mit ihrer gesunden Hautfarbe, dem ebenmäßigen Gesicht, den hohen, gerundeten Wangenknochen, die ihre hellblauen Augen und den gleichmäßig geschnittenen Mund sehr zur Geltung brachten. Der Badeanzug klebte an ihrem schlanken Körper wie eine zweite Haut, der versuchte, züchtig Oberschenkel und Brust zu verdecken, in nassem Zustand eine vergebliche Mühe. Der wohlgeformte Busen zeichnete sich deutlich ab und auch die muskulösen Beine, schlank vom regelmäßigen Schwimmen im kalten Wasser, hatten die Macht, Aufmerksamkeit zu erregen. Freilich lockte sie junge Männer an wie Honig die Fliegen!

„Ich nehme dich mit!", ergriff Martha indes auch Idas zweite Hand. Sie sagte diese aus tiefstem Herzen kommenden Worte schneller als sie überlegte, denn sie besserte sofort nach, als ihr Verstand sie eingeholt hatte. „Du kommst uns so oft und so lange als nur möglich besuchen! Das habe ich mit Heinrich schon besprochen. Er hat nichts dagegen. Im Gegenteil, er freut sich darauf, seine Schwägerin im Haus zu haben."

Ida lächelte. Aus Dankbarkeit und weil sie Martha nicht kränken wollte. Aber sie glaubte nicht daran, dass sie ihrer Schwester so viel und so lange zur Last fallen werden könne, wie es nötig sein würde. Martha würde Kinder haben und einen eigenen Haushalt führen müssen, oder womöglich sogar Medizin studieren, jedenfalls nicht genügend Raum haben, um sich auch noch um ihre Schwester zu kümmern. Darüber machte Ida sich nichts vor. Das war der Lauf der Dinge.

„Warum hast du nie etwas zu mir gesagt?"

Gleichwohl es immer zuverlässig funktioniert hatte, nur durch die Erwähnung Heinrichs ein Gespräch umzulenken, ließ Martha diesmal nicht ab von dem Thema, das Ida nur mit Mühe über die Lippen gebracht hatte. Sie zog an Idas Händen, um zu signalisieren, dass sie für sie da war. Immer da gewesen war.

„Ich erzähle es dir doch jetzt", tat Ida die Angelegenheit ab, obwohl sie genau verstanden hatte, was ihre Schwester damit ansprechen wollte. Aber sie mochte nicht schon wieder an die Demütigung erinnert werden. Die Erniedrigung der Seele war eine viel größere Wunde als jeder Bluterguss es sein konnte. Es schmerzte jedes Mal aufs Neue, darin herumzustochern. Jedes Wort darüber erschien ihr eine Wiederholung der Tat selbst.

„Alles halb so wild! So lange du mir versprichst, dass du vorsichtig bist! Ich habe es dir nur deswegen erzählt, damit du einordnen kannst, wozu diese Frau in der Lage ist!"

Damit streifte sie Marthas Hände ab, erhob sich und köpfte ins Wasser, um einer weiteren Antwort auszuweichen. Martha sah zu, wie Ida gleichmäßig durch die glatte Wasseroberfläche kraulte und abwechselnd einmal links, einmal rechts nach Luft schnappte.

Ida spürte das Wasser an ihrem Körper entlangstreichen, fühlte, wie sich ihre Lungen mit Sauerstoff füllten, wie sie die Bläschen unter Wasser langsam wieder ausstieß, wie ihr Pulsschlag gleichmäßig anstieg. Sie liebte dieses Gefühl der Freiheit und des Lebens in ihren Adern. Nur diesmal schmerzte die linke Hüfte bei jedem Schlag. Sie drehte sich auf den Rücken, um ganz langsam auf diese Weise weiterzuschwimmen, dabei das Bein ein wenig zu entlasten und winkte ihrer Schwester, es ihr gleich zu tun.

Es dauerte nicht lange und Marthas Kopf tauchte neben ihr aus dem Wasser auf.

„Ida", schnaufte sie und ging über in Brustschwimmen. „Wirst du trotzdem mitkommen, wenn ich Heinrich treffe? Er ist auf der Heimreise nach Augsburg von einem Besuch bei seinem Onkel und hat es so eingerichtet, dass er hier in Lausanne kurz vorbeikommt. Wenn ich Tante Geneviève das mit Heinrich erzähle, würde sie Papa davon natürlich berichten müssen, bevor ich Gelegenheit hatte, mit ihm unter vier Augen darüber zu sprechen. Das wäre nicht gut, nicht wahr? Außerdem würden wir keine Minute alleine verbringen können und wir haben uns schon so lange nicht mehr gesehen! Es wird also ein heimliches Treffen sein müssen, oder? Wir müssen doch vorsichtig sein!"

Unter klugem Vorgehen verstand Ida eigentlich etwas anderes. Ein heimliches Treffen gehörte ihrer Meinung nach nicht dazu. Aber Ida konnte ihre Schwester auch verstehen. Die Sehnsucht des Herzens bohrte in Martha. Außerdem würde sie, Ida, auf diese Weise den grandiosen Heinrich endlich auch einmal zu Gesicht bekommen und sich selbst ein Bild von ihm machen können. Das alleine war schon Verlockung genug, auf den Vorschlag einzugehen.

„Mais, naturellement![3]"

Ida lachte, als hätte sie nicht kurz zuvor selbst das Gespräch auf schwerwiegende Themen gebracht, Dinge, an denen ihre Schwester nun zu tragen hatte. Sie holte weit mit ihren Armen aus und ruderte mit kräftigen Schlägen rücklings davon wie ein Schaufelraddampfer.

---

[3] Franz. Aber natürlich!

Erdäpfelland
Marias Familie in Neumarkt, Sommer 1916

Anna und Josef Häring, die Eltern der vier Häring-Töchter Anna, Walli, Maria und Helene, 1922;

Irgend etwas lag in der Luft. Aber es war so ungreifbar wie die Luft selbst. Wie bei einer sich ankündigenden Grippe der Körper vor Ausbruch derselben eine ungewisse Schlappheit zutage fördert, war die Stimmung im Hause Häring den ganzen Tag einem seltsamen Flimmern unterlegen gewesen. Alle hatten sie es gespürt, aber niemand hatte es angesprochen, weil es so unkonkret gewesen war.

Nun saß man, nach gemeinsam verrichtetem Tagwerk, zum Abendbrot zu Tisch. Heute war sogar der Vetter Andres vom zwanzig Kilometer entfernten Hennenhof, aus dem Vater Häring stammte, da, ebenso wie der Onkel Wolfgang, der Bruder von Mutter Anna Häring.

Letzter kam von noch weiter her, aus Nabburg, und das war gut die doppelte Entfernung, die der Cousin zurückzulegen hatte, wenn es galt bei der Waldarbeit zu helfen. Aber so war es der Brauch in der Familie.

„Wie die das Fräulein Ida behandelt hat, eine Schande ist das!"

Andres schaufelte drei Löffel Kartoffelstampfer in den Mund während er sprach, den linken Arm vor sich auf der zerkratzen Tischplatte aufgestützt, damit er rechts das Essbesteck leichter führen konnte. Er schaute nicht auf, hielt den Kopf gesenkt, sprach in seinen Teller. Er versteckte seinen Gesichtsausdruck hinter dichtem, dunklem Haar, das ihm in die Stirn fiel.

Die anderen, die um diesen Tisch saßen, der schon einiges erlebt hatte, hörten ihm genau zu. Zumindest seine Cousinen, die in der Reihenfolge ihres Alters rechts von ihm Platz genommen hatten. Sie verfolgten mit größter Aufmerksamkeit seine Rede. Man sah auf Anhieb, dass sie Schwestern waren. Sie trugen dieselben wohlgeformten Gesichtszüge, dasselbe fast schwarze, kräftige Haar, und ihre Augen, so dunkel wie das Wasser eines Moorsees im Wald, ließen nichts unbemerkt, was um sie herum vor sich ging. Ihr Äußeres dem Vater oder eher der Mutter zuordnen zu wollen, war ein zum Scheitern verurteiltes Ansinnen. Die vier Töchter schienen sich gleichmäßig von jedem Elternteil genommen zu haben, und zwar immer gerade das Vorteilhafte. Zumindest was das Aussehen betraf.

„Die zweite Frau Direktor muss eine rechte Bissgurke sein, was man so hört!", warf Maria sofort mit dem Auftreten einer Eingeweihten ein. Eine ihrer Freundinnen hatte ihr davon berichtet und die wusste es schließlich direkt von der Heidi, dem Dienstmädchen der Familie Heym.

Maria war die Lebhafteste der vier Töchter. Als mittleres Kind war sie es gewohnt, sich zwischen den familiären Fronten zu behaupten. Weder war sie je in Verantwortungen einbezogen worden, die für ihre älteren Schwestern, Anna und Walburga (von allen nur Walli genannt) schon früh anzunehmen gelernt hatten, noch war sie in den Genuss von Sonderrationen an Leckereien gekommen, wie einst die heute dreizehnjährige Helene. Der Aufmerksamkeit der Eltern war sie sowieso meistens entgangen, was nicht bedeutete, dass man sie bei der Arbeit übersehen hätte. Recht im Gegenteil. Sie war immer diejenige gewesen, die alt genug war, um die Arbeiten der Großen zu teilen, gleichzeitig aber zu jung, um nicht auch typische Aufgaben übernehmen zu müssen, die man gerne Kindern übertrug. Selbst mit nun achtzehn Jahren hatte sich dieser Umstand für sie kaum verschoben. Für Maria hatte dies ein Vakuum geschaffen, in dem sie sich ihre Weltsicht selbst zurechtgeschustert hatte. So hatte sie sich bereits als kleines Kind mit dem lieben Gott sozusagen verbündet. Er hatte für sie eine besondere Rolle vorgesehen, das war schließlich offensichtlich. Dem Glauben und den Regeln der Kirche folgte sie daher gewissenhaft, denn das war ihre wichtige Stütze, und darin gefiel sie außerdem besonders der Mutter. Doch mit Andres vom Hennenhof hatte sie ein besonderes Verhältnis. Im selben Jahr geboren wie ihr Vetter, hatten sich die beiden oft, sobald die Gelegenheit es zuließ, von der Arbeit davongestohlen zu Abenteuern, die eigentlich nur Knaben erlaubt waren. Er hatte ihr beigebracht, Wettrennen zu laufen und auf hohe Bäume zu klettern, was mit Röcken ungleich schwieriger gewesen war als mit den kurzen Hosen. Aber sie hatte es doch immer geschafft. Mit den Jahren war so ihr Selbstverständnis herangewachsen, dass sie eines Tages den Hof übernehmen würde, so wie Andres den seines Vaters. Sie würde im Gegenzug dafür ihre alten Eltern versorgen, aber sie würde einen Mann finden, der ihr bei dieser Aufgabe helfen würde. Keine ihrer Schwestern war, in ihren Augen, dafür wirklich geeignet. Anna würde gewiss in der Großstadt Nürnberg, wo sie in einem edlen Hotel gehobenen Standards arbeitete, einen feinen Hochzeiter finden und dort ihr Leben aufbauen. Walli landete eines Tages, gleichwohl sie bisher immer als Haushaltshilfe gearbeitet hatte, mit Sicherheit als rechte Hand eines Direktors in einem schicken Büro, so gerne wie sie Schreibarbeiten erledigte, und würde damit mehr als ihr Glück gefunden haben. Diese Arbeit konnte sie trotz der leichten Lähmung des rechten Beines – ein Leiden, das ihr nach dem Anfall an Kinderlähmung geblieben war – gut ausführen. Auf die kleine Helene, die soeben die Volksschule beendet hatte, war sowieso nicht zu zählen. Wer wusste schon, was die einmal machen würde?

„Gerade die feinen Leute wissen oft nicht, was sich gehört", warf Anna quer über den Tisch ein. Mit dreiundzwanzig Jahren war sie die Älteste der

Schwestern. Sie hatte auf der anderen Seite der Holzbank Platz genommen, dort, wo ihr angestammter Sitz gewesen war, als sie noch zu Hause gewohnt hatte. Sie hatte sich für diesen Tag ausdrücklich von ihrer Arbeit als Köchin im Fünf-sternehotel Deutscher Kaiser beurlauben lassen. Schon am Abend zuvor war sie dafür mit dem Zug aus Nürnberg gekommen. Sie hatte ihr gutes Kleid abgelegt und hatte, wie alle, das verschlissene, dunkle Arbeitsgewand mit der dunkel-blauen Schürze aus ihren Jugendjahren angelegt. Es passte noch immer wie an-gegossen, sie war schlank wie eh und je. Aber da die Kleidung weit geschnitten war, um bei der Arbeit nicht hinderlich zu sein, hätte man es sowieso nicht be-merkt, wenn sie tatsächlich durch das gute Essen im Hotel etwas zugenommen hätte. Das hätte man in der Familie auch nur als ein Zeichen des Wohlstands gewertet. In deren Augen hatte sie es in die Welt der Wohlhabenden und Besse-ren geschafft. Anna, die in der Küche des feinen Hotels mittlerweile sogar etwas zu sagen hatte, wo ein paar Mitarbeiter unter ihrer Fittiche zu gehorchen hatten. Anna, die von den jüngeren Schwestern durch die Bank bewundert wurde, der sie nacheiferten und die sie beneideten. Nicht zuletzt deshalb, weil die Eltern sie gerne als das glänzende Vorbild hinstellten, dem man nachzueifern hatte. Mehr konnte man als einfaches Mädchen vom Land gewiss nicht erreichen. Und Anna hatte es erreicht! In der gesamten Nachbarschaft sprach man nur mit Hochach-tung von ihr.

„Was hat sie denn getan, diese edle Dame Heym?", wollte Walli wissen. Sie war kaum ein Jahr jünger als Anna, weshalb beide Mädchen beinahe wie Zwillinge aufgewachsen waren und ein inniges Verhältnis zueinander hatten. Sie wartete seit geraumer Zeit auf eine vom Herrn Pfarrer in Aussicht gestellte Lehrstelle in den neuen Express–Fahrradwerken der Stadt. Als Schreibkraft, nicht als Fabrik-arbeiterin. Damit würde sie dem Erfolg Annas zumindest halbwegs gleichkom-men, endlich von der einfachen Arbeit als Hausangestellte befreit werden. Aber sie wurde von Jahr zu Jahr vertröstet. Vielleicht hatte der Stadtpfarrer in dem jüdischen Familienbetrieb doch nicht den Einfluss, den sie ihm zuschrieben? Walli dachte das hin und wieder, aber sie hätte es nie gewagt, diesen Zweifel laut auszusprechen. So etwas hätte ihre Mutter nicht einmal im Ansatz geduldet. Walli wäre Büchern und der Lektüre vielleicht zugeneigt gewesen. Wenn sie die Gelegenheit gehabt hätte, länger als die sieben Pflichtjahre zur Schule zu gehen, hätte möglicherweise sogar das eine oder andere Buch im Haus seinen Platz ge-funden. So war es nur die Bibel, die in seltenen Augenblicken ein Textstudium zuließ. Ihr hatten die Geschichten, die sie in der Bibelstunde gelesen hatten, im-mer große Begeisterung entlockt, während ihre Mitschülerinnen müde gegähnt hatten. Aber eine höhere Schulbildung war nur Knaben vorbehalten. Für einen Sohn hätte die Familie möglicherweise sogar das Schulgeld irgendwie aufge-bracht, wenn alle zusammengearbeitet und die Schwestern ihren Beitrag geleis-tet hätten. Dieser Sohn aber fehlte in der Reihe der Geschwister. Das war für die Mädchen immer latent spürbar gewesen. Welche Zukunft hatte schon ein Bau-ernhof, selbst ein kleiner wie der ihrige, ohne Erbnachfolger, der den Alten im

Austrag einen Lebensabend sicherte? Walli verstand das und in so einer Welt hatten Ambitionen wie die ihren einfach keinen Platz. Vielleicht waren diese Umstände auch der Grund dafür, dass die Mutter ihren Vetter Andres immer so hofierte, wenn er vorbeikam? Der stattliche Hof ihres Onkels väterlicherseits hatte mit ihm immerhin einen Erben. Und was für einen! Einer mit zwei kräftigen Händen, der anpacken konnte. Und auf den Kopf gefallen war der Andres auch nicht.

„Sie hat dem Fräulein Ida vor den Dienstboten – und vor mir! – befohlen in den Keller zu gehen und etwas aus der Vorratskammer zu holen. Richtig herumkommandiert hat sie sie!", berichtete Andres, schaute dabei aber weiter gebannt in seinen Teller und vermied jeden Blickkontakt.

„Die gefällt dir wohl?", neckte ihn Helene kichernd, duckte sich aber sogleich unter dem tadelnden Blick ihrer Mutter weg.

"Redet keinen solchen Unsinn, alle miteinander!", schalt ihre Mutter energisch, und diesmal traf die Missbilligung sogar auch ein wenig ihren Neffen, was alle erstaunte, nicht zuletzt, diesen selbst. „Seid dankbar für das, was der Herrgott uns an Essen beschert hat und genießt es! Wir haben heute noch Wichtiges zu besprechen!"

Das Flimmern entzündete sich in diesem Moment wie die Flamme einer Kerze zu einem Licht der Erkenntnis. Fünf Augenpaare richteten sich erwartungsvoll auf Mutter Häring, das sechste, das des Vaters, zeigte keinerlei Anzeichen von Wissbegierde. Er wusste natürlich schon Bescheid. Da die Jungen am Tisch jedoch von dieser anstehenden Neuigkeit nichts geahnt hatten, wirkte die Rüge der Mutter weniger als Rüffel, vielmehr offenbarte sie damit eine gewisse eigene Nervosität. Und das war wiederum Grund genug, wirklich gespannt zu sein.

Nur Helene nahm den Tadel sehr persönlich. Gleichwohl freilich auch sie wissen wollte, was es so Wichtiges gab, schmollte sie ein wenig. Nie wusste sie, wann es geduldet war, dass auch sie etwas sagen durfte. Warum wurde es gestattet, dass Anna und Walli solche Bemerkungen fallen ließen und sie nicht? An Maria versuchte sie sich erst gar nicht zu orientieren. Die gehörte einmal dazu, zu diesen Erwachsenen, dann wieder nicht. Das verwirrte mehr als es half. Und Maria handelte sich oft genug Ärger ein, wahrscheinlich, weil sie auch nicht recht wusste, was erlaubt war und was nicht. Außerdem hatte die ja auch den Andres, der meistens auf ihrer Seite war, was die Mutter oft nachgiebig machte. Der Vetter wurde nie getadelt, schon gar nicht, weil der jetzt nur noch selten kam. Mit seinen achtzehn Jahren hatte der jetzt auf dem Hof seines Vaters selbst viel zu tun. Bisher war Andres als einziger Sohn auf dem Hof vom Wehrdienst verschont geblieben, doch nun schien die Lebensmittelproduktion weniger dringend als der Nachschub an Soldaten an der französischen Front, und so hatte auch er vor kurzem sein Einberufungsschreiben erhalten. Als Mutter

Häring der erwartungsvollen Blicke ihrer Töchter gewahr wurde, blaffte sie sie an: *„Werds' es scho' daworten!⁴"*

Offensichtliche Neugier war im Hause Häring nie belohnt worden. Das wusste auch der Vetter. Vermutlich deshalb lenkte er das Gespräch wieder auf das unerhörte Betragen der sogenannten Besseren Gesellschaft am Ort. Möglicherweise wollte er damit auch klarstellen, dass er, als männliches Mitglied der Familie, sehr wohl frei entscheiden durfte, worüber er redete oder nicht.

„Mir war das jedenfalls grad' peinlich mit anzuschauen, wie die feine Frau Direktor ihre arme Stieftochter behandelt hat! Wie das Aschenputtel ist sie dagestanden! Ich hab' gar nicht gewusst, wo ich mit den Augen hin soll, so zuwider war mir das."

„Da schämt man sich direkt für die, gell?", stimmte Anna mit einer unverfänglichen Antwort an ihren Vetter gewandt zu.

Mutter Häring ließ das Wiederaufleben des Gesprächs zu. Eine Maßregelung des Neffen, das wäre dann doch zu direkt gewesen.

„Und wie!", nickte Andres. „Das hat das Madl' jedenfalls nicht verdient!"

„Dass du *fei*⁵ nicht auf falsche Ideen kommst!", scherzte Anna mit einem spröden Lachen. "Bei der hast du keine Chancen! So eine, die schaut dich doch erst gar nicht an!"

Es klang ein wenig von oben herab, wenn es auch nicht so gemeint war. Aber sie wusste, wovon sie sprach. Anna hatte als Erste ihr eigenes Geld verdient, wenn auch Walli bald darauf ebenfalls mit einer kleinen Lohntüte nach Hause gekommen war. Aber Anna konnte die Eltern ein wenig unterstützen, weil ihre Stellung es mittlerweile zuließ. Sie kannte die feine Gesellschaft und wusste nur zu gut, wie diese reichen Personen diejenigen, die sie bedienten, betrachteten. Wenn sie sie überhaupt wahrnahmen. Diese Menschen lebten in einer anderen Welt. Für die waren sie die Bediensteten, die man in gebührendem Abstand auf ihrem Platz halten musste, damit sie nicht frech wurden. Gerade in letzter Zeit hatten viele der Arbeiter und Dienstboten begonnen, die Stimme zu erheben, Rechte zu fordern, darunter sogar ein paar Frauen. Den *Großkopferten*, wie man diese Schicht in der Gegend nannte, war dieser Krieg ganz recht gekommen. Der hatte jetzt die überschüssige Energie dieser Querulanten auf den Stolz der Nation gelenkt. Nun konnte dieses unbelehrbare Volk in Schlachten wie die bei Verdun oder der Somme beweisen, was in ihnen steckte. Jetzt waren diese Aufmüpfigen doch froh, dass sie gebildete Köpfe an der Spitze ihrer Armee hatten, Leute, die sogar die Sprache des Feindes sprechen konnten.

---

⁴ Dialekt: Ihr werdet es wohl erwarten können!

⁵ Dialekt: Das Wörtchen "fei" wird im bayrischen Dialekt häufig als Füllwort und in unterschiedlichsten Situationen verwendet. Eine einfache Übersetzung ins Hochdeutsche gibt es nicht – „die braucht es fei auch ned". Seinen Ursprung hat das allgegenwärtige "fei" im lateinischen Begriff "finis" für "Ende". Über das französische "fin" kam es vermutlich im zwölften Jahrhundert in den Süden des heutigen Deutschlands.

Maria folgte dem Dialog nur mit einem Ohr. Es war immer interessant zu wissen, was es in der Stadt Neues gab. Gleichzeitig hing sie aber mit ihren Gedanken der Ankündigung ihrer Mutter nach. Sie fragte sich, welche Neuigkeit das sein würde, wenn keine von ihnen, und auch nicht der Andres, auch nur die leiseste Ahnung davon hatten?

„Mei", meinte Walli und wiegte den Kopf wie in Anerkennung hin und her, „die zwei Fräuleins Heym *schaun scho' guat* aus in *ihrem feinen Gwand*[6]. Man kann es schon verstehen, dass sie ihm gefällt."

„Ah, *Schmarrn!*[7]", knurrte Andres unwirsch.

„Etz is owa gnua![8]"

Die Mutter warf nun doch auch Anna und dann allen anderen Schwestern nochmals einen finsteren Augenaufschlag zu. Sie mochte es nicht, wenn die *Bixn*[9], wie sie ihre Töchter oft nannte, ihren Neffen nicht ernst nahmen. Auch, wenn deren Hänseln im Grunde liebevoll gemeint war. Sie verstand diese Art von Humor der neuen Generation nicht. Ihr Neffe war der zukünftige Erbe eines stattlichen Hofes und hatte eine Zukunft, was, mit Ausnahme von Anna, ihre Mädels nicht von sich behaupten konnten. Der kleine Bauernhof ihrer Familie konnte niemals drei Geschwister ausbezahlen, außerdem gab es keinen Sohn, der es hätte erwirtschaften können.

Es versetzte ihr einen Stich in der Brust, wie immer, wenn sie an den kleinen Johann dachte, der niemals in dieses Heim eingezogen war. Er hatte das Licht der Welt erblickt, um auf dem Friedhof sein Kinderbett zu richten. Seine Schwestern konnten sich an ihn nicht erinnern, zumindest Maria nicht, die selbst gerade erst ein Jahr alt gewesen war. Die anderen beiden, Anna und Walli, hätten womöglich eine Erinnerung haben können, aber da man nie über das tote Kind sprach, hatten sie es vergessen. Und das war gut so. Es nützte nichts, viele Worte um Dinge zu machen, die der Herrgott entschieden hatte. So etwas musste man im Herzen tragen und stillsein.

„Der Andres hat schon recht!", setzte sie dem Necken ein für alle Mal ein Ende. „So etwas ist nicht in Ordnung! Da sieht man es wieder: Die Evangelischen, die haben keinen Glauben!"

Dieser Austausch, dem ein Auswärtiger – und der musste gar nicht von so weit kommen – hätte niemals folgen können, fand in der Sprache der Menschen dieser Gegend statt, und die war so karg wie ihre Felder. Mochte man noch so viele Brocken des oberpfälzerischen Kalkgesteins am Rande der Kartoffeläcker aufschichten, sie schienen förmlich nachzuwachsen. Der Auswärtige hätte diesen allesbeendenden Satz im Originalton der Mutter *„Des is ned recht a so! Da hostas wieder: De Evangelischn, de hom koan Glaum!"* als eine Mischung zusammenhängender, beinahe bellender Vokale nur mit Mühe entschlüsselt.

---

[6] Feine Kleidung
[7] Dialekt für Blödsinn
[8] Dialekt: Jetzt reicht es aber!
[9] Dialekt für Büchsen, abfälliger Begriff für Mädchen

Die vier Häring–Töchter dagegen stellten ihre Rede sofort ein. Anna und Walli sah man nichts an, sie schwiegen einfach. Helene aß mit Genugtuung im Gesicht weiter, weil diesmal sogar die Großen gerügt wurden. Sie waren allesamt schmutzig von der Arbeit im Wald und ihre dunklen Haare, die am Morgen noch in saubere Zöpfe und Dutts frisiert gewesen waren, hingen wirr um ihre Köpfe. Maria zupfte akribisch ein paar Tannennadeln aus dem Stoff ihres Ärmels, eine Geste, die bei näherem Hinsehen, das Hinunterschlucken einer Widerrede offenbarte. Sie wollte endlich erfahren, was so Wichtiges anstand. Wenn die Eltern sich so verhalten mit einer Neuigkeit gaben, war das nie ein gutes Zeichen. Das war immer eine untrügliche Ankündigung von Ärgernissen. Beide bewegten sich vor unangenehmen Ereignissen wie die Tiere, die vor einem heranziehenden Gewitter eine gewisse Unruhe erkennen ließen, lange bevor Menschen überhaupt etwas von einem aufziehenden Sturm auch nur ahnten. Etwas Erfreuliches, was in diesen Zeiten sowieso rar war, hätten sie einfach geradeheraus mitgeteilt. Es musste sich demnach um eine heikle Sache handeln.

„Haben die Heyms wenigstens Kartoffeln gekauft?"

Vater Häring richtete die Frage an seinen Neffen, der damit endlich auch einmal den Kopf hob. Der Hausherr hatte bisher wenig gesprochen, wie es immer seine Art war. Auch sein Schwager Wolfgang und Andres, redeten in der Regel nicht viel, sondern fassten lieber vom Essen nach. Es war ein Zeichen von Männlichkeit und Kraft, ausreichend Nahrung zu benötigen und außerdem ein unausgesprochenes Kompliment an die Köchin. Zumindest hielten sie es dafür, denn freilich fragten sie nie, ob die Frau des Hauses dies auch so verstand.

Vater Häring wollte auf keinen Fall die Glaubensdiskussion aufkommen lassen, die seine Frau sehr vehement zu führen wusste. Er liebte sein Eheweib Anna, nach der sie auch ihre erste Tochter benannt hatten, und er war ebenfalls gläubig, aber er teilte nicht unbedingt ihre unumstößlich katholische Meinung in jeder Frage.

„Zwei Zentner!", bestätigte Andres und dabei lächelte er sogar ein wenig. „Einen von den unseren und einen von den euren. Ich habe gesagt, dass es zwei verschiedene Sorten sind, die einen festkochend und die anderen mehlig, und beide kann man lange lagern."

„Das ist gut", nickte Vater Häring. Über sein, vom rauen Wetter gegerbtes Gesicht, huschte ein direkt zartes Lächeln. „Das können wir gut brauchen. Jetzt, wo wir auch noch gezwungen werden, den Preußen einen Teil unserer Ernte abzugeben[10]. Das soll einer verstehen! Für unsere eigenen Soldaten kann man das ja noch einsehen, aber für die?"

„*Wei' s'es alloa ned aufd Reih' bringa, de siebengscheidn Preissn* [11]!", maulte Andres.

---

[10] Da Bayern unter dem Regiment des Deutschen Kaisers befehligt wurde, musste das Land auch Lebensmittel für alle liefern; das war vorher, als unabhängiges Königreich nicht der Fall gewesen.
[11] Dialekt: Weil sie es nicht auf die Reihe bekommen, die siebengescheiten Preußen

Die Ernte war nicht gut gewesen, was gerade in einem Kriegsjahr zu rasant steigenden Preisen führte. Geld, das allen fehlte, bei den Bauern aber auch nicht ankam. Deshalb war es lohnend, selbst mit dem Karren zu den Haushalten zu fahren und die Ware direkt zu verkaufen, anstatt sie dem Großhändler zu übergeben.

Wenn Josef Häring geglaubt hatte, damit das Thema der Religion umschifft zu haben, hatte er nicht mit seiner Jüngsten gerechnet. Helene, die eigentlich Magdalena hieß, nutzte die kurze Gesprächspause, um das zu fragen, was sie seit dem Ausspruch der Mutter umtrieb. Warum sollten die Evangelischen keinen Glauben haben? Anlässlich der Abschlussfeier in ihrer Schule hatte der Herr Kaplan zwar gesagt, dass ein katholisches Mädchen keinen Protestanten heiraten durfte, auch, wenn man die als Christen durchgehen lassen konnte. Von den Juden ganz zu schweigen, die waren ja nicht mal das. Die Protestanten also, die hatte er trotzdem als Gläubige bezeichnet.

„Aber der Herr Pfarrer hat gesagt," fing sie an und schaute ihre Mutter dabei forschend an, denn sie wusste, dass sie mit diesem Satzanfang deren Aufmerksamkeit haben würde, „dass die Evangelischen auch Christen sind. Also glauben sie doch auch an Gott?"

„Aber nicht an die heilige Mutter Gottes", erklärte ihr schnell Walli von der Seite und schob ihr gebieterisch den Teller näher vor die Nase. „Iss, Helene! Dein Kartoffelbrei wird ganz kalt."

Die älteren Mädchen kannten diese Gespräche und hatten den Wink ihres Vaters sofort verstanden.

Maria war froh, dass Walli Helene zum Schweigen gebracht hatte. Aber aus anderen Gründen. Dieses Geplapper lenkte nur zusätzlich ab. Das ganze Gerede um Kartoffeln, Ernte, den Krieg und jetzt auch noch die Religion, das war alles nur ein einziges, großes Hinauszögern. Sie grübelte. Stand es am Ende so schlecht um den kleinen Hof, dass die Familie verkaufen musste? War es das? Das wäre wohl ein tragischer Grund und mehr als nachvollziehbar, dass man mit so einer Nachricht nicht leicht herausrücken konnte. Maria studierte die Gesichter ihrer Eltern nach Hinweisen, aber weder bei Vater Häring noch bei ihrer Mutter konnte sie irgendwelche Antworten in deren Zügen entdecken.

„Keinen Glauben haben sie!", berichtigte die Mutter die Erklärung der Lehrkraft ihrer Jüngsten vehement, schwieg aber dann. Seit die Familie in besseren Zeiten das Bauernhaus in direkter Fußnähe der großen Kirche erworben hatte, war sie jeden Morgen vor Sonnenaufgang in die Frühmesse gegangen. Nichts, weder Schwangerschaften, Erntezeit, noch klirrende Kälte hatten sie je davon abgehalten, die wenigen Schritte, vorbei an der kleinen Synagoge, in der Dunkelheit zurückzulegen. Dort, in der alle Gebäude überragenden Stadtpfarrkirche, betete sie dann stets innig und still in Gesellschaft einiger anderer Frauen, die sich auf geheimnisvolle Weise immer einfanden, ohne sich je abgesprochen zu haben. Anna Häring war dankbar für ihr Glück. Nur dass der Herrgott den Buben so früh zu sich geholt hat, das war kein Glück. Aber sonst musste sie dankbar sein. Eine Liebesheirat, den kleinen Hof, der einen Wald und ein paar Äcker sein Eigen nannte, der einen kleinen Stall mit zwei Kühen und mehreren Hühnern Obdach bot, und damit summa summarum der Familie ein sicheres Auskommen erlaubte. Sie war eine Fremde in dieser Stadt, sogar heute noch. Sie kam aus der kleinen Gemeinde Lubburg, gar nicht so weit von ihrem jetzigen Wohnort, aber zu weit für einen schnellen Besuch bei ihrer Herkunftsfamilie und zu weit, um von den Einheimischen nicht als Zugereiste betrachtet zu werden. Doch durch ihren festen Glauben an die heilige katholische Kirche hatte sie sich nach und nach ein wenig Ansehen bei den Nachbarn erworben. Ihren Mann, der von dem ordentlichen Hennenhof aus dem Umkreis kam, hatte sie auf dem hiesigen Pferdemarkt kennengelernt. Ja, sie hatte allen Grund, dem lieben Gott dankbar zu sein. Sie hatten Glück gehabt, sie noch mehr als ihr Mann. Wer das Pech hatte, als zweites oder gar drittes oder sonst wievieltes Kind geboren zu werden oder – schlimmer – überhaupt als Weib, der ging oft leer aus. Es galt noch immer die alte Regel, auch wenn es ursprünglich keine bayrische war: Dem ersten Sohn der Hof, der zweite gehörte der Kirche und der dritte dem Krieg. Es war nicht unüblich, dass man gar kein Erbe ausbezahlt bekam, weil es sich der Hof nicht leisten konnte. Das galt umso mehr, wenn es sich um eine Tochter handelte. Und ihr Bruder Wolfgang, der jetzt den gutgehenden Gasthof der Familie Kastner in Lubburg weiterführte, hatte sie und ihren Bruder Andreas gleich und gerecht ausbezahlt. Nur deshalb hatten sie und ihr Mann sich damals diesen kleinen Stadtbauernhof in Neumarkt kaufen können.

„Wenn wir den Krieg erst einmal gewonnen haben," warf nun ihr Neffe Andres ein und zog damit die Gedanken der Mutter wieder in die Gegenwart, „dann will ich Gerste anbauen. Der Direktor Heym würde bestimmt für die Brauerei von uns kaufen."

„Kennst du den denn persönlich?"

Es war der erste Satz, den nun der Onkel Wolfgang, der neben seiner Schwester am anderen Tischende schweigend der Unterhaltung gefolgt war, von sich gab.

Andres zuckte die Achseln, schaufelte abermals einen großen Löffel Kartoffelstampfer in den Mund und brummte.

„Na, nonnet[12]", gab er zu und schwang orakelnd seinen abgeschleckten Löffel durch die Luft, „aber auch wenn seine Alte ein Besen ist: Der Weg zu den Mächtigen führt durch die Hintertür! Der Direktor entscheidet, schon, aber man weiß doch, dass die Weiber ihren Männern im Ohr liegen und oft mehr Einfluss auf so eine Sache haben, als man denken mag! Ich weiß die reiche *Bagasch*[13] schon zu nehmen. Schließlich habe ich ihnen gerade erst zwei Zentner Kartoffeln verkauft."

---

[12] Dialekt: Nein, noch nicht
[13] Dialekt: aus der französischen Sprache übernommene Bezeichnung für Gepäck, im 16. und 17. Jahrhundert im Dreißigjährigen Krieg, den Tross eines Landsknechtheeres, davon abgeleitet abwertend Gesindel, Pack,

Der Onkel brummelte in seinen Bart, was er nicht laut sagen wollte, nämlich, dass die jungen Leute sich diese Dinge immer so einfach vorstellten.

„Versuchen kannst du es ja", meinte er indes laut, weil er dann dachte, dass es auf der anderen Seite auch das Recht der Jugend ist, neue Wege zu gehen. Und vielleicht hatte der Bursche ja sogar Erfolg damit?

„Bier wird immer getrunken", stimmte Josef Häring zu. Der Vater arbeitete im Nebenberuf im Ausschank beim Bärenwirt am Oberen Markt, weil das Einkommen der kleinen Landwirtschaft nicht ganz reichte, um eine nun noch fünfköpfige Familie zu ernähren. Auch, wenn es etwas leichter geworden war, seit Anna monatlich etwas zuschoss und es noch besser werden würde, sobald auch Walli die ersehnte Stelle im Büro haben würde. Das Zubrot konnte die Familie trotzdem noch brauchen. Gerade wegen der andauernden kriegerischen Auseinandersetzungen. Und wenn jetzt auch das, was sie heute zu besprechen hatten, gut ausging, dann mochte es sogar noch ein wenig besser werden.

„Nach dem Krieg kannst du das schon probieren", fügte er noch an Andres gerichtet hinzu.

Ein Pochen an die Haustür unterbrach ihn. Er schickte Maria mit einem angedeuteten Kopfnicken an die Tür. Alle Augen folgten ihr in Spannung.

„Hochwürden!"

Die Mutter sprang von ihrem Sitz auf und säuberte sich die Hände an ihrer Schürze, als der schwarzgekleidete Mann mit blütenweißem Stehkragen um den Hals in den Flur trat. Gleichzeitig warf sie den Befehl „macht Platz!" und „ein weiteres Gedeck!" in Richtung ihrer Töchter. Als Helene sich erheben wollte, gebot sie ihr in ebenso forschem Ton: „Nicht du!"

Helene ließ sich mehr überrascht als kleinlaut wieder nieder und schaute fragend zu ihren Schwestern. Maria und Walli tauschten ein Achselzucken mit kurzem Kopfschütteln aus, das signalisieren sollte, dass keine der beiden recht wusste, was das zu bedeuten hatte. Aber sie ahnten es. Das musste die angekündigte Neuigkeit sein! Und wenn die mit dem Pfarrer ins Haus kam, dann handelte es sich bereits um eine unumstößliche Entscheidung, die strikt befolgt werden musste. So viel stand in diesem Augenblick fest.

Anna hatte sich erhoben, richtete ein Gedeck für den Gast und nahm die Gelegenheit zum Anlass, ihren Mantel vom Haken zu ergreifen.

„Bringst du mich zum Zug?", richtete sie sich an ihren Onkel, gleichwohl sie es ein wenig bedauerte, ausgerechnet jetzt gehen zu müssen. Auch sie hatte verstanden, dass eine nicht unwesentliche Veränderung anstand, wenn Hochwürden zu Besuch kam. Doch der Fahrplan der Königlich Bayrischen Staatseisenbahn nahm darauf keine Rücksicht. Onkel Wolfgang hatte ihr zuvor angeboten, sie mit dem Karren am Bahnhof abzusetzen, wenn er zurückfahren würde. Sonst hätte sie ihn freilich nicht gefragt und hätte sich zu Fuß auf den Weg gemacht. Aber auch der Onkel musste sich sputen, wenn er nicht die halbe Nacht im Dunkeln zurück nach Nabburg fahren wollte.

„Wenn ich gewusst hätte, dass Sie kommen, Hochwürden, dann hätte ich doch ein Stück Fleisch für Sie aufgehoben!", flötete Mutter Häring in einem Ton, den man selten von ihr in diesem Haus zu hören bekam, und was offensichtlich eine Schmeichelei war, denn die Eltern mussten von dem Besuch zumindest eine Ahnung gehabt haben, da sich die angespannte Gemütslage im Haus mit Eintreten des Kirchenmannes auf seltsame Weise zu lösen schien.

„Als ob wir Fleisch gehabt hätten ...", murmelte Andres kaum hörbar in seinen Teller, gerade so laut, dass man ihn nur als Dialektkundiger, der der Diener Gottes nicht war, wirklich verstehen konnte. Er lehnte sich in seinem Stuhl zurück, verschränkte die Arme über der Brust und schaute düster drein. Da er den kürzeren Weg nach Hause hatte, schien er es mit dem Aufbruch nicht eilig zu haben.

„Danke! Ich habe bereits gespeist", erwiderte der Gast und rieb sich als Geste der Sättigung mit der Hand den Magen. Gleichzeitig ließ er sich willig auf dem, von Anna freigemachten, Platz nieder. „Aber ich muss sagen, es riecht wirklich verlockend! Es geht doch nichts über gute Hausmannskost, nicht wahr?"

„Wenigstens ein paar Rühreier mit Erdöpfe[14]?", bot die Mutter erneut an und bevor man hätte behaupten können, sie hätte dem Pfarrer ihr Essen förmlich aufgedrängt, nickte dieser bereits willig mit einem „na, ein bisschen Rührei nehme ich gerne!"

Anna und der Onkel verabschiedeten sich, Anna, nicht ohne Maria zugeflüstert zu haben: „Schreibst mir, was los ist, gell?"

Maria nickte ein „freilich!", ihre Schwester zum Abschied flüchtig umarmend, und bog ab über den kleinen Innenhof zum Stall, um die geforderten Eier zu holen. Sie beeilte sich, denn sie wollte auf keinen Fall verpassen, was es mit dem hohen Besuch auf sich hatte. Sie scheuchte ein Huhn aus dem Stroh auf und griff nach dem Ei, das dort lag. Aber sie fand kein zweites oder gar drittes. Sie hatten erst heute morgen alle Eier eingesammelt und in der Stadt verkauft, weil sie das Geld dringend für die Seife gebraucht hatten. Morgen war Waschtag. Natürlich wusste die Mutter, dass kaum zu erwarten war, dass die Hühner schon wieder eine Lage Eier produziert hätten. Doch Maria konnte nicht ohne das angebotene Rührei am Tisch erscheinen. Wie würden sie vor dem hohen Besuch dastehen! Kurzerhand ging sie zurück in die Küche, verquirlte das Ei mit etwas Kondensmilch und Kartoffelmehl und streckte damit die Masse so gut es ging. Es war schon immer Marias starke Seite gewesen, dass sie mit Fantasie und Einfallsreichtum aus noch so geringen Zutaten irgendetwas auf den Tisch bringen konnte.

Inzwischen hatte Walli einen von Vaters Bierkrügen mit dem Rest Bier gefüllt, den sie erst beim Schwarzen Bären geholt hatten. Die Mädchen hatten sich beeilt, um ja nichts von dem wichtigen Grund, aus dem der Herr Pfarrer ja wohl zweifellos gekommen war, zu verpassen. Doch sie mussten sich gedulden. Man sprach zunächst über den Krieg und von Andres' bevorstehendem Einrücken.

---

[14] Dialekt: Erdäpfel = Kartoffeln

Maria setzte den vollen Teller zeitgleich mit einem Satz des Kirchenmannes über die freudige Pflicht eines jeden deutschen Patrioten, seinen Dienst am Vaterland zu tun, vor diesen auf den Tisch.

Andres knurrte ein stolzes „frali[15]“, löste sich wieder aus seiner verschlossenen Haltung, kratzte seinen schon lange leer gegessenen Teller laut und länger als nötig aus, bevor er ihn mit einem missbilligenden Blick auf den eben servierten vollen Teller des Pfarrers beiseiteschob.

„Vielleicht wird der Krieg vorbei sein, bevor der Andres zur Front abrücken muss? Man weiß ja, wie so was enden kann“, gab der Vater der Mädchen zu Bedenken. Er sprach dabei wie vor sich hin, und ganz so, als ob sein Neffe gar nicht anwesend sei, schaute weder diesen noch den Gast an. Es klang nicht viel Hoffnung aus seinen Worten, obwohl der Inhalt es zu vermitteln versuchte. Und, als ob er sich dieses ohnehin kaschierten Gefühlsausbruches schämen müsste, setzte er hinterher: „Der Bub wird auf dem Hennenhof fehlen!“

Mutter Häring rettete ihren Mann aus der selbsterschaffenen Verlegenheit.

„Was beschert uns die Ehre Hochwürdens‘ Besuches?“, versuchte sie sich in einer vornehmen Frage in Hochdeutsch, noch dazu in einer überflüssigen, denn sie musste wohl wissen, was der Anlass dieses Besuches war. Weder Grammatik noch Aussprache gelangen ihr wirklich. Doch sie lenkte damit nicht nur von dem emotionalen Fallstrick, in den sich ihr Mann verwickelt hatte, ab, sondern auch von der bisher wenig respektvollen Haltung ihrer Familie gegenüber dem hohen Herrn. Mochten sich die weltlichen Dinge ändern wie sie wollten, darüber ließ sich am Stammtisch ruhig streiten, die Kirche aber, die stellte seit fast zweitausend Jahren die Säule der Kraft für die Menschen. Die durfte man nicht antasten.

Der Pfarrer spülte unter den erwartungsvollen Blicken verschiedenster Art seine Portion Rührei mit einem kräftigen Schluck aus dem Krug hinunter.

„Nun“, setzte er an, nahm aber schon wieder eine Gabel voll auf, führte sie zum Mund und verschlang auch diese Ladung, bevor er den Satz zu Ende brachte.

„Ich habe eine gute Nachricht für Sie“, meinte er schließlich. Er legte eine Pause ein und schaute selbstgefällig in die Runde.

Maria und Walli – beide standen nach wie vor im Hintergrund, da auch ihre Plätze auf der Holzbank von dem Überbringer der Neuigkeit gut ausgefüllt waren – traten einen kleinen Schritt näher an den Tisch.

„Ich habe für Helene eine Stellung im Haushalt gefunden!“, verkündete er schließlich. „In München. Ein gottesfürchtiges Haus. Da kann sie erst als Dienstmädchen arbeiten und später dann, nach dem Krieg, kann sie eine Lehre als Köchin machen, so wie ihre Schwester Anna. Neben Kost und Logis wird sie ein kleines Gehalt von 25 Mark im Monat haben, von dem sie dann das Lehrgeld einmal bezahlen können wird, wenn sie sparsam ist. Die Herrschaften zahlen ihr sogar das Zugbillet nach München!“

---

[15] Dialekt: freilich

„Ich?", wunderte sich Helene und starrte den Überbringer der für sie völlig neuen Botschaft mit schreckensgeweiteten Augen an.

„München!", riefen Maria und Walli wie aus einem Munde, hin- und hergerissen zwischen Verzückung und Schreck. Bei Walli mochte sich dabei auch etwas wie Enttäuschung hineingemischt haben, da sie seit Jahren vergeblich auf die Vermittlung einer Bürostelle in den Expresswerken wartete, und jedes Mal, wenn Hochwürden ins Haus kam, der Hoffnung verfiel, dass sich dieser Herzenswunsch endlich erfüllte. Und nun traf es die kleine Helene. Und dann die bayrische Hauptstadt! München war die große Stadt, die ganz große Stadt, beinahe die Welt, wo die Damen die neueste Mode zur Schau trugen, Kleider spazieren führten, wie die aus Paris, die man hier in der Provinz nur aus den Modezeitschriften kannte, von denen man, wenn man Glück hatte, eine ältere Ausgabe im Wartezimmer des Doktors zu Gesicht bekam. Und das auch nur, weil eine Schneiderin sie dort vielleicht in ihrer Großmut hatte liegenlassen. Nicht einmal die vornehmen Damen, wie das Fräulein Ida oder Martha oder deren Freundinnen, die Töchter der Geschäftsleute der Stadt, jüdische und nichtjüdische, hatte man je in solchen Kleidern zu Gesicht bekommen! Und dorthin sollte ihre jüngste Schwester reisen?

„So weit weg!", setzte Maria in demselben Ton hinzu, weil ihr bewusst wurde, dass ihre kleine Schwester dann womöglich noch seltener als Anna zu Besuch kommen würde. München war mehr als doppelt so weit entfernt von Neumarkt wie Nürnberg. So eine Reise konnte man sich schließlich nicht alle Tage leisten.

Andres verschränkte abermals die Arme vor seinem Brustkorb und lehnte sich wiederum knarrend im Stuhl zurück.

Die Mutter nickte, ohne dass man ihr ansah, was sie aufgrund dieser Nachricht empfinden mochte.

Der Vater räusperte sich, sprach aber auch nicht.

„Ja, aber …", fing Helene leise mit bebender Stimme an, „was soll ich denn ganz alleine in München machen?"

„Arbeiten sollst", antwortete die Mutter kurz angebunden.

Maria fragte sich, ob ihre Mutter tatsächlich so empfand oder sich mit dieser Härte selbst zu schützen versuchte. Vor der Angst, die Dreizehnjährige in die große Stadt zu schicken, wo für so ein junges Mädchen allerhand Gefahren lauerten. Vor der Angst, mit der Arbeit auf dem Hof nicht mehr klarzukommen. Vor der Angst, vor Hochwürden undankbar zu wirken. Die Letztere war dem Anschein nach die Größte.

„Es wird Zeit, dass auch du etwas lernst", wendete sich der Vater in gütigerem Ton nun direkt an Helene. „Nimm dir ein Beispiel an der Anna! Die ist jetzt eine feine Köchin in einem noch feineren Hotel. Das ist doch was! Die Stellung im Haus bei den Heyms hat dir leider die Heidi vor der Nase weggeschnappt. Die scheint ihre Sache aber ordentlich zu machen, sonst wäre sie nicht mehr dort und du hättest eine zweite Chance gehabt. Solche Anstellungen gibt es hier bei uns nicht mehr. Der Krieg verändert alles. Jetzt musst du halt nach München."

Helene war dem Vater dankbar für seine mildere Antwort, aber sie trieb ihr auch die Tränen in die Augen.

„Aber", versuchte sie einen erneuten Einwand, „jetzt, wo der Andres doch zum Dienst fort muss! Wer soll denn hier die ganze Arbeit machen, wenn auch ich nicht mehr da bin?"

„Wir werden schon über die Runden kommen." Es wirkte, als hätte die Mutter „Ende mit dem Gejammer!" gesagt, so endgültig klang ihre Antwort.

„Wir sind ja auch noch da," murmelte Maria, weil sie die Schwester trösten wollte. Dabei war sie sich gar nicht sicher, ob diese Worte tatsächlich dazu geeignet waren, die gewünschte Erleichterung zu bringen. Sie schwankte selbst noch zwischen Schrecken und Faszination. Sie konnte sich lebhaft vorstellen, wie es in Helene aussehen mochte. Sie tat ihr leid und gleichzeitig beneidete sie sie.

„Du wirst jeden zweiten Sonntag freihaben," richtete sich Hochwürden zum ersten Mal direkt an das junge Mädchen. „Dann kannst du dir die Frauenkirche anschauen, oder die Theatinerkirche. Da ist die Gruft der Wittelsbacher Familie. In München kannst du ein Vierteljahrlang jeden freien Sonntag in eine andere Kirche gehen. Und du musst nicht einmal die Straßenbahn nehmen!"

„Ja, Hochwürden", nickte Helene eingeschüchtert, unklar, ob von der Mühe, die der Pfarrer sich gab, ihr diese Entscheidung schmackhaft zu machen, oder von der Aussicht, nun alle diese Kirchen unbedingt besuchen zu müssen.

„Wann soll sie denn anfangen?"

„In einer Woche."

Der Pfarrer richtete seine Antwort an den Vater und ignorierte den Aufschrei der drei Mädchen, der der Antwort folgte.

„Schon!!!"

Der Ruf hallte lange nach, denn das Gespräch legte eine Pause ein. Die kurze Zeitspanne forderte wohl auch das Gefühl der Eltern heraus, gleichwohl man es ihnen nicht ansah. Doch sie schwiegen einen langen Moment.

Andres erhob sich und schob seinen Stuhl geräuschvoll nach hinten weg: „Da rückt sie ja glatt noch vor mir ab!"

Es entging niemandem, dass er militärische Sprache verwendete. Es wurde von jedermann übergangen.

„Dann kann ich dich ja noch zum Zug bringen, kleine Base", richtete er sich dann freundlich an Helene. Es war in der Tat der erste Ausspruch, der dem Mädchen ein wenig Trost zu spenden schien, denn sie schaute lächelnd auf zu ihrem Vetter, der ihr seine Hand auf die Schulter legte. „Und vielleicht komme ich dich sogar besuchen. Es ist nicht unwahrscheinlich, dass wir über München an die Front fahren werden. Wer weiß? Und dann lade ich dich auf einen Kaffee in den Bayrischen Hof ein! Ich verspreche es dir!"

„Du spinnst doch!", lachte Helene nun ihren Cousin an und wischte sich bisher zurückgehaltene Tränen schnell aus den Augen. „Doch nicht gleich in den Bayrischen Hof! Da lassen sie uns doch gar nicht rein."

„Ich bestehe darauf: Der Bayrische Hof wird es sein!"

Hochwürden hatte seinen Teller bereits geleert und auch von dem Bier war nichts mehr übrig. Er erhob sich wortlos, jedoch mit einer Geste, die andeuten wollte, dass man jungen Leuten ihre Ideen lassen sollte. Das Leben würde sie schon noch lehren, was wirklich wichtig war.

Maria eilte ihm voraus an die Tür, um sie ihm willig weit aufzuhalten. Sie konnte kaum erwarten, dass er verschwinden würde, damit die Familie endlich frei unter sich sprechen konnte. Die Eltern erhoben sich ebenfalls, um der Höflichkeit gerecht zu werden und den Gast zur Tür zu begleiten.

Der Pfarrer war bereits an Maria vorbei ins Freie getreten, als sein Augenmerk auf das Gebäude des Kolpingvereins direkt gegenüber dem Hauseingang fiel. Dort war seit einiger Zeit ein Notlazarett errichtet worden, weil die vielen Verwundeten im Krankenhaus keinen Platz mehr fanden. Gerade traf ein neuer LKW mit wehklagenden Verletzten ein, die von Menschen in weißen Schürzen eilig ins Innere verfrachtet wurden. Er drehte sich auf dem Absatz wieder um, schaute Maria tief in die Augen, legte ihr eine Hand auf die Schulter und sprach: „Maria, auch du solltest dich zum freiwilligen Dienst als Hilfskrankenschwester melden. Es gilt für alle: Tue deinen Dienst für das Vaterland mit Freuden!"

„Ja, Hochwürden. Gleich morgen werde ich mich melden!", nickte Maria beflissen. Aber sie sagte es nur deshalb, damit sie endlich die Tür hinter ihm schließen konnte. Nicht im Traum dachte sie, dass dieser, wie nebenbei gesagte Satz, ein Teil dieser angekündigten Veränderungen sein würde, einer, der nun sie betraf. Sie war so mit der Entscheidung um Helene beschäftigt, dass sie das gar nicht aufnahm. Außerdem würden ihre Eltern, jetzt, da diese ohne der Hilfe von Helene und Andres sein würden, von ihr die Einhaltung des Versprechens nicht fordern. Sie irrte.

Grünbaumwirtsgasse, in der Nähe des Hauses der Familie Häring.

Im Palace
Martha und Ida in Lausanne, Sommer 1916

Von links: 1 Ida, 2 Martha, 3 Lissy Heym, Fribourg Schweiz, 1918;

Tante Geneviève war schlank, trug stets hochgeschlossene, dunkle und wenig modische, mit Rüschen versetzte Kleider, wie es viele Frauen ihres Alters noch taten. Die neue, leichtere Mode schien den jungen Frauen vorbehalten. Ihre Generation tat sich damit noch schwer. Martha und Ida hatten sie oft mit den Erzieherinnen aus den englischen Romanen Jane Austins oder der Brontë Schwestern, die sie so gerne lasen, verglichen. Während die Tante durchaus diesem Klischee entsprach, liebevoll und doch streng, züchtig und ein wenig altmodisch, verkörperte die Erzieherin ihrer jüngeren Halbgeschwister Lissy und Walter, kurz Walty genannt, alles andere als das. Diese war eine, vom Vater ausgesuchte, vehemente Vertreterin der strengen Pädagogik, was immer wieder zu Konflikten mit der leiblichen Mutter, der zweiten Frau Heym, führte. Aber das hinderte Martha und Ida nicht daran, sich für ihre Tante dieses Bild zu bewahren.

Die beiden Kleinen, wie Lissy und Walty in der Familie betitelt wurden, gleichwohl sie nur wenige Jahre jünger waren als Ida und Martha, zählten in Idas Betrachtung wenig, um nicht zu sagen: gar nicht. Sie waren Halbgeschwister, Kinder ihrer Stiefmutter, und als solche lebten sie in einer heilen Welt, abgeschottet und unter der vollsten Fürsorge ihrer leiblichen Mutter. Sie bewohnten einen separaten kleinen Bereich in der großen Wohnung, den ihr Vater bei deren Geburt zusätzlich angemietet hatte. Sie speisten selten zu Tisch der Familie, sondern immer vorher mit der Gouvernante. Die zweite Frau Direktor hatte alles so organisiert, dass diese beiden Halbgeschwister so wenig wie nur möglich mit den größeren Kindern in Kontakt kamen. Sie behütete sie wie ihre eigene kleine Familie in der Familie. Eine Fürsorge, die die Stiefmutter weder Ida noch Martha zukommen ließ. Die Tante war immer bemüht gewesen, dieses Ungleichgewicht ein wenig auszugleichen.

Ida und Martha hatten ihrer Tante gesagt, dass sie auf eine Tasse heiße Schokolade ins *Palace* gehen würden. Das Luxushotel hatte vor einem Jahr eröffnet und war schnell ein beliebter Treffpunkt von Künstlern und berühmten Persönlichkeiten geworden. Danach wollten sie vielleicht noch einen Spaziergang im Park oder entlang der Uferpromenade machen. Soweit entsprach es der Wahrheit und somit war es ihnen leichtgefallen, ihr Vorhaben mit Überzeugung vorzutragen. Denn weder Martha noch Ida waren geübt darin zu lügen. Man sah es beiden sofort an, wenn sie nicht die Wahrheit sagten. Ihre Wangen röteten sich dann und sie mussten jedem forschenden Blick ausweichen, wenn sie nicht sofort ein jämmerliches Geständnis ablegen wollten. Als kleine Mädchen hatten sie es natürlich probiert und schnell gelernt, dass sie darin kein Geschick besaßen. Es war besser gewesen, bei der Wahrheit zu bleiben. Darüber hinaus hatte man ihnen eingebläut, dass diese Ehrlichkeit eine der schönsten Zierden eines Mädchens sei.

Sie waren klug genug gewesen, die Tante zu fragen, ob sie sie nicht begleiten wollte. Wie erwartet, hatte diese abgelehnt, weil an diesem Tag, wie jeden Freitag, ihre Freundinnen zu einer Runde Bridge geladen waren. Martha und Ida hatten also ihre knöchellangen Röcke mit einer schlichten weißen Bluse, die sie selbst jeweils mit einem modernen, nüchtern gehaltenen Muster bestickt hatten, angelegt, hatten Hut, Jäckchen und Handschuhe genommen, und waren in bester Stimmung aufgebrochen.

Martha war fahrig und gleichzeitig agitiert wie Ida sie selten erlebt hatte. Ständig fragte sie nach der Uhrzeit. Immerfort schien ihre Aufmerksamkeit abzuschweifen. Nie war sie bei der Sache. Dieses Verhalten hatte sich mit der Ankunft auf der Terrasse des Hotels noch gesteigert, wo sie an einem kleinen, runden Tisch Platz genommen hatten. Seit der Zeiger der Uhr nun so weit vorgerückt war, dass Heinrichs Erscheinen jede Minute zu erwarten war, konnte Ida mit ihr gar nicht mehr plaudern.

„Er wird schon kommen!", versicherte sie ihre Schwester, nachdem diese immer wieder ihre Blicke suchend durch das Café im modernen Stil der *Belle Epoche* hatte schweifen lassen. Es war trotz seiner astronomischen Preise und der politischen Lage überraschend gut besucht. Man hörte Sprachen aus aller Welt, wenn auch die vorrangige das Französische war. Dies war allerdings eher der gehobenen Umgebung geschuldet, als dass es tatsächliche Bürger Frankreichs oder des französischsprachigen Teils der Schweiz gewesen wären. Es war ein herrlicher Tag, ein leichtes Lüftchen wehte von den Bergen über den See herüber. Es waren zahlreiche Gäste auf Sommerfrische in der Stadt. Elegante Gäste, die es sich leisten konnten, hier Kaffee und Kuchen zu verspeisen. Selbst für Martha und Ida bedeutete der Besuch im *Palace* einen Luxus. Ein Haus dieser gehobenen Klasse gab es in ihrer Heimatstadt in der armen Oberpfalz nicht einmal. Dafür musste man in eine der größeren Städte fahren, in den Deutscher

Kaiser nach Nürnberg, nach Regensburg oder gar nach München. Und eine solche Reise wäre ebenfalls eine große Ausnahme gewesen.

Lausanne um 1910

„Vielleicht hat er sich mit der neuen Sommerzeit in der Stunde geirrt?[16]"
Martha rührte in der hohen Tasse aus edlem Porzellan, als wollte sie die dickflüssige, dunkle Creme darin abkühlen. Ida hatte bereits über die Hälfte ihres Getränks gelöffelt. Auch, wenn das wenig damenhaft war, sie liebte es, die dicke Kakaosahne wie einen warmen Pudding in kleinen Portionen zu verspeisen. Sie sorgte sich mehr um die vergeudete Leckerei in Marthas Gedeck als um die Nervosität ihrer Schwester. Diese begann sie sogar ein wenig zu ermüden. Seit der knappen halben Stunde, die sie hier saßen, wiederholte Martha immerzu dieselben Phrasen. Wo bleibt er denn ... wenn nur nichts dazwischengekommen ist ... er verspätet sich doch sonst nie ... das ist gar nicht seine Art!... Bei aller Liebe für Romantik und für Martha, das begann anstrengend zu werden. Zumal Ida in zunehmendem Maße den Eindruck gewann, dass von der Achtsamkeit, die Martha ihr fest versprochen hatte, nicht mehr viel vorhanden war.

Ida hörte nicht mehr hin, was Martha plapperte. Ihre Gedanken schweiften ab, fort in eine sich düster anschickende Zukunft, in der ihre Schwester nicht mehr an ihrer Seite sein würde. Nicht einmal der Krieg hatte in ihr ein solch graues, dumpfes Fürchten hervorrufen können. Ein Gefühl der Beklemmung stieg abermals in ihr auf. So wohlwollend sie Heinrichs Bild aus den Erzählungen ihrer Schwester auch gegenüberstand, so störend, ja geradezu bedrohend, empfand sie sein Erscheinen in ihrer beider Leben. Nein, in ihrem Leben. Das Paradoxe an der Situation war, dass sie höchstpersönlich alles tun wollte, um Martha zu

---

[16] Zu Ostern 1916 wurde im deutschen Kaiserreich die Sommerzeit eingeführt. Damals lag das Osterfest Ende April. Deshalb wurden am Abend des 30. April 1916 die Uhren eine Stunde vorgestellt.

lotsen, den Eisberg in Form der Stiefmutter zu umschiffen, mit dem Resultat, ihr eigenes Leben damit nur miserabler zu machen. Am liebsten hätte sie gesehen, dass diese Angelegenheit sich als die leichte Liebelei eines jungen Mädchens entpuppen würde, das einem Schmetterling gleich herumflattert ohne sich festzulegen. Das wäre wohl auch angemessener gewesen für Marthas Alter. Und auch weniger kompliziert! Irgendwann, in ein paar Jahren vielleicht, hätte sie dann einen passenden Protestanten gefunden, die Familie wäre damit konform gegangen, und auch sie würde bis dahin wissen, wie es um ihre eigene Zukunft geschaffen sein würde. Alles wäre gut gewesen.

Ida betrachtete Martha, wie diese nervös an ihren Handschuhen herumzupfte. Sie schien nicht mehr sie selbst zu sein. Ihre Wangen glühten und ihre Augen sprühten beinahe Funken, so sehr leuchteten sie, angefacht von einem inneren Feuer, das Ida noch nie zuvor an ihr gesehen hatte. Nein, das war keine sorglose Liebelei. Was immer es war, Ida kannte es nicht, aber sie konnte es sehen. Martha und sie selbst waren noch jung, viel zu jung für solche Gefühle, dachte Ida. Ehe. Kinder. Ein Mann, ein Ehemann. Bei diesen Gedanken machte sie einen tiefen Atemzug. Zu jung, gewiss, aber es war allemal besser, sich den Mann selbst ausgesucht zu haben als einen vorgesetzt zu bekommen. Das war in ihren Kreisen nur allzu üblich. Nichts schien schlimmer, als eine sitzengebliebene Tochter in der Familie durchfüttern zu müssen, eine, die als alte Jungfer nichts als ein lebender Schandfleck für den Ruf der Familie war. Auf die Wahl ihrer Stiefmutter war in dieser Frage gewiss kein Verlass. Jungen Frauen wie ihnen waren die Hände gebunden, sie hatten kaum Gelegenheiten, selbst ihr Schicksal zu bestimmen. Wenn sie es also recht bedachte, wusste Martha zumindest, was sie wollte. Im Gegensatz zu ihr selbst. Sie war noch nie verliebt gewesen und wüsste nicht, welche Wahl sie treffen würde, wenn sie sie denn hätte. Heirat oder alte Jungfer? Oder Erzieherin, was der alten Jungfer beinahe gleichkam.

Ida richtete sich in ihrem Stuhl auf. Sie durfte dem Glück ihrer Schwester auf keinen Fall im Wege stehen! Im Gegenteil: Sie wollte sie unterstützen, soweit es in ihrer Macht stand. Wenn es das war, was Martha glücklich machen sollte, dann gut. Wenigstens wäre dann eine von ihnen nicht mehr der Willkür der Stiefmutter ausgesetzt.

„Nun trink doch!", drängte Ida damit ihre Schwester, „es ist bestimmt schon ganz kalt! Das schmeckt doch nicht mehr."

Daraufhin klopfte Martha den Löffel leicht auf den Tassenrand und legte ihn in der Untertasse ab. Sie hob das Getränk an die Lippen, ließ dabei aber die Augen spähend über die Tasse hinweg an den Rand der Terrasse schweifen. Ida seufzte und widmete sich dem Rest ihres eigenen Getränkes.

„Ich darf die Damen einladen?", sprach es in diesem Augenblick mit einer tiefen Stimme über ihren Häuptern.

Ida hob den Kopf. Heinrich hatte sich, unbemerkt von den beiden, in Marthas Rücken, dem Tisch genähert und stand nun direkt hinter ihr. Er trug einen nagelneuen, hellen, enggeschnittenen Anzug und einen flachen Strohhut mit dunkler Borte, ganz nach der letzten Herrenmode. Einige Damen an Nachbartischen betrachteten verstohlen den adretten jungen Mann, der ihre Nähe auf dem Weg zu seinem Ziel kurz gestreift hatte.

Martha hatte sichtbar Mühe, die Contenance zu wahren. Für einen Moment glaubte Ida, sie würde aufspringen und ihm hemmungslos um den Hals fallen. Das Aufsehen, das sie damit erregt hätte, wäre kein Vergleich zu der Gefahr, der sie damit ausgesetzt gewesen wären. Der Gefahr, dass die Tante dadurch von ihren Schwindeleien erfahren würde. Ihre Tante war immerhin mit einem Mitglied des Großen Rats[17] verheiratet. Die Kette an Dramen, die dies auslösen würde, konnte Ida im Bruchteil einer Sekunde vor ihrem geistigen Auge ablaufen sehen. Die Tante wäre natürlich gezwungen, es ihrem Vater zu berichten, dieser würde vor seiner Frau keine Geheimnisse haben und damit war sie in Gedanken schon in der Hölle angekommen.

Schnell reichte Ida Heinrich förmlich die Hand zum Gruß und lud ihn an ihren Tisch ein. Er setzte sich und ergriff sogleich mit übertriebener Nonchalance Marthas Hand zum Kuss. Nicht nur, dass diese Geste etwas aus der Zeit gefallen wirkte, seine Lippen verweilten auf deren Fingern viel länger als nötig. Kein Wort der Entschuldigung für seine Verspätung.

Martha zog ihre Hand zurück, als hätte sie heißes Eisen berührt.

„Doch nicht hier in aller Öffentlichkeit!", raunte sie ihm zu, strahlte dabei aber derart, dass ihre Rüge ohne Wirkung blieb.

„Hier kennt uns doch niemand", erwiderte der junge Mann und sah sich forsch um. Die beobachtenden Frauen an den Tischen ringsum fühlten sich ertappt. Sie wendeten sich abrupt wieder ihren bisherigen Gesprächen zu.

„Täuschen Sie sich nicht!", warnte Ida. „Unsere Tante ist in Lausanne bekannt wie ein bunter Hund. Wir sind hier zwar nicht eingeführt, aber bestimmt weiß man, dass wir ihre Nichten sind."

Ein Kellner trat an den Tisch.

„Ich darf die Damen auf ein Glas Champagner einladen?"

Heinrich fragte nicht, es war eine Bestellung in Richtung des Obers, der mit einem „sehr wohl, der Herr!" schon wieder den Rückzug antrat, bevor die Schwestern hätten protestieren können. Um diese Uhrzeit Champagner! Das war schon wieder ein unnötiges Aufsehen.

„Die Damen müssen mit mir anstoßen!", sprudelte ihr Besucher weiter. „Ich habe mein Examen bestanden! Nun darf man mich Arzt nennen. Ich werde schon bald meine erste Stellung antreten!"

Marthas Strahlen war nicht mehr zu übertreffen. Stolz war ihr förmlich ins Gesicht gemalt. Nun war sie es, die ihre Hand kurz auf die seine legte.

„Ich gratuliere dir! Das ist eine wundervolle Nachricht!"

Dann trank sie aus ihrer Tasse als wollte sie sich selbst zur Raison und ihre Fassung wieder unter Kontrolle bringen.

---

[17] Der Große Rat des Kantons Waadt ist das Parlament mit Sitz in Lausanne.

„Ich habe keinen Augenblick daran gezweifelt", fuhr sie mit mehr Zurückhaltung fort, „dass du die Prüfung mit Bravour bestehen würdest."

Auch Ida gratulierte, mit weniger Enthusiasmus, doch ebenfalls mit einer gehörigen Portion Bewunderung.

Heinrich warf seinen Hut auf den leeren vierten Stuhl am Tisch und strich sich die widerspenstige, lange Haarsträhne aus der Stirn, die ohne Hut sofort herabgefallen war. Sie fiel auch gleich wieder in seine Augen, sodass er sich mit der gesamten Hand über die Frisur strich. Kaum hatte er sich auf seinem Platz niedergelassen, griff er in die Tasche seines Jacketts und zog ein kleines Schächtelchen hervor.

Ida stockte der Atem. Der Verlobte ihrer Schwester betrug sich ja noch überspannter als diese! Sie fürchtete, er würde nun auch noch das Kästchen vor den Augen aller Leute öffnen, am Ende noch vor Martha niederknien und ihr den darin enthaltenen Ring unter die Nase halten. Was unter anderen Umständen eine edle Geste gewesen wäre, würde hier zu einem Skandal ausufern. Denn so ein Ereignis würde der Tante ganz bestimmt zugetragen werden.

Martha schien ihre Befürchtung immerhin zu teilen, denn ihre Gesichtsfarbe nahm schlagartig ein bemerkenswert transparentes Aussehen an. Sie versteckte unwillkürlich ihre Hände auf ihrem Schoß unter der Tischdecke.

„Sobald ich deinen Vater um deine Hand gebeten habe, werden wir heiraten. Ich kann es kaum erwarten!"

Er sagte es mit einer Ungeduld in den Augen und einer Anspannung, die von seinem gesamten Körper ausging, dass die ehrhaften Worte klangen wie ein anrüchiger Annäherungsversuch. Doch bevor sich der überrumpelte Heinrich versah, schnappte sich Ida den kleinen Schmuckkarton und ließ ihn nach Marthas Vorbild auf ihrem Schoß in ihren Händen unter der Tischdecke verschwinden.

„Doch nicht hier!", zischte sie nun denselben Satz, der aus dem Mund Marthas ignoriert worden war. Sie konnte es nicht fassen! Was war das für ein unbedachtes, geradezu rücksichtsloses Benehmen ihnen gegenüber. So etwas tat ein feiner Charakter nicht! Was war nur in ihn gefahren? Das entsprach so gar nicht den Schilderungen ihrer Schwester, aufgrund deren sie sich ihre Meinung über ihn gebildet hatte.

Der Kellner brachte den Eiskübel mit dem Champagner und stellte ihn neben dem Tisch ab. Ida nutze diese Pause, scheinbar die Handlungen des Obers akribisch beobachtend, um wieder einen klaren Kopf zu bekommen. Es war offensichtlich, dass sie hier die Einzige war, die die Ruhe bewahren konnte. Der Kellner entnahm mithilfe eines blütenweißen, gestärkten Leinentuchs die Flasche und drehte diese zur genaueren Betrachtung des Etiketts vor Heinrich in Position. Dieser nickte und der Ober begann mit einer Art Zeremoniell, das die Gäste am Tisch mit Anstand schweigend würdigten, wie es sich gehörte. Er zog den Verschluss ab und mit wenigen Handgriffen den Korken heraus. Er verstand sein Handwerk, denn es gab nur einen gedämpften Laut und nichts von der kostbaren Flüssigkeit spritzte heraus. Noch während Heinrich kostete und der Hotelkellner auch die anderen Gläser füllte, ergriff Ida das Wort.

„Na, dann lassen Sie uns auf Ihren Examensabschluss anstoßen!", sagte sie gerade laut genug, damit es auch an den anderen Tischen noch gehört werden konnte.

Heinrich schmunzelte. Er reichte den Schwestern jeweils ein Glas, das Ida nur mit der rechten Hand ergriff, während ihre linke den verpackten Ring weiterhin verkrampft unter dem Tisch versteckt hielt.

„Ich hätte gerne auf etwas anderes angestoßen, aber wenn's denn sein soll", meinte Heinrich mit sichtbar amüsierter Miene, „dann eben auf meinen Abschluss!"

Damit stieß er mit seinem Glas sachte an das von Martha, wobei er ihr länger tief in die Augen sah als seine Handbewegung es hatte erahnen lassen. Die richtete sich bereits an Ida, um auch mit ihr anzustoßen, doch sein Blick wollte nur widerwillig der Richtung seiner Sektflöte folgen. Schließlich schenkte er Ida, wenn auch nur für den Augenblick des Anstoßens, doch noch seine Aufmerksamkeit.

Martha nippte lediglich an ihrem Glas. Sofort schickte auch sie eine weitere sachliche Frage hinterher, wahrscheinlich in der Hoffnung, sie möge ihren Verlobten endlich zu einer vernünftigen Haltung bringen. Ida beobachtete diese vergeblichen Bemühungen ihrer Schwester und sie wurde ärgerlich über die offensichtliche Missachtung allen Anstands seinerseits. Nicht, dass sie selbst übergroßen Wert auf diese Konventionen legte. Es war eher die Ignoranz gegenüber dem Risiko, dem er sie beide unnötigerweise aussetzte, was sie ärgerlich machte.

„Was ist das für eine Stellung, die Sie antreten werden?"

Martha sprach mit Nachdruck in der Höflichkeitsform und in derselben Lautstärke wie zuvor Ida, begleitet von einem Wink mit den Augen, der wohl eine Ermahnung zu mehr Haltung sein sollte.

„Das kann ich noch nicht sagen", entgegnete Heinrich, nicht im Geringsten beeindruckt von den Bemühungen der beiden Mädchen, in dieser vornehmen Umgebung die Form zu wahren. Eher im Gegenteil: Es schien ihn zu belustigen. Er nahm einen großen Schluck aus seinem Glas.

„Ich weiß noch nicht, wohin sie mich schicken werden. Ich habe die Einberufung erhalten und natürlich habe ich mich an die Front gemeldet, wie es die Pflicht eines jeden anständigen Deutschen ist. Wenn es nicht wegen des Studiums und des Versprechens gegen meine Eltern gewesen wäre, dieses unbedingt abzuschließen, hätte ich das selbstverständlich schon viel früher getan."

Ida stellte ihr Glas ab. Sie schaute auf Martha. Ihr ganzer Kopf wendete sich ihr zu.

Martha schaute gar nicht. Sie schien in der Mitte des letzten Satzes in eine plötzliche Starre gefallen zu sein, die ihr nicht einmal erlaubte, mit den Lidern zu zucken. Was die Sinne an Wahrheiten erfassen, lässt sich manchmal nur schwer in Worte verwandeln, und Marthas Sinne schienen alle auf vollen Empfang gestanden zu haben. Nun implodierte, was sie aufgenommen hatten, in ein Nichts.

„Aber ...", begann sie nach endlos scheinendem Schweigen, während dessen das Murmeln der anderen Gespräche im Raum mit jeder verstreichenden Sekunde lauter zu werden schien, „... wir haben Krieg!"

„Ja! Eben!" Heinrich tat sein Bestes, um die Bestürzung im Gesicht seiner noch inoffiziell Verlobten zu ignorieren. „Dort werde ich am dringendsten gebraucht. Dort kann ich meinem Land den größten Dienst erweisen! Die letzten paar Wochen vor dem endgültigen Sieg kann ich nun doch auch noch etwas dazu beitragen! Beinahe wäre das alles ohne mich vonstatten gegangen. Das wäre mir mein Leben lang zum Nachteil gereift."

Martha schluckte heftig, als verschlinge sie einen Aufschrei so lang wie eine Schlange. Noch immer saß sie steif wie in ein Korsett geschnürt, das weder sie noch Ida je getragen hatten. Sie schien zu keiner Reaktion fähig.

Ida konnte sich lebhaft ausmalen, was in ihr vorgehen mochte. Schon seit Martha im Lazarett arbeitete, hatte Ida bei ihrer Schwester Veränderungen beobachtet. Sie lachte seltener, war häufig in sich gekehrt und nachdenklich. Von dem Äußerlichen ganz abgesehen, der Müdigkeit und den Schatten um ihre Augen, die sich nur langsam hier in Lausanne verflüchtigt hatten. Entgegen aller Vertrautheit zwischen ihnen, sprach Martha fast nie über ihre Arbeit im Lazarett, und wenn, dann nur vom Krieg allgemein. Dabei berichtete sie immer nur generell von den grauenhaften Dingen, die sich dort, in diesem monströsen Krieg, abspielen mussten. Nun betrachtete Martha ihren Verlobten nicht nur mit Argwohn, sondern mit einer Art wachsender Abscheu. Vielleicht hatte sie von ihm, als Arzt, nicht erwartet, eine derart kriegsbejahende Haltung vorzufinden? Vielleicht hatte sie sogar geträumt, dass er ein Pazifist war, der nur Heilung und Menschenfreundlichkeit im Sinn hatte? Immerhin hatte er nun sogar den Hippokratischen Eid geschworen. Ida entschied sich, an Marthas Statt zu sprechen, obwohl sie das als Einmischung betrachtete und fürchten musste, dass auch Heinrich das tat.

„Sie wollten meines Wissens bei unserem Vater vorsprechen?" Ida blieb bei der Höflichkeitsform, die Martha eingeschlagen hatte, wenn auch aus anderen Gründen. Es schien ihr passender, ihn mit etwas Distanz darauf hinzuweisen, dass diese Verlobung noch nicht abgesegnet war, dass es Verpflichtungen jenseits des Kriegsdienstes gab, den er für so bedeutend hielt. Trotz ihrer zarten achtzehn Jahre spürte Ida nachdrücklich die plötzliche Verschiebung der Prioritäten in Heinrichs Leben. Das musste für die Frau, der seine volle Aufmerksamkeit zuvor gegolten hatte, schmerzhaft sein. Die Kriegsgöttin war eine gefährliche Geliebte. Jede Frau musste sie fürchten. Ida war belesen und hatte sich dazu bereits eine Meinung gebildet.

Heinrich gab sich gekränkt: „Selbstredend!"

„Wann?", warf nun Martha mit erstaunlich klarer Stimme ein. Mehr sagte sie nicht.

„Sobald der Krieg vorbei sein wird." Heinrich drehte Ida den Rücken zu, indem er sich auf seinem Stuhl ganz seiner Verlobten zuwendete. „Das wird nicht mehr lange dauern, maximal ein paar Wochen. Der Sieg ist nicht mehr weit, das hört man überall. Danach werde ich sofort bei deinem Vater vorsprechen."

Und als Martha ihn nur weiter mit düsteren Augen ansah, ohne zu antworten, änderte er seine Stimmlage. „Schau, Marthalein, das ist doch auch für uns viel besser! Dann werde ich ein eingeführter Arzt sein, habe gedient und Erfahrung und kann meine eigene Praxis eröffnen. Das ist eine gute Grundlage für uns. Und dein Vater kann kaum noch etwas dagegen sagen! Ein Mann, der im Krieg seinen Dienst getan hat, der wird dem Älteren dadurch ebenbürtiger. Und in der Zwischenzeit konvertierst du zum katholischen Glauben, dann können wir sofort nach meiner Rückkehr heiraten."

Nobles Hotelcafé in der Schweiz 1918

Ida hatte in seinem Rücken ihr Glas erneut ergriffen, aus Verlegenheit einen Schluck genommen. Dieses Gespräch war zunehmend persönlicher geworden. Obwohl sie in alles eingeweiht war, war es ihr nun doch unangenehm, direkte Zeugin dieses Dialoges zu werden. Das ging schließlich nur die beiden Verlobten etwas an. Bei dem letzten Satz jedoch musste sie schnell die Stoffserviette vor ihren Mund halten, um zu verhindern, dass sie das edle Getränk quer über den Tisch spukte. Ungläubig spähte sie über Heinrichs Schulter zu ihrer Schwester, um sicher zu gehen, dass sie sich nicht verhört hatte. Martha, die Tochter aus tiefprotestantischem Hause, wo alle Regeln des Lebens auf dieser Religion fußten, der Vater Vorstand des Kirchenrats war, ihre Mutter vor ihrem Tod jahrelang im Chor gesungen hatte, wo Achilles, sie und Martha ihre Konfirmation durchlaufen hatten, diese Tochter sollte einfach, *sans scrupules*[18], die Konfession für ihn wechseln! Ganz abgesehen von der Reaktion ihres Vaters auf ein derartes Ansinnen, das konnte er doch nicht allen Ernstes von ihr erwarten? Ida war entsetzt.

Martha schien nicht halb so perplex wie sie. Es drängte sich der Eindruck auf, dass die beiden darüber schon gesprochen hatten. Ida ließ sich in die Lehne ihres Stuhles sinken. War sie am Ende doch nicht in alle Geheimnisse ihrer Schwester eingeweiht?

„Du musst keine Angst haben", redete Heinrich weiter auf Martha ein wie auf ein Kind, das sich des nachts vor einem Gespenst fürchtet und dem man die Welt bei Dunkelheit als ungefährlich darlegt. „Ich werde nicht in den vordersten Linien sein. Mir kann nichts passieren. Da, wo ich arbeiten werde, gibt es keine Kampfhandlungen. Die Feldlazarette sind immer in sicherem Abstand hinter der Kampflinie, das weißt du doch. Du arbeitest immerhin auch in einem Lazarett."

Damit schien er endlich den Kern der Sache für seine Verlobte getroffen zu haben, denn nun bewegte sie sich.

Heinrich reichte ihr das Glas Champagner: „Komm! Nimm einen Schluck! Das wird dir guttun."

Martha trank widerspruchslos und in einem Zug das Glas leer, wie man eine bittere Medizin hinunterkippte. Sie schien zu demselben Schluss gekommen zu sein, denn so etwas tat sie normalerweise nie. Sie stellte die geleerte Sektflöte entschieden ab und erhob sich.

„Gehen wir ein paar Schritte in den Park!" Und zu Ida gewandt sagte sie: „Bitte warte hier auf uns. Wir werden bald zurück sein!"

Martha schritt erhobenen Hauptes gefasst in Richtung der Gartentreppe, die mit wenigen Stufen hinaus auf die Promenade führte. Heinrich stand ebenfalls auf, ihr hinterherblickend.

„Darf ich mein Eigentum wiederhaben?", wendete er sich noch an Ida und hielt ihr die offene Hand hin. Er grinste sie sogar schelmisch an, als ob es in dieser Situation etwas zu grinsen gab!

Ida schaute sich kurz um, bevor sie das Kästchen, ohne ihm eine Antwort zu geben, in die Seitentasche seines Jacketts gleiten ließ. Heinrich wendete sich ab und folgte seiner Verlobten nach draußen.

Ida blieb alleine am Tisch zurück. Wenn sie nicht bereits fest und gerade auf ihrem Platz gesessen hätte, wäre sie in diesem Moment wohl in die Lehne niedergesunken. Hatte sie bisher geglaubt, dass es galt, die ein wenig kopflose, weil verliebte Schwester mit ihrer Hilfe sicher um den Eisberg zu lotsen, so begriff sie in diesem Augenblick, dass der schicke Kapitän des Schiffs einen anderen Kurs eingeschlagen hatte. Dabei schien der die Gefahr der Eisberge in diesen Gewässern gar nicht wahrzunehmen. Oder sie zumindest zu unterschätzen, was

---

[18] Franz. Ohne Bedenken

angesichts Marthas Unbedarftheit gegenüber der Bedrohung noch gefährlicher war.

Idas leere Hände und die Stille am Tisch wurden bald zur Last. Sie hatte den Eindruck, alle Welt schaue nur auf sie, wie sie alleine ohne Begleitung am Tisch saß. Sie hatte nichts zu trinken und nichts zu essen vor sich, womit sie sich hätte scheinbar beschäftigen können. Champagner nachzugießen wagte sie nicht. Ihr schwindelte sowieso schon von diesen Neuigkeiten.

Eine Serviertochter huschte in ihrem Rücken vorbei. Ida kam der rettende Gedanke, dass man in Hotels dieser Klasse gewiss Modezeitschriften im Foyer anbot, um den Damen die Zeit des Wartens zu vertreiben. Das Mädchen brachte ihr tatsächlich eine relativ neue Ausgabe der *La Mode, Petit Journal* und sie vertiefte sofort ihre Nase darin. Sie betrachtete seltsam nüchterne Entwürfe einer gewissen Coco Chanel, die in Paris der neue Stern am Modehimmel sein sollte, blätterte ein wenig herum und blieb dann bei der Abbildung eines Brautkleides hängen. Es wäre ein traumhaftes Kleid für den großen Tag ihrer Schwester gewesen, überraschte sie sich selbst mit diesem Gedanken. Das Kleid hätte die Schönheit ihrer Schwester sehr hervorgehoben, so viel stand fest. Daraus würde nun jedoch so schnell ohnehin nichts werden, da der Bräutigam es vorzog in den Krieg zu ziehen.

Ida ließ die Zeitschrift sinken und blickte nachdenklich in die Leere. Vielleicht war diese Hinterhältigkeit des Schicksals gar nicht so nachteilig? Abgesehen von der Gefahr, die ein Krieg mit sich brachte, es würde möglicherweise Ruhe in die Sache bringen und ihnen ermöglichen, die Stiefmutter mit viel Schlauheit außen vor zu lassen?

Es war schon immer eine von Idas Stärken gewesen, Vorteile aus jeder noch so verquerten Lage zu ziehen. Das hatte sie früh lernen müssen, denn sie war lange nicht so liebreizend wie ihre Schwester, die damit dem Vater oft Nachgiebigkeit entlocken konnte, umso mehr, seit sie zur jungen Frau herangereift war. Unwillkürlich betrachtete sie wieder die Abbildung des Kleides. Ida hatte diese Wohlgestalt ihrer Schwester früh erkannt, lange bevor das Erblühen der Weiblichkeit auch der Allgemeinheit aufgefallen war. Sie hatte sie dafür immer bewundert, sich gefragt, ob auch sie selbst eines Tages diese Metamorphose durchlaufen würde. Aber das war nicht geschehen, obwohl sie die Ältere war. Wann immer sie sich im Spiegel betrachtete, entdeckte sie gröbere Züge in ihrem Gesicht, vermindert glänzendes Haar von nichtssagender Farbe, einen weniger intelligenten Blick, der obendrein noch von einer hässlichen Lesebrille mit runden Gläsern entstellt wurde. Damit sah sie aus wie eine Eule. Aber es half nichts, die Sehhilfe musste sein. Zwar hatte sie dieselbe sportliche Figur wie Martha, aber sie empfand ihren Körper weniger wohlwollend geformt. Sie hielt sich bestenfalls für eine schlechte Kopie der jüngeren Schwester, obwohl das umgekehrt hätte sein müssen. Sie war schließlich zuerst da gewesen. Aber sie war überzeugt davon, dass ihre Eltern Achilles, dem erstgeborenen Sohn, und dem letzten Kind, Martha, der Jüngsten, alle guten Eigenschaften mitgegeben hatten. Für sie, Ida, die Tochter in der Mitte, hatte das Nötige reichen müssen. Das war das Los der Zweitgeborenen. Damit musste man leben und das hatte sie bald verstanden. Obwohl Ida und ihre Geschwister beinahe wie Drillinge aufgewachsen waren, – denn es bestand ziemlich genau jeweils nur ein Jahr Abstand zwischen ihren Geburten, ein Umstand, der dem frühen Tod ihrer Mutter förderlich gewesen war – hatte sie es immer so empfunden.

Ida war völlig in ihre Gedanken versunken, konnte nicht sagen, wieviel Zeit vergangen sein mochte, als sie von der Stimme über ihrem Kopf aufgeschreckt wurde.

„Da seid ihr ja!"

Urplötzlich und wie aus dem Nichts, wie ein aus der Flasche befreiter Geist, stand die Tante in eleganter Aufmachung vor ihr. Sie nahm ihren Hut ab, legte ihn achtsam mit Handschuhen und -tasche auf genau den Stuhl, auf dem kurz zuvor Heinrichs Hut gelegen hatte, und setzte sich an den Tisch.

Ihr Blick fiel auf die halbgeleerte Flasche. Mit Verwunderung im Gesicht, die sich aber schnell legte, je mehr sie zu verstehen begann, fragte sie: „Champagner?"

Dann folgte eine Frage nach der anderen, wie Dominosteine, die ohne weiteren Anstoß der Reihe nach umfielen.

„Wo ist Martha? ... Warum sitzt du hier alleine? ... Was geht hier vor sich?"

Ida fühlte, wie ihr das Blut ins Gesicht schoss, das es fürchterlich zum Glühen brachte.

Seeseite des Hotel Palace in Lausanne

Gartenterrasse des Palace in Lausanne

Blick von einer Suite des Palace über den Genfer See, Lausanne um 1920

Heldentum
Martha und Ida in Lausanne, Sommer 1916

„Ich muss wohl nicht betonen, wie enttäuscht ich von euch bin!"

Ida und Martha kauerten nebeneinander
auf der Chaiselongue, die sich unversehens
in eine Anklagebank verwandelt hatte. Ihre
Hände im Schoß verkrampft, die Köpfe gesenkt, saßen sie da wie zwei arme Sünderin-
nen, die sie ja auch waren. Das letzte Mal, als
Ida sich so schuldig gefühlt hatte, hatte ihre
Mutter noch gelebt. Damals hatte sie im
Spiel eines ihrer Abendkleider anprobiert
und einen Fleck darauf gebracht, der nie
mehr rausging. Sie hatte nichts gesagt, das
Kleid einfach zurückgelegt, aber freilich
hatte die Mutter gewusst, wer es war.

Ida Heym, 1917

Die Strafe war eine Erleichterung gewesen, die Dauer des Verheimlichens eine
Qual. Aber im Vergleich war das eine Kinderei. Nun wog das Vergehen ungleich
schwerer. Ida hätte viel darum gegeben, wenn sie die ganze Sache mit dem Besuch im Palace hätte ungeschehen machen können. Nicht nur aus Besorgnis vor
den zu erwartenden Konsequenzen, sondern auch deshalb, weil sie ihre Tante
selbst in eine unangenehme Lage gebracht hatten. Das wurde ihr in diesem Moment bewusst, und es wog beinahe mehr als die Furcht, die sie zuvor im Griff
gehabt hatte.

Tante Geneviève war während Marthas Geständnisses, angefangen vom ersten Tag der heimlichen Liebe, bewegungslos an der geschlossenen Flügeltür gestanden, die Arme hinter dem Rücken, und hatte hinaus in den Garten geschaut.
Sie hatte eine Haltung eingenommen, wie sie sie von ihrem Vater kannten, wenn
er unangenehme Dinge mit ihnen besprechen musste. Sie hatte kaum Fragen
gestellt, nur dann, wenn Marthas Erzählung über Heinrich ins Stocken geraten
war. Knappe Fragen und sehr direkte dazu. Ihre Haltung wirkte äußerst befrem-
dend. Die Schwester ihrer Mutter, die seit deren Tod sich vermehrt um sie gekümmert hatte, wann immer es möglich gewesen war, war lustig und liebevoll
mit ihren Nichten, als wollte sie damit das Unrecht zu Hause, das sie trotz der
Entfernung wohl wahrnahm, wieder ausgleichen.

„Ida kann nichts dafür", schloss Martha ihren Bericht, als sie beim heimlichen
Treffen im Palace angekommen war. „Ich habe sie überredet."

Martha versuchte das Beben in ihrer Stimme zu beherrschen, es gelang ihr
aber schlecht.

„So?"

Die Tante drehte sich abrupt um. Sie machte zwei Schritte in den Raum, aber in der Art, als ob sie zu dem Tisch gehen wollte, um endlich den Tee einzuschenken, der dort schon seit geraumer Zeit, auf einem Stövchen warmgehalten, wartete. Auf halbem Wege blieb sie aber stehen, wendete sich wieder dem Fenster zu und öffnete die Flügeltür einen Spalt. Sie nahm einen tiefen Atemzug. Feuchte, kühle Luft drang in den Raum. Auf der Terrasse prasselte derart Regen nieder, dass das Parkett im Umfeld der Tür schnell nass wurde. Dennoch unterließ sie es, das hohe Fenster sofort wieder zu schließen.

„Glaube nicht, dass du dich in eine Heldenrolle flüchten kannst", fuhr sie fort. „Das ist zurzeit ja groß in Mode. In Deutschland scheint das jeder zu denken! Sogar ihr Mädchen lasst euch davon anstecken!"

Während sich die Nichten noch fragten, worauf sich diese Worte bezogen, setzte die Tante bereits zur Erklärung an.

„Man überhäuft die Helden mit Ehren und Beifall, damit jeder danach strebt, einer zu sein ... oder *eine*, wie es scheint. Und ein jeder tut es, ein jeder will der Erste und der Größte sein. Zwar fehlt dann ein Bein oder ein Arm oder gar das Leben, aber wen kümmert das? Die Rolle des Helden ist ausreichend Lohn! Und damit dieser Wettlauf ja nicht nachlässt, wird die Dankbarkeit der Nation auf den Plan gerufen und es werden Denkmale aufgestellt und mit viel Tamtam eingeweiht und beklatscht. Orden werden verliehen, Reden und Messen gehalten, Zeitungen seitenweise mit ruhmvollen Berichten gedruckt. Und keiner übernimmt die Verantwortung für das, was geschieht! Niemand. Wie das so ist, wenn jedermann tut, was alle sagen, übernimmt niemand die Verantwortung, weil jeder denkt, dass es irgendjemand schon tun wird."

Sie wurde nicht müde, ihre Anschauung in immer weiteren Varianten zu wiederholen, als sie plötzlich verstummte. Es war, als ob die Energie, die diese Worte getragen hatte, mit einem Mal verausgabt war.

„Es ist die mangelnde Bildung des Volkes, die dazu führt", zog sie resigniert einen Schlussstrich unter das Gesagte. Dabei warf sie die Flügeltür so vehement zu, dass Martha und Ida durch den jähen Knall hochschreckten.

„Aber ihr! ...", fuhr die Tante unerwartet mit neuem Elan herum, „... ihr seid gebildet! Ihr genießt den Luxus einer privaten Schule! Ihr habt Zugang zu guter Literatur! Und wie ich beobachte, lest ihr auch. Ihr genießt eine gute Erziehung! Von Euch kann man anderes erwarten!"

Ida hatte den Eindruck, dass Tante Genevièves Emotionen auf weit mehr fußten als auf der Unaufrichtigkeit in Bezug auf den Besuch im *Palace*. Aber sie konnte es nicht greifen. Sie warf einen kurzen Seitenblick auf Martha. Entweder verstand diese ebenfalls nicht, wovon die Tante sprach oder aber auch sie wagte es nicht, nachzufragen. Denn auch ihre Schwester schwieg mit hängendem Kopf.

Tante Geneviève nahm auf dem Divan direkt ihnen gegenüber Platz. Sie saß da, aufrecht, mit erhobenem Kopf und schaute schweigend auf ihre Nichten. Es war unmöglich zu sagen, was ihr in diesem Augenblick durch den Kopf gehen mochte.

„Wenn ihr als Frauen ein halbwegs selbstbestimmtes Leben führen wollt, habt ihr nur eine Chance", sprach sie dann zur Verwunderung ihrer Nichten recht sachlich weiter. Sie hatten mit der Fortführung der Strafpredigt und der Androhung unangenehmer, höchstwahrscheinlich sogar sehr unangenehmer Konsequenzen gerechnet. Doch diese Rede nahm jetzt eine ziemlich unerwartete Wendung.

„Ich werde jeder von euch eine Mitgift von fünfzigtausend Goldfranken zur Verfügung stellen. Das ist genug, um euch eine gute Partie zu ermöglichen.

Ihre Nichten starrten sie mit großen Augen an.

„Ich habe eurer Mutter versprochen, mich um euch zu kümmern. Von eurem Vater habt ihr vermutlich nicht mehr viel zu erwarten."

Martha hauchte etwas, das wie ein „Danke" klang und Ida kopierte sie einfach, weil sie, gefangen in ihren Emotionen, gar nicht in der Lage war, so schnell von Schuldgefühl zu echter Aufmerksamkeit umzuschalten.

Die Tante wischte es mit einer unwirschen Handbewegung beiseite.

„Wer weiß, was von eurem Erbe übrigbleibt...".

Sie ließ den Satz in der Luft hängen, spitzte die Lippen, ließ dann ein alleinstehendes „eh bien![19]" verlauten, bevor sie ihre Aussage von zuvor wieder aufgriff. „Fünfzigtausend Goldfranken, das sollte genügen, um einen Mann aus gutem Hause für euch zu interessieren, einen mit Bildung und – was beinahe noch wichtiger ist – einen mit Herz. Einen, der lebenstüchtig genug ist, zu verstehen, der euch ein paar Freiheiten lässt. Du willst doch Ärztin werden?"

Sie richtete sich kurz direkt an Martha, nur um sofort ebenso Ida anzusprechen: „Und in dir wächst vielleicht gleichfalls noch ein ähnlicher Wunsch heran?"

Ohne eine Antwort abzuwarten erhob sie sich und begann vor der Chaiselongue auf- und abzulaufen wie ein gefangener Tiger im Käfig.

„Das Einzige, das euch allenfalls eine solche Zukunft ermöglicht, ist Vermögen. Vermögen, das mit klugem Handeln einhergeht. Und eines müsst Ihr verstehen: Ihr habt nur eine Chance, eine gute Wahl zu treffen. Ein Fehlgriff lässt sich nicht korrigieren. Ihr jungen Dinger habt ja keine Vorstellung davon, wie viele solcher Schicksale es gibt! Anständige Mädchen, die den Falschen geheiratet haben – und damit meine ich nicht nur mittellose Männer. Einen Despoten, Ignoranten, einen Versager, Spieler, ich könnte endlos Beispiele aufzählen. Die Männer sind sehr einfallsreich, wenn es darum geht, Unrecht anzurichten. Und immer sind es wir Frauen, die dann dieses Schicksal ertragen müssen."

Martha schien seltsamerweise durch diesen Vortrag ein wenig Mut gefasst zu haben, oder sie verstand diese Worte als Aufforderung, zu erzählen. Jedenfalls warf sie mit einer guten Portion Hoffnung in ihrer Stimme den Namen ihres Verlobten in den Raum.

„Heinrich ist aus gutem Hause! Er ist Arzt und spielt Klavier und ..."

---

[19] Franz.: nun gut!

„Schweig!", fuhr sie die Tante schroff an, blieb ruckartig stehen, so dass ihr Kleid sich in einem Rauschen um sie wickelte.

Martha duckte sich vor dieser unerwartet heftigen Reaktion.

„Ich will davon nichts mehr hören! Mit jedem Wort macht ihr mich zu eurer Mitwisserin. Diese Rolle werde ich unter keinen Umständen akzeptieren. So weit kommt es noch!"

Sie schritt zurück zum Sofa und ließ sich wieder nieder. Es folgte eine lange Pause, in der die Mädchen mit Bangen auf das warteten, was sich durch diese ankündigte. Die große Standuhr an der Wand tickte laut herüber. Sie schuf eine Atmosphäre der Bedrohung, als ob sie mit jedem Tick Tack eine undefinierbare Bürde Stück für Stück näher an sie heranschob.

„Ihr werdet morgen nach Hause abreisen", erklärte Tante Geneviève dann entschieden.

„Oh nein!", rief Ida spontan, denn das war für sie die schlimmste Bestrafung, die sie sich hatte vorstellen können. „Bitte nicht, Tante Geneviève!", bettelte sie wie ein kleines Kind, das zu Bett geschickt wird, wenn es am spannendsten wird. Sie sprang auf, kniete vor der Tante nieder und ergriff deren Hände. „Es tut uns leid! So unsagbar leid! Jede Bestrafung nehmen wir gerne an, wenn es der Wiedergutmachung dienlich ist. Aber bitte schicke uns nicht nach Hause!"

Martha sagte gar nichts. Sie beobachtete mit glasigen Augen die Szene, hielt dabei ihre Hände verkrampft als bete sie innig.

„Das hättet ihr euch vorher überlegen sollen."

Die Tante löste sich aus Idas Umklammerung und schickte sie mit einer Geste zurück an ihren Platz neben Martha. Noch nie hatte Ida sie so stahlhart erlebt. Mit Entsetzen in den Gliedern folgte sie dieser stummen Anweisung. Hatte sie sich bis zu diesem Moment lediglich ertappt und deswegen schuldbewusst gegenüber ihrer Tante gefühlt, spürte sie jetzt zum ersten Mal, dass es um viel mehr zu gehen schien, als ihr klar gewesen war.

„Ihr werdet morgen den ersten Zug nehmen", wiederholte die Tante in anderen Worten ihre Entscheidung. Wieder machte sie eine Pause, ließ ihre Worte gezielt wirken.

„Ich werde eurem Vater nichts sagen", fuhr sie schließlich, abermals sehr zum Erstaunen der beiden Schwestern, fort.

Für einen Moment hoben sie hoffnungsvoll das Antlitz, jedoch nur, um den alles entscheidenden Satz zu hören, der direkt folgte: „Du wirst das tun!"

Diese letzten Worte richteten sich an Martha, die nur stumm nickte, weil sie gar nicht anders konnte, als zu nicken.

„Du wirst eurem Vater selbst alles erzählen! *Coûte que coûte*[20]! Wenn dieser junge Mann schon nicht den Anstand hat, bei deinem Vater vorzusprechen, wie es sich gehört, dann musst eben du das tun! Er hat es verpasst, einen ersten

---

[20] Franz.: um jeden Preis

guten Eindruck zu machen. Ich fürchte, du wirst das schwer ausgleichen können. Aber so ist es nun mal."

Sie erhob sich wie eine Königin, die mit dieser Bewegung signalisierte, dass
die Unterredung damit beendet war. Martha und Ida folgten ihrem Beispiel mit
Zögern. Sie hätten es bevorzugt, weiter eine strafende Mahnrede über sich ergehen zu lassen, als der Tatsache dieser Entscheidung nun in die Augen sehen
zu müssen.

„Und nun trinken wir eine Tasse Tee und sprechen nicht mehr davon."

Von links: Achilles, Martha, Walty, Lissy, Ida Heym, Fribourg, Schweiz, 1917

Leben in der Bahnhofstrasse
Ida und Martha in Neumarkt, Sommer 1916

Bahnhofstraße, spätere Hindenburgstraße, Neumarkt um 1920

Die Bahnhofstraße war eine einladende Allee mit schattenspendenden Bäumen, gesäumt von der stattlichen Gaststätte Egner gleich gegenüber dem Bahnhofsgebäude, Villen und Herrschaftshäusern. Ida und ihre Schwester waren lange dort gestanden und hatten mit Beklemmung auf eines der wenigen Häuser in der Straße geschaut, das nicht von einer jüdischen Familie bewohnt wurde. Die Adresse galt als Zentrum der wohlhabenden Juden in der Stadt. Das zweistöckige Gebäude der lutherischen Familie Heym reihte sich in die edlen Behausungen der Familien Öttinger, Dreichlinger und Goldschmidt, die Inhaber der ersten Fahrradwerke *Express*[21] am Ort, gut ein. Alle hatten einen kleinen Vorgarten, der durch einen schmiedeeisernen Zaun von der Straße geschützt lag. In normalen Zeiten wucherten dort wohlgepflegte Blumen, enorme Hortensien und Zierbüsche. Die eine oder andere Hortensie war geblieben, doch der Rest hatte Gemüsegärten weichen müssen, deren Erträge gehütet wurden wie der

---

[21] Simon Goldschmidt war 1863 aus Sulzbürg nach Neumarkt umgezogen. 1873 erwarben Simon und Nathan Goldschmidt zusammen mit ihrem Schwiegersohn Heinrich Dreichlinger die Genehmigung einer Glasfabrik in der Bahnhofstraße. Ab 1884 produzierten Goldschmidt & Söhne im ersten Fahrradwerk die berühmten „Express"-Fahrräder, der Beginn der deutschen Fahrradindustrie. Das Geschäft lag zentral am Oberen Markt (vom Rathaus betrachtet auf der rechten Seite), später die Firma Gleichauf. Dass die Bahnhofstraße der Wohnort vieler jüdischer Familien war, entstammt der Erzählung der Zeitzeugin Rosmarie Hasl.

eigene Augapfel, weil flinke Kinder aus ärmeren Stadtvierteln immer wieder ihre Hände durch die Zaunstäbe schoben und davontrugen, was sie erhaschen konnten. Sie waren beinahe ebenso lästig wie die Schnecken und Mäuse, die sich nachts über den Salat hermachten als gäbe es keinen Krieg und keinen Mangel.

„Ihr? Warum seid ihr schon zurück aus der Schweiz?" Es war ein eisiger Empfang, doch das war von ihrer Stiefmutter nicht anders zu erwarten gewesen. Die Frau mittleren Alters, gekleidet in grimmigen Ausdruck und hochgeschlossenem Gewand aus dunkelgrauer Wildseide, stand in der Mitte des langen Flurs. Es war ein neues Kleid, Ida hatte es noch nie zuvor an ihr gesehen.

Reiches Bürgerhaus in der Hindenburgstraße in Neumarkt;

Das Dienstmädchen schloss hinter Martha und Ida die Haustür und machte sich mit auffälliger Eile davon, ohne ihnen beim Ablegen behilflich zu sein. Auch sie hatte die Anspannung aufgenommen und es für besser befunden, sich aus der Gefahrenzone zu begeben. Die Mädchen standen inmitten ihrer Koffer und beschäftigten sich betont gelassen damit, ihre Handschuhe und Hüte abzulegen, und sie gemeinsam mit ihren Täschchen ordentlich an der Garderobe zu drapieren. Mantel, Hut und Stock ihres Vaters hingen noch nicht dort, das war ein gutes Zeichen. Offensichtlich war er noch in der Brauerei. Ihr Bruder Achilles war noch immer in den Diensten der Schweizer Armee, wo er unabkömmlich zu sein schien. Er war schon länger nicht mehr zu Hause aufgetaucht. Von nebenan hörte man die Jüngeren beim Klavierunterricht. Alles schien normal.

Ida atmete ein wenig auf. Es ließ ihnen noch etwas Zeit. Zeit sich auf dieses verfrühte Wiedersehen mit dem Vater entsprechend vorzubereiten. Obwohl sie während der Zugfahrt nichts anderes getan hatten, als dieses Treffen in

Voraussicht durchzusprechen und gemeinsam passende Formulierungen zu finden, die sich mildernd auf sein Urteil auswirken sollten.

„Darf man endlich erfahren, warum ihr schon zurück seid?", zischte die Stiefmutter mit unverkennbarer Ungeduld.

„Ich muss mit Papa sprechen", antwortete Martha so ruhig wie möglich. Aber Ida bemerkte das Zittern in ihrer Stimme und hoffte innig, dass die Frau ihres Vaters es nicht wahrnahm.

„Persönlich," fügte sie dann hinzu.

Die Stiefmutter hob kaum merklich mit einem pikierten „hm" den Kopf, so als hätte sie soeben etwas Interessantes zu Ohren bekommen, das sie nicht kommentieren wollte.

„Wir speisen in einer Stunde im Salon", ordnete sie dann ohne eine weitere Gefühlsregung an. „Zieht euch um! Ich erwarte Pünktlichkeit." Im Wegdrehen fügte sie hinzu: „Auch, wenn es unerhört ist, ohne Ankündigung einfach so aufzutauchen. Die Küche ist auf vier Personen nicht vorbereitet. Euer Vater wird unzufrieden sein mit einer halben Portion auf dem Teller."

„Wir brauchen kein Essen!", rief Ida ihr schnell hinterher, aber es war nicht ersichtlich, ob sie es noch hörte. Sie verschwand bereits durch die Tür am Ende des Korridors, die in die Bibliothek des Vaters führte.

„Diese Hexe!", zischte Ida ihrer Schwester zu. „Das macht sie mit Absicht! Sie kauft doch immer doppelte Portionen, nur für den Fall, dass Papa unerwartete Geschäftsgäste mitbringt, *odr*?"

Das kleine Bindewort war keine Frage, sondern eine Angewohnheit, die sie immer aus den Ferien in der Schweiz mitbrachten. Dieses kleine „*odr?*" am Ende einer Aussage, das sie sogar sehr gekonnt mit Schweizer Akzent belegten, und das ihren Lehrern im Mädchenpensionat in Augsburg, wohin Ida und Martha nach dem Tod der Mutter geschickt worden waren, nach Beginn der Schulzeit immer graue Haare hatte wachsen lassen, sie liebten es einfach.

„Es ist Krieg, Ida", antwortete Martha betont vernünftig, „und wir sind nicht mehr in der Schweiz. Alles ist rationiert, seit England das Embargo auf Deutschland ausgesprochen hat. Das weißt du. Bestimmt muss auch sie jetzt streng haushalten. Und vielleicht ist es das erste besondere Gericht seit Wochen, auf das sich Papa schon lange freut?"

„Dass du sie immer in Schutz nehmen musst!"

Martha strich sich eine Haarsträhne, die sich mit Abnehmen des Hutes gelöst hatte, aus dem Gesicht und befestigte sie vor dem Wandspiegel mit einer Nadel wieder an Ort und Stelle. Sie wendete sich vom Spiegel ab, ergriff ihren Koffer und marschierte damit los in Richtung ihres Zimmers.

„In der Ruhe liegt die Kraft, Ida!"

Ida rümpfte die Nase. Sie wollte ihre Stiefmutter nicht reizen. Nichts lag ihr ferner! Gerade in dieser verzwickten Lage, in der sie sich befanden. Aber Marthas übertriebene Rechtschaffenheit war manchmal schwer zu ertragen. Immerzu musste sie sich als die Vernünftigere und Intelligentere geben. Die

Hübschere war sie doch ohnehin schon, genügte das nicht? Vernunft! Dabei war es diesmal Martha, die alles andere als vernünftig gehandelt hatte!

Ida warf den Kopf in den Nacken, ergriff ebenfalls ihren Koffer und folgte ihrer Schwester den Korridor entlang in ihre Zimmer.

***

Luftaufnahme der Brauerei Cardinal, wo Vater Heym Direktor war; die Brauerei liegt in Fribourg Schweiz, nicht, wie im Roman geschildert in Neumarkt i.d. Opf. Dort lebte auch die Familie Heym;

„Welch schöne Überraschung!"

Ausgebreitete Arme empfingen die Töchter des Hauses im Salon. Direktor Heym blieb in dieser Haltung stehen, bis zuerst Martha und dann Ida sich in seine Umarmung begaben und begrüßen ließen. Er stand im einzigen Lichtstrahl, der durch die fast zugezogenen, dunklen Samtvorhänge drang. Es verlieh ihm beinahe die Aura einer göttlichen Erscheinung. Zumindest, wie man sich eine solche vorzustellen pflegte. Ida hasste diesen Muff des Zimmers und vor allem die Dunkelheit. Sie fühlte sich dadurch wie in einer Gruft. Im gesamten Haus waren die dichten Vorhänge fast zugezogen, ließen kein Sonnenlicht herein, nur, um das Ausbleichen der Stoffe und Persertepiche zu vermeiden. Das Haus ihrer Tante dagegen war lichtdurchflutet und stets erfüllt von frischer Luft, weil diese es gernhatte, die Flügeltüren offen zu halten, um den Blick auf die Berge besser genießen zu können. Dort fühlte sich Ida frei, dort konnte sie durchatmen. Dort fühlte sie Energie durch ihre Adern rauschen, die Lust auf das Leben machte.

„Ein Lichtblick in diesen traurigen Tagen!", ließ sich Direktor Heym beinahe gut gelaunt auf seinem Platz am Kopf des sauber gedeckten Tisches nieder. Das weiße Tischtuch war der einzige helle Fleck im Raum. „Wir haben nicht so früh mit euch gerechnet."

„In der Tat", bestätigte seine Frau eisig, die bereits im rechten Winkel zu seinem Platz thronte und dem Dienstmädchen Heidi per Handzeichen Anweisung erteilte, die Suppe zu servieren.

„Gut erholt seht ihr aus!", fuhr der Vater fort und entfaltete die gebügelte Stoffserviette mit einem Schwung durch die Luft. Er stopfte eine Ecke davon in seine enge Halskrause und breitete den Stoff schützend über sein Hemd. Das tat er immer, es war beinahe ein Ritual und das Zeichen für das mit der Terrine wartende Dienstmädchen an seiner Seite, die Bouillon in die gerichteten Teller zu geben.

„Schon wieder Kohlsuppe?", richtete der Hausherr die Kritik an das Mädchen. „Gibt es denn gar nichts anderes mehr auf dem Markt?" Heidi errötete.

„Steckrüben und Kohl sind so ziemlich das Einzige, was man überhaupt noch ohne Marken kaufen kann", erklärte seine Frau an Stelle des Dienstmädchens. Denn es war offensichtlich, dass diese indirekte Kritik zwar an das Personal gerichtet war, jedoch ihr galt. Schließlich war sie der Haushaltsvorstand und verantwortlich.

„Ich habe erst neulich zwei Zentner Kartoffeln auf Vorrat gekauft, für einen höchst unverschämten Preis! Empörend unverschämt! Aber dieser impertinente Bauer rückte keinen Pfennig davon ab. Die sitzen jetzt auf dem hohen Ross und glauben, sich alles erlauben zu können, nur weil sie einen Kartoffelacker besitzen. Aber es kommen schon wieder andere Zeiten! Bis dahin ist es jedenfalls besser, wir haben ein wenig Vorrat. Die Ernte scheint dieses Jahr schlecht zu sein. Kartoffeln werden bestimmt auch bald rationiert."

„Das ist lobenswert", nickte Herr Heym in ihre Richtung und ergriff seinen Löffel. Dann wendete er sich wieder seinen Töchtern zu, die beide vorgaben, bereits artig zu essen, in Wahrheit aber nur mit dem Löffel in der Suppe rührten, als suchten sie dort nach etwas.

„Ich nehme an, in der Schweiz bekommt man noch alles?"

„Es ist sehr viel teurer geworden", berichtete Martha, froh darüber, dass sich ein lohnendes Thema als Tischgespräch auftat. „Schweizer Produkte findet man noch überall, sogar Schokolade. Importe sind auch nicht mehr üppig vorrätig. Tante Geneviève hat ein wenig geklagt, wenn sie auch bescheiden damit blieb, weil sie weiß, dass es uns hier viel heftiger trifft. Sie hat uns Kaffee und Schokolade mitgegeben."

Das Dienstmädchen stellte die noch halbvolle Terrine in die Mitte des Tisches und verschwand wieder in die Küche.

„Dieser Krieg dauert schon viel zu lange", murmelte Vater Heym. Er begann zu essen. „Ein Blitzkrieg sollte es sein. Ich weiß nicht, was los ist mit unserer Armee? Man stelle sich das vor: In den letzten Jahren hat unser Land seine industrielle Produktion versechsfacht! Wir haben damit sogar Großbritannien überflügelt. Das ‚Made in Germany', auf das die Briten so bestanden haben, hat ihnen mehr geschadet als genutzt. Ha! Die Welt will deutsche Produkte, weil das Qualität ist! Nicht umsonst ging in letzter Zeit jeder dritte Nobelpreis für Naturwissenschaften nach Deutschland! Bahnbrechende Fortschritte in der Medizin, technische Errungenschaften wie die Elektrizität oder das Automobil. All das muss sich doch in der Leistungsfähigkeit einer Armee zeigen, möchte man meinen. Dieses Versagen kann also nur an schlechter Führung liegen! Aber lange kann es jetzt nicht mehr dauern. Wir stehen kurz vor dem Sieg, liest man. Was hört man dazu in der Schweiz?"

„Die Tante sagt, dass es die Bevölkerung dort spaltet", warf Ida ein. Sie war erfreut, auch etwas zu diesem Gespräch beitragen zu können, das die Spannung in ihrem Inneren etwas lockerte. Sie erinnerte sich gut daran, wie ihre Tante ihnen darüber berichtet hatte, als sie in der Schweiz angekommen waren. „In Lausanne steht man eher auf der Seite der Franzosen und die deutschsprachige Schweiz sympathisiert freilich eher mit uns. Sogar die Freundinnen der Tante zanken sich ein wenig darüber, stellen Sie sich vor, Vater!"

„Ah!"

„Aber dann ist ihnen das Bridgespiel wichtiger und sie vertragen sich doch wieder", lachte Ida in Erinnerung an die Runde der, aus ihrer Sicht, alten Damen, die sich von der Weltpolitik nicht ihren Stammtisch verderben ließen.

Man aß eine Weile schweigend, bis die ersten Geräusche auskratzender Teller das Dienstmädchen wieder auf den Plan riefen. Eine Schüssel dampfender Salzkartoffeln, gepaart mit einer anderen gefüllt mit Blaukraut erschien auf dem Tisch. Ein kleines Tellerchen gebratener Zwiebeln sollte allem ein wenig Geschmack verleihen. Das Mädchen nahm die leeren Suppenteller beiseite und wollte die Speisen auf die flachen Teller auftragen, doch ein Zeichen der Ungeduld gebot ihr Einhalt.

„Es ist gut!", ließ die Stimme der Hausherrin verlauten, während sie mit der Hand in Richtung Tür wedelte. „Wir nehmen uns selbst."

Der Hausherr schien diese ungewöhnliche Entscheidung seiner Frau nicht zu bemerken.

„Man hat sich aus dem Lazarett schon nach deiner Rückkehr erkundigt", berichtete er unbeirrt an Martha gerichtet. „Sie werden erfreut sein zu hören, dass du nun schon früher zurück bist."

Ida widmete sich beinahe konzentriert dem Zerteilen der Kartoffel auf ihrem Teller. Ihr Vater war ein geschickter Rhetoriker. Er war ein Meister darin, ein Geplänkel aufrecht zu erhalten und sich doch die Informationen zu holen, die er wissen wollte, ohne dass seine Gesprächspartner es merkten. Nicht so seine Töchter, sie kannten ihn, auch, wenn sie seinen Fragen natürlich trotzdem nicht ausweichen konnten. Allein der gebührende Gehorsam verhinderte das. Selbstverständlich würde er wissen wollen, warum sie schon jetzt zurückgereist waren. Darüber hinaus war zu erwarten, dass ihre Stiefmutter bereits den Boden mit schlechten Mutmaßungen bereitet hatte. Es war also Achtsamkeit geboten.

„Das ist auch ein Grund, weshalb wir schon zurück sind", antwortete Martha, das Wörtchen „auch" sehr betonend. „Es fühlt sich nicht gerecht an, genüsslich in der Sonne zu liegen, während die Verwundeten in den Lazaretten jede Hilfe brauchen ..."

„Das ist wohl wahr! Ihr hättet gar nicht erst fahren brauchen", warf Frau Direktor, wie sie sich nennen ließ, ein. Sie spielte dabei mit einer schwarzen Eisenkette, deren knopfähnlicher Anhänger über ihrer Brust baumelte. Alle Welt wusste, was darauf eingraviert war: Eisen für Gold. Und alle Welt, die etwas auf sich hielt, trug eine solche schwarze Eisenkette um den Hals, um zu zeigen, dass auch sie ihren Schmuck für die Produktion von Waffen gegeben haben.

„Wolltest du nicht etwas mit deinem Vater besprechen?", fragte sie dann unvermittelt an Martha gewandt.

Der benannte Vater hob Kopf und Augenbrauen und sah seine jüngste Tochter erwartungsvoll an. In seinem Gesicht gab es keinerlei Anzeichen von Argwohn, eher Neugierde. Offensichtich war er nicht vorgewarnt worden, dachte Ida mit Erleichterung.

„Ja, stimmt", nickte Martha und versuchte ein Lächeln. Ida fand, dass es ziemlich gequält wirkte. Ihre Schwester tat ihr leid.

„Ich möchte nach dem Essen etwas mit Ihnen besprechen, Vater", fuhr Martha fort, unterließ es jedoch, das Wörtchen „alleine" in den Satz einzufügen.

Es war ein kluger Zug von ihr, wie die sofort folgende Reaktion ihrer Stiefmutter bestätigte.

„Was gibt es denn so Wichtiges, das nicht hier am Tisch besprochen werden kann?", forschte diese mit gespielter Naivität. „Wir sind doch unter uns!"

„Das ist wahr", nickte der Vater daraufhin, ob aus Überzeugung oder Zwang blieb dahingestellt, seiner Frau nicht das Gefühl der Ausgrenzung vermitteln zu wollen.

Eigentlich war es der Plan der Schwestern gewesen, dass Martha nach dem Essen alleine mit ihm in seinem Studienzimmer sprechen würde. Ohne Ida zwar, aber auch ohne die Stiefmutter. Doch das schien soeben in weite Ferne zu rücken. Nun mussten sie auf ihre Reserveidee zurückgreifen. Sie waren schlau genug gewesen, sich eine solche zurechtzulegen. In diesem Falle sollte Martha nur das Nötigste erzählen und vor allen Dingen, die schwierige Frage der Religion auf einen späteren Zeitpunkt legen. Ida sollte mit einer lockeren Anmerkung eine positive Vorlage leisten, doch als nun der Moment gekommen war, schienen ihr die zurechtgelegten Worte nicht mehr passend. Alleine die Anwesenheit der Stiefmutter schnürte ihr die Kehle zu, als würde diese mit unsichtbaren Händen das Seidentuch um ihren Hals immer enger ziehen. Instinktiv lockerte sie es ein wenig. Nichts in ihrem Kopf wollte sich zu einem leicht dahingesagten Satz formen lassen. Sie begann zu stottern als stünde sie vor einem Prüfungskomitee, stammelte unzusammenhängende Worte in zwei Sprachen.

„Wir ... *nous sommes*[22] ...wir waren ... *enfin*[23] ..."

„*Mon dieu!*[24]", äffte die Stiefmutter mit erhobenen Händen, als bitte sie um himmlische Eingebung, „Ist das ein Gestammel! Überlege dir doch, was du sagen willst, bevor du den Mund aufmachst. Das ist doch kein Benehmen einer jungen Dame aus gutem Hause!"

Ida schluckte. Wie hervorragend diese Frau doch wusste, ihre Bosheit in Worte der Erziehung zu verkleiden und damit dem Vater jeden helfenden

---

[22] Franz: wir sind
[23] Franz: schließlich, endlich, letzten Endes
[24] Franz: Mein Gott! Meine Güte!

Einwand von vornherein zu vereiteln. Martha begriff, dass sie ohne eine Einleitung seitens der Schwester sprechen musste.

„Es gibt einen Mann, der um meine Hand anhalten will", verkündete sie geradeheraus und hielt dabei ihren Blick mutig auf die Eltern gerichtet, ohne zu wanken.

Der Vater ließ Messer und Gabel sinken und schluckte den letztgenommenen Bissen hinunter. Seine Stirn warf eine kleine Längsfalte über der Nase, wie sie es bei der Zeitungslektüre oft tat. Seine Frau lehnte sich mit zu einer schmalen Linie gezogenen Lippen in ihrem Stuhl zurück, legte das Essbesteck auf den Teller und ihre Hände abwartend in den Schoß. Beide warteten mit offensichtlicher Aufmerksamkeit auf Marthas nächste Aussage.

„Er ist Arzt", fuhr diese mit der Information fort, die sie für die Überzeugendste gehalten hatten. Und dann fügte sie noch schnell hinzu, was beide Schwestern ebenfalls für ausgesprochen gutklingende Punkte befunden hatten: „Er ist aus gutem Hause, aus Augsburg, ist gebildet, ehrlich, spielt hervorragend Klavier, hat einen einwandfreien Leumund und wird ein geregeltes Einkommen haben. Er ist eine anständige Partie."

Martha holte tief Luft, als hätte sie einen Dauerlauf absolviert. Ida warf ihr einen Blick zu, der Bewunderung und Abbitte zugleich ausdrückte. Neben den klaren Worten ihrer Schwester, die wahrlich von großem Mut zeugten, verkam sie zu einer kleinen Versagerin. Sie war enttäuscht von sich selbst.

Die Stiefmutter saß in unverändert offizieller Haltung in ihrem Stuhl. Sie schien die Reaktion des Hausherrn abzuwarten, aber nur, weil ihre Rolle ihr dies gebot. Dieser legte Messer und Gabel nicht zur Seite. Im Gegenteil, er ergriff abermals eine Kartoffel, bestreute sie mit gerösteten Zwiebeln und nahm noch einmal von dem Blaukraut. Damit belud er unter den abwartenden Blicken aller Anwesenden in Ruhe seine Gabel und führte sie zum Mund.

„Hm", gab er kauend von sich, schluckte, nahm einen Mundvoll Bier und setzte dann nochmals ein „hm" hinterher.

Marthas Antlitz begann sich zu entspannen. Beinahe zeichnete sich so etwas wie ein Lächeln in ihrem Gesicht ab.

„Arzt, hm? Naja, das ist ein anständiger Beruf", befand ihr Vater schließlich, während er ruhig weiter speiste und der Rest der Familie keinen Bissen mehr zu sich nahm.

„Womit verdient sein Vater sein Geld?", lautete die nächste Frage. Doch auch diese hatten die Schwestern vorhergesehen.

„Er ist auch Arzt", kam Ida ihrer Schwester zuvor, weil sie das Gefühl trieb, nach ihrem anfänglichen Versagen nun doch etwas Nützliches beitragen zu müssen.

„Du weißt wohl auch schon alles?", fuhr sie die Stiefmutter daraufhin an. „Die Frage ging an deine Schwester, nicht an dich!"

„Er ist auch Arzt", wiederholte Martha die Worte Idas, und schaute dabei nur ihren Vater an.

„Na, dann wird er ja eines Tages wohl die eingeführte Praxis übernehmen", schlussfolgerte Direktor Heym mit einer gewissen Zufriedenheit.

„Vielleicht, eines Tages möglicherweise ... das muss man sehen. Sein Vater denkt noch nicht ans Aufhören, wissen Sie, Papa ...", Martha lächelte ein wenig zögerlich, benutzte jedoch diese persönliche Anrede, vermutlich, um ihn milder zu stimmen, „Heinrich möchte seine eigene Praxis aufmachen. Allenfalls sogar hier?"

Davon hatte dieser nie gesprochen, aber die Schwestern hatten gedacht, dass diese kleine Lüge vertretbar wäre, denn immerhin war es eine gute Idee, wenn sie auch von ihnen kam und nicht von Heinrich.

„Seit wann praktiziert er denn?"

Ida hielt den Atem an. Sie hatten auf der Reise alle möglichen Nachforschungen, die von Interesse sein konnten, in Erwägung gezogen. Diese aber nicht.

„Er hat seinen Abschluss gerade erst gemacht", antwortete Martha gleichwohl mit fester Stimme. Sie schien die Reaktionen ihres Vaters gut einordnen zu können, einen Grund zur Ermutigung aus diesen Lauten gelesen zu haben. Sie verstand ihn besser als Ida, das war immer so gewesen. Diese war sehr verunsichert, ob die unbestimmten Brummlaute des Vaters nicht auch eine Vorankündigung einer durchaus kritischen Haltung sein konnten.

„Ein junger Arzt also", befand der Vater, ohne die Miene zu verziehen. „Nun ja, jeder fängt einmal klein an. Woher kennst du ihn?"

„Wir haben uns im Lazarett kennengelernt, anlässlich einer Ausbildung, genauer gesagt eines Sezierkurses, es war das erste Mal, dass ich vor einem Toten stand mit einem Seziermesser in der Hand und ..."

„Ich muss doch sehr bitten!", unterbrach sie die Stiefmutter sogleich mit im Gesicht verdeutlichtem Ekel, „wir sind zu Tisch!"

„Ich bitte um Entschuldigung", entgegnete Martha sofort, und fuhr an ihren Vater gewandt fort: „Manchmal trafen wir uns auch im Lazarett bei der Arbeit."

„Dieser Krieg bringt so allerhand hervor", blieb die Stiefmutter dennoch am Thema, das bei Tisch nicht ausgesprochen werden durfte. „Das wäre früher nicht denkbar gewesen![25] Frauen müssen wirklich nicht in jede Männerdomäne vordringen. Es gibt Arbeiten, die überlässt man besser Männerhänden. Wenn ich mir vorstelle, was diese Frauenhände da tun und dann fassen sie Lebensmittel an und kochen für die Familie. Daran will man gar nicht denken!"

„So ist das nicht", versuchte Martha richtig zu stellen, aber es war ein Fehler, selbst diesen milden Einwand zu wagen.

„Widersprich deiner Mutter nicht!", ermahnte sie ihr Vater sofort und in urplötzlich strengem Tonfall.

Martha senkte die Augen. Ida würgte an dieser Rüge mehr als Martha selbst. Mutter! Diese Frau war nicht ihre Mutter. Ihre Mutter war vor zehn Jahren bei der Geburt ihres zweiten Bruders samt Kind gestorben. Ihre Mutter lag auf dem

---

[25] Frauen war es erst seit 1899 erlaubt Medizin an den Universitäten zu studieren

Friedhof. Ihre Mutter war tot. Da, am Tisch neben ihm, auf ihrem Platz, saß eine andere Frau Heym, die ihr Vater bereits nach wenigen Monaten geheiratet hatte. Und nun nannte er sie sogar ihre Mutter! Ida fühlte sich augenblicklich zehn Jahre zurückversetzt, übermannt von den Gefühlen einer Achtjährigen, die gerade ihre Mutter verloren hatte. Ihre Augen bekamen einen glasigen Ausdruck. Martha schien es ähnlich zu ergehen, denn auch sie hielt den Kopf gesenkt.

Der Einstieg in das Gespräch seitens der Stiefmutter war jedenfalls getan und nun, genau in diesem Moment der Schwäche, folgte, was Ida schon die ganze Zeit gefürchtet hatte. Es war viel zu glatt gelaufen, als dass sie sich hätte entspannen können, selbst ohne diesen unsäglichen Ausspruch ihres Vaters. Dass ihre Stiefmutter diese Nachricht gelassen und ohne Stichelei aufnehmen würde, war für sie unvorstellbar gewesen. Sie sollte damit recht behalten, auch, wenn es ihr lieber gewesen wäre, in diesem Punkt falsch gelegen zu haben.

„Wenn dieser junge Mann aus so gutem Hause ist, wie du sagst", holte Frau Direktor Heym aus und vermochte dabei einen Tonfall zu treffen, der den Eindruck vermittelte, sie interessiere sich tatsächlich für Marthas Glück, „wieso spricht er dann nicht persönlich bei deinem Vater vor, wie es sich gehört?"

„Das wollte er", versicherte sie Martha umgehend, und sie wiederholte die Worte noch einmal direkt an ihren Vater gerichtet. „Er wurde überraschend einberufen. Deshalb konnte er nicht selbst kommen. Aber er wird bei Ihnen vorsprechen, sobald er dazu die Möglichkeit hat."

„Jeder muss in diesen Zeiten seinen Beitrag leisten", kommentierte die zweite Frau Heym schlicht. Wieder verstrich ein Moment des Schweigens. Obwohl es häufig kontraproduktiv war, hatte sich bei den Anwesenden die unausgesprochene Regel eingeschlichen, dass man jeden Satz aus dem Munde der Frau Direktor gebührend Wirkung entfalten ließ, bevor ein anderer wieder das Wort ergriff. Sie wurde sehr ungehalten, wenn sie den Eindruck bekam – begründet oder nicht –, man höre ihr nicht gebührend zu.

„Er hätte mir einen Brief schreiben können", erwiderte Direktor Heym dann und zog abermals die Augenbrauen hoch. Mit diesem Ausdruck schaute er auf die jüngere seiner beiden Töchter, deren Wangen sich röteten.

„Das ist wahr", gab Martha zu. „Das hätte er tun können. Aber er ist nicht besonders geübt im Briefe verfassen, das kann ich persönlich bestätigen. Er hat einen furchtbaren Schreibstil! Er hat befürchtet, einen schlechten ersten Eindruck zu hinterlassen."

Ida guckte erstaunt auf. Dieses Gespräch bescherte wahrlich eine Berg–und-Tal-Bahn der Gefühle. Noch beschäftigt mit der Aussage ihres Vaters, folgte im nächsten Augenblick diese Überraschung. Anständige Briefe abzufassen gehörte zur Allgemeinbildung und dazu sollte doch wohl jeder gut erzogene Mensch in der Lage sein. Dass Martha vor ihren Eltern einen solchen Mangel ihres Auserwählten eingestand, war für sie mehr als unbegreiflich.

Die Stiefmutter schien sich mit dieser Antwort überraschenderweise zufriedenzugeben, ganz so, als hätte sie nichts anderes erwartet. Sie nickte nur und sagte nichts weiter. Direktor Heym leerte mit einem stoischen „Nun ja, ein Arzt muss kein Schriftsteller sein," weiter seinen Teller. Er ließ offen, ob er damit eine Kritik ausdrücken wollte, weil Heinrich nicht trotzdem den Mut aufgebracht hatte, zu seiner Schwäche zu stehen und das Angebrachte zu tun. Seine Frau interpretierte es zumindest auf diese Weise, denn sie fühlte sich berechtigt, diese Deutung in Worte zu fassen.

„Es wäre deine Aufgabe gewesen, dem jungen Mann zu verdeutlichen, dass euer Vater als Direktor einer großen Brauerei durchaus in der Lage ist, die nötigen Fähigkeiten des einen oder anderen Berufes zu unterscheiden."

Martha zog es vor, darauf nichts zu erwidern. Sie nickte vorsichtig.

Trotz dieser Bemerkung schien die Unterhaltung vorerst zu einem guten Ende gekommen zu sein. Immerhin war die Information grundsätzlich aufgenommen worden. Andere Fragen schienen an diesem Punkt nicht weiter in die Tiefe zu drängen, und es war nicht aufgefallen, dass Martha die Angelegenheit der Konfession übergangen hatte. Die Schwestern warteten sehnlichst darauf, sich vom Tisch erheben zu dürfen. Sie mussten sich jedoch gedulden, bis ihr Vater zu Ende gespeist hatte. Sie saßen wie auf heißen Kohlen.

Kaum hatte das Dienstmädchen die Teller weggetragen und Martha die Andeutung einer Bewegung gemacht, sich zu erheben, bestellte die Hausherrin beflissen die gebackenen Äpfel in Bierteig. Wie sie verkündete, hatte sie diese zur Feier der Rückkehr der Töchter zubereiten lassen. Ida hielt dies weder für wahr noch für eine erfreuliche Überraschung, viel eher für ein Mittel, sie weiter am Tisch festzunageln. Trotzdem schmeckte das unerwartete Dessert. Mit jedem Löffel der süßen Speise wuchs ihre Neigung, diese Geste doch noch als eine gutgemeinte anzunehmen, als eine gezielte Frage aus dem Mund der Stiefmutter wie aus heiterem Himmel ihr den letzten Bissen im Hals stecken ließ.

„Ist Augsburg nicht eine erzkatholische Stadt? Dieser junge Mann wird doch nicht aus einer katholischen Familie stammen!?"

Die drei christlichen Kirchen Neumarkts um 1920: Links evangelische Kirche, in der Mitte im Hintergrund die katholische Stadtpfarrkirche St. Johann, rechts die katholische Hofkirche. Im Vordergrund der Schlossweiher.

Feldlazarett 1. Weltkrieg; so oder ähnlich war auch das Lazarett Kolping in Neumarkt organisiert; es gab registrierte Krankenschwestern und sogenannte Hilfsschwestern, Mädchen, die entgeltlos rekrutiert wurden.

Viele von Marias ehemaligen Klassenkameradinnen hatten sich bereits für den Dienst im Lazarett gemeldet, wenn auch nicht alle dabeigeblieben waren. Auch sie selbst wollte sich keinesfalls sträuben, schon gar nicht, weil es die Idee Hochwürdens gewesen war. Begeisterung konnte sie jedoch nicht entwickeln, und wenn es ein Schlupfloch gegeben hätte, durch das sie hätte entkommen können, so hätte sie sich ohne zu zögern davongemacht.

„Du wirst bei der Ernte gebraucht. Bis zum Winter kannst du höchstens ein paar Stunden am Abend im Lazarett aushelfen," war die Reaktion ihrer Mutter gewesen, als sie den Hilfsdienst zur Sprache gebracht hatte, und natürlich hatte Mutter Häring Recht.

Maria trieb fürwahr die Sorge um, dass ihre Eltern die Arbeit in der kleinen Landwirtschaft alleine nicht mehr schafften. Gerade jetzt im Herbst. Die Ernte musste eingebracht werden, mehr Holz aus dem Wald geholt und zum Trocknen gehackt, Gemüse und Früchte eingekocht, Pilze und Beeren gesammelt und getrocknet, die Tiere versorgt, der Boden für das Frühjahr umgepflügt und die Winterkleidung geflickt, Wäsche ausgebessert und Pullover und Socken gestrickt werden. Helene arbeitete seit kurzem als Dienstmädchen bei einer Familie in München, Andres war als Soldat an die Front im Osten abgerückt und Anna verbrachte ihre Tage nach wie vor in der Küche im Deutscher Kaiser, wo noch immer hohe Herrschaften und in zunehmendem Maße hochrangiges Militär logierten. Auf dem Hof ihrer Eltern waren nur noch sie und Walli, und die wartete nur sehnsüchtig darauf, endlich als Schreibkraft in einem Büro arbeiten zu dürfen. Selbst der Onkel Wolfgang kam immer seltener für schwerere Arbeiten. Der hatte mit der Gastwirtschaft zu Hause genug zu tun und von Nabburg nach Neumarkt war es schließlich auch kein Spaziergang. Im Grunde war sie, Maria, die einzig feste Stütze, auf die ihre Eltern noch bauen konnten. Sie erlernte keinen Beruf, war nur einmal für kurze Zeit als Hausmädchen bei der Familie Dreichlinger angestellt gewesen. Es wurde für sie immer deutlicher, dass ihr Schicksal diese besondere Rolle war, wie sie es immer vorhergesehen hatte. Sie war diejenige, die bleiben würde. Obwohl sie nicht die Älteste war und schon gar kein Sohn und, obwohl darüber nie gesprochen worden war, schien ihr diese Zukunft für sich und die Familie immer klarer zu werden. Sie und Andres waren die jeweiligen Hoferben. Und als solche machte sie sich schon heute die Sorgen, die einem Hoferben anstanden.

Es war ein verregneter Sommer gewesen, und so war das Wetter auch jetzt im Herbst. Die Ernte war schlecht. Den ganzen Tag hatten sie in der Nachlese selbst die kleinsten Kartoffeln, Murmeln gleich, aus dem nassen Acker geklaubt. Oft hatte sie versehentlich einen Stein in den Korb geworfen, weil die verschmierten Brocken sich im feuchten Erdreich zu sehr glichen und sie kein Knöllchen übersehen wollte. Die größeren Erdäpfel hatte die Familie zu bitter benötigtem Geld gemacht, diese Nachlese war für den Eigenbedarf.

Junge Frauen in Kriegsdienst 1917

Frauen verrichten Straßenarbeiten, 1918

„Ein Unglück kommt selten allein!", hatte ihre Mutter wiederholt geseufzt. „Als ob der Krieg nicht schon genug wäre! Muss es jetzt auch noch einen so verregneten Sommer geben?"

Ihr Vater hatte den ganzen Tag kaum gesprochen. Man hatte ihm angesehen, dass die Lage auch ihn sehr kümmerte. Er war schweigend und mit eingefallenen Wangen in den Bären gegangen, um dort seinen abendlichen Schankdienst zu verrichten. Gott sei Dank hatte er noch diese Arbeit, denn von der kargen Ernte konnte die Familie kaum den kommenden Winter überleben.

Aber das Wort Hochwürdens war Befehl und so wickelte sie sich ihr warmes Tuch um die Schultern und zog es über den Kopf. Dann rannte sie durch den Regen, der schon wieder eingesetzt hatte, hinüber zu dem Eingang des Lazaretts. Die Luft im Saal war stickig. Es roch nach Erbrochenem, Linsensuppe, Kamillentee, vermischt mit Zigarettenrauch und wenn eine Schwester sich durch die Gänge bewegte, auch nach Desinfektionsmittel. Aber es war besser als die kalte Feuchte, die von draußen durch die Tür hereindrang, mit dem einzigen Streben, in die Knochen der Menschen zu kriechen.

Etwas verloren stand Maria herum und suchte mit den Augen nach einer Person, die sie fragen konnte, wohin sie sich wenden sollte. Die Oberschwester erblickte sie schnell, drückte ihr einen Schutzkittel in die Hand, besah ihre Hände und befahl ihr, sich die Fingernägel so lange zu schrubben, bis diese so weiß wie der Kittel sein würden. Vorher sollte sie sich nicht blicken lassen. Maria musste sehr lange bürsten. Die Erde hatte sich bis in die feinen Ritzen ihrer stumpfen Nägel und in die kleinsten Zellen ihrer rauen Haut eingearbeitet. Selbst nach der dritten Reinigung zeugten sie noch von der Arbeit auf dem Acker. Mit geröteten Händen trat sie schließlich vor die prüfenden Augen der Schwesternleiterin, die das Ergebnis stumm nickend akzeptierte und sie der Obhut einer erfahreneren

Kriegspflegerin übergab. Es handelte sich um ein Mädchen, das sie bisher noch nie in der Stadt gesehen hatte. Das Mädchen stellte sich ihr als Hilda Neuburger vor und erklärte kurz und knapp, dass sie eine Ausbildung zur Krankenschwester machte, weshalb sie hier war. Sie hatte ihr schwarzes, dichtes Haar zu einem langen Zopf geflochten, der ihr über den Rücken fast bis zum Po fiel. Hilda zeigte ihr, wie und wann sie bei den Patienten Fieber zu messen, die Werte in eine Tabelle am Ende der Pritschen einzutragen und kalte Wickel um heiße Leiber zu winden hatte. Das waren Marias erste Aufgaben.

Die Bettlager waren in akkuraten Linien in einem Abstand zueinander, so dass man gerade hindurchgehen konnte, im großen Saal aufgereiht. Alle waren belegt. Einige Betten nahe der hinteren Wand schützte eine Art Paravent, aus dem jeweils Stöhnen, Jammern, Weinen und sogar beängstigendes Lachen drang. Maria erriet, dass dies die wenig segenbringende Bemühung war, die Schwerverwundeten ein wenig zu isolieren. Hilda verriet ihr, dass man hin und wieder für die Leichtverwundeten hier vorne Militärmusik spielte, bei Siegen verstärkt, und dass dann diese Menschen hinter den Trennwänden um Watte für ihre Ohren baten, weil sie den Lärm nicht ertragen konnten. Bei den ersten Patienten blieb Hilda an ihrer Seite und berichtigte sie, wenn sie die Wickel nicht richtig anlegte oder das Quecksilber im Thermometer nicht stark genug nach unten schlug, nachdem sie es desinfiziert hatte, um es dem Nächsten in den Mund zu stecken. Die Männer scherzten mit ihnen, jedenfalls die, denen es gut genug ging, um ein wenig Spaß zu machen. Maria war das unangenehm. Sie zog ihre Hand zurück, wenn sie einer ergriff und sie wich erschrocken aus, wenn sie einer am Rock festhalten wollte, um sie etwas näher zu sich hinzuziehen. Hilda lachte sie aus.

„Du wirst dich daran gewöhnen! Weißt du...", sie ergriff das Tablett mit den Instrumenten und den aufgerollten Verbänden und zog sie an das nächste Bett, „...wir sind für diese armen Soldaten ein kleiner Lichtblick, ein bisschen Wärme, bevor sie wieder in den Krieg müssen. Das ist das Beste, was wir ihnen geben können. Ein wenig Zuwendung, vielleicht ist es die letzte, die sie in ihrem Leben erhalten?" Sie legte eine Pause ein, sah Maria tief in die Augen. „Bei der Morgenvisite kommt der Oberarzt", sprach sie dann leiser. „Er lässt sie strammstehen, einige Übungen vornehmen und dann trägt er in die Krankengeschichte den Vermerk ‚kriegsverwendbar' ein. Diese Männer wissen, dass ihre baldige Gesundung nicht zu ihrem Wohle ist, sondern um ihrer Felddiensttauglichkeit willen gewünscht wird. Wir kurieren ihre Glieder, damit sie wieder zerschossen werden können."

Damit wendete Hilda sich ab, drückte Maria eine Verbandsrolle in die Hand und wies mit dem Kopf auf den nächsten Patienten. Maria nahm die Verbandsgaze mit einer aufsteigenden Abneigung entgegen. Sie schaute auf die lange Reihe der Verwundeten vor ihr. Dieser Zynismus war geradezu menschenverachtend! Wie konnte dieses Mädchen so etwas sagen und dabei diese Arbeit verrichten? Ihre Mutter hätte sie für Worte wie diese streng getadelt und sofort zur

Beichte geschickt. Trotzdem, oder gerade deswegen, fühlte sie sich nun wie eine dumme Gans, die keine Ahnung von den Dingen dieser Welt hatte.

Maria richtete sich auf und machte sich beherzt ans Werk. Sie bemühte sich, dem verwundeten Soldaten vor ihr ein Lächeln zu schenken. Das, was Hilda über die Nächstenliebe gesagt hatte, war immerhin richtig. Als sie zehn weitere Betten versorgt hatte, gab es am Ende des Saales einen kleinen Tumult. Die Wächter zerrten einen toten Körper hinter einer der Schutzwände hervor und trugen ihn am Rande des Saales hinweg in Richtung einer Tür. Doch nicht der Tote, sondern sein Bettnachbar verursachte die Störung. Er schrie sich aus nicht ersichtlichen Gründen die Seele aus dem Leib. Die Oberschwester eilte hinter den Paravent, aber es dauerte eine Weile, bis das Gebrüll verstummte.

„Sie gibt ihm Morphium", erklärte Hilda, die von der anderen Seite wieder hinter Maria getreten war. „Der schlägt mit dem Kopf immerzu gegen die Wand, bis er zu müde wird. Seine Kameraden sagten mir, dass er im Feld lange Zeit verschüttet gewesen war. Er leidet unter stechenden Kopfschmerzen, ist fast erblindet, es bleiben ihm stotternde Sprache und ein gestörtes Denkvermögen. Sie sagen, er sei nun sein Leben lang unbrauchbar und dass seine Frau sich vor ihm fürchten wird."

„Schwester!", bat der junge Soldat im Bett vor ihnen und zog heftig an Marias Arm. „Ein wenig Sekt, nur ein ganz klein wenig! Bitte!"

Er sah sie mit flehenden, fiebrigen Augen an.

„Sekt?", wendete sich Maria, sofort abgelenkt von der tragischen Geschichte, und mit erneuter Verwunderung an Hilda. Man verabreichte so ein kostbares Luxusgetränk im Lazarett? Sie selbst hatte nur einmal einen Schluck Sekt getrunken. Das war, als Anna ihre Prüfung zur Köchin bestanden hatte. Die Flasche hatte Anna damals aus dem Hotel mitgebracht. Zuhause hatten sie nicht einmal die passenden Gläser für das edle Getränk, aber es hatte trotzdem köstlich geschmeckt und dazu geführt, dass die ganze Familie beschwingt gewesen war und sich mit Anna gefreut hatte. Ihre Mutter hatte sogar einen Kuchen dazu gebacken. Es war ein schöner Sonntagnachmittag gewesen.

Hilda warf einen merkwürdigen Blick, den Maria nicht deuten konnte, auf den jungen Mann. Er war weiß wie das Betttuch, unter dem er lag. Aber seine Augen waren freundlich. Er erinnerte Maria an Andres. Sie hätte ihn gerne gefragt, woher er kam und wo seine Familie lebte, ob vielleicht eine Verlobte irgendwo auf ihn wartete. Sie wollte ihm eine kleine Freude machen, indem sie ihm zuhören würde, wie er von Zuhause sprach. Der junge Bursche rührte sie. Aber sie kam nicht dazu, denn Hilda befahl ihr in mildem Ton: „Geh' schon! Hol ein Glas Sekt aus der Küche!"

Maria tat wie ihr geheißen wurde. Sie kam mit einem Becher zurück und reichte ihn dem jungen Soldaten, der ihn in einem Zug leerte und dann in sein Kissen zurücksank. Hilda war inzwischen schon drei Betten weiter, aber sie sah zu ihr herüber, beobachtete Maria aus dem Augenwinkel. Maria nahm den leeren Becher wieder an sich und wollte soeben zu ein paar freundlichen Worten anheben, als der Bursche sich jählings aufbäumte und den Sekt in hohem Bogen auf ihre Schürze erbrach. Maria konnte ihn gerade noch davor bewahren, aus dem Bett zu fallen. Mit dem Patienten im Arm schaute sie hilfesuchend zu Hilda. Anstatt ihr tatkräftig beizustehen, lief die jedoch eilig weg. Maria hievte den jungen Kerl zurück in die Waagrechte und bettete seinen Kopf auf das Kissen. Sie wischte ihm das Gesicht ab und flüsterte beruhigende Worte, während derer seine Augen sie anschauten, als blickten sie in ein bekanntes Gesicht. Er begann wieder flacher zu atmen und schlief ein. Maria richtete sich erleichtert auf. Ihre erste Probe hatte sie bestanden, dachte sie. Sie war gewohnt, Blut zu sehen. Sie hatte bei Hausschlachtungen mitgeholfen, mit eigenen Händen Hühner, Enten, Gänse und Fische getötet, diese gerupft und entschuppt, ausgenommen und zerteilt. Sie war nicht empfindlich. Aber das hier war etwas anderes.

Hilda kam im Schlepptau mit der Oberschwester und zwei Wächtern zurück. Wortlos schoben sie Maria zur Seite, betteten den jungen Soldaten auf die Tragbahre und trugen ihn zu dem soeben freigewordenen Platz hinter dem Paravent.

„Aber ...", murmelte Maria und dann verstummte sie. Ihre Augen füllten sich mit Tränen, sie konnte es nicht verhindern. Sie war wie versteinert.

Hilda stand neben ihr und schaute dem Vorgang ebenfalls reglos zu. Auch die anderen Verwundeten beobachteten es schweigend.

„Das ist kein gutes Zeichen", erklärte Hilda leise. „Er wird morgen nicht mehr leben."

„Was fehlt ihm denn? Er sieht doch gar nicht so schwer verwundet aus?"

Hilda zuckte die Achseln und drehte sich mit schüttelndem Kopf dem nächsten Bett zu. Ganz unberührt blieb auch sie nicht von diesem Vorfall, das konnte Maria sehen. Später, wenn sie mit dieser Arbeit fertig sein würde, wollte Maria vor dem Nachhausegehen noch einmal bei dem unbekannten Soldaten vorbeisehen und ihm die Hand halten.

Nur die Personen der nächsten Umgebung hatten diesem Ereignis Aufmerksamkeit gewidmet. Schon wenige Schritte weiter lief alles ab, wie es immer abzulaufen schien: Schwestern trugen Uringläser, Milchbrei, Tee und Verbandszeug hin und her, Rekonvaleszenten humpelten am Rande mit Krücken auf und ab, einige weniger schwer Verwundete spielten Karten und rauchten, ein Arzt erteilte knappe Anweisungen.

„Wie heißt er?", fragte sie Hilda, und deutete auf den Patienten.

„Besser, du fragst nicht danach!" Ein warnender Augenaufschlag betonte diese Worte. „Lass dir diesen guten Rat geben! Gewöhne dich nicht zu sehr an einen Menschen, der dir im nächsten Moment wegstirbt."

Mit diesem Satz drückte sie Maria das Tablett in die Hand und wies sie an, nun wieder alleine weiterzumachen. „Die Damen vom Kirchenausschuss der Protestanten sind da", erklärte sie dabei im Weggehen. „Sie bringen Spenden, Zigaretten und Spiele und solche Sachen. Sie meinen es gut, aber sie wissen nicht, welche Kranken sie in Ruhe lassen müssen. Man muss auf sie aufpassen, dass sie in ihrer Beflissenheit keinen Schaden anrichten."

Verwundete Soldaten im Lazarett spielen eine Partie Dame, 1917;

Genesene Soldaten verlassen ein Lazarett zurück an die Front, 1918;

Und damit war sie auch schon zu weit weg, um weitere Erläuterungen abzugeben. Jeder Satz aus dem Mund dieser jungen Frau verstörte Maria. Hilda war es offensichtlich gewohnt, ihre wie auch immer geartete Meinung kundzutun. Zurückhaltung schien nicht Teil ihrer Erziehung gewesen zu sein. Maria fühlte sich in ihrer Gesellschaft nicht wohl. Das Mädchen verunsicherte sie zutiefst.

Hilda eilte zu einer Gruppe elegant gekleideter Frauen, die soeben den Saal betraten. Sie trugen Hüte wie Wagenräder auf dem Kopf und wirkten in dieser Umgebung völlig aus dem Rahmen gefallen. Es waren ältere Damen der feineren Gesellschaft der Stadt, die meisten aus der Bahnhofstraße. Es hatte den Anschein, dass diese die Krankenschwester kannten, denn sie begrüßten Hilda wie eine Ebenbürtige. Sie wechselten einige Worte mit ihr und Hilda deutete in bestimmte Richtungen, der die Damen nickend mit ihren Blicken folgten. Unter ihnen entdeckte Maria die zweite Frau Heym, jene Frau, die dem Fräulein Ida vor Andres' Augen so zugesetzt hatte. Sie hielt einen Korb Herbstastern im Arm und Maria fragte sich, was die Frau hier bloß mit Blumen wollte? Eine junge Frau löste sich aus dieser Gruppe. Sie war in eine blütenweiße, frisch gestärkte Schutzschürze gekleidet, trug eine ebenso makellose Haube, kein simples Kopftuch, das die Haare nach hinten verdeckte, so wie sie selbst und Hilda es trugen. Das Mädchen band sich im Weggehen einen Mundschutz vor das Gesicht, während sie auf den hinteren kleinen Raum zusteuerte. Maria wusste, dass dort Operationen durchgeführt wurden. Hilda hatte es ihr gesagt. Aber das hätte sie auch so verstanden, denn aus diesem Zimmer drangen immer wieder ganz schreckliche Schreie und zwischen diesem Brüllen kamen vermummte Ärzte und Schwestern kurz heraus, um einen Tee zu trinken oder eine Zigarette zu rauchen. Und dann ging es wieder los mit dem Geschrei.

Maria stand bewegungslos mit dem Tablett in der Hand da und schaute der jungen Frau nach. Sie erkannte das Fräulein Martha in ihr. Trotz Mundschutz und Haube.

„Die will Ärztin werden!" Der Soldat im Bett vor ihr deutete mit dem Kopf in die Richtung, wo Martha hinter der Tür verschwand. „Ein richtig hübsches Ding ist die! Viel zu schade für so eine blutige Arbeit, viel zu schade. Die pure Verschwendung ist das! Was der Krieg nicht alles hervorbringt!"

„Ach ja?" Maria versuchte sich in einer lockeren Antwort, aber mehr als das wollte ihr nicht einfallen. Sie hatte nicht gewusst, dass es überhaupt möglich war, dass eine Frau Medizinerin werden konnte. Maria nahm es mit einer Mischung aus Bewunderung und Staunen auf. Dieses Fräulein Heym war das erste Mädchen, das sie kannte, das eine Frau Doktor sein würde. Sie hatte nicht gedacht, dass so ein vornehmes Fräulein auch hier in diesem Lazarett arbeitete.

Sie steckte dem Mann das Fieberthermometer in den Mund, um ihn zum Schweigen zu bringen, denn er ließ sich weiter darüber aus, dass schöne Frauen die Zierde eines jeden Mannes seien und besser daran täten, zu heiraten.

Einstweilen ergossen sich die Damen des Wohlfahrtsausschusses in die Zwischenräume der Krankenlager, verteilten Schokolade, Brettspiele, Karten, Zigaretten und – Maria beobachtete gerade diese Sache erneut mit Verwunderung – Blumen. Was sollten die Soldaten mit Blumen anfangen? Die Frauen wurden dafür von den Verwundeten geliebt, wie es schien. Frau Direktor Heym überreichte einzelne kleine Sträußchen, die die Männer dann in den Händen hielten, ohne zu wissen, wohin sie diese ablegen sollten. So etwas wie Nachtkästchen, auf die man eine Vase hätte stellen können, gab es hier nicht. In einem Bett lag ein bleicher Jüngling mit Genickstarre, steif wie ein Toter. Frau Direktor Heym warf ihm mit ihrem wohl reizendsten Lächeln ein Sträußchen zu. Er ergriff es, richtete sich auf – zum ersten Mal, dass er es zu können schien – und warf ihr die Blumen mitten ins Gesicht. Einen Moment schien die Dame nicht zu wissen, wie sie reagieren sollte. Dann drückte sie das Rückgrat durch, hob den Kopf und ging einfach weiter.

„Schwester! Kommen Sie! Spielen Sie eine Partie mit uns!", riss ein Soldat vom Nebenbett, der gerade ein altes Damebrettspiel geschenkt bekommen hatte, Maria aus ihrer Betrachtung. Zwei seiner Bettnachbarn stimmten ein und wiederholten die Aufforderung.

„Wir spielen jetzt lieber ein wenig Fiebermessen!", hielt sie dem Soldaten forsch entgegen und trat an die Pritsche heran. „Das ist genauso unterhaltend!"

Dazu lachte sie, als hätte sie soeben einen gelungenen Scherz gemacht und die Männer stimmten in ihr Lachen ein, als hätten sie soeben einen gelungenen Scherz gehört.

***

Später am Abend, – es war etwas stiller im Saal geworden, und Hilda und Martha waren schon nach Hause gegangen – saß Maria noch eine Weile am Lager des jungen Soldaten, den man hinter den Paravent verfrachtet hatte. Sie hatte Hildas Rat nicht befolgt und seinen Namen herausgefunden. Er hieß Johann und stammte aus Hof. Das war gar nicht so weit von hier und bestimmt nannte man ihn dort auch Hannes. Er zählte kaum siebzehn Jahre. Er schlief unruhig, warf den Kopf hin und her. Sie hielt seine Hand und tupfte ihm die Stirn trocken, bis ihr selbst beinahe die Augen vor Müdigkeit zufielen.

„Geh hoam, moidl! Moagn is anno a dog.[26]"

Der alte Wärter, der ihr das im Vorbeigehen zuwarf, war selbst auf dem Weg nach draußen.

Maria löste sanft ihre Hand aus den Fingern, die die ihren umkrampft hielten. Erschöpft richtete sie sich auf und mit einem letzten Blick auf den Jungen dachte sie: „Lieber Gott, lass ihn leben! Der ist noch so jung!"

Neumarkt, 1. Weltkrieg Reservelazarett; Hilfsschwestern, wie Maria, Martha und Ida wurden in offiziellen Listen nicht geführt;

---

[26] Dialekt: Geh nach Hause, Mädchen. Morgen ist auch noch ein Tag!

Anna kommt aus Nürnberg
Familie Häring in Neumarkt, November 1916

Bauer Nähe Altdorf bei Neumarkt i.d. Opf., 1918;

Im November 1916 wurde eine Judenzählung durchgeführt. Die „Judenstatistik" hatte den amtlichen Titel „*Nachweisung der beim Heere befindlichen wehrpflichtigen Juden*" und war eine staatlich angeordnete statistische Erhebung zum Anteil der Juden an allen Soldaten des deutschen Heeres. Sie sollte offiziell die Zahlen der kriegstauglichen, an der Front dienenden, verlegten, unabkömmlich gemeldeten, zurückgestellten und gefallenen jüdischen Wehrpflichtigen ermitteln. Der Staat reagierte damit auf die in der Bevölkerung immer mehr um sich greifende Meinung, dass sich viele jüdische Männer dem Waffendienst an der Front mit allen möglichen Ausreden entzögen. In den Wirtshäusern sprach man schlicht von Drückebergertum, und rechtfertigte die Aktion damit, dass es nur gerecht war, wenn alle, egal welcher Konfession, dem deutschen Volke dienten. Dass es Drückeberger aller Konfessionen gab, ignorierte man geflissentlich. Auch im Schwarzen Bären, von wo Vater Häring die Nachricht mitbrachte. In der Familie übernahm man seine Meinung, wie üblich in politischen Fragen.

Es war ein dunkelgrauer Tag mit tiefhängenden Wolken und Temperaturen um den Gefrierpunkt. Die Familie saß um den Kaffeetisch. Der Duft des Napfkuchens, der in der Mitte des Tisches thronte, vermischte sich mit dem Parfüm frischer Tannennadeln. Mit geschlossenen Augen empfand Maria das Aroma noch intensiver als im Wald, wo sie die Zweige erst am Tag zuvor gesammelt hatte, um an den kommenden Abenden Adventskränze zu flechten, auch für das Lazarett. Sie lagerte die Zweige im Vorratsraum, wo es kühl war. Für den Moment eines Atemzuges zog ein beinahe göttlicher Frieden durch sie, wie sie es sonst nur im Wald erlebte. Sie liebte den Geruch des Moders, der aus dem feuchten Moos aufstieg, das leise Rauschen der Baumwipfel über ihrem Kopf und den weichen Tritt ihrer Füße, wenn sie federnden Schrittes zwischen den Bäumen dahinlief. Wann immer es etwas im Wald zu tun gab, meldete sie sich gerne freiwillig. Vor allen Dingen Pilze sammeln machte ihr viel Freude. Sie kannte alle Sorten der Gegend, wusste genau, was genießbar und was giftig war. Sie kannte ferner ein paar Stellen, wo man zuverlässig iPfifferlinge fand, nannte sie ihr Geheimnis, das sie nur einmal mit Andres geteilt hatte. Er hatte ihr damals im Gegenzug versprochen, sie mit auf den Pferdemarkt ins 25 Kilometer entfernte Berching mitzunehmen.

„... und segne, was du uns bescheret hast, Amen", murmelte die Familie, öffnete die Augen und wünschte sich guten Appetit. Dabei war es nur ein Nachmittagskaffee. Aber gerade ein Napfkuchen verdiente laut der Mutter in diesen Zeiten besondere Dankbarkeit.

Man erwartete Annas Besuch, die aus Nürnberg kommen wollte. Helene konnte erst nach Heilig Abend und auch dann nur für zwei Tage anreisen, weil sie an den Feiertagen für ihre Herrschaft servieren musste. Sie sparte sich schon seit Wochen das Geld für ein Zugbillet vom Munde ab. Sie hatte eine Ansichtskarte mit einer Zeichnung der Marienkirche geschickt, die auf dem Tisch wartete, damit auch Anna sie lesen konnte.

Der Zug aus Nürnberg hatte vermutlich Verspätung, also hatte man beschlossen, nicht länger zu warten. Walli goss den Kaffee ein, der eigentlich nur den Anschein erweckte, einer zu sein. Das Gebräu enthielt nur wenig des anregenden Koffeins, denn sie streckten den guten Kaffee mit getrockneten und gemahlenen Löwenzahnwurzeln und Kathreiner Malzkaffee, so wie sie Öl aus gesammelten Bucheckern gewannen. Aber immerhin hatten sie noch Kaffee. Manche in der Nachbarschaft hatten nicht einmal mehr das.

„Da ist sie ja endlich!", verkündete Walli, stellte die heiße Kanne ab, obwohl sie erst zwei Tassen befüllt hatte. Niemand hatte etwas gehört, aber Walli war schon an der Tür. Maria übernahm wortlos das Eingießen für die Eltern.

Walli und Anna umarmten sich in der Tür, wobei Walli als erste und mit großer Neugierde den Mann hinter ihrer Schwester musterte. Anna hatte bereits angekündigt, dass sie nicht alleine kommen, sondern einen Bräutigam mitbringen würde.

„Gut siehst du aus!", rief Walli und hielt ihre Schwester mit beiden Händen von sich, um sie zu betrachten, als hätte sie diese seit Jahren nicht mehr gesehen. Anna trug ein schickes Kostüm mit einer etwas weiter geschnittenen Jacke mit großem Kragen, einem knöchellangen Rock und einem dieser modernen Hüte, die aussahen wie ein umgestülpter Blumentopf, aber totschick waren. Sie erweckte den Eindruck einer richtigen Dame aus der Großstadt. Ihre Wangen waren rosig und rund, ihre Augen strahlend, sie füllte diese Kleidung mit üppigeren Formen als Walli und Maria, wenn sie auch noch immer schlank wie eh und je war.

„Einen gesunden Eindruck machst Du! Bei euch im Hotel gibt es wohl noch richtig gut zu essen, *ha*?"

Anna lächelte und wiegte den Kopf. „Die Speisekarte wurde auf die Hälfte reduziert. Aber es stimmt schon", gestand sie, „es gibt noch manchen Braten, den man sonst nicht mehr angeboten bekommt."

„Kommt herein!", forderte Walli ihre Schwester auf, und der Mann, der die ganze Zeit ein wenig verloren hinter Anna gestanden hatte, trat nach vorne. Maria tat dasselbe und nicht minder neugierig, aber verstohlener. Der Mann war kräftig, groß und blond, trug ein freundliches Lächeln im Gesicht und hatte Hände, denen man es ansah, dass sie es gewohnt waren flink und präzise zu arbeiten. Seine langen Finger waren kräftig, aber fein, nicht so grobschlächtig wie die Hände der Landbevölkerung es oft waren. Er schien ein wenig nervös, drehte seinen Hut, den er sofort vom Kopf gezogen hatte, unaufhörlich in seinen Händen.

Noch bevor Anna ihren männlichen Begleiter der Familie vorstellen konnte, hatten sich die Eltern bereits vom Tisch erhoben, um den fremden Gast zu begrüßen. Vater Häring trat auf ihn zu und streckte ihm von Weitem die Hand entgegen.

„Schober", stellte sich der Fremde vor, wobei er seinen Kopf leicht neigte. „Meisterkoch Schober", fügte er noch hinzu, weil das verdeutlichte, dass er schon weit mehr als ein einfacher Geselle war. Er überreichte ein in Papier eingewickeltes, großes Paket, aus dem es herrlich duftete.

„Ein richtiges Bauernbrot!", erfreute sich der Vater und schnupperte daran. „Ja, gibt es das denn überhaupt noch?"

„Naja, ..." Herr Schober hörte auf, seinen Hut zu drehen, weil Anna ihn ihm aus den Händen nahm und ihn zusammen mit ihrem Mantel ihrer Schwester Walli reichte.

„Albrecht hat es extra für diesen Anlass gebacken", erklärte sie an seiner Stelle und sah ihn dabei an, als wollte sie ihm einen Orden verleihen.

„*Vergelt's Gott!*", murmelte Mutter Häring ganz wie der Mesner, der in der Kirche die Opfergaben einstrich, nahm das Paket von ihrem Mann entgegen, schnüffelte selbst daran als handle es sich um teures Parfüm. Das große, runde Brot musste in vier Teile zerschnitten werden, bevor sie es sorgfältig im Brotkasten der Küchenkommode lagern konnten. Davon würde die Familie gut zwei Wochen zehren, ohne dass es schlecht werden würde. Diese Brote waren so gemacht, dass man sie gut lagern konnte.

Sie boten Herrn Schober Platz am Tisch an, Maria schenkte auch den Ankömmlingen Kaffee ein und schnitt den Kuchen an.

„Der wird nicht so gut sein wie Ihr Brot", entschuldigte sie sich bei dem Fachmann, der ihren Kuchen bestimmt sofort als Margarine- und Ersatzmehlprodukt entlarven würde. Nur der Kakao darin, der war echt, also lud sie ihm ein Stück mit besonders viel Schokoladeanteil auf den Teller.

Selbstverständlich lobte Annas Bräutigam den Kuchen, wie es der Anstand verlangte, aber Maria fühlte sich nach wie vor unsicher, ob man dessen Urteil angesichts der Situation trauen durfte. Ihr selbst schmeckte er freilich ausgezeichnet, aber das war nicht weiter verwunderlich, da sie Süßes so gut wie nie zwischen die Zähne bekam.

„Die gute Butter war völlig aufgebraucht", erklärte sie, „ich musste Margarine nehmen." Maria hätte sich zwar denken können, dass Anna und ihrem Bekannten das gerade nicht gleichgültiger sein konnte, aber sie war zu aufgeregt über das Ereignis, um nicht zu plappern. Anna war die Erste, die einen Mann nach Hause brachte. Es würde eine Verlobung geben, eine Hochzeitsfeier, und auch, wenn das in diesen Zeiten nicht einfach zu organisieren war, war es doch ein recht erfreuliches Ereignis. Musik, Tanzen, Lachen und gut Essen, das erlebten die Mädchen nicht alle Tage. Sie würden für Anna ein schönes Hochzeitskleid nähen, alle zusammen daran arbeiten, etwas mit Spitzen, und sie begann schon zu überlegen, ob wohl das Kolonialwarengeschäft Hahn noch Spitzen im Angebot hatte?

Die Annäherung des glücklichen Paars mit den Eltern indessen ging sehr behutsam von statten. Man plauderte eine Weile recht belangloses Zeug, wie über das Wetter – selbst, wenn das für Landwirte nie nebensächlich war –, über die Zugfahrt – Reisen, die in dieser Zeit auch nicht immer problemlos verliefen –, und den Nürnberger Christkindlesmarkt, der schon seit Jahren mehr und mehr an Bedeutung verlor und deswegen schon wieder einmal umziehen musste. Die Konversation fand hauptsächlich zwischen Albrecht Schober und dem Vater statt. Anna hing an den Lippen ihres Liebsten, zurückhaltend und mit bedachter Hoffnung in ihren Augen.

Ihre Mutter musterte den Bräutigam, schweigend, aber mit strenger Miene. Walli schaute unentwegt mit kaum verhohlener Neugierde zwischen Anna und dem Gast hin und her, und Maria beobachtete alles und jeden, während ihre Gedanken um Stoffe und Knöpfe, Hochzeitstorten und den Saal beim Bärenwirt, den man für ein Hochzeitsfest mieten konnte, kreisten. Sie konnte das gut: Details des Geschehens aufnehmen und gleichzeitig mit ihrer Fantasie in eine geträumte Welt abtauchen. Das war ihr schon in der Schule zugutegekommen, wenn die Lehrerin gedacht hatte, dass sie nicht aufmerksam gewesen war und sie unvermittelt aufgerufen hatte. Maria aber hatte immer zu antworten gewusst, obwohl sie tatsächlich geträumt hatte.

Als diese Themen abgearbeitet, die Tassen und Teller geleert waren, entstand eine peinliche Pause. Herr Schober hatte ein zweites Stück Kuchen höflich abgelehnt, zum Glück, denn in der Familie war es ein ungeschriebenes Gesetz, dass zwei Stücke als maßlos galten. Also erhob sich Maria und räumte die Teller ab. Dann stellte sie eine Flasche des hausgebrannten *Obstlers* von Onkel Wolfgang auf den Tisch und erzählte, wie dieser jedes Jahr der Familie seiner Schwester davon ein paar Flaschen brachte und wie alle, jedes Jahr wieder, erst einmal husten mussten, wenn sie davon kosteten. Sie bot dem Gast ein Glas an. Es blieb offen, ob er aufgrund ihrer Überredungskünste dazu nickte oder ob es der Tatsache geschuldet war, dass der Schnaps die Angelegenheit leichter machen würde. Maria goss ihm einen Doppelten ein, bevor er etwas dagegen sagen konnte. Auch Vater und Mutter stellte sie je ein *Stamperl*[27] hin. Die Mädchen hielten sich zurück.

Der junge Nürnberger nippte an seinem Glas und lobte den Schnaps des Onkels mit einem Augenzwinkern zu Maria, die ein wenig kichern musste, weil sie wusste, dass das übertrieben war. Doch für sie war damit das Eis gebrochen. Albrecht würde ein netter Schwager sein, einer, mit dem man auch Späße treiben konnte, da war sie sich schon sicher.

Der Gast räusperte sich in seine Faust und wendete sich an den Herrn des Hauses.

„Sehr geehrte Frau Häring, sehr geehrter Herr Häring", begann er dann umständlich mit bemühtem Hochdeutsch, da er wohl fürchtete, dass sein fränkischer Dialekt in der Oberpfalz als schwierig empfunden werden konnte und was er zu sagen hatte, nicht missverstanden werden durfte. „Sie können es sich schon denken: Ich bin gekommen, also, ich meine, wir sind gekommen, weil wir, nein, ich Sie bitten möchte, mir die Erlaubnis zu erteilen, Ihre Tochter Anna zu ehelichen. Ich habe sie sehr gerne und sie mich auch, wie sie mir gestanden hat."

Er atmete erleichtert auf, schaute seine Braut kurz an und sah dann erwartungsvoll auf die Eltern des Mädchens. Anna machte ein Gesicht wie jemand, der jeden Augenblick in Ohnmacht fallen wollte. Es hatte den Anschein, dass sie zu atmen aufgehört hatte.

Maria und Walli schmunzelten über diese etwas ungeschickten Worte, die für sie nichts als der Beweis wahrer Gefühle waren. Welches Glück ihre Schwester doch hatte!

„Sind Sie nicht im Wehrdienst?", fragte der Vater nach dieser kurzen Ansprache.

Alle Schwestern, nicht nur Anna, wunderten sich über diese Frage, stand sie doch in keinem Zusammenhang mit dem geäußerten Anliegen.

„Ich bin freigestellt", erklärte der Gefragte sofort und mit fester Stimme. Es schien ihm weder peinlich noch unangenehm, was man erwarten hätte können. Schließlich galt es als eine Schande, nicht, wie alle jungen Männer, seine Vaterlandspflicht zu tun. Im Gegenteil, er fuhr sogar mit etwas Stolz in der Stimme fort. „Alle meine männlichen Köche und Küchenhilfen sind an der Front. Einer muss den Laden am Laufen halten und ich tue das, allein mit ein paar Frauen und zwei Lehrbuben. Wir haben häufig hohes Militär im Haus. Und wir versorgen außerdem die Sammelküchen in der Stadt."

Der Vater nickte stumm.

„Sie wollen sich also nicht selbständig machen?", fragte er dann nach einer weiteren Pause. Es war klar, dass niemand außer ihm jetzt die Fragen stellte.

„Noch nicht", antwortete der Bräutigam gehorsam, „aber nach dem Krieg werde ich vielleicht ein eigenes Restaurant übernehmen. Ich bin in Kontakt mit

---

[27] Kleines Schnapsglas

74

einem Gastwirt. Der Sohn – Gott sei ihm gnädig – ist an der Somme[28] gefallen und jetzt will der Inhaber verkaufen. Wir sind uns schon einig."

Die Worte kamen ihm allmählich etwas lockerer über die Lippen und damit auch ein paar fränkische Laute. Maria hatte diesen Dialekt immer merkwürdig gefunden, der die Worte weichspülte und beinahe lallend verband. Schon wenige Kilometer mit dem Fahrrad über den Berg in Richtung Nürnberg genügten, um mit dieser Art des Sprechens in Kontakt zu kommen und doch klang es in ihren Ohren fremd.

Vater Häring machte den Anschein als suche er noch nach einer dritten Prüfungsfrage, so, als ob er dem Ernst der Sache mit mindestens drei dieser Sorte gerecht werden sollte, ihm aber keine passende mehr einfiel.

„Wenn wir dürfen", warf Anna nun vorsichtig ein, „dann würden wir gerne nur ein kleines Fest machen."

„Keine richtige Hochzeit?", entwischte es Maria, die ihre Enttäuschung nicht verbergen konnte, maßregelte sich aber sofort, weil sie verstand, dass Anna womöglich die knappe finanzielle Lage ihres Vaters nicht strapazieren wollte. Es war allgemein üblich, dass der Brautvater die Hochzeit seiner Tochter ausrichtete. Bei vier Töchtern glich das einer existenziellen Bedrohung, wenn man kein Krösus war.

„Wir werden für die Kosten selbstverständlich aufkommen", versicherte der Bräutigam sofort. „Auf keinen Fall werde ich Sie belasten! Die Welt ändert sich. Alles ändert sich. Man muss mit der neuen Zeit gehen, *gell*?"

Vater Häring schien diese Gedanken zu teilen. Er nickte, brummte aber etwas, das sich so anhörte wie „ein Scherflein beitragen", doch blieb unklar, ob er damit sich selbst oder den Antragsteller meinte.

„Habt ihr mit dem Herrn Pfarrer schon gesprochen?"

Dies war nun die erste Erkundigung, die aus dem Mund der Mutter kam. Maria deutete es als wohlwollendes Zeichen, dass auch diese schon an die kirchliche Trauung dachte. Ein weißes Kleid würde es also auf jeden Fall doch geben! Maria war kreativ und der Entwurf, den sie sich sofort im Geiste ausmalte, begeisterte sie selbst so sehr, dass sie am liebsten gleich eine Zeichnung davon angefertigt hätte. Mit Mühe hielt sie ihre Idee aber noch zurück.

„*Na, nonnet!*[29]", schoss Anna sofort hervor und der junge Schober setzte hinzu: „Natürlich wollten wir erst Ihr Einverständnis abwarten. Aber ich kenne den Herrn Pastor der Lorenzkirche sehr gut."

„Die Lorenzkirche!"

Es war ein Auswurf, keine Aussage.

---

[28] Die Schlacht an der Somme begann am ersten Juli 1916 im Rahmen einer britisch-französischen Großoffensive gegen die deutschen Stellungen. Sie wurde am 18. November desselben Jahres abgebrochen, ohne eine militärische Entscheidung herbeigeführt zu haben. Mit über einer Million getöteten, verwundeten und vermissten Soldaten war sie die verlustreichste Schlacht der Westfront während des Ersten Weltkriegs.

[29] Dialekt: Nein, noch nicht

Es war eine Anklage.

Die Mutter hatte sich gleichzeitig und sehr schnell von ihrem Stuhl erhoben, starrte erst den Bräutigam, dann ihre Tochter an dessen Seite an. Der junge Nürnberger war über diese Reaktion in seinem Stuhl zurückgewichen. Sie war mehr als überraschend gekommen.

„Wir können freilich auch hier in Neumarkt heiraten, wenn Sie Wert darauf legen", reagierte er mit einem freundlicheren Vorschlag, weil er die Aufregung für eine Frage des Ortes hielt.

Maria schluckte, fasste sich instinktiv mit der Hand vor den Mund, weil sie über die Heftigkeit der Reaktion ihrer Mutter zwar auch betroffen war, aber im Gegensatz zu Annas Bräutigam das Problem sofort verstand. Sie schaute zu ihrer Schwester Anna, die bleich wie die Wand geworden war. Sie musste das befürchtet haben, das erklärte auch ihre Zurückhaltung all die Zeit. Auch Wallis Gesicht verriet einiges Entsetzen.

Einen langen Moment war es ganz still im Raum. Vater Häring schaute seine Frau abwartend an, die Mädchen sich gegenseitig und der Bräutigam seine Anna.

Dann durchbrach die Stimme der Mutter die Stille. Sie stand wie ein massiver Pfeiler der Pfarrkirche mitten in der Küche und sprach mit einem Gewicht, das einen Beschluss verkündete, der unumstößlich sein sollte. Und dabei schaute sie nur Anna an.

„Auf keinen Fall wirst du einen Protestanten heiraten! Was denkst du dir eigentlich!"

Sie wartete nicht auf Antwort, auch nicht von ihrem Mann. Dieses Ansinnen war für sie so unerhört, so undenkbar, so ungeheuerlich, dass sie sich nach dieser Klarstellung wieder setzen musste. Sie ergriff das Schnapsglas und leerte es in einem Schwung. Noch nie hatte Maria ihre Mutter trinken sehen. Freilich hatte sie ihr auch ein Glas hingestellt, weil sie das ihrer Mutter schuldig war. Das gehörte sich vor einem Gast so. Aber bisher hatte diese die Spirituose nie getrunken. Immer hatte sie die Flüssigkeit später zurück in die Flasche geschüttet oder aber einer der anwesenden Männer hatte das Glas geleert. Das verdeutlichte, wie ernst es der Mutter war.

„Mama", versuchte Anna einen nicht sehr gelungenen Einwand, „wir können ja mit unserem Herrn Pfarrer sprechen und ..."

„Ja freilich! Sonst noch was!", unterbrach die Mutter ihre Tochter in nie dagewesener Schärfe. „Die Schande auch noch an die große Glocke hängen! Bist du völlig *narrisch*[30] geworden? Damit sich die ganze Stadt das Maul zerreißen kann! Das ist eine Sünde, sich von der katholischen Kirche abzuwenden! Hast vielleicht nicht auch du ein Glaubensbekenntnis abgelegt? Ich glaube an die Heilige, Katholische Kirche!" Sie begann das gesamte Gebet zu zitieren und fuhr dann, ohne von einem der Anwesenden unterbrochen worden zu sein, fort. „Das

---

[30] Dialekt: verrückt

bedeutet was! So ein Versprechen gegen Gott brechen, das kannst du, darfst du nicht wagen! Das darfst du nicht!"

Sie holte tief Luft für einen Abschluss, der dieser kraftvollen Predigt eine ungeplante, jedoch nachhaltige Dramaturgie verlieh.

„Du heiratest keinen Protestanten! Ich will nichts mehr davon hören!"

Sie spuckte das Wörtchen in einem kantigen „*nix*" förmlich auf den Tisch, als ob das X darin alles von ihrer Tochter Gesagte ein für alle Mal ausradierte.

Anna warf ihrem Vater einen flehenden Blick zu, was Maria als eine vergebliche Mühe einschätzte. Ihre Eltern hatten in Fragen der Erziehung immer den selben Standpunkt vertreten, selbst wenn sie nicht einer Meinung waren.

„Du hast deine Mutter gehört", stimmte Vater Häring wie erwartet zu.

Anna fiel in sich zusammen.

Ihr Bräutigam wagte es nicht, sie in den Arm zu nehmen oder auch nur ihre Hand vor den Eltern zu ergreifen, um ihr Mut zu machen. Er schien selbst um Haltung zu ringen.

Walli trat hinter Anna und legte ihr eine Hand auf die Schulter.

„Aber schau, Mama...", versuchte sie ihrer Schwester zu Hilfe zu eilen, kam damit allerdings nicht weit.

„Du hältst dich da raus!", fuhr sie die Mutter in so heftiger Weise an, dass auch Walli verstummte.

Maria wagte es erst gar nicht mehr, einen Laut von sich zu geben.

Anna schaute ihren Bräutigam von der Seite an und der nickte nur. Sie ließ den Kopf noch weiter sinken und sprach so leise, dass man sie kaum hörte.

„Wir müssen heiraten. Ich krieg ein Kind."

Maria stockte der Atem. Nach dem Ausbruch ihrer Mutter kurz zuvor – und sie hatte ihre Mutter noch nie so außer Fassung erlebt – war mit dieser Nachricht ein Erdbeben zu erwarten.

Doch es kam anders.

Die Mutter erhob sich langsam von ihrem Stuhl, schob ihn bedachtsam und übertrieben sorgfältig an den Tisch, hob den Kopf, schaute erst dem Nürnberger in die Augen und dann auf ihre Tochter, sprach einen Satz und verließ dann den Raum.

„*Da Herrgott lasst si net erpressn!*"

Feldpost
Im Notlazarett in Neumarkt Winter 1917

Das Erlebnis mit dem jungen Soldaten Johann an ihrem ersten Arbeitstag im Lazarett würde Maria nie vergessen, auch wenn sie inzwischen schon wesentlich Schrecklicheres erlebt hatte. Am Morgen danach war sie ganz früh, noch vor dem Melken, gleich wieder hinübergelaufen, um nach ihm zu sehen. Das Bett war leer gewesen. Er war in der Nacht verstorben und der Leichnam bereits entsorgt. Minutenlang war sie unbeweglich vor dem leeren Lager gestanden, bis ein Stöhnen aus dem Nachbarbett sie in die Welt zurückgeholt hatte. Es war auch dieses Stöhnen, das sie den Entschluss fassen ließ, der unbekannten Mutter einen Brief zu schreiben. Weil sie geglaubt hatte, es der armen Frau und der Seele dieses Jungen zu schulden. Auch, weil es für sie selbst ein klein wenig Heilung war. Noch am selben Abend hatte sie sich an den Küchentisch gesetzt und ein paar Zeilen verfasst. Sie war nicht gewohnt, schöne Briefe zu schreiben. In der Schule hatten sie das nicht gelernt. Da waren neben Lesen und Schreiben hauptsächlich Religion, ein bisschen Rechnen, viel Handarbeit und Gesang und Kirchenlieder geübt worden. Doch in diesem Brief waren die Worte wie von selbst aufs Papier geflossen. Als sie sich am nächsten Tag nach der Heimatadresse des Verstorbenen erkundigt hatte, hatte sie herausgefunden, dass er ein Waisenkind gewesen war. Sie hatte den Brief in der Hand gehalten und nicht gewusst, was sie damit tun sollte. Also hatte sie ihn gefaltet und in ihr Gebetbuch gelegt. Dort fiel er ihr nun jedes Mal in die Hände, wenn sie zur Kirche ging und dann betete sie für ihn, weil es sonst niemand tat. Maria fragte nie wieder nach den Namen der Verwundeten.

Mittlerweile arbeitete sie den ganzen Tag im Lazarett, übernahm sogar ab und zu die Nachtwache. Man hatte ihr nach und nach neue Aufgaben übertragen. Sie hatte sich an den Anblick eines alleine liegenden blutenden Fußes oder Arms in einem Eimer aus dem Operationssaal gewöhnt, an die Verabschiedung von Menschen in den Krieg, denen sie gerne noch Zeit für Genesung gegönnt hätte. Es verursachte ihr keine Übelkeit mehr, aus Wunden, die so groß wie eine Faust in einen Körper geschossen waren, blutige und eitrige Gaze zu ziehen und desinfizierte wieder hineinzustopfen. Alles ohne Narkose. Betäubungsmittel wurden nur noch für wirklich schwere Operationen aufgehoben. Die neuen Verwundeten, die jetzt hereinkamen, sprachen viel von den Weihnachtstagen an der Front. Die meisten kamen von der russischen, einige aber auch von der Westlinie. Manchmal hatte sie den Eindruck, dass die Plätze in einem Lazarettbett ausgelost wurden, so willkürlich schienen die Herkunftsstätten der Verwundungen zu sein.

Es war ein trauriges Weihnachtsfest gewesen. Anna hatte nicht kommen dürfen, weil man befürchtet hatte, ihr Zustand wäre schon zu sichtbar und die Schande in der Nachbarschaft nicht auszudenken gewesen. Helene war spät aus München angereist, sie hatte entgegen allen Versprechungen dann doch auch noch am zweiten Feiertag noch zur Verfügung stehen müssen, weil unerwartet Gäste gekommen waren. Sie hatte selbstgestrickte Socken für alle als Geschenk dabei. Sie hatte sogar für Annas Baby gelbe Söckchen gestrickt, passend für jedes Geschlecht. Maria hatte ihr von Annas Schwangerschaft in einem Brief berichtet. Sie hatte Helene versprechen müssen, diese Söckchen Anna persönlich nach Nürnberg zu bringen. Ihre Mutter hatte sehr unglücklich ausgesehen, auch wenn sie nichts gesagt hatte. Ein verhärmter Zug hatte sich um ihre Mundwinkel gebildet. Seit dem ersten Advent hatte man sie keine Scherze mehr machen sehen, was zwischen den Eltern, trotz der schwierigen Umstände und Sorgen, noch immer der Fall gewesen war. Andres war nicht auf Heimaturlaub von der Front gekommen. Sein letzter Brief datierte im Advent und sprach von Unruhen beim Feind im Osten, dass man dort eine Revolution erwartete, aber auch, dass die Verpflegung der bayrischen Soldaten besser sei als die der anderen Kameraden[31]. Seitdem hatte man keine Neuigkeiten mehr von ihm erhalten. Am ersten Feiertag war der Onkel Wolfgang mit seiner Frau aus Nabburg gekommen. Man hatte die Weihnachtsgans geteilt, die Maria das ganze Jahr über angefüttert hatte. Er hatte versprochen, im Frühjahr diesmal sogar zwei junge Küken zu bringen, damit Maria sie wieder großziehen konnte.

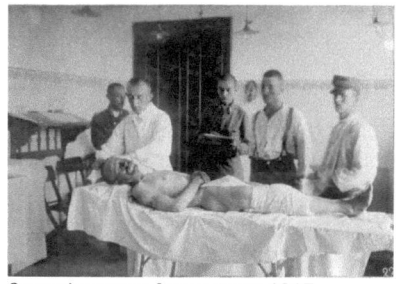

Operationsraum Lazarett um 1917   Krankenhaus Neumarkt um 1910

Seitdem waren die Tage in einem endlosen Kommen von Verwundeten und Gehen von Genesenen oder Toten ineinandergeglitten. Maria wusste kaum noch, welcher Wochentag es war. Manchmal ertappte sie sich dabei, einen Verband angelegt zu haben, und wenn sie die Schlussspange an die Gaze heftete, nicht mehr zu wissen, um welche Art von Wunde es sich gehandelt hatte. Nur selten gruben sich ihr besondere Momente in die Erinnerung und dann musste sie abends im Bett daran denken.

„Sie wollen nicht, dass wir darüber sprechen", raunte ihr einmal ein Soldat zu, dem sie gerade die Schulter verband. „Es zersetzt die Kriegsmoral, sagen sie. Dabei tut das doch der Krieg selbst."

---

[31] Das Königreich Bayern war 1914 Teil des Deutschen Reiches, hatte dabei zwar Sonderrechte, war aber kein souveräner Staat mehr. So hatte die Regierung nur im Friedensfall den Befehl über die Bayerische Armee und musste auch die Bündnisverpflichtungen des Deutschen Reiches, die zum Ersten Weltkrieg führten mittragen.

Maria reinigte seine Wunde, ein nicht lebensgefährlicher Streifschuss am Kopf. Der Mann würde bald wieder losgeschickt werden, das wusste sie.

„Wissen Sie, Schwester Maria", die Männer nannten sie oft beim Namen, auch, wenn sie selbst nicht mehr hinhörte, wenn sie den ihren sagten, „am Heiligen Abend, da hat es einen spontanen Waffenstillstand gegeben. Bei Artois ..."

„Wo liegt das?", fragte Maria ohne ihre Tätigkeit zu unterbrechen.

„Nordfrankreich, gegen die Engländer und Kanadier", fuhr der Mann fort. „Ja, wir hatten einen nichtoffiziellen Waffenstillstand am Weihnachtstag. Und wissen Sie was, Schwester Maria ...", er drehte ihr das Gesicht zu, aber sie hielt seinen Kopf fest, weil sie weiter seine Wunde mit einem Wattebausch zu reinigen hatte.

„Halten Sie still!", befahl sie ihm, aber freundlich. Er befolgte ihren Hinweis, erzählte trotzdem leise weiter.

„Wissen Sie, die Engländer, die waren sehr freundlich. Sie kamen herüber, um uns zu sehen, und wir tauschten Zigaretten mit Büchsenfleisch, das sie Corned Beef nennen. Weihnachten war sehr gut."

Er legte eine Pause ein und Maria wickelte schnell den Verband um seinen Kopf, weil er sich gerade nicht bewegte.

„Wir haben gemeinsam Strophen von Stille Nacht, Heilige Nacht gesungen, die in Englisch und wir in Deutsch, über die Schützengräben hinweg. Und dann haben wir uns die Hände gereicht und Sachen getauscht."

Seine Stimme brach, er hatte Tränen in den Augen. Maria schaute ihn an und dachte, dass er ein wahrhaftigeres Weihnachtsfest erlebt hatte als sie selbst im Schoße ihrer Familie. Sie war sich aber nicht sicher, ob der Mann sich die Geschichte nicht einfach zusammenfantasierte. Sie hatte von dem Weihnachtsfrieden 1914 zu Beginn des Krieges gehört, alle hatten davon gesprochen. Die Bevölkerung war damals aufgebracht gewesen über diesen Mangel an Kampfgeist. Man hatte die Hauptmänner beschimpft und die Soldaten Landesverräter genannt. In diesem Jahr aber war von solchen Vorkommnissen nirgends die Rede.

„Zwei meiner Kameraden haben deswegen 28 Tage Arrest bekommen, weil sie für einige Tage das Feuer eingestellt haben. Aber das hat der Feind doch auch getan! Wie sollten wir denn schießen, wenn die doch auch nicht geschossen haben! Ach, Schwester Maria, wissen Sie, niemand außer uns Soldaten hat ein Interesse an diesem Zeichen der Mitmenschlichkeit inmitten eines Sturms des Sterbens. Ich erzähle Ihnen das, damit wenigstens Sie das wissen."

Damit schaute er Maria abermals an. Er war ein gebildeter Mensch, dachte sie. Er formte sogar beim Sprechen Sätze, die sie sich selbst nicht einmal in einem Brief ausdenken konnte.

„Und die haben dann ihren Kopf angeschossen?", wollte sie wissen.

„Freilich, genau die", nickte er und er sagte es wie vor sich hin, nicht zu ihr. „Nachher."

Es war ein Moment, in dem Maria die Absurdität des Krieges zum ersten Mal spürbar erfasste. Wie hatten sie den feschen Soldaten zugejubelt und sie bewundert, als sie in den Krieg gezogen waren! Sie hatten geglaubt, dass sie binnen weniger Wochen mit Ruhm und Ehre zurückkehren würden in einen Frieden, der das Land größer, das Volk reicher und das Leben besser machen würde. Und was war davon jetzt übrig? Sie wusste nicht, was sie darauf antworten sollte. Nichts. Stattdessen nahm sie ihr Verbandszeug, richtete sich auf und zeigte hinüber zu dem alten Postboten, der gerade durch das große Eingangstor hereinkam.

Jubelnder Kriegsbeginn 1914

„Schauen Sie! Die Briefe kommen. Ich will sehen, ob für Sie etwas dabei ist."
„Wohl kaum", winkte der Erzähler ab, „ich werde nicht lange genug hier sein, um Post zu erhalten. Aber gehen Sie ruhig, Schwester. Die Kameraden warten sehnsüchtig darauf." Damit legte er sich wieder auf sein Bett und starrte an die Decke.

Maria kam gleichzeitig mit dem Fräulein Martha und Hilda beim Postboten an. Hilda und sie verteilten die Post immer sofort, es war der Höhepunkt des Tages für die Soldaten. Manchmal lasen sie den Schwerverwundeten auch einen Brief vor, weil diese selbst nicht lesen konnten und das musste dann meistens warten, bis sie einen freien Moment hatten. Die Ordensschwestern, die auch zahlreich und stets präsent waren, überließen den jungen Mädchen gerne diese Aufgabe, denn sie verstanden wohl, dass die Soldaten es bevorzugten, die Post von ihnen entgegenzunehmen.

Das Fräulein Martha verteilte keine Post, aber sie erhielt ab und zu einen Brief. Maria hatte sich gefragt, warum sie diese Schreiben nicht an ihre Adresse nach Hause schicken ließ. Sie vermutete, dass sie auf diesem Wege schneller ans Ziel kamen, weil es auch Briefe von der Front waren. Vielleicht hatte auch das Fräulein Heym einen Vetter wie sie oder einen Verlobten da draußen? Es war allerdings schon eine Weile her, dass sie einen Brief erhalten hatte. Auch dieses Mal machte sie einen nicht nur traurigen, sondern gar verzweifelten Eindruck auf Maria.

***

Martha hatte in der Tat große Mühe ihre erneute Enttäuschung zu verbergen. Seit Tagen wartete sie fiebernd auf eine Antwort von Heinrich. Keinen Tag pausierte sie mit der Arbeit im Lazarett. Der Doktor hatte sie schon in einen Kurzurlaub schicken wollen, weil ihr einmal während einer Operation die Augen zugefallen waren. Aber sie hatte es abgelehnt, aus Angst, die Ankunft des Briefes zu versäumen. Jedoch auch diesmal war wieder kein Kuvert für sie im Stapel.

Martha wendete sich ab, während die Hilfsschwestern die Briefe unter sich aufteilten, um damit, Engeln mit frohen Botschaften gleich, in das Meer der Wartenden zu tauchen. Sie ging in die Lazarettküche, wo Ida immer häufiger aushalf und bat um einen Tee.

Ida trocknete sich die Hände an ihrer Schürze, denn sie war gerade beim Geschirrspülen, und reichte ihr einen Becher Lindenblütentee. Die Klosterschwestern hatten die Blüten im Frühjahr gesammelt und getrocknet. Es war reichlich vorhanden und man durfte sich davon nehmen, wann und so oft man wollte.

„Heute haben wir Linsensuppe gekocht", erzählte Ida ihrer Schwester. „Da habe ich doch wieder etwas sehr Nützliches gelernt, *odr*?"

„Nur keinen Sarkasmus", mahnte Martha wie aus einem einstudierten Automatismus heraus. Sie schaute Ida dabei nicht einmal an. „Das ist nur ein Zeichen davon, dass man der Bedeutung einer Sache nicht den Rang zugestehen will, den sie wirklich hat. Du erinnerst dich an die Lektion?"

„Jaja!", winkte ihre Schwester ab. „Aber du musst zugeben, dass Linsensuppe auch nicht wirklich einen so wichtigen Stellenwert im Seelenleben der Menschen hat."

Ihre Stiefmutter hatte angeregt, sie solle in der Küche hier aushelfen, weil alle feinen Mädchen in der Straße einen sozialen Beitrag leisteten, und weil es darüber hinaus nützlich wäre, wenn Ida sich ein wenig Wissen über das Kochen aneignen würde. Das sei einer späteren Haushaltsführung dienlich.

Martha überging ihre letzte Bemerkung, ließ sich auf einem Stuhl nieder und trank schweigend.

„Wieder kein Brief?", bemerkte Ida, obwohl es eher eine Aussage der Anteilnahme sein sollte, keine Frage. Sie sah selbst, dass die Hände Ihrer Schwester leer waren. „Mach dir keine Sorgen!", schickte sie gleich hinterher. Sie bemühte sich um einen zuversichtlichen Tonfall. „Du weißt, dass manche Feldpost verlorengeht. Der nächste Brief kommt wieder durch, du wirst sehen!"

Vater Heym hatte nicht gut auf die Tatsache reagiert, dass Heinrich aus einer katholischen Familie stammte. Es war aufgrund der bohrenden Frage der Stiefmutter, die mit ihrer Bemerkung bei Tisch zielsicher in das Wespennest gestochen hatte, nicht mehr zu vermeiden gewesen, das einzugestehen. Dem Vater war eine solche Verbindung nicht recht, daraus hatte er keinen Hehl gemacht. Er hatte seiner Jüngsten strengstens ans Herz gelegt, in sich zu gehen und die Sache zu überdenken. Martha hatte zwar versprochen, das zu tun, es aber nicht einen Moment in Erwägung gezogen. Da war Ida sich sicher.

Seitdem fing ihre Schwester Heinrichs Briefe im Lazarett ab und zu Hause wurde das Thema allgemein gemieden. Ida war überzeugt, dass ihr Vater, und vor allen Dingen die Stiefmutter, nicht darauf vertrauten, dass Martha zur Vernunft kommen würde, wie sie es nannten. Aber sie bauten möglicherweise auf den Krieg, auf die Trennung und die Zeit, die bekanntlich manchmal solche Dinge auf eigene Art zu lösen pflegt.

„Danke", reichte Martha den leeren Becher ihrer Schwester zurück und erhob sich. Sie band den Mundschutz wieder vor ihr Gesicht. „Noch zwei OPs, dann gehen wir nach Hause. Passt das?"

„*Mais oui, ça va bien!*[32]"

Ida wusste durchaus, dass es auf die anderen Frauen in der Küche hochnäsig wirkte, wenn sie Französisch sprachen. Aber manchmal rutschte ihr so eine kleine Phrase einfach heraus, weil sich gewisse Dinge in dieser Sprache einfach treffender ausdrücken ließen. Außerdem fand sie, dass es nicht schaden konnte, dass die Weiber hier wussten, dass sie aus besserem Hause stammte. Selbst, wenn sie dieselben niedrigen Arbeiten verrichteten, sie tat es aus reiner Wohltätigkeit.

„Ich hole dich später ab", versprach Martha und verschwand wieder hinaus.

Es war jedoch nicht ihre Schwester, die sie kurz darauf aus der Küche holte, sondern einer der Sanitäter.

„Kommen Sie, Fräulein Ida!", winkte er sie eilig zur Tür, „Ihrer Schwester ist nicht gut!"

Ida ließ alles liegen und stehen, und eilte hinter dem Mann hinaus in den Saal, die Wand entlang bis kurz vor den Operationsraum. Martha saß im offenen Türrahmen auf dem Boden gegen die Wand gelehnt und übergab sich in einen blutverschmierten Eimer. Ida konnte direkt auf den Operationstisch sehen. Dort lag ein nackter Körper, der mit einem Leinentuch bedeckt war. Nur ein Stück seines Leibes war enthüllt. Der Mann war bei Bewusstsein, das Tuch hob und senkte sich, aber er gab keinen Laut von sich. Ein einziger Messerstich ließ einen roten Schnitt aufklaffen und aus dem Inneren quollen die Gedärme heraus. Der Arzt stopfte die Eingeweide in den Leib zurück, aber sie drängten wieder hervor. Dies war bestimmt nicht vorgesehen, das verstand sogar Ida in diesem Moment. Der Anblick war entsetzlich und sie war nahe daran, neben ihre Schwester auf den Boden zu sinken, wenn nicht der Arzt, seine blutigen Arme im Bauch dieses Menschen, herübergebrüllt hätte, sie sollten verdammt–noch–mal die Tür schließen.

Der Sanitäter und Ida hoben Martha mit einem festen Griff unter den Armen hoch und führten sie zu einem Stuhl in der Nähe. Die Tür wurde aus dem Raum heraus zugeschlagen.

„Es geht schon wieder", murmelte Martha.

Der Sanitäter entfernte sich, Ida reichte ihr ein Glas Wasser, damit sie den Mund ausspülen konnte. Martha lehnte mit geschlossenen Lidern den Kopf gegen die Wand.

---

[32] Franz.: Das passt gut, das geht gut.

„Meine Güte!", seufzte Ida und neigte sich im Stehen ebenfalls gegen die Mauer neben ihrer Schwester. „Ich hätte mich auch beinahe übergeben müssen! Das ist ja grauenhaft! Du siehst so etwas ständig? Wie hältst du das aus? Kein Wunder, dass es dir irgendwann die Füße wegzieht."

„Das gehört zum Beruf", erwiderte ihre Schwester mit flacher Stimme, ohne die Augen zu öffnen.

„Mein Gott, es ist so pietätlos!", fuhr Ida kopfschüttelnd fort, die dieses Bild vor ihrem geistigen Auge nicht verscheuchen konnte. „Wie in einer Schlachterei!"

Sie sprach nicht weiter, weil ihr Magen alleine bei dem Gedanken zu rebellieren drohte. Sie hielt sich ein frisches Taschentuch aus ihrer Schürzentasche vors Gesicht. Sie hatte noch immer den sauren Geruch aus dem Operationssaal in der Nase.

„Bist du sicher, dass du diese Arbeit machen willst?", Ida konnte sich ihre Schwester an der Stelle dieses Arztes einfach nicht denken. Arzt, darunter hatte sie sich etwas Feines vorgestellt, etwas Edles, etwas Steriles, kein grobschlächtiges Handwerk.

„Das ist es nicht", flüsterte Martha geschwächt, noch immer mit geschlossenen Augen, den Kopf unbeweglich. Dann öffnete sie die Lider, sah sich um und als sie nur Ida in ihrer direkten Nähe stehen sah, fügte sie hinzu: „Ich bin in anderen Umständen."

Ida guckte ihre Schwester verblüfft an: „Welche Umstände denn?"

Sie verstand nicht, was ihre Schwester damit ausdrücken wollte.

Martha seufzte ein wenig, vielleicht wegen ihrer naiven Frage, vielleicht aber auch, weil sie sie beantworten musste.

„Ich bekomme ein Kind", erklärte sie deutlicher.

„Ja, aber ...", stammelte Ida und stieß sich von der Wand ab, um Martha direkter ansehen zu können, „wie ist das denn nur möglich?"

Es war durchaus keine rhetorische Frage. Ida war tatsächlich ein wenig verwirrt. Sie war fest davon überzeugt, dass das Kinderkriegen mit der Eheschließung einherging. Schließlich war es das, was man beobachten konnte. Die Heidi, das Dienstmädchen, hatte zwar einmal felsenfest behauptet, dass es auch vorkam, dass eine Frau von einem Kuss schwanger wurde. Deshalb sei es so wichtig, nicht einfach zu poussieren, wie das Mädchen es genannt hatte. Ida und Martha hatten das allerdings bisher angezweifelt. Doch nun musste sie feststellen, dass Heidi recht behalten hatte. Martha war offensichtlich unvorsichtig gewesen.

„Du hast dich von Heinrich küssen lassen? Aber Martha, warum hast du denn nicht besser auf dich aufgepasst?"

Martha seufzte abermals und rappelte sich auf. Sie streifte sich die Schürze glatt und richtete ihre Haube wieder gerade. Alles war ein wenig aus der Façon geraten.

„Da hast du recht!", murmelte sie wie zu sich selbst. Sie schien allmählich wieder ihre Fassung zurückzugewinnen. Der kleine Anfall an Übelkeit verflog so schnell, wie er gekommen war.

„Ich konnte doch nicht vorhersehen, dass Heinrich sich jetzt noch freiwillig an die Front melden würde!", jammerte sie dann, beinahe entschuldigend. „Jedenfalls habe ich ihm geschrieben, dass er unbedingt sofort schriftlich bei Vater um meine Hand bitten und eine Heirat unverzüglich stattfinden muss. Nun verstehst du, warum ich so dringlich auf seine Antwort warte."

„Ach so", murmelte Ida. „So ist das."

Noch immer rang sie mehr mit dem Vorgang der Schwangerschaft als mit den Konsequenzen, die diese für ihre Schwester bedeuteten.

„Ida!", Martha ergriff ihre Hände und schaute ihr eindringlich in die Augen. „Kein Wort zu niemandem! Versprich es mir! Zu niemandem, verstehst du? Sonst ist alles verloren. Diese Eheschließung muss so normal wie möglich ablaufen, dann wird alles gut."

„Aber wenn Papa nicht zustimmt, weil Heinrich katholisch ist?", wagte Ida vorsichtig einen Einwand, denn sie hatte die Reaktion ihrer Eltern noch sehr gut in Erinnerung. „Wenn du schon vierundzwanzig Jahre alt wärst, ja dann! Dann könntest du heiraten, auch ohne ihr Einverständnis. Aber da hast du noch ganze sieben Jahre hin! So lange kann das nicht warten, oder?" Mit dem „das" des letzten Satzes schaute sie demonstrativ kurz auf Marthas Bauch, zumindest dahin, wo sie vermutete, dass ein Kind heranwuchs.

„Vater wird zustimmen", meinte Martha zuversichtlich. „Er braucht nur etwas Zeit. Wenn ich nach so einem Brief von Heinrich noch einmal unter vier Augen mit ihm spreche, wird er es mir nicht verwehren. Es wird ihm nicht gefallen, gewiss, aber er wird schon einsehen, was für ein vortrefflicher Schwiegersohn Heinrich ist und er wird ihn eines Tages so lieben wie ich."

Ida ließ sie in dem Glauben, weil es das war, was sie selbst auch gerne sehen wollte. Spätestens jetzt war sie überzeugt, dass sie alles tun musste, um Martha zu dieser Heirat zu verhelfen. Und zwar schneller als ihr lieb war.

***

Am nächsten Tag kam ein Feldpostbrief für das Fräulein Martha. Maria sah, wie sie den Umschlag mit leuchtenden Augen entgegennahm, ihn fest ans Herz drückte und damit wegging in eine Ecke. Dort riss sie das Kuvert auf, entfaltete das Blatt mit schwungvoll beschriebenen Zeilen und las. Maria beobachtete, wie das Fräulein plötzlich ganz blass wurde, die Hand, die das Blatt hielt, zu zittern begann, der Arm hinabsank, wie sie geradeaus ins Leere starrte und dann in die Knie sank und in Ohnmacht fiel.

Briefe
Neumarkt, März 1917

Der Kopf einer Zarenstatue, Oktoberrevolution 1918

Russischer Soldat mit Mädchen

„In Russland ist eine Revolution ausgebrochen! Man hat den Zaren abgesetzt!" Es war ungewöhnlich, dass Maria ohne ein *Grüß Gott* auf diese Weise mit der Tür ins Haus fiel. Aber die Nachricht war so erschreckend, dass sie niemand deswegen rügte.

Draußen stürmte es, im Gang war es eisig kalt und Maria zog eilig die Küchentür hinter sich zu, um die Wärme im einzig beheizten Raum des Hauses zu halten. Ihre Mutter saß mit Walli am Tisch, unter dem Lichtkegel einer schwachen Funzel, den aufgeschlagenen Kirchenanzeiger und ein Blatt Papier vor sich. Beide schauten von der Lektüre auf und stießen einen Laut des Schreckens aus. Walli sog mit einem langen „hhhhh" und offenem Mund Luft ein, ihre Mutter schüttelte den Kopf und wiederholte in Monotonie dreimal denselben Satz: „Was soll aus dieser Welt nur werden?"

„Im Lazarett spricht man über nichts anderes", berichtete Maria weiter, hängte ihr selbstgestricktes Schultertuch zum Trocknen über eine Stuhllehne in der Nähe des Ofens und setzte sich eilig an den Tisch zu den beiden anderen Frauen. „Man sagt, dass das gut für uns ist und dass wir den Krieg deswegen gewinnen können", fuhr sie fort. „Das wäre doch gut! Vielleicht wird das alles endlich bald vorbei sein?"

„Dann hat der Herrgott unsere Gebete erhört", meinte die Mutter und nickte wie in Bestätigung still vor sich hin.

„Du hast für die Revolution gebetet?", fragte Maria ungläubig. Das konnte sie sich beim besten Willen nicht vorstellen, aber die Frage war auch eher ein Ausdruck ihrer Aufregung, als dass sie von ihrer Mutter erwartet hätte, dass diese zu Themen dieser Art in irgendeiner Form Stellung bezog. Nicht einmal im Gebet.

„Ah! Red doch koan Schmarrn![33]"

---

[33] Dialekt: Rede doch keinen Unsinn!

Die Mutter zog den Kirchenanzeiger über den Tisch näher an sich und strich mit der Hand das Papier glatt, obwohl es gar nicht nötig war. Nie gab sie Geld für Zeitungen oder gar Illustrierte aus, dafür war es zu knapp. Ihr Mann brachte Neuigkeiten aus der Welt hin und wieder aus dem Schwarzen Bären mit, wo das *Neumarkter Tagblatt* als allgemeines Leseexemplar in eine Holzleiste geklemmt an der Wand hing. Die meisten Männer machten das so. Sie lasen dort und diskutierten die Politik am Stammtisch, nicht mit ihren Frauen. Wozu auch, die durften sowieso nicht wählen. Und das war auch gut so, denn davon verstanden sie nun wirklich nichts. Das Abonnement des Kirchenanzeigers jedoch, das war in der Nachbarschaft ein unausgesprochenes Gebot. Daraus bezog Mutter Häring ihre Nachrichten und darin war von einer Revolution nicht die Rede, nicht von dieser und auch von keiner anderen.

Seit ihre Tochter aber im Lazarett arbeitete, brachte diese vermehrt Geschichten mit nach Hause, die häufig wenig mit den Dingen übereinstimmten, über die die Männer öffentlich redeten. Sie hörte Maria zu, manchmal sogar mit echtem Interesse. Aber diese Entwicklung gefiel ihr trotzdem nicht. Ein junges Mädchen sollte nicht mit aufrührerischen Parolen konfrontiert werden. Ihre Tochter tat ihre christliche Pflicht im Lazarett, aber sie musste lernen, sich besser zu schützen. Wo würde das sonst hinführen?

„Man darf nicht alles glauben, was die Verwundeten erzählen", meinte sie und gab vor, im Blatt vor sich wieder zu lesen. „Die reden im Fieber. Du mach deine Arbeit und halte dich da raus!"

„Aber es steht in der Zeitung!", protestierte Maria, und um ihre spontane Widerrede sogleich zu mildern, denn die Heftigkeit darin grenzte an Ungehorsam, setzte sie sanfter hinzu: „Und auch der Herr Doktor spricht davon. Bestimmt wird der Vater uns auch darüber etwas erzählen und er wird Genaueres wissen."

„Was haben sie denn mit der Zarenfamilie gemacht?", fragte Walli, die offensichtlich keinen Zweifel an der Wahrheit der Neuigkeit hegte. Sie schaute ihre Schwester noch immer mit schreckerstarrten Augen an.

Maria zuckte die Achseln.

„Die einen sagen, sie haben sie eingesperrt, die anderen behaupten, dass sie sie bestimmt umbringen werden. Das wäre schrecklich! Die arme Familie! Die Mädchen zumindest haben doch gar nichts Böses getan!"

„Glaubt doch nicht alles, was geredet wird!" Diesmal war der Ton ihrer Mutter schroff. „Damit kommt man nur in Teufels Küche! Die Kerle wissen auch nichts! Die wollen sich nur wichtig machen vor einem braven Mädchen, das keine Ahnung hat."

Maria und Walli senkten die Augen. Damit hatte ihre Mutter gar nicht so unrecht. Sie fühlten sich ertappt, obwohl das Gesprächsthema nichts mit ihnen und ihrem Betragen zu tun hatte. Trotzdem empfanden sie Schuld, dass sie es diesen Männern gestatteten, sie mit ihren Geschichten zu beeindrucken.

Die Mutter nutzte den Moment der Betroffenheit ihrer Töchter.

„Schreib!", befahl sie in ruhigem Tonfall mit einem Wink des Kopfes an Walli gerichtet, die den Stift wieder aufnahm und abwartend auf das leere Blatt Papier vor sich setzte.

„Sehr verehrter Herr von der Sitt ...", diktierte die Mutter.

Walli malte die Buchstaben sorgfältig hin und wiederholte dabei langsam die Worte.

Erst jetzt achtete Maria darauf, was die beiden anderen Frauen hier am Tisch taten. Sie fragte sich, wer dieser hohe Herr war, an den ihre Mutter einen Brief diktierte. Diese war des Schreibens nur mäßig mächtig, weshalb solche seltenen Briefe von einer der Töchter erledigt werden mussten.

Maria erhob sich, um sich vor dem Zubettgehen eine Tasse Tee zu machen. Die Kräuter dafür hatten sie im Sommer selbst gesammelt. Davon hatten sie genug. Kräutertee war kein unnötiger Luxus. Aber Tee hatte leider auch keine Kalorien, die sie doch dringend benötigten. Immerhin wärmte er. Maria bereitete eine ganze Kanne zu und stellte ungefragt auch für ihre Mutter und Schwester Tassen auf den Tisch. Als sie das kochende Wasser über die Handvoll getrockneter Blüten goss, verbrühte sie sich beinahe die Hand, weil ihre Mutter nach längerem Schweigen endlich den nächsten Satz verlauten ließ.

„Wenn Sie sich die Mühe machen wollten, mir die Freude zu erweisen, einem Treffen in Nürnberg zustimmen zu wollen, stünde einem solchen nichts im Wege."

Einen geschwollenen Satz wie diesen, noch dazu aus dem Mund ihrer Mutter, hatte Maria selten vernommen. In einem Stück, ohne Stocken und in gestelztem Hochdeutsch hatte sie ein grammatikalisches Kunstwerk produziert, das Maria ihrer Mutter niemals so zugetraut hatte. Das allein war schon Anlass genug, ihre Neugierde zu wecken. Aber wozu wollte ihre Mutter denn diesen noblen Herrn treffen? Der Name ließ immerhin auf adelige Abstammung schließen, ein Name der mit „von" begann. Und dann ein Treffen in der großen Stadt? Darüber hinaus diktierte sie diesen Brief in Abwesenheit des Vaters, der doch derjenige war, der geschäftliche Dinge zu regeln hatte.

Walli setzte die Worte sehr sorgfältig auf das Papier. Sie versuchte sichtlich, Patzer oder Fehler zu vermeiden und ihre schönste Schreibschrift anzuwenden. Darin war sie immer gut gewesen in der Schule, viel besser als ihre Schwestern. Häufig hatte sie Lobzettelchen für ihre gestochene Schönschrift von der Ordensschwester erhalten, die die Mädchen unterrichtet hatte. Mit zehn solcher Papierschnitzel hatte man ein Heiligenbildchen bekommen. Sie hatte eine kleine Sammlung davon, die sie noch immer stolz in einer ehemaligen Zigarrenschachtel aufbewahrte, die ihr der Vater aus dem Gasthaus mitgebracht hatte.

„Schreib besser ‚große Freude', oder nein, noch besser ‚außerordentliche Freude'!", verbesserte die Mutter, bevor Walli an dieser Stelle des Satzes ankam und man den Brief von vorne hätte beginnen müssen, weil eine Korrektur in Schriftform natürlich außer Frage stand.

Marias Neugierde wuchs, aber direkt zu fragen, kam ihr nicht in den Sinn. Damit hätte sie riskiert, von der Mutter möglicherweise ins Bett geschickt zu werden, weil sie die Angelegenheiten der Eltern nichts angingen. Außerdem hatten sie von klein auf erfahren, dass offene Ungeduld eine Zurechtweisung einbrachte. Geduld war eine Form von Tugend und wurde damit belohnt, dass man letztendlich doch etwas erfuhr.

Maria goss den beiden Frauen unaufgefordert Tee ein, stellte die Kanne in die Mitte des Tisches, weit genug in Abstand zu dem entstehenden Brief und setzte sich mit beiden Händen an der wärmenden Tasse wieder auf ihren Stuhl.

„… nichts im Wege, Punkt", murmelte Walli und wollte mit der freien Hand nach ihrer Tasse greifen.

„Nachher!" Die Mutter schob das heiße Getränk weg aus ihrer Reichweite über den Tisch. „Wollt ihr vielleicht Flecken auf den Brief bringen?", rügte sie die Mädchen und an Walli gerichtet, klopfte sie mit dem Zeigefinger in die Nähe der Zeilen: „Schreib weiter!"

Einen Moment hielt sie inne, fuhr mit demselben Finger über ihre Lippen, als wollte sie die kommenden Worte noch schleifen.

„Es ist mein sehnlichster Wunsch…", fuhr sie dann wieder mit derselben gekünstelten Sprache und mit an die Decke geheftetem Blick zügig fort, als ob dort diese Sätze geschrieben stünden, „… für mein zu erwartendes Kind einen lieben-den Vater zu finden. Punkt. Eine katholische Eheschließung wäre daher von dringender Notwendigkeit. Punkt. Sollte ich in meiner misslichen Lage auf Ihr geschätztes Wohlwollen treffen, werde ich Ihnen eine brave Ehefrau sein, Sie lieben und ehren, wie es das christliche Gebot ist. In demütiger Erwartung Ihrer Antwort, Ihre …"

Sie unterbrach sich selbst, weil ihr Augenmerk auf die nicht schreibende Walli fiel, die den Stift steif in der Luft hielt, und mit geweiteten Pupillen dasaß, als hätte ihre Mutter soeben die Ermordung der Zarenfamilie befohlen.

Auch Maria hatte ihre Tasse, aus der sie im Begriff war zu trinken, wieder abgesetzt und starrte ihre Mutter an. Sie konnte nicht fassen, was sie soeben gehört hatte. Ihre Schwester Anna wollte einen Fremden auf eine bloße Zeitungs-anzeige hin heiraten? Freilich verstand sie, dass Anna in einer aussichtslosen Lage war. Unmündig war sie gezwungen, die Beziehung zu dem Vater ihres Kin-des zu beenden, wenn ihre Eltern bei der harten Entscheidung blieben und es hatte nicht danach ausgesehen, dass diese ihre Meinung ändern würden. Frei-lich wusste sie, dass die Schande eines unehelichen Kindes unerträglich für die Familie war. Freilich würde sogar sie selbst, Maria, darunter leiden müssen, wenn man in der Stadt über den Fall ihrer Schwester hinter ihrem Rücken tu-scheln würde. Freilich konnte Anna mit einem Kind am Busen nicht mehr arbei-ten. Maria konnte endlos Gründe mit ‚Freilich' beginnend auflisten. Aber dass ihre Schwester so schnell einer Lösung dieser Art zustimmen würde, damit hatte sie nicht gerechnet. Wenn sie ehrlich vor sich selbst war, so hatte sogar sie im Stillen gehofft, ihre Eltern würden doch noch nachgeben und der Liebe ihren

Willen lassen. Denn das war für Maria seit dem Besuch des Paares deutlich gewesen: Verliebt waren die beiden! Und das waren ihre Eltern doch auch gewesen, als sie geheiratet hatten. Wie oft hatten sie von ihrem Glück gesprochen und wie oft erzählt, wie sie sich auf dem Pferdemarkt kennengelernt hatten. Maria hatte darauf gebaut, dass sie sich daran erinnern würden.

Sie schluckte. Sie brachte kein Wort hervor, obwohl sich in ihrem Bauch ein Knäuel an Sätzen zu formen schien, die nicht mit den Gedanken in Ihrem Kopf in Einklang zu bringen waren. Doch dann schob sich ein anderes Bedenken in diesen Wirrwarr. Vielleicht hatte Annas Bräutigam einen Rückzieher gemacht? Vielleicht hatte er nach dieser unguten Erfahrung mit der katholischen Familie aufgegeben? Möglicherweise war er selbst ebenso stur und bestand auf einer protestantischen Heirat?

Walli kam Maria mit einer Reaktion zuvor.

„Die Anna will einen anderen Hochzeiter suchen?"

„Was eure Schwester will oder nicht, hätte sie sich vorher überlegen müssen!", setzte es die Antwort in einer Deutlichkeit, dass beiden Mädchen jede Hoffnung auf eine auch für Anna entgegenkommende Lösung sofort zunichte gemacht wurde.

Maria und Walli wechselten einen verstohlenen Blick und schwiegen.

„Merkt euch das: Wir Weiber müssen *schaun*, wo wir abbleiben", fuhr Mutter Häring überraschend sanftmütig fort. Und dann stieß sie sogar einen langen Seufzer aus bevor sie weiterredete. „*Mei, Moila*[34], so ist das halt. Einmal verspielt, ist's vorbei. Jetzt kann man nur noch zusehen, dass man für Anna schnell einen guten Mann findet, damit sie versorgt ist. Arbeiten kann sie demnächst nicht mehr."

„Und die Geburt? Die ist doch bald?", wagte Maria einen Vorstoß.

„Sie wird das Kind in Nürnberg kriegen."

„Nicht hier bei uns?", fiel nun auch Walli ein, die noch immer den Stift in derselben Pose hielt, mit der sie innegehalten hatte.

„Sollen sich vielleicht die Leute die Mäuler zerreißen? *Gwies ned*[35]!"

„Aber das Kind wird man doch auch nachher bemerken?", gab Maria leise zu bedenken. Der Gedanke, dass ihre Schwester mutterseelenallein in der Großstadt ihr Kind zur Welt bringen musste und niemand von der Familie zugegen sein sollte, der ihr half, erschreckte sie mehr als alles andere. Die Härte ihrer Eltern gegenüber einem Fehltritt erschien ihr, selbst für ihre durchaus wenig verzärtelte Erziehung, ungewöhnlich grausam.

„Wenn der gütige Herr von der Sitt eure Schwester trotzdem noch nimmt, dann können wir dem Herrgott auf Knien danken!" Ihre Worte unterstrich sie mit aneinandergelegten Händen und einem flehenden Blick nach oben, wie eine Putte um einen Rokokoaltar. „Als verheiratete Frau mit Kind aus Hemau wird

---

[34] Dialekt: Mädchen
[35] Gewiss nicht

sie ehrenvoll wieder kommen und keiner wird sich wundern! *Koaner, werd's es scho' seng*[36]!"

Maria musste vor sich zugeben, dass der Plan ihrer Eltern – nun war sie sich sicher, dass der Vater über dieses Vorhaben im Bilde war – eine gewisse Schlüssigkeit aufwies. Wenn es auch erbarmungslos war, denn sie war sich sicher, dass man eine Herzensangelegenheit wie die ihrer Schwester nicht einfach so abtöten konnte. Zumal sie ein Kind der Liebe in sich trug! Sollte Annas Bräutigam sie wirklich im Stich gelassen haben, so würde Anna noch lange deswegen leiden, Heirat hin oder her. Aber in diesem Fall war es vielleicht sogar wirklich das Beste für sie, einen neuen Anfang zu wagen?

***

Am selben Abend wurde an einem anderen Ort noch ein anderes Schreiben aufgesetzt. Ida saß spät abends, als das gesamte Haus bereits schlief, an ihrem Schreibtisch und versuchte die Worte auf dem Blatt Papier vor sich im schwachen Mondlicht noch einmal abwägend zu entziffern. Ihre runde Lesebrille half ihr dabei wenig. Im Hintergrund hörte sie Marthas gleichmäßige Atemzüge. Sie wendete sich nur dann prüfend um, wenn diese für einen Moment aussetzten oder die Schwester sich im Bett umdrehte. Gleich morgen früh wollte sie diesen heimlichen Brief an die Tante zur Post bringen. Darin schilderte sie die verzweifelte Lage einer Freundin, die in anderen Umständen und deren Verlobter im Krieg verschollen sei. Sie wolle dieser Freundin unbedingt helfen und brauche einen guten Rat von der Tante, die doch immer wisse, was in schwierigen Lagen zu tun sei.

Ida überflog die Zeilen, die ob der schwachen Lichtverhältnisse ein wenig aus der Façon geraten waren, faltete den Bogen und steckte ihn in ein Kuvert. Sie fühlte sich wesentlich leichter als sie den Brief unter ihrem Kissen versteckte und ruhig atmend ihren Kopf darauf bettete.

Feldpostkarte 1916 (geschrieben von einem Unteroffizier Henry Harland an einen Wilhelm, Angerstraße, Hannover).

Feldpostbrief an Peter Kollwitz 1914 von seiner Mutter Käthe Kollwitz; ihr Sohn fiel am 23.10.1914.

---

[36] Keiner, Ihr werdet es sehen!

Russische Zarenfamilie vor der Oktoberrevolution

Rote Armee in Moskau 1918;

Bolschewiki halten eine Straßenecke im Bürgerkrieg;

Ein heikler Auftrag
Maria besucht Anna in Nürnberg, 25. April 1917

Nürnberg Hauptbahnhof 1920

Die deutschen Soldaten schlugen sich wacker. Noch immer war es dem Feind nicht gelungen, auf heimisches Territorium vorzudringen. Die Zeitungen konnten diesen Tatbestand gar nicht genug loben. Ein aufmerksamer Leser verstand aber, dass es auch dem Feind gelungen war, das deutsche Vorrücken zu verhindern. Vater Häring erzählte immer wieder, wie alle am Stammtisch sich darüber echauffierten, dass dieser Stillstand doch kein Zustand war. Wie sollte das enden? Besonders vor dem Hintergrund, dass nun auch noch Amerika in den Krieg eingetreten war.

An der Heimatfront wurden die Dinge dafür umso spürbarer. Selbst der Frühling schien sich vor dem Krieg zurückzuziehen. Er zögerte, in diese zermalmte Welt zu kommen. Der April zeigte sich so kühl und nass wie schon lange nicht mehr. Die Menschen waren gezwungen, weiterhin in der abgetragenen Winterkleidung auf die Straße zu gehen, die in zunehmendem Maße von bettelnden Krüppeln und Kriegsversehrten bevölkert wurde. Der Krieg rieb selbst denen seine hässliche Fratze ins Gesicht, die noch immer an einen schmerzlosen Sieg glaubten. Das schlechte Klima hatte für zusätzliche Ernährungsprobleme gesorgt, sogar in der neutralen Schweiz griff der Hunger um sich. In diesem Monat wurden in Nürnberg die zu Kriegsbeginn errichteten Volksküchen wegen Überforderung geschlossen. An deren Stelle trat die Massenspeisung. Große Kessel mit einem Fassungsvermögen von 1300 Litern wurden aufgestellt, Räume zum Gemüseputzen und einer Essensausgabe hergerichtet. Die Lieferung der Kessel hatte sich mehrere Monate hingezogen. Das Mittagessen der Kriegsküchen hatte noch den Anspruch gehabt, kräftig und nahrhaft zu sein, hatte pro Portion von je einem Liter an die 40 Pfennig gekostet. Es waren meist Suppen gewesen, manchmal aber auch Linsen, Eintopf mit ein wenig Knochenfleisch, Bohnen, Erbsen und immer wieder Kohlrüben. Die Karten dafür hatte man im Vorhinein lösen, die Mahlzeit dann in den eigenen vier Wänden verzehren müssen, damit kein Stau auf den Straßen entstand und wohl auch das Bild gewahrt wurde. Zu viele Ansammlungen Elender hätten im Volk die Moral möglicherweise geschwächt. Das alles hatte noch den Anschein von Organisation erweckt, den Eindruck vermittelt, dass es eine vorhersehbare Maßnahme des Krieges gewesen war, eine, die man unter Kontrolle hatte. Die neue Massenspeisung machte nun deutlich, dass man die Menschen mit dem, was zur Verfügung stand, nur noch am Leben zu erhalten suchte. Es wurde allgemein als ein alarmierendes Zeichen gewertet. Niemand hatte damit gerechnet, dass es hierzu kommen würde.

Volksspeisungen Suppenküchen 1917

Als am 6. März 1917 zehntausende hungernder Frauen durch die Straßen im fernen Petrograd gezogen waren und „Brot, Brot" und noch einmal „Brot" geschrien hatten, hatten nur die wenigsten von ihnen geahnt, dass bereits neun Tage später der Sturz des Zarenregimes folgen sollte. Die russische Februarrevolution schlug Wellen bis nach Bayern – und auch dort wagten sich auffällig viele Frauen auf die Straßen. Am heftigsten entlud sich der Unmut über das monatelange Frieren und Hungern in Nürnberg. Unüberhörbar war auch dort der Ruf nach Brot und Kartoffeln sowie nach einer raschen Kriegsbeendigung, ehe die Demonstrationen und die Krawalle am 12. und 13. März 1917 ihren Höhepunkt erreichten.

Die Kriegsküche hatte zuvor auch die Verpflegung der Wöchnerinnen übernommen und Anna hatte fest damit gerechnet, dass sie wenigstens die ersten Tage nach der Geburt auf diese Weise versorgt sein würde. Doch nun wusste sie ohne diese Unterstützung nicht mehr, wie sie über die Runden kommen sollte, bis sie wieder kräftig genug sein würde, aufzustehen. Der näherrückende Geburtstermin, der ihr ohnehin schon Angst einjagte, wurde zu einem fatalen Datum für sie. Sie hatte bei der Freundin einer Kollegin, die ein Zimmer in Untermiete hatte und für ein paar Wochen verreist war, Unterschlupf gefunden. Dort konnte sie aber nicht ewig bleiben und eine Versorgung ihres Kindes war auch von Nöten, damit sie wieder ihre Arbeit anzutreten vermochte. Darüber hinaus war nicht nur die Kindersterblichkeit in den letzten Monaten um die Hälfte gestiegen, auch viele Mütter überlebten die Folgen der Geburt nicht mehr.

In ihrer Sorge hatte sie Walli um Hilfe gebeten und diese hatte sich mit Maria besprochen, wie sie ihrer Schwester so unauffällig wie möglich beistehen konnten. Wenn sie sich abwechselten, würde es möglicherweise in der Nachbarschaft nicht auffallen, dass sie in Nürnberg unterwegs waren? Mit dieser Idee konnten sie sich vielleicht auch die Zusage ihrer Eltern sichern, denn ohne deren Einverständnis war die Sache unmöglich. Maria überlegte fieberhaft, wie sie ihre Fehlzeit im Lazarett begründen konnte, aber es wollte ihr keine rechte Ausrede einfallen. Schließlich wohnten sie gleich gegenüber, und wenn sie Krankheit vortäuschen wollte, riskierte sie, gesehen zu werden, sobald sie den Fuß vor die Tür setzte. Im Lazarett war ein ständiges Kommen und Gehen, und mittlerweile kannte man sie dort als festes Mitglied. Sogar die Mutter Gottes in der Pfarrkirche hatte sie diesbezüglich in ein Gespräch verwickelt, weil sie keinen Weg sah.

Vielleicht war es tatsächlich der Hilfe der heiligen Maria zu verdanken, oder aber dem Antwortbrief des Herrn von der Sitt, dass sie kurz darauf die Mutter selbst damit beauftragte, sich einen Tag im Lazarett freizunehmen und nach Nürnberg zu fahren. Sie würde offiziell ein paar wichtige Besorgungen machen, die in der Kleinstadt Neumarkt nicht – oder nicht mehr – zu bekommen waren. Darüber hinaus, und das war natürlich der eigentliche Anlass, sollte sie dem Treffen ihrer Schwester mit dem edlen Herrn beiwohnen. Die Mutter hatte Sorge, dass Anna, die sie in ihrer Situation als unberechenbar einschätzte, den ehrhaften Mann brüskieren könnte. Ferner sollte Maria sich den Verehrer ansehen. Sie vertraute ihrem Urteil mehr als dem ihrer kopflosen Schwester Anna. Ihre ältere Schwester Walli hingegen sollte nach der Geburt ein paar Tage in Nürnberg bleiben. Dafür war Maria wiederrum zu jung. Über Nacht wollte man sie auf keinen Fall in der großen Stadt wissen.

So verstaute Maria ein paar Einmachgläser mit Gemüse, Obst und sogar eine Dose Schweinefleisch in die große, schwarze Stofftasche, die sie für Besorgungen aller Art verwendeten. Viel konnte sie nicht hineinpacken, denn es wäre den Nachbarn vielleicht doch aufgefallen, wenn sie mit einer übervollen, schweren Last loszog, anstatt mit Besorgungen zurückzukommen. Außerdem war der Vorratskeller ohnehin nicht mehr großzügig bestückt. Sie warteten sehnlichst darauf, das Gemüse, das sie in leeren Blechdosen zogen, endlich auspflanzen zu können. Aber die Eisheiligen mussten sie noch abwarten, und so wie die Dinge dieses Frühjahr klimatisch standen, würden die spät kommen.

Trotz dieser wenig erfreulichen Umstände war die einstündige Zugfahrt nach Nürnberg eine schöne Abwechslung für Maria. Beinahe lächelte sie vor sich hin, als sie so aus dem Fenster schaute und die vorbeiziehende Landschaft mit ihren ergrünenden Hügeln genoss. Die Sonne wagte sich hin und wieder hinter den schweren Wolken hervor, die an den Baumwipfeln zu kleben schienen, und tauchte die Dörfer entlang der Bahnlinie in silbernes Licht. Pölling, Postbauer-

Heng und Burgthann waren ihr von der Art der Höfe und Gärten her vertraut. Niedrige Häuser aus zierlosen Mauern mit kleinen Fenstern, damit die Wohnräume im Winter warm blieben, trugen schlichte, mit roten Ziegeln belegte Dächer. Die Gebäude waren karg und zweckmäßig, mit Misthaufen neben Stall und Scheune, auf denen ein paar Hühner herumkletterten. Schlammige Straßen führten zu einer zentral gelegenen Dorfkirche mit spitzem, eckigem Turm ohne Glocke. Kaum eine Kirche hatte noch eine und wenn doch, dann wurde sie tunlichst nicht betätigt, damit alle dachten, sie sei als Eisen gespendet worden. Danach wechselte das Bild zu Ortschaften mit den typisch fränkischen Sandsteinbauten, die Maria das Gefühl vermittelten, auf einer Reise in die große Welt zu sein. Es folgten die Bahnhöfe Lauf und Feucht, dann sah man schon die ersten Ausläufer der großen Stadt mit ihren Wohnblöcken aus gelblichem oder rötlichem Stein, gepflasterten Straßen, bedeutenden Fabriken und großen Lagerhallen. Von Weitem wurde die mittelalterliche Kaiserburg mit ihren Türmchen und den einstigen Wohngemächern hinter den Burgmauern auf der Anhöhe über Nürnberg sichtbar. Maria war bisher nur einmal mit ihrem Vater dorthin gefahren, als kleines Mädchen, aber an diesen Moment erinnerte sie sich genau. Sie hatte diesem Anblick die ganze Zeit entgegengefiebert. Das Bild der Burg erinnerte sie an die Lebkuchen, die man in Friedenszeiten zu Weihnachten in bunten Blechdosen in den Schaufenstern betrachten konnte. Einmal hatte der Vater sogar eine davon mit nach Hause gebracht und jede hatte sich einen der runden Schokolade-, Zuckerguss- oder Nusstaler aussuchen dürfen. Die kleine Helene hatte den ihren sofort vertilgt. Maria hingegen hatte ihren Elisenkuchen mit dem weißen Zuckergussüberzug lange aufbewahrt, so dass er beinahe zu hart geworden war. Trotzdem hatte sie ihn mit ihrer kleinen Schwester später teilen müssen, weil diese so geweint hatte, dass sie ihre ursprüngliche Verweigerung, ihr etwas abzugeben, dann doch aufgegeben hatte.

Das einspurige Bahngleis verzweigte sich durch mehrere Weichen. Personen- oder Güterzüge rüttelten und polterten an ihrem Fenster vorüber. Die Reisenden im Wagon, die sie die ganze Zeit nicht wirklich wahrgenommen hatte, weil sie so in ihre Betrachtungen versunken gewesen war, begannen ihre Sachen einzusammeln. Sie zerrten Taschen aus dem Netz über ihren Köpfen und erhoben sich, obwohl der Zug noch nicht zum Halten gekommen war. Langsam ruckelte er um enge Kurven, quietschte über Weichen wie Kreide über eine Schultafel und kam schließlich vor einem der zahlreichen Bahnsteige zum Stehen.

Als Maria hinaustrat, fühlte sie sich recht verloren zwischen den hin- und hereilenden Menschen, die sie in Richtung der Halle mit den großen, metallenen Rundbogenfenstern mitrissen. Sie alle schienen ganz genau zu wissen, wohin sie wollten, und sie machten den Eindruck der Eile. Niemand schien Zeit zu haben, nicht die alten Männer, die Frauen, die jungen Mädchen und nicht einmal die Kinder, von denen die meisten mit schweren Säcken, improvisierten Beuteln und sonderbaren Paketen jedweder Form beladen waren. Maria fiel mit ihrer großen Tasche gar nicht aus der Reihe. Offensichtlich kamen diese Menschen aus den Dörfern und Kleinstädten, wo sie allerlei Genießbares gekauft oder getauscht hatten, und sie gehörten sehr verschiedenen Klassen von Essern an, wie man an ihrer Kleidung sah. Die Polizei schien diese Bemühungen der Bevölkerung, mit denen der mangelnden Einfuhr an Nahrung in die Städte durch einen regen Schwarzmarkthandel nachgeholfen wurde, nicht wirklich zu verhindern.

Maria kannte nur die Adresse des Tee- und Kaffeehauses Petersen, wohin Anna sie bestellt hatte, eine Stunde bevor der Herr von der Sitt dort auftauchen sollte. Ein beklemmendes Gefühl überfiel sie, als sie sich im Zentrum der Bahnhofshalle unschlüssig umsah. Sie zweifelte, ob sie den Haupt- oder einen der Nebenausgänge nehmen musste. Abgesehen von der Herausforderung, sich alleine in der großen Stadt zurechtzufinden, war ihr die Bürde ihres Auftrages nur allzu deutlich. Unter normalen Umständen hätten ihre Eltern sie niemals alleine nach Nürnberg reisen lassen. Die kleine Hilfe, die sie ihrer Schwester durch die mitgebrachten Lebensmittel zuteilwerden ließ, wurde von einem Schuldgefühl gegenüber Anna überlagert. Sie hatte immer zu ihrer älteren Schwester aufgeblickt, die ihren Weg gemacht hatte, die eine anerkannte Köchin im feinen Hotel geworden war. Und nun sollte sie, Maria, über die Zukunft der älteren Schwester urteilen! Sie trug schwerer an dieser Verantwortung als an der Tasche mit dem Eingekochten. Sie nahm sich fest vor, Anna das Urteil über diesen Fremden zu überlassen. Schließlich war sie es, die ihn heiraten sollte. Sie war letztendlich die Frau, die ihre Gefühle umpolen, den treulosen Vater ihres Kindes vergessen und Liebe für einen völlig anderen Menschen entwickeln musste. Dass der Vater von Annas Kind ein treuloser Taugenichts war, der ihre Schwester so schnell im Stich gelassen hatte, dessen war sich Maria mittlerweile sicher. Warum sonst hatte Anna diesem Treffen mit einem Unbekannten aus einem kleinen Dorf zugestimmt, das fast schon bei Regensburg lag?

Ein Schutzmann in doppelgereihtem, wadenlangem Mantel und einem runden Helm, gleich einem umgestülpten Kochtopf mit der Spitze eines Bajonettes auf dem Kopf, schritt mit hinter dem Rücken verschränkten Armen und erhobenem Kopf an ihr vorüber. Seine Augen schweiften wachsam über das Geschehen. Den schickte ihr der Himmel! An ihn wendete sie sich vertrauensvoll, um zu erfahren, welche Richtung sie einschlagen musste. Sie rechnete damit, dass er sie mustern würde, sie rügen, dass eine junge Frau nicht ohne Begleitung in die große Stadt kommen sollte. Doch Kriegszeiten schienen auch das zu ändern, denn er gab ihr bereitwillige Auskunft und bot sogar an, sie bis vor den Ausgang des Bahnhofs zu begleiten, um ihr den Weg von dort besser erklären zu können. Sie folgte seinen Anweisungen zügig, lief an der Synagoge am Hans-Sachs-Platz über die Pegnitzbrücke, vorbei am Schönen Brunnen auf dem Marktplatz, dann links in Richtung des Kettenstegs. Sie kam genau zur vereinbarten Zeit vor dem Tee- und Kaffeehaus an. Die Tasche war ihr auf diesem Weg schwer geworden und sie war froh, sie endlich loszuwerden. Das Café war dürftig besucht und die Auslagen fast so armselig wie die aller Lebensmittelhändler, an denen sie auf ihrem Weg vorbeigekommen war. Ein einsamer Schokoladenkuchen, vermutlich ohne Fett, Ei und mit bestimmt noch weniger Zucker lag neben ein paar trockenen Kaffeesatzkeksen, die nicht viel verlockender aussahen. Anna wartete bereits an einem Tisch im hintersten Eck des Raumes. Sie winkte ihr zu. Maria erschrak, als sie näher herantrat und ihre Schwester umarmte.

Kinder spielen an der Pegnitz, Synagoge im Hintergrund, Nürnberg 1917;

„Schmal bist du geworden!", platzte sie frei heraus, wie es die Art der Oberpfalz war. Da machte man nicht viele Worte und die wenigen waren meist direkt. Ehrlich eben. „Und so blass!"

„Du auch", entgegnete Anna schlicht und rückte ihr einen Stuhl hin. Sie kaschierte ihren Bauch unter einem weiten Kittel. Dabei sah sie aus wie eine der vielen Frauen, die neuerdings mit Parolen der Gleichberechtigung zur Arbeit in die Fabriken gelockt wurden. Keine besonders passende Aufmachung für ein romantisches Treffen, fand Maria. Wenigstens versteckte es ihren Bauch sehr gut und das war vermutlich Annas Absicht.

„Wen wundert's", meinte Maria keineswegs gekränkt, denn sie wusste selbst, wie locker ihre Röcke und Blusen an ihrem Körper hingen, besonders seit sie im Lazarett arbeitete. Ihr Busen war um fast eine Größe geschwunden und ihre Augen waren oft von dunklen Schatten umrandet. „Dieser Krieg dauert schon viel zu lange! Nichts mehr zu essen, keine Medikamente, kein Verbandszeug!" Sie setzte sich. „Wir sterilisieren mittlerweile mit Urin. Die Verwundeten nehmen kein Ende. Anna, du machst dir keine Vorstellung, wie schrecklich das ist! Dazu kommt in letzter Zeit so eine merkwürdige Grippe. Aber so eine Erkältung, auch eine schwere, ist doch kein Grund zum Sterben, oder? Das hatten wir alle doch schon mal! Und gestorben ist daran doch kaum einer, oder? Am Anfang hielt man die für Simulanten, du weißt schon, solche, die sich drücken wollen vor dem Krieg. Aber jetzt allmählich, fragt man sich, was da los ist? Sterben wäre für einen Simulanten doch übertrieben, gell?"

Maria redete nicht weiter, weil sie nichts weiter dazu sagen konnte. Ihr Schweigen drückte die Ratlosigkeit des gesamten Personals im Lazarett aus.

„Jetzt kommt ja hoffentlich bald der Sommer", meinte Anna abwesend. Sie machte ein Gesicht wie jemand, der mit etwas anderem beschäftigt ist.

Maria reichte ihr die mitgebrachten Lebensmittel und sie redeten eine Weile über die allgemeine schlechte Versorgungslage, weil keine der Schwestern das Gespräch über das offensichtliche Thema beginnen wollte.

„Wissen der Vater und die Mutter, dass du hier bist?", wollte Anna schließlich dann doch wissen, nachdem sie einen Kräutertee bestellt hatten. Es war das billigste Getränk im Angebot.

Maria nickte und senkte die Augen. Sie spürte, dass ihre Schwester den Grund ihrer Anwesenheit bei diesem geplanten Treffen ahnte. Um von ihrem wenig ehrenhaften Auftrag etwas abzulenken, schoss sie mit der direktesten Frage heraus, die sie stellen konnte:

„Der Schober war verärgert über unsere Eltern, stimmt's?" Und bevor Anna etwas erwidern konnte, setzte sie noch hinzu, was sie als halbwegs tröstend in dieser traurigen Lage empfand. „Dass der so schnell aufgibt, das spricht nicht gerade für einen festen Charakter. In dem hast du dich vielleicht gehörig getäuscht, Anna? Man lässt doch eine Braut nicht einfach so schnell allein. So etwas darf ein Mann nicht tun!" Anna schüttelte den hängenden Kopf, als hätte sie nicht mehr die Kraft ihn zu halten. Sie

Das vornehme Hotel Deutscher Kaiser, wo Anna als Köchin arbeitete;

stieß einen Seufzer hervor, dem an Aussagekraft nicht mangelte. Doch dann schaute sie wieder abrupt auf und ihrer Schwester in die Augen.

„Du tust ihm Unrecht, Maria. Wie kommst du darauf, dass er mich verlassen hat?", korrigierte sie sie mit ruhiger Stimme. „Du warst doch dabei. Du hast doch gehört, was die Mutter gesagt hat. Sie willigen nicht in unsere Heirat ein. Was soll er denn machen? Er wird das Kind als seines anerkennen und auch Alimente zahlen. Mehr kann er doch nicht tun."

Annas Worte wirkten wie ein plötzliches Betäubungsmittel auf Maria. Unfähig, die Nachricht zu verarbeiten, sie in das Bild der Lage einzufügen, das sie sich selbst zurechtgeschustert hatte, blinzelte sie verlegen und guckte ein wenig blöde. Glücklicherweise stellte man in diesem Moment zwei Kännchen auf einem kleinen Tablett vor sie auf den Tisch und so konnte sie einer sofortigen Antwort ausweichen. Denn sie wusste nicht, was sie denken, geschweige denn sagen sollte. Wenn ihre Schwester noch immer Kontakt mit dem Vater ihres Kindes pflegte, trotz des Verbotes ihrer Eltern, warum hatte sie dann diesem Treffen mit dem Katholiken von der Sitt zugestimmt? Und was sollte sie nun von dieser Zusammenkunft berichten? Wollte Anna dieses Kennenlernen absichtlich torpedieren, damit der Mann dankend ablehnte? Hoffte sie, dass sie, Maria, das decken würde und ihre Eltern am Ende ihre Meinung ändern würden?

Maria trank aus ihrer Tasse, stellte sie aber schnell wieder ab, weil sie sich beinahe die Lippen verbrannt hätte. Ihre Schwester nippte vorsichtiger und beobachtete Maria über den Rand des Porzellans hinweg.

„Du liebst ihn noch immer?", fragte Maria dann leise. Das Mitleid mit Anna überwog die Bedenken, die sie wegen ihrer eigenen Rolle in dieser Sache hatte.

„Ja freilich!", stieß Anna hervor. Sie setzte die Tasse ein wenig zu schnell ab, so dass Tee in die Untertasse schwappte. „Was glaubst du denn? Ich trage sein Kind unter meinem Herzen! Jeder kleine Fußtritt, jede Bewegung des Kindleins in mir erinnert mich an ihn. Was soll ich denn dagegen machen?"

„Siehst du ihn noch?"

Anna schüttelte den Kopf. Mit glasigem Blick schaute sie zum Fenster hinaus. „Er wird immer für mich da sein, sagt er", fuhr sie dann fort. „Immer, sagt er." Dann wendete sie den Kopf wieder ihrer Schwester zu. „Aber heiraten können wir nicht … und das Kind braucht doch einen Vater! Wovon sollen wir denn leben, das Kind und ich? Ich kann doch nicht mehr arbeiten, wenn ich niemanden finde, der das Kind versorgt! Soll das Kindlein vielleicht im Korb unter der Waschspüle in der Hotelküche schlafen, während ich koche? Wie Aschenputtel! Selbst wenn das erlaubt wäre, das geht doch nicht! Und soll es ein Bastard werden, auf den alle Leute mit dem Finger zeigen werden, das Kind meiden, das andere Kinder nur hänseln werden? Das darf ich dem Kind doch nicht antun! …"

Sie brach in heftiges Schluchzen aus und verdeckte ihr Gesicht in ihren Händen. Maria sprang von ihrem Stuhl auf und nahm ihre Schwester in den Arm. Sie hatte immer zu Anna aufgeblickt, als die Erfahrenere, die beinahe Erwachsene, die alleine in der Großstadt lebte, die Starke, die ihr Elternhaus mit einem finanziellen Beitrag unterstützte, die Moderne, die ab und zu ein modisches Kleidungsstück mit in die Provinz brachte. Nun tröstete sie Anna wie ein kleines Kind, zerbrechlich und vom Weinen zusammengesunken in ihren Armen. Maria war aber nicht so stark, um diesen Rollenwechsel ohne Weiteres zu meistern. Wenn schon Anna nicht mehr weiterwusste, was um Himmels Willen konnte sie dazu beitragen, um ihr zu helfen?

Maria fühlte sich in zunehmendem Maße unbehaglich. Ihre Schwester wollte ihr leidtun, aber dieses Gefühl kam nicht gegen die Überforderung an, die sich in ihr breitmachte. Zwar war das Lokal wenig besucht und es kannte sie hier auch niemand, aber dennoch war das nicht der Ort, um mit einer auffälligen Szene dieser Art die Aufmerksamkeit der Öffentlichkeit zu erregen. Am liebsten hätte sie einfach alles eingepackt, auch ihre Schwester, und wäre sofort mit dem nächsten Zug zurück nach Hause gefahren.

Aber nach Hause kommen durfte Anna mit dem unehelichen Kind nicht, dachte Maria und die Verzweiflung ihrer Schwester stülpte sich nun auch über sie.

Hungerproteste, wie hier in Pilsen 1918 gab es überall, auch in Nürnberg 1917; es waren vor allen Dingen Frauen und Mütter, die sich auf die Straße wagten.

Hungerprotest in einer deutschen Zeitung in Form einer Todesanzeige;

Karikatur einer englischen Zeitung „Verschwörungen"; der Hunger zeigt einem deutschen Arbeiter den deutschen Militarismus der Burg;

Beispiel für einen Schwarzmarkt für Fleisch, wo verbotene Ware gehandelt wurde. Neben Hunger und der Gefahr erwischt zu werden, bedeuteten die hygienischen Verhältnisse dieser Orte ein weiteres Risiko für die Bevölkerung;

Treffen mit von der Sitt
Maria und Anna in Nürnberg, 25. April 1917

Anna hatte sich wieder beruhigt. Ihre Tränen waren getrocknet und Maria hatte ihr geholfen, ihren derangierten Zustand so gut es ging, zu beheben. Gefasst schaute Anna dem Mann entgegen, der durch die Tür des Cafés trat.

Maria war aufgeregter als ihre Schwester es nun zu sein schien. Ihr klopfte das Herz bis zum Hals, und ihre Hand, die sie ihm zum Gruß reichte, zitterte.

Von der Sitt war jünger als sie erwartet hatte. Er mochte kaum älter sein als sie selbst. Groß, mit dunklem Haar und ansprechend gebaut, mit kräftigen Händen und Armen, die Arbeit sichtbar gewohnt waren, wirkte er in seinem Sonntagsanzug dennoch wie ein Mann von Welt. Dafür, dass er aus dem kleinen Oberpfälzer Hemau kam, erweckte er einen recht stattlichen Eindruck. Schließlich war dieser Ort, unbedeutender als ihre eigene Heimatstadt, nicht gerade der Nabel der Welt. Nicht einmal für Maria und Anna.

Er lächelte die Schwestern an, nahm seinen Hut ab und neigte leicht seinen Kopf zum Gruße.

„Von der Sitt, mein Name. Josef von der Sitt. Ich freue mich, Ihre Bekanntschaft zu machen", stellte er sich vor. Zielsicher an Maria gerichtet – denn er hatte mit einem Brief ein Foto von Anna erhalten – fuhr er fort: „Und Sie sind bestimmt die werte Schwester? Sie sehen sich sehr ähnlich. Zwei so hübsche Damen!"

Maria wich seinem Kompliment mit gesenktem Augenspiel aus. Als hübsche Dame bezeichnet zu werden, das war ihr noch nie zuteilgeworden. Anna antwortete mit dem Hauch eines Lächelns, blieb aber souverän. Man merkte, dass sie die Welt aus dem Fünfsternehotel kannte und derarte Schmeicheleien gewohnt war. Davon durfte sich eine Frau nicht beeindrucken lassen. Um so mehr, als diese aus dem Mund eines Oberpfälzers kamen. Dort, wo die Worte *„mi leckst am Oarsch!*[37]", die ein Bursche hinter einem vorbeilaufenden Mädchen leise durch die Zähne pfiff, als ein Kompliment zu betrachten waren.

Von der Sitt legte seinen Hut auf einen freien Stuhl am Tisch ab und setzte sich mit einem „ich erlaube mir" zu ihnen. Mit einem prüfenden Blick in die geleerten Tassen der Mädchen winkte er die Bedienung herbei.

„Darf ich Ihnen einen Kaffee anbieten? Einen echten natürlich. Und vielleicht ein Stück Torte?"

„Danke, das ist nicht nötig", murmelte Maria und senkte abermals den Blick, weil sie die unerwartete Großzügigkeit des Mannes einschüchterte. Sie fühlte sich fehl am Platz.

Anna aber nickte: „Gerne."

Von ihren Tränen und ihrem Kummer war nichts mehr zu erkennen. Ruhig und selbstsicher saß sie da, die Hände im Schoß. Sie schien abzuwarten, was sich ergeben würde. Beinahe erweckte sie den Eindruck, als ginge sie das Ganze nichts an.

---

[37] Dialekt: Ja, leck mich am Arsch!

Josef von der Sitt bestellte bei dem Ober drei Kännchen Kaffee, echten, wie er nochmals betonte.

„Was haben Sie denn an Torten?", forschte er dann, ohne auf Marias Ablehnung einzugehen. „Ich meine, Buttercreme oder irgendetwas Feines haben Sie doch bestimmt hinten versteckt? Bringen Sie uns das!"

„Ich will sehen, was sich finden lässt, der Herr", antwortete der Kellner und verschwand in einem Raum hinter dem Tresen.

Maria machte große Augen. Versteckte Buttercremetorte in diesen Zeiten? Wie konnte er eine solche Behauptung aufstellen? Woher wollte er das wissen? Gerade in den Städten herrschte doch großer Mangel. Es waren eher die Bauern auf dem Land, die so etwas wie Butter noch hin und wieder selbst herstellen konnten. Die Auslagen, an denen sie auf dem Weg hier her vorbeigelaufen war, hatten mit ihren kargen Angeboten nicht gerade den Anschein von Fülle verströmt. Ihr Eindruck hatte bestätigt, was man sich daheim erzählte: Ihnen ging es in der Kleinstadt mit einem Bauernhof viel besser als den Menschen hier, selbst wenn es auch zu Hause längst nicht mehr alles zu essen gab, was einmal selbstverständlich gewesen war.

Anna bedankte sich förmlich.

Maria verfolgte das Geschehen schweigend.

Ein Augenblick der Stille trat ein.

„Sie sind also Köchin im Deutscher Kaiser", meinte von der Sitt schließlich. „Ein vorzügliches Haus, ganz vorzüglich! ... Wie lange sind Sie dort denn schon tätig?"

„Ein paar Jahre. Ich habe da gelernt", gab Anna bereitwillig Auskunft, sagte aber nicht mehr als nötig.

„Sehr schön!", lobte von der Sitt erst sie und dann wieder das Hotel: „Ein Haus von exzellentem Ruf."

Er parlierte ausführlich über die Qualität des Hotels, die Menschen, die dort einst verkehrten und das hohe Militär, das jetzt häufig im Haus logierte. Sogar Kaiser Wilhelm war bei seinem Besuch vor zwei Jahren in diesem Hause abgestiegen, stimmte Anna, die ansonsten geschwiegen hatte, ihm am Ende seiner Ausführungen zu.

Maria konnte nur lauschen, sie hatte dazu nichts beizutragen. Stattdessen beschäftigte sie sich mit der Frage, wieso dieser Mann nicht im Kriegsdienst war, wie alle anderen seines Alters und jünger, die sich oft freiwillig an die Front gemeldet hatten? Aber sie wagte nicht, diese Frage laut auszusprechen. Einen guten Grund würde es dafür schon geben, dachte sie. Wenn es nur keine ernsthafte Erkrankung war? Jedoch einen schwächlichen Eindruck machte er überhaupt nicht. Und offensichtlich hatte er Geld und war es gewohnt, in besseren Kreisen zu verkehren. Das war durchaus nicht zu verachten, aber es überraschte. Warum hatte sich ein Mann wie er überhaupt auf das Treffen mit ihrer schwangeren Schwester eingelassen? Bisher hatte sie gedacht, es läge daran, dass er in seinem kleinen Dorf Hemau keine Gelegenheit hatte, heiratsfähige Frauen zu begegnen. Doch ganz offensichtlich war von der Sitt kein Bauerntölpel, sondern ein Mann mit Manieren, der sich zu bewegen wusste, und der auch außerhalb seines Dorfes unterwegs zu sein schien.

Der Kellner brachte in der Tat drei ordentliche Stücke eines Frankfurter Kranzes und köstlich duftenden Kaffees in silbernen Kännchen. Maria mochte sich gar nicht vorstellen, was das kosten würde. Alleine das Aroma des Aufgetischten war so betörend, dass sie für einen Moment die Augen schloss und tief diesen Wohlgeruch einsog.

„Greifen Sie zu!", schob ihr von der Sitt den Teller näher hin.

Anna zog den ihren selbst zu sich, als wollte sie vermeiden, dass der Mann auch ihr die Köstlichkeit aufdrängte. Sie ergriff die kleine silberne Gabel, stach ein großes Stück ab und schob es mit prüfender Miene in den Mund.

„Tatsächlich: Butter!", befand sie dann sachverständig. Freilich bedurfte es keiner Expertise, um das festzustellen. Auch Maria erkannte es sofort.

Der Mann schien sich über den Appetit der beiden Frauen zu freuen. Er beobachtete sie eine Weile mit gewitzten Augen, bevor er sich selbst über seinen Anteil hermachte. Während er einen Augenblick völlig in seine Speise vertieft schien, erfasste Maria genau, wie Anna ihn verstohlen beobachtete. Auch sie entdeckte die kleinen Grübchen in seinen Mundwinkeln, die durch die Süße hervorgerufen wurden und ihm einen geradezu verschmitzten Ausdruck verliehen.

„Ich bin mir sicher, eine Torte aus ihrer Hand würde viel besser schmecken", schmeichelte er dann erneut aufschauend. Er zwinkerte Anna dabei aufmunternd zu.

Diese neigte kurz den Kopf zur Seite, als wollte sie signalisieren, dass dieser Kuchen keine Kritik verdiente. Sie sagte nichts weiter dazu, aber Maria bemerkte, dass sich eine leichte Röte auf Annas Wangen abzeichnete.

„Ich habe eine gutgehende Schusterei mit einem Gesellen und einem Lehrling. Der Geselle ist zurzeit allerdings nicht da", begann er dann unverhofft beim letzten Bissen. Er hatte sein Stück binnen weniger Gabeln verzehrt, während die Schwestern sich nur ganz kleine Scheibchen abstachen, um den Leckerbissen so lange wie möglich zu genießen.

„Das Geschäft geht gut. Ordentliches Schuhwerk brauchen die Leute immer", fuhr er fort. „Ich kann eine Familie anständig ernähren und ich nenne auch ein Haus mein Eigen."

Maria empfand seine Ansprache wie das, was einer vor Gericht sagen würde, wo man Rechenschaft über seine Finanzen oder Taten abzulegen hatte. Es befremdete sie, dass er nicht mehr über Anna und deren Alltag wissen wollte, sondern gleich von sich redete. Auf der anderen Seite, überlegte sie, konnte das ihrer Schwester ganz recht sein. Schließlich war ihre Lage eine Schande und darüber zu reden weiß Gott keine Wohltat. Möglicherweise war es Rücksicht, die ihn davon Abstand nehmen ließ? Das war ein durchaus respektabler Zug an ihm. Außerdem erklärte seine gutgehende Schusterei, warum er an das kleine Dorf gekettet war, aber eine Frau suchte, die sich, genau wie er, in der Großstadt zu bewegen wusste. Eine Frau wie ihre Schwester. Dafür nahm er unausgesprochen wohl selbst Annas Schwangerschaft in Kauf. Und er konnte seine zukünftige Familie ernähren. Wie Maria es drehte und wendete, bisher sprach alles für ihn. Unwillkürlich guckte sie auf seine Schuhe. Sie waren nagelneu, sehr ordentlich gearbeitet und nicht von billigem Leder. Sie lachte in sich hinein, weil sie dachte, dass das Sprichwort also doch nicht zutraf, dass der Schuster die ältesten Schuhe trug. Ihre eigenen – und es war ihre Sonntagsausstattung! – waren weitaus abgetragener, obwohl sie sie immer behutsam pflegte und polierte. Unbeabsichtigt ging ihr durch den Kopf, dass es für die Familie ein Vorteil wäre, einen Handwerker dieses Berufes in der Sippe zu haben. Sofern Anna den Mann sympathisch finden sollte. Natürlich.

Postkarte aus dem Jahr 1920, Nürnberg Königsstraße mit Seitenansicht
Hotel Deutscher Kaiser rechts;

Anna warf irgendeine höflich interessierte Frage ein. Maria hörte gar nicht richtig hin. Von der Sitt redete weiter über sein Schaffen, erklärte, wer alles zu seiner Kundschaft zählte und sprach viel über seinen bis nach Regensburg hineinreichenden guten Ruf als Schuhmacher.

„Sogar die Fürstenfamilie Thurn und Taxis zählt zu meinen Kunden!", brüstete er sich. „Sie haben bei mir bereits Schuhe fertigen lassen. Nun ja, ich muss zugeben, dass dieser Umstand natürlich meinem adeligen Namen geschuldet ist. Aber das ist ja schließlich keine Schande, nicht wahr?"

Er lachte ein wenig zu lange über das, was er selbst als einen Scherz zu empfinden schien. Erst als auch Maria der Höflichkeit halber mitlachte, obwohl sie es gar nicht lustig fand, ließ er es gut sein.

Anna verzog keine Miene.

„Der Regensburger Fürst hat auch einmal auf einer geschäftlichen Reise im Deutscher Kaiser logiert", fügte sie schlicht hinzu, obwohl das eine sehr weit hergeholte Gemeinsamkeit des Themas war. Es offenbarte vielmehr ihre Distanz, empfand Maria.

Von der Sitt quittierte es mit einem beiläufigen „ach, ja?", um gleich darauf erneut den Deutscher Kaiser zu loben.

Abermals legte das Gespräch eine Pause ein.

Anna leerte ihren Kaffee und Maria hätte es ihr aus reiner Verlegenheit gerne gleichgetan, hatte aber bereits jeden Tropfen aus ihrem Kännchen und jeden Krümel auf ihrem Teller aufgezehrt. So stellte sie ihr Gedeck zusammen, um überhaupt etwas mit ihren Händen anzufangen, war sich aber dann sogleich unsicher darüber, ob sich das in einem so schicken Café überhaupt gehörte.

„Möchten die Damen noch einen Kaffee? Noch ein Stück Torte?", bot von der Sitt ihnen an und winkte schon den Kellner herbei.

„Nein, danke. Wirklich nicht!", erwiderte Anna. „Zu viel Zucker ist nicht gesund."

Instinktiv griff sie sich an den Bauch, was allerdings nur Maria bemerkte. Von zu viel Zucker konnte man in diesen Tagen wirklich nur träumen, dachte sie. Ein zweites Stück Frankfurter Kranz mit echter Butter und karamellisierten Nüssen war ein sehr verlockendes Angebot. Aber auch sie schüttelte vehement den Kopf. Das wäre maßlos gewesen, angesichts des allgegenwärtigen Hungers geradezu Völlerei und das war eine Sünde, die sie bloß wieder dem Pfarrer hätte beichten müssen. Schon das letzte Mal war sie voller Scham gezwungen gewesen zu berichten, dass sie sich von einem dieser Patienten, die sie Kriegszitterer nannten, dazu hatte überreden lassen, ihm einen Abschiedskuss zu geben, weil er zurück an die Front hatte abrücken müssen. Seine plötzlichen Anfälle von Zittern gepaart mit der Unfähigkeit zu Laufen wurden als harmlos abgetan. Davon hatten sie schon viele gehabt. Maria hatte ihm einen flüchtigen Kuss auf die Wange geben wollen, er hatte sie jedoch direkt auf den Mund geküsst.

„Aber einen Likör zum Abschluss," wendete sich von der Sitt bereits an den Ober. „Ein Likörchen müssen sie mir gestatten, Ihnen noch anzubieten!"

„Na gut", willigte Anna entgegenkommend ein. Möglicherweise, um ihn nicht vor den Kopf zu stoßen. Möglicherweise aber auch, weil sie dachte, dass das Café sowieso keine Spirituosen mehr vorrätig habe. Wenn sie beide darauf gebaut hatten, wurden sie eines Besseren belehrt. Auf näheres Nachfragen meinte der Kellner, dass sie zufälligerweise gerade eine Flasche alten Portwein im Hause hätten, für besondere Gäste aufbewahrt sozusagen und, dass er gerne die Flasche für sie öffnen würde.

„Portwein!", rief von der Sitt hoch erfreut und strahlte die Schwestern abwechselnd an, offensichtlich in der Hoffnung, sie wollten seiner Begeisterung zustimmen.

„Aber alter Portwein, das ist zu teuer", gab Anna zu bedenken. „Das können wir nicht annehmen! Es darf gerne auch ein anderer Likör sein. Waldmeister oder Kräuter, wenn Sie das haben?"

Sie wendete sich mit der letzten Frage direkt an den Ober.

„Ich bitte Sie!", rief von der Sitt. Wie er das meinte, ob er um Annahme seines Angebotes höflich bitten oder Annas Einwand einfach abtun wollte, war nicht ersichtlich. Sein Tonfall ließ darauf keinen Rückschluss zu. Sein Gesichtsausdruck gleichfalls nicht.

„Drei Portwein", bestellte er.

Der Kellner ignorierte Annas Frage nach anderen Geschmacksrichtungen und folgte sofort der Bestellung des Mannes, indem er wieder verschwand. Anna warf einen langen Blick auf ihre Hände in ihrem Schoß. Ein gnädiger Zug spielte um ihre Lippen.

Maria empfand diese Großzügigkeit zwar auch als übertrieben, aber durchaus als einen positiven Zug an einem Mann. Sparsam waren sie und ihre Schwestern selbst. Nie würden sie mehr in ihrem Leben aus ihrer Haut können und sich anders verhalten, als jeden Pfennig dreimal umzudrehen, bevor sie sich etwas gönnten. Dazu waren sie von klein auf angehalten worden. Es war ihnen in Fleisch und Blut übergegangen. Da war es doch angenehm, wenn ein Mann dafür sorgte, dass man als Frau auch mal etwas Gutes abbekam.

Die drei Gläser mit der tiefroten, fast schwarzen Flüssigkeit kamen schneller als sie erwartet hatten. Der Kellner hatte die Flasche schon griffbereit unter dem Tresen gehalten und mit einem Schwung hervorgeholt. Von der Sitt reichte den Mädchen je ein Glas, ergriff das seine und sah Anna in die Augen.

„Worauf wollen wir anstoßen?"

Als Anna nicht antwortete und sichtbar um Worte rang, fiel Maria mit einem Vorschlag ein, der ihr sofort in den Sinn gekommen war: „Auf einen baldigen Frieden!"

„Und Sieg!", ergänzte von der Sitt, führte das Glas aber nicht zum Mund. „Und …"

Wieder schaute er Anna eindringlich an, doch diesmal redete er selbst. „… auf ein Wiedersehen!"

Anna hob nur leicht nickend das Glas an, lächelte kaum sichtbar. Sie erwiderte den Trinkspruch nicht.

Für den Mann schien es aber Antwort genug. Er nahm einen großen Schluck und ließ ein „hervorragend!" hören.

Maria trank als Letzte. Frieden, Sieg und ein Wiedersehen, das war ziemlich viel auf einmal vom Leben gefordert. So großzügig war dieses Leben in der Regel nicht. Ihr wäre das Erstere alleine mehr als genug gewesen.

In diesem Augenblick erscholl in der Ferne das zerreißende Geräusch einer enormen Explosion, das sogar noch im Café die Gläser erzittern ließ.

Nürnberger Hauptmarkt mit dem Schönen
Brunnen, 1920

Blick vom Nürnberger Hauptmarkt
in Richtung Burg 1915

Nürnberg, Einfahrt in die Königstraße aus Richtung Bahnhof,
1920, das Foto ist aus einer Pferdedroschke heraus aufgenommen;

Aufmarsch und Aufgebot
Familie Häring und Heym, Neumarkt 1. Mai 1917

Der erste Mai brachte endlich die lang ersehnten Sonnenstrahlen mit ein wenig Erwärmung. An diesem ersten Tag des neuen Monats gingen in vielen Städten Europas die Menschen auf die Straßen, aber nicht wegen der wärmenden Sonne. Neben massenweisen Aufmärschen fanden besonders die in Stockholm demonstrierenden vereinten Sozialdemokraten verschiedener Länder Beachtung, wenn auch nicht unbedingt Zustimmung. Die geplante Konferenz für Frieden hatte nicht stattgefunden, dafür Misstrauen in sämtlichen Kriegsregierungen erregt. Die Veranstalter hatten demgemäß zumindest eine Demonstration organisiert. Es waren in erster Linie Männer, doch mischten sich auch einige mutige Frauen darunter, die hofften, mit der Welle dieser Bewegung mehr Rechte für das eigene Geschlecht zu erkämpfen.

An diesem ersten Maitag sprach Lenin in Petrograd[38] vor einer begeisterten Menge zum befreiten Volk. An diesem ersten Maitag lief das kleine Kriegsschiff SMS Nürnberg aus zu einer Probefahrt. An diesem ersten Maitag wurde in den meisten deutschen Betrieben gearbeitet.

Vladimir Lenin spricht vor einer Menge während der Oktoberrevolution;

An diesem ersten Maitag wurde in Spanien wegen der angespannten Lage und des Mangels an Rohstoffen die Metallausfuhr verboten. Es geschah viel an diesem Tag. In der Kreisstadt Neumarkt waren die Menschen an diesem ersten Maitag in eigenen Sachen unterwegs und man sprach eher von dem fürchterlichen Ereignis, das sich die Woche zuvor in der fränkischen Stadt Fürth ereignet hatte. Dort fand an diesem Tag die ehrenvolle Trauerfeier für die bei der Explosion in der Pulverfabrik umgekommenen siebenundvierzig Frauen und sieben Männer statt. Sie hatten Granaten befüllt. Zu ihren Ehren errichtete man ein Denkmal mit der Inschrift ‚*Auch sie starben für das Vaterland. Ehre ihrem Gedächtnis‘*.

In den Familien Häring und Heym wurden diese Nachrichten an diesem ersten Maitag nur als Randnotiz aufgenommen. Man war mit vermeintlich Wichtigerem beschäftigt. Im Hause Heym erwartete man den Besuch der Tante aus der Schweiz. Ein überraschender Besuch, der Hektik im Haus ausgelöst hatte. Das Mädchen Heidi musste Teppiche klopfen und Vorhänge waschen, obwohl sie diesen Frühjahrsputz erst vor kurzem zu einem ersehnten Ende gebracht hatte. Ida wurde von ihrer freiwilligen Arbeit in der Lazarettküche abgezogen, um das Zimmer der Tante mit frühen Wiesenblumen oder was in der freien Natur sonst zu finden war, zu zieren, und der Stiefmutter mit anderen Diensten zur

---

[38] Leningrad, später Petersburg

Verfügung zu stehen. Diese forderte auch Marthas Hilfe, aber diese war im Operationssaal unabkömmlich. Es waren hundertfünfzig neue Verwundete von der Westfront mit dem Zug angekündigt. Frau Direktor musste das mit Widerwillen akzeptieren. Sie musste selbst Hand anlegen, gleichwohl sie mit dem Erstellen des Speiseplans für die kommenden Tage vollauf beschäftigt war. Sie war verärgert über den Besuch der Schwägerin aus erster Ehe ihres Mannes in einer Zeit wie dieser, wo es einer Hausfrau Höchstleistung an Kreativität abverlangte, überhaupt etwas auf den Tisch zu bekommen. Daraus machte sie keinen Hehl. Der gesamte Haushalt hatte unter ihrer schlechten Laune zu leiden. Immer wieder ließ sie ihre Erwartung verlauten, dass die Verwandte hoffentlich zumindest ein paar außergewöhnliche Lebensmittel aus der Schweiz mitbringen würde. Die Aussicht darauf ließ ihren Ärger hin und wieder erträglicher werden.

***

Im Hause Häring war ebenfalls der Tisch für Besuch gedeckt. Das gute Geschirr war aus der Truhe genommen worden. Es war kein feines Porzellan mit Goldrand, so wie bei den Heyms, lediglich nicht angeschlagene Elemente des blauen Keramikservices. Das Tafelgeschirr hatte einst aus zwölf Teilen bestanden. Es war zusammen mit der Bettwäsche die Mitgift der Mutter gewesen, die deren Mutter über Jahre hin für die Tochter zusammengespart hatte. Die defekten Teller und Tassen wurden jeden Tag verwendet, bis sie irgendwann ganz zu Bruch gingen. Aus den guten Teilen konnte man den Kaffeetisch nur noch für sechs Gäste decken. Aber das war an diesem Tag völlig ausreichend, denn es stand sowieso außer Frage, dass die hochschwangere Anna an dem Treffen teilnehmen würde. Gott behüte, die Nachbarn könnten sie so sehen! Mit dem hellen Leinentischtuch, das ebenfalls nur für besondere Anlässe aus dem Schrank geholt wurde, sah das Arrangement recht einladend aus. Ein Napfkuchen thronte in der Mitte des Tisches. Maria hatte sich große Mühe gegeben und sogar ein paar Maiglöckchen aus dem Wald geholt, die ein süßliches Parfüm im Raum verteilten. Die kleinen weißen Glockenblumen machten sich gut mit den hellen Punkten auf dem Geschirr, fand sie.

Man erwartete von der Sitt, der offiziell um die Hand der ältesten Tochter anhalten wollte. Zwar war, nach Annas Einverständnis, zwischen den Eltern Häring und dem Bräutigam bereits alles brieflich abgemacht und besprochen, aber die gesellschaftliche Geste und die persönliche Vorstellung des Bräutigams bei dem Brautvater war noch zu vollziehen.

Maria war von von der Sitt angetan gewesen, wenn auch nicht in dem Ausmaß wie einst von dem Protestanten. Der wäre ihr als Schwager allemal lieber gewesen. Nicht nur, weil der Annas Wahl gewesen wäre, und sich, darüber hinaus, selbst noch jetzt dem Kind gegenüber verantwortlich zeigte. Der hatte einen schelmischen Blick gehabt, so wie einer, der auch in schlimmsten Lagen noch einen Spaß machen konnte und dafür sorgte, dass man das Leben leichter nahm. So ein Charakter hätte Maria gut gelegen, so ein Schwager wäre ihr sehr willkommen gewesen. Diesen Schalk im Nacken hatte der edle Herr von der Sitt nicht bewiesen, aber das musste ja schließlich auch nicht sein.

Als ihre Eltern sie nach ihrer Rückkehr zu dem Treffen in Nürnberg befragt hatten, hatte sie versucht, so neutral wie möglich zu berichten. Ihre Schwester hatte sich nach der Verabschiedung von der Sitts ihr gegenüber sehr bedeckt gehalten, gesagt, sie wollte nachdenken. Viel Zeit war ihr dazu allerdings nicht mehr vergönnt gewesen, der Geburtstermin rückte unaufhaltsam näher und mit ihm der Umfang ihres Bauches. Maria hatte sich alle Mühe gegeben, bis zu Annas Antwort so wenig wie möglich persönliche Wertungen abzugeben. Sie wollte vor sich selbst den Schein wahren, ihre Schwester würde frei entscheiden. Dabei wusste sie selbst, dass das Trug war. Annas einzige andere Option wäre gewesen, sich das Leben zu nehmen. Aber als gläubige Christinnen würde keiner ihrer Schwestern das je in Erwägung ziehen, denn das war eine Todsünde. Man musste sich den Prüfungen des Herrn im Leben stellen, das hatte man ihnen von klein auf immer wieder vorgebetet. Anna hatte keine andere Wahl, als den Katholiken zu heiraten. Das war eine dieser Prüfungen. Ihre Schwester hatte spät, aber letztendlich doch ihr Einverständnis zur Ehe mit von der Sitt gegeben, und ihre Eltern gebeten, alles Nötige zu organisieren. Seit diesem Schreiben war auch die Mutter wieder gelöster an ihr Tagwerk gegangen. Ihre Schwermut war zuvor kaum zu ertragen gewesen. Auch der Vater wurde wieder umgänglicher. Seit Annas Schwangerschaft hatte er jedes Mal, wenn Maria oder Walli das Haus verließen, selbst um nur hinüber zu ihrer Arbeit ins Lazarett zu gehen, mit erhobenem Zeigefinger ermahnt: *„Dasst uns ja koar Schand mach*st![39]"

Nun, da von der Sitt jede Minute mit dem Zug aus Regensburg ankommen musste, saßen die Eltern schweigend nebeneinander auf der Bank, unbeweglich und steif wie für die Aufnahme einer Photographie. Maria und Walli fuhrwerkten noch in der Küche herum und gaben vor, allerhand kleine Arbeiten zu verrichten. Sie wollten auf jeden Fall anwesend sein, wenn der neue Bräutigam an die Tür klopfte. Aber allmählich gingen ihnen die Vorwände aus. Der Zug musste wieder einmal Verspätung haben.

Endlich klopfte es. Maria ließ Walli den Vortritt, an die Tür zu gehen, sie hatte den jungen Mann schließlich schon kennengelernt. Sie spähte aus dem Gang heraus über die Schulter ihrer Schwester, als diese öffnete.

Doch an Stelle des erwarteten Bräutigams fanden sie vor der Tür eine in der schwarzen Tracht der Gegend gekleidete ältere Frau. Das traditionelle Gewand war eines der Kostspieligeren, das erkannten die Mädchen sofort. Die Schürze und das Kopftuch schimmerten aus reiner Seide und das gesamte Oberteil war kunstreich bestickt. Die Frau hielt einen Strauß Maiglöckchen in der Hand und musterte die Schwestern ungeniert von Kopf bis Fuß.

„Mein Name ist von der Sitt", keuchte sie. Sie rang nach Atem, als hätte sie einen Dauerlauf absolviert. Sie wedelte fächernd die Hand vor ihrem Mund, und

---

[39] Mach uns nur keine Schande!

schaute dabei recht kühn drein. „Wer von euch beiden ist Anna? Ich will mit deinen Eltern sprechen."

Maria und Walli wechselten einen Blick. „Anna, ... ist, ... in Nürnberg...", stotterte Maria, die versuchte, ihre Verwirrung über das forsche Auftreten dieser unerwarteten Person in den Griff zu bekommen.

Walli war schneller in ihrer Auffassungsgabe. Sie schob ein hastiges „Jemand im Deutscher Kaiser ist krank geworden und sie muss leider heute arbeiten" nach. Das hatten sie sich vorher zurechtgelegt, um Annas Abwesenheit zu erklären. Sie trat einen Schritt zurück und hielt die Haustür einladend weit auf. Im Hintergrund hörte man das Rücken der Bank in der Stube. Ihre Eltern mussten die unerwartete Stimme einer Frau vernommen haben, sonst hätten sie sich wohl nicht erhoben. Mutter Häring war in den aktuellen Kirchenanzeiger vertieft gewesen, wo man über die Marienerscheinung in Portugal berichtete, was sie in den Bann gezogen hatte. Alle Welt redete darüber.

Die Weibsperson gab ein abschätziges „Na!" von sich, und musterte dabei die Mädchen von unten nach oben, als wollte sie sich damit zumindest eine Vorstellung von der dritten, abwesenden Schwester machen.

„Kommen Sie nur herein, Frau von der Sitt!", schob Walli Maria unsanft zur Seite, die wie ein Schatten an ihrem Rücken klebte, um ja nichts zu verpassen.

Ohne sich die schmutzigen Schuhe auf dem Fußabstreifer abzuputzen, trat die Frau ein. Inzwischen waren auch die Eltern Häring aus der Stube gekommen. Mit dem Ausdruck offener Verwunderung im Gesicht standen sie da.

„Es ist nicht der Herr von der Sitt", erklärte Maria an die beiden gerichtet, gleichwohl das offensichtlich war. „Es ist seine Frau Mutter."

Die Aussage war auf pure Vermutung gebaut, denn die Frau war eigentlich zu alt, um von der Sitts Schwester oder Base oder wie auch immer geartete Verwandtschaft zu sein. Freilich wäre auch eine Tante ein möglicher Schluss gewesen, den man hätte ziehen können, aber da lag die Rolle der Mutter doch näher. Diese langwierig scheinenden Abwägungen hatte Maria still in der Kürze weniger Sekunden vollzogen. Sie schloss die Tür hinter dem Gast und wollte der Frau helfen, das Schultertuch abzulegen, aber sie machte keine Anstalten dazu.

„Ein Gruß meines Sohnes", hielt sie den Strauß Maiglöckchen der anderen Mutter mit ausgestrecktem Arm hin.

„Warum kommt ihr Sohn denn nicht selbst?", wollte Vater Häring in strengem Tonfall wissen. Ihm schien diese Überraschung nicht zu gefallen und er wollte das auch sofort deutlich zum Ausdruck bringen.

Die Besucherin ließ sich davon gleichsam nicht einschüchtern.

„Nehmen Sie es ihm nicht übel, lieber Vater Häring, Josef ist verhindert." Ihr harscher Ton den Mädchen gegenüber war komplett umgeschlagen. Eine Sirene hätte die Worte nicht sanfter säuseln können. Sie legte ihre Hände wie Dürers Betende vor ihrer Brust aneinander, bevor sie fortfuhr. „In diesen Zeiten kann man nicht immer wie man möchte, weiß Gott! Der Bub musste erneut zur

Musterung, nachdem er doch schon einmal dort war und der Herr Doktor bestätigt hat, dass er nicht für den Dienst an der Front geeignet ist."

Es waren gleich zwei irritierende Informationen in dieser Antwort, aber der Herr des Hauses ließ sich davon nicht in die Irre führen.

„Heute? Am Sonntag?"

Maria fügte in Gedanken eine weitere Frage hinzu, die sie aber nicht laut aussprach: Und noch dazu am ersten Mai?

„In Zeiten des Krieges ist selbst der Tag des Herrn nicht mehr heilig! Eine Schande ist das!" Es folgte ein Seufzer aus der Tiefe ihrer noch immer mit betenden Händen gezierten Brust. „Eine wahre Schande ist das!", wiederholte sie dann noch einmal und schüttelte dabei länger als sie sprach ihren Kopf.

Diese Geste schien zumindest die Mutter Häring anzusprechen, denn sie bat die Frau in die Stube. Man ging in der Reihe der Familienobrigkeit hinter dem Gast her: Der Vater, die Mutter, die Töchter, die untereinander stumme ermittelnde Gesten austauschten. Maria und Walli waren sich nicht ganz einig, wer von ihnen Vorrang hatte. Sie drängten sich gleichzeitig durch die Stubentür.

Einmal Platz genommen, streifte Frau von der Sitt ihr Schultertuch schließlich doch ab und sah sich nach einem der Mädchen um, damit sie es ihr abnahm. Walli war sofort zu Stelle. Mutter Häring schnitt den Kuchen an und winkte Maria, sich um Kaffee zu kümmern. Vater Häring nahm ausdruckslos wieder auf der Bank Platz und brummte noch immer Unwillen.

„Warum tut er denn nicht den Dienst an der Front, wie andere auch?", wollte er wissen. „Er ist doch nicht etwa krank?"

Das wäre keine gute Nachricht. Man sah ihm an, dass er das dachte. Da hatten er und seine Frau geglaubt, eine gute Lösung für Anna gefunden zu haben, und nun stellte sich am Ende heraus, dass der Mann durch eine Krankheit gezeichnet gar nicht für sie sorgen konnte! Er warf einen finsteren Blick in Marias Richtung, die diese Fehleinschätzung in seinen Augen verschuldet hatte.

Maria goss gerade das kochende Wasser in den Filter. Beinahe hätte sie das kostbar aufgebrühte Kaffeepulver überlaufen lassen, weil sie durch diese Nachricht so abgelenkt war. Von einer Krankheit war bei dem jungen Mann in Nürnberg keine Spur zu erkennen gewesen! Schwindsucht oder Tuberkulose, die häufigsten Ursachen für gesundheitliche Ausmusterung, hinterließen sichtbare Zeichen. Das wäre ihrer Aufmerksamkeit gewiss nicht entgangen. Sie hatte im Lazarett nun genug Erfahrung gesammelt, um mögliche Symptome richtig zu deuten.

„Nein, der Herr im Himmel behüte!", rief Frau von der Sitt und ließ dabei endlich von der betenden Haltung ihrer Hände ab, jedoch nur, um sich schnell zu bekreuzigen. „Er hatte sich bei der Arbeit am Arm verletzt. Das war eine langwierige Sache, und mit den vielen Aufträgen, die er hat, ging die Heilung nicht schnell vonstatten. Die Sache ist noch immer nicht ganz ausgestanden. Wir können nur hoffen, dass sie ihm die Zeit noch lassen, wirklich gesund zu werden.

Mit einem angeschlagenen Arm kann man doch keinen ordentlichen Kriegsdienst leisten! Da wird er doch gleich zusammengeschossen!"

Kaffeeduft breitete sich im Raum aus.

„Eine Ferntrauung wäre schon zu vermeiden," gab Mutter Häring zu bedenken. Vermutlich fürchtete sie, dass Anna so ganz alleine vor dem Traualtar ihre Entscheidung doch noch ändern könnte.

„Ganz meiner Meinung! Ganz meiner Meinung!"

Frau von der Sitt nahm den Löffel von ihrer Untertasse und hielt in der Bewegung inne, als sei ihr plötzlich etwas sehr Wichtiges eingefallen, das ihre ganze Konzentration erforderte. Sie schien es wohl für dringend angebracht zu halten, etwas mehr über die ehrenhafte Motivation des Antragstellers berichten zu müssen, sprach jedoch nur von ihrer eigenen.

„Es wird höchste Zeit, dass Josef endlich heiratet und eine Familie gründet. Er arbeitet immerzu, Tag und Nacht. Er kommt vor lauter Fleiß gar nicht dazu, eine Frau zu finden. In diesen Zeiten darf man sich aber nicht ablenken lassen und glauben, man könne es sich erlauben, anders zu handeln als es doch der Tradition nach üblich ist, nicht wahr? Wer soll denn die Schusterei einmal übernehmen, wenn kein Nachkomme da ist?"

Die Eltern Häring nickten nur. Viel Arbeit, das kannten sie gut, wenn es auch selten war, dass sich ein junger Mann dadurch davon abhalten ließ, den Weibern nachzujagen. Aber es waren Kriegszeiten, viel Anlass zu Vergnügungen gab es nicht. Das stimmte wohl.

Die beiden Mütter versicherten sich nochmals gegenseitig ihre Einigkeit in der Frage der zu vermeidenden Ferntrauung.

Maria goss den letzten Rest des brodelnden Wassers nach, wartete, bis es durch den Filter gesickert war und kam dann mit der heißen Kanne an den Tisch. Sie schenkte zuerst dem Vater ein. Dabei flüsterte sie ihm entschuldigend zu: „Von einem lahmen Arm habe ich nichts bemerkt!"

Er guckte trotzdem noch grimmig drein, als ob es Marias Schuld wäre, dass ihr diese Information entgangen war.

Frau von der Sitt nahm reichlich Zucker und Milch in ihren Kaffee. Sie rührte langsam in ihrer Tasse, während Walli ihr ein dickes Stück Kuchen abschnitt.

„Beten wir, dass der Bub noch lange nicht in den Krieg muss!", seufzte sie und griff sogleich nach dem Teller. „Er ist ja noch nicht einmal dreißig." Es war wohl das Mutterherz, das sich von der anderen Mutter verstanden gefühlt hatte und zu diesem ehrlichen Seufzer hinreißen ließ. Es verkannte dabei, dass die Ursache der Einigkeit der beiden Frauen in anderen Motiven gründete. Als sie jedoch den noch immer finster dreinschauenden Vater wieder ansah, fühlte sie sich offensichtlich genötigt, ihre Aussage ein wenig zu relativieren.

„Jedenfalls so lange nicht, bis Ihre Anna wieder präsentabel ist. Wann wird das sein? In zwei Monaten?"

Die Mitglieder der Familie Häring benötigten ein paar Augenblicke, um zu verstehen, worauf diese Aussage abzielte. Und das war alles andere als geeignet, die Stimmung des Vaters aufzuhellen. Immerhin war er doch der erste, der sich von dem Schock erholte.

Anstatt auf das Offensichtliche einzugehen, wetterte er ungehalten: „Unsere Anna ist die Hübscheste von allen, und von unseren Mädchen ist eine jede eine Augenweide! Außerdem ist sie eine hervorragende Köchin. Was soll an der nicht präsentabel sein?"

Es war das erste Mal, dass Maria aus dem Munde ihres Vaters hörte, dass er seine Töchter als attraktive Frauen bezeichnete. Auch, wenn er Anna hervorgehoben hatte, sie und Walli erröteten synchron bis unter die Haarwurzeln. Eitelkeit war im Hause Häring stets getadelt worden. Wenn eine von ihnen einmal zufällig zu lange in den Spiegel schaute, kam für gewöhnlich sofort eine Rüge und der Auftrag zu irgendeiner Arbeit.

Es war wahrscheinlich die Befürchtung, ihr Gatte könnte mit seinem Ärger alles kaputt machen, gepaart mit einer schnelleren Auffassungsgabe der Mutter Häring, die sie schlagartig erblassen ließ. Trotzdem wahrte sie Haltung, ließ sich nichts anmerken.

„Wir hatten an einen Trauungstermin in ein bis zwei Wochen gedacht, je nachdem, wie lange das Aufgebot stehen muss", verdeutlichte sie. Noch immer unter dem Eindruck der vorhergehenden Übereinstimmung, hoffte sie auch in dieser Frage auf Zustimmung.

Doch die Reaktion der Mutter des Bräutigams fiel anders aus als gehofft.

„*Na! … Na! … Na!*[40] ....", schüttelte Frau von der Sitt vehement den Kopf, hielt ihn mit einem Mal hoch wie eine aufgeschreckte Giraffe. „Na! Das geht nicht! Ich kann doch den Bub' nicht mit einer Frau vor den Altar schicken, die kurz vor der Niederkunft steht! Wie *schaut* das denn aus!"

Die Eltern Häring guckten mit starren Augen. Man konnte nicht sagen, welcher Schock ihnen mehr zusetzte: Die Schnelligkeit, mit der die Frau die Wende in ihrem Gebaren vollzogen hatte, von völliger Demut hin zu Dominanz, oder die Forderung, dass Anna ihr Kind unehelich zur Welt bringen sollte, um bei der Hochzeit präsentabel zu sein.

„Noch dazu das Kind von einem anderen!", fuhr das Weib, nun ostentativ Herrin der Lage, fort. „Das gäbe ein schönes Gerede im Dorf! Der Bub würde doch für immer jeden Respekt verlieren! Ganz abgesehen davon: Das kann er sich mit dem Geschäft nicht leisten."

Sie trank aus ihrer Tasse, prüfte mit einem kurzen Blick die Reaktion auf ihre Worte, und als ob sie diese noch ein wenig wirken lassen wollte, widmete sie sich in aller Ruhe dem Stück Kuchen auf ihrem Teller. Sie verlor kein Wort darüber, dass er mit guter Butter gemacht war und sogar üppig Rosinen enthielt.

Die Eltern Häring schauten sich schweigend an. Sie verstanden sich oft ohne Worte, doch in dieser Situation fehlten sie ihnen nun völlig. Eine Antwort wäre mehr als nötig gewesen, aber sie kam nicht. Alles diese Hochzeit Betreffende

---

[40] Nein! Nein! Nein!

war bereits geregelt gewesen, so, wie man zwischen Familien diese Dinge eben zu regeln pflegte. Es war nur dieser Besuch des Bräutigams angestanden, eine Handlung der Form. Eine Wendung der Dinge dieser Art, wie sie sich nun darstellten, überraschte dermaßen, dass die Eltern Häring damit nicht gleich umzugehen wussten.

Wallis Wangen röteten sich noch mehr. Maria kannte das an ihrer Schwester. So sah sie aus, wenn ihr etwas peinlich war. Sie hingegen war eher wütend auf sich selbst, darüber, dass sie und Walli Zeugen der Demütigung ihrer Eltern wurden. Sie bereute zutiefst, alles daran gesetzt zu haben, anwesend zu sein. Es wäre besser gewesen, ihre Eltern hätten diese Verhandlung ohne ihre Töchter im Raum geführt, denn nun verloren diese auch noch das Gesicht vor ihren Kindern. Es war unerhört, wie diese ungeheuerliche Person mit ihren Eltern sprach!

Diesmal erholte sich Mutter Häring als Erste. Sie versuchte, einen Vorschlag zur Einigung zu unterbreiten. „Die Trauung kann ja in Nürnberg oder unseretwegen auch in Regensburg stattfinden, wo sie halt keiner kennt."

Frau von der Sitt lächelte freudlos.

„Sie verstehen nicht", meinte sie dann ein wenig zu nachsichtig, als dass es nicht herablassend gewirkt hätte. „Es ist doch so: Mein Sohn kann das Geschäft unmöglich eines Tages an ein fremdes Kind vererben. Das wird schon der eigene Sohn sein müssen, nicht wahr? Ihre Anna ist ja noch jung, sie wird ihm hoffentlich noch einen schenken. Es ist ja schon mehr als anständig, dass der Bub mit seinem Namen die Ehre Ihrer Anna rettet."

Da niemand etwas darauf entgegnete, schien sich Frau von der Sitt bestätigt, weiter das Wort zu führen.

„Mein Sohn wird es seiner Frau und ihrem Kind an nichts fehlen lassen, da können Sie ganz beruhigt sein. Seinen Namen muss es ja deswegen nicht gleich tragen. Dieser Krieg produziert genug Waisen, da fällt ein Kind mehr oder weniger gar nicht weiter auf. Das Kind könnte ja eine kleine Waise von einer entfernten Verwandtschaft sein? Da wird uns schon was Passendes einfallen. Es ist doch lobenswert, wenn ein junges Paar sich so eines Würmchens annimmt. In diesen Zeiten!"

Maria hielt es nicht mehr aus auf ihrem Platz. Sie stand brüsk auf und stellte ihr Gedeck wortlos an der Spüle ab. Sie ertrug es kaum noch, wie ihre Schwester hier verschachert wurde, ohne dass ihre Eltern ein Wort zu deren und ihrer eigenen Verteidigung hervorbrachten.

„Aber Anna ist doch die Mutter", murmelte Walli kleinlaut. Sofort zog sie böse Blicke ihrer Eltern auf sich. Es stand den Kindern nicht zu, ihre Meinung in so einer Situation zu äußern. Das war eine Despektierlichkeit ohnegleichen gegenüber ihren Eltern, selbst wenn diese Wallis Einspruch vielleicht zugestimmt hätten.

„Jetzt *gehst* raus und *schaust* nach den Hühnern!", befahl Mutter Häring sofort.

„Ja freilich ist sie die Mutter," nickte Frau von der Sitt, schaute Walli hinterher, die betreten durch die Hintertür zum Stall verschwand. Die Besucherin stopfte das letzte Stück Kuchen in sich hinein. Mit vollem Mund wiederholte sie die Worte, bevor sie hinunterschluckte und an die Eltern Häring gerichtet hinzufügte: „Aber das muss ja keiner wissen."

Nun verfinsterte sich auch das Gesicht der Mutter der zukünftigen Braut. Das des Vaters war bereits seit längerem geradezu versteinert.

„*A bisserl*[41] gnädige Nächstenliebe sollten wir dann doch walten lassen", sprach Mutter Häring streng. Sie hörte sich an wie Hochwürden bei der Sonntagspredigt.

Maria blieb so reglos wie möglich am Spülstein stehen. Am liebsten hätte sie sich unsichtbar gemacht. Gott sei Dank wusste Anna nicht, was sich hier abspielte! Diese Person würde eine schreckliche Schwiegermutter abgeben, da war sie sich sicher. Man konnte nur hoffen, dass sich ihr Sohn nicht von ihr leiten ließ. Der hatte eigentlich einen ganz selbstbewussten Eindruck gemacht.

Entgegen aller Erwartung zeigte Frau von der Sitt an dieser Stelle wieder ein wenig Interesse an dem Fortschritt in der Angelegenheit. Ob es die Mahnung an die christliche Pflicht der Nächstenliebe war oder schlicht die Befürchtung, die Eltern Häring könnten von der geplanten Heirat letzten Endes noch absehen und ihr Sohn müsse seinen dreißigsten Geburtstag noch immer unvermählt begehen, war nicht zu deuten. Sie bemühte sich mit einem kläglichen Versuch, ihre harten Worte im Nachhinein für die Familie etwas zu verzuckern.

„Schauen Sie", versuchte sie sich in versöhnlichem Ton, „es ist doch eine gute Lösung für beide Seiten: Die Schande bleibt unter uns. Das ist Familienangelegenheit und geht keinen was an! Hier in Neumarkt wird man davon nichts erfahren. Das Kind wird in einer religiösen Familie aufwachsen. Es hat Vater und Mutter, was in diesen Zeiten weiß Gott nicht für alle Kinder gilt. Und ich bin auch zufrieden: Mein Bub hat sich endlich für eine Frau entschieden! Er war zu wählerisch, keine war ihm recht ... ich habe ein wenig nachhelfen müssen, wissen Sie. Wenn ich nicht die Anzeige aufgegeben hätte, wäre das nichts mehr geworden. Dabei brauchen das Haus und das Geschäft schon lange dringend eine weibliche Hand, und natürlich einen Nachfolger! Ich bin froh, dass er Ihre Anna mag."

Sie zwinkerte den Eltern Häring zu, die wie Wachsfiguren auf der Bank saßen, zu. Keiner sprach.

„Ob ich wohl noch ein *Stückerl* von dem Kuchen haben dürfte?", fragte sie ungeniert, bereits nach dem Messer greifend, um etwas abzuschneiden.

Maria wäre normalerweise sofort an den Tisch geeilt, um den Gast zu bedienen. Aber sie wagte nicht, dem Gespräch näher zu treten. Sie wollte im Hintergrund bleiben. Die Unverschämtheit, mit der dieses Weib sich benahm, machte sie ohnehin sprachlos.

„Bedienen Sie sich nur!"

---

[41] Dialekt: ein wenig

Vater Häring wies mit der flachen Hand auf den halben Napfkuchen, an dem sich die Familie noch ein paar Tage gütlich getan hätte. Seine Miene verriet deutlich, was er von dieser Zügellosigkeit hielt.

Während Frau von der Sitt also ein zweites Stück Napfkuchen verspeiste, einigte man sich wohl oder übel darauf, dass der Hochzeitstermin sobald wie möglich nach der Geburt sein sollte und er würde in Hemau stattfinden. Es sollte nur eine kleine familiäre Feier geben. Angesichts der Umstände war das beiden Frauen recht. Angesichts der knappen finanziellen Lage und des Krieges auch dem Vater, der das Ganze zu bezahlen hatte. Das Kind sollte erst später nachkommen. Vorübergehend wollte Mutter Häring ihren Bruder Wolfgang bitten, den Säugling und auch Walli aufzunehmen, die sich in der Zwischenzeit in Nabburg um das Kind kümmern konnte.

Als alles besprochen, der letzte Krümel vom Teller der Frau verzehrt war und diese schon wieder lüstern auf den Rest des Kuchens schielte, erhob sich Vater Häring und leitete die Verabschiedung ein. Maria beeilte sich, ihr das Schultertuch zu reichen und Mutter Häring ging schon zur Stubentür, um den Weg nach draußen zu weisen.

„Maria, hol deine Schwester!" wies sie an. „Begleitet Frau von der Sitt zum Zug!"

Die Verabschiedung war kurz und kühl. Weder die Brauteltern noch die Mutter des Bräutigams machten einen Hehl daraus, dass sie sich nicht wirklich leiden mochten.

Der Weg zum Bahnhof wurde Maria und Walli lang. Das Haus der Familie Häring lag in der Nähe der Stadtpfarrkirche, die neben dem Rathaus mit dem treppenförmigen Giebel zu beiden Seiten das Zentrum der mittelalterlichen Straßen bildete. Sie überquerten den kleinen Platz, der durch die Bürgermeisterei die großzügig angelegte Bundesstraße von München nach Nürnberg in den Unteren- und den Oberen Markt, sowie von Osten nach Westen die Kloster- und Hallertorgasse, teilte. Die Hauptstraßen waren in einem Kreuz angelegt, was für die vorwiegend katholische Gemeinde passend schien. Auf diesem Weg über den Oberen Markt betrachtete Frau von der Sitt jedes Geschäft, an dem sie vorbeikamen. Sie stellte viele Fragen, die die Mädchen beantworteten, froh, dass die angespannte Stimmung dadurch etwas gelockert wurde, wenn auch weit entfernt davon, sie als angenehme künftige Verwandtschaft zu bezeichnen. Zuerst bewunderte Frau von der Sitt ausgiebig die Haushaltswaren bei Rackl am Eckhaus, blieb vor dem Nachbarfenster des Uhrmachers Frank stehen, lobte etwas weiter den eindrücklichen Laden der Express-Fahrräder Goldschmied & Söhne, betrachtete die Auslagen des Ladens der Familie Rindsberg[42], erkundigte sich nach dem Kolonialwarengeschäft Hahn. Beim Schwarzen Bären schaute sie jedoch auf die andere Seite und kommentierte das herrschaftliche Bekleidungsgeschäft Kraus & Ambach.

---

[42] Spätere Buchhandlung Bögl

„Das sind nette Inhaber", berichtete Walli. „Die spenden jedes Jahr ein paar Kommunionsanzüge für arme Leute, obwohl sie gar nicht katholisch sind."

Maria warf Walli einen beschwörenden Blick hinter dem Rücken ihres Gastes zu, sie möge aufhören zu erzählen, weil sie sonst nie mehr am Bahnhof ankämen.

Frau von der Sitt spähte hinüber zu dem Geschäft, zog die Augenbrauen hoch und bemerkte: „Sind wohl Juden?"

„Ich glaube schon."

Nun blieb Frau von der Sitt sogar stehen. Ein alter Mann auf einem Fahrrad schlenkerte gefährlich unsicher auf seinem Gefährt an ihnen vorbei. Ein Pferdefuhrwerk kreuzte auf der Fahrbahn. Motorisierte Fahrzeuge sah man keine. Das konnten sich nur wenige leisten, vielleicht der Fabrikbesitzer oder einer der Reichen aus der Bahnhofstraße.

„Das wäre das erste Mal, das ich davon höre, dass ein Jud' was verschenkt!", wendete sich Frau von der Sitt abrupt ab.

„Aber das stimmt!", bestätigte nun doch auch Maria, obwohl sie nichts mehr hatte sagen wollen. „Sie verschenken jedes Jahr zur Kommunion Anzüge, und zwar nicht wenige. Ich glaube so an die zwanzig. Auf diese Weise sind alle Kommunionkinder gleich gut gekleidet, wenn sie zur Kirche gehen. Und die Ärmeren müssen sich nicht schämen."

Sie bereute es sofort, denn die Frau blieb auf ihren Ausruf hin abermals stehen und betrachtete sie mit Geringschätzung.

„Hahn, Haas, Goldschmied, Rindsberg…", sie zeichnete mit dem Arm einen großen Bogen durch die Luft, als wollte sie die mit ihrem Familiennamen firmierenden Läden einfangen, „das sind doch alles Juden! Die halbe Stadt gehört denen, wie mir scheint. Und was ist mit der Fabrik dort beim Bahnhof?"

„Was soll mit der sein? Das war mal eine Glasfabrik, aber jetzt ist es ein Dampfsägewerk", antwortete Walli und ging weiter, damit die Frau ihr folgen möge.

„Bestimmt auch Juden." Abfälliger hätte sie es nicht sagen können, aber zumindest bewegte sie sich wieder vorwärts.

„Das wissen wir nicht", meinte Maria entschlossen, bevor Walli noch etwas anderes antworten würde. Das war gelogen, aber es war eine gute Lüge, fand Maria, keine, die man beichten musste. Die Familie Dreichlinger war eine jüdische Familie. Sie musste es schließlich wissen, denn sie hatte dort als junges Mädchen gleich nach der Schule eine Zeitlang Dienst im Haushalt getan. Aber mit ihrer Antwort schnitt sie das Thema ein für alle Mal ab. Sie hatte keine Lust mehr, diesen Boshaftigkeiten weiter zuzuhören. Frau von der Sitt gab sich interessiert, nur um dann alles schlecht zu machen. Die wollte vieles Unnötige wissen, aber nach ihrer zukünftigen Schwiegertochter fragte sie nicht.

Maria und Walli waren mehr als erleichtert, die Frau endlich in den Zug steigen zu sehen. Sie blieben noch die gebührende Zeit auf dem Bahnsteig stehen, bis der Zug endlich außer Sichtweite war. Wie erschlagen standen sie nebeneinander und guckten lange wortlos in diese Richtung, bis nicht einmal mehr der Rauch der Lokomotive am Himmel zu sehen war. Es war auch nicht nötig, viele

Worte zu machen. Sie fühlten beide, dass sie dasselbe dachten. Endlich drehte sich Walli um und zog Maria mit sich.

„Lass uns heimgehen!"

Es wirkte wie ein gezogener Schlussstrich unter diesen unsäglichen Nachmittag. Im Wegdrehen stach ihnen eine sehr elegante Frau mittleren Alters ins Auge, die zwischen zwei großen Koffern ebenfalls auf dem Bahnsteig wartete. Sie und diese Dame waren die Einzigen auf der Plattform. Sogar der Bahnvorsteher war schon wieder in seinem Häuschen verschwunden. Aber die Erscheinung der Frau wäre auch so viel zu auffallend gewesen, als dass man sie hätte übersehen können. Sie hatte etwas von Welt an sich. Sie trug ein Reisekleid nach älterer Mode, hochgeschlossen und schlicht, aber aus feinstem Stoff. Dazu einen passenden Hut. Und sie hielt einen kleinen Schirm zum Schutz gegen die Sonne über ihr Haupt, was eher ein Akt der Eleganz war als dass es nötig gewesen wäre. Man konnte über die wärmenden Sonnenstrahlen in diesem Jahr nur froh sein.

Maria entdeckte das Fräulein Martha, die mit ihrer Schwester Ida und einem Gepäckträger im Schlepptau geradewegs von der anderen Seite mit eiligen Schritten auf die Frau zusteuerten. Im selben Moment gewahrten auch Martha und Ida die Hilfsschwester Maria aus dem Lazarett. Beide Schwesternpaare eilten mit einem flüchtigen Gruß aneinander vorüber, eine Begebenheit, die vor diesem Krieg so nicht stattgefunden hätte. Es wäre den Töchtern aus gutem Hause niemals in den Sinn gekommen, zwei Bauernmädchen auf der Straße zu grüßen, und die beiden Bauernmädchen hätten es nicht gewagt, das Wort an die feinen Fräulein zu richten. So war es gewesen und keine der Vier hätte darüber überhaupt nachgedacht. Durch die gemeinsame Aufgabe im Lazarett und die schrecklichen Dinge, die sie dort immerzu vor Augen hatten, hatten sich diese Verhältnisse verschoben, ohne dass es ihnen recht bewusst war. Darüber hinaus waren Martha und Ida mit ihrer Aufmerksamkeit längst bei dem ankommenden Gast. Sie hatten ein schlechtes Gewissen, weil sie ihre Tante hatten warten lassen. Das war sehr unhöflich und sie fürchteten einen berechtigten Tadel. Sie waren zu sehr in ihr Gespräch vertieft gewesen, waren immer langsamer gelaufen, ja stellenweise sogar stehengeblieben, verwickelt in ihren regen Austausch.

Martha war zutiefst beunruhigt darüber, dass die Tante ausgerechnet jetzt auftauchte. Und so überraschend! Und Ida hatte alle Mühe gehabt, gelassen und unwissend zu wirken. So hatte ein Wort das andere gegeben und sie hatten nicht bemerkt, wie die Zeit verronnen war. Jedenfalls so lange, bis ihr Blick auf die große Bahnhofsuhr über dem Hauptportal des Gebäudes ihnen einen Schrecken in die Glieder gejagt hatte. Der Zug war bereits angekommen! Da hatten sie sich gesputet, zwei Bahnsteigkarten zu lösen.

Maria und Walli hingegen legten den Weg zurück nach Hause betont langsam zurück, um die schwer zu verkraftenden Ereignisse des Tages zu verdauen.

Endlich ungestört
Ida und Martha in Nürnberg, 10. Mai 1917

In aller Not nur flieh zum Herrn
Er ist Dir nah und hört Dich gern
Er schenkt Dir Trost im herbsten Leid,
Hilft kämpfen Dir den schweren Streit.

Meiner lieben Ida gewidmet
von Ihrer
treuen Martha

Kriegsjahr 1917   25. Juli.

Marthas Eintrag in das Poesiealbum ihrer Schwester Ida 1917

Erst am dritten Tag waren Tante und Nichten ungestört. Frau Direktor Heym hatte mit allen möglichen Machenschaften ständig verhindert, dass die Tante mit den Töchtern ihres Mannes alleine war. Bereits am täglichen Frühstückstisch hatte die Dame des Hauses ein Vorhaben zur Hand, das der Gast unmöglich ausschlagen konnte: Einladungen zum Tee oder zum Komitee der Wohltätigkeitsdamen, einen Besuch beim Schneider, wo sie deren Rat dringend benötigte, einen Termin beim Herrn Pastor, der die Schwägerin des Herrn Direktors unbedingt kennenlernen sollte, eine Einladung von Geschäftspartnern ihres Mannes, bei der die Anwesenheit des Besuches aus der Schweiz sehr unterstützend war, oder ein unerwarteter Besuch einer Nachbarin, die zwingend etwas über Lausanne erfahren wollte. Es nahm kein Ende. Tante Geneviève hatte schließlich die Dinge in die Hand nehmen müssen. Sie bestand darauf, einen Termin bei einem Notar anlässlich der geplanten Mitgift für die Mädchen, die sie rechtlich in Deutschland prüfen lassen wollte, wahrzunehmen, der zwar die persönliche Anwesenheit der Bedachten, nicht aber die der Frau Direktor erforderte. Die Zugfahrt nach Nürnberg, wo ein Spezialist anzutreffen war, der für Angelegenheiten dieser Art zwischen der Schweiz und Deutschland einen Namen hatte, war deshalb unumgänglich.

Ida hatte diesen Tag, und mit ihm die Lösung aller Probleme, mit Anspannung herbeigesehnt. Martha war in letzter Zeit so blass, zurückgezogen und still gewesen, wie sie sie noch nie erlebt hatte. Morgens waren sie früh ins Lazarett gegangen, wo Martha erst hinter ihrem Mundschutz und dann im

Operationsraum verschwunden und den ganzen Tag nicht mehr zum Vorschein gekommen war. Nicht einmal für eine Tasse Tee mit der Schwester hatte sie sich in der Küche sehen lassen. Abends war sie dann meist so erschöpft, dass sie wie ein Droschkenpferd im Stehen hätte schlafen können und deshalb häufig sogar das Abendessen ausfallen ließ. Nachts hatte Ida sie jedoch leise in ihr Kissen schluchzen hören. Wenn sie dann etwas hatte sagen wollen, hatte Martha vorgegeben, zu schlafen. Möglicherweise hatte sie das sogar, und sie hatte in ihren Träumen geweint? Ida hielt das für möglich, weshalb sie niemals insistiert hatte. Martha hatte in diesen Tagen an Gewicht verloren, ihre Lippen waren blutleer geworden, ihre Wangen eingefallen wie hohle Nussschalen und ihre Augen von roten Rändern umrahmt. Keiner der Ärzte oder Schwestern im Lazarett sah mittlerweile selbst noch viel besser aus als die Verwundeten, weshalb Marthas Zustand niemandem aufgefallen war. Aber Ida wusste es besser, sie war aufs Höchste besorgt.

Ihr Vater und die Stiefmutter hatten diese Veränderung wohl ebenfalls bemerkt, jedoch hielt sie Frau Direktor schlicht für den normalen Kummer eines jungen Mädchens, das endlich erwachsen wurde und sich letztlich eine Flause aus dem Kopf schlug. Deren Arbeit im Lazarett mochte ihren Teil dazu beitragen, aber damit war die Tochter ihres Mannes ja schließlich nicht allein. Alle Welt hatte mit diesen Problemen mehr oder weniger zu kämpfen. Ida wusste genau, was die Frau ihres Vaters dazu hinter ihrem Rücken von sich gab, auch, wenn sie es nicht mit eigenen Ohren hörte. Sie konnte sich die süffisanten Bemerkungen, mit denen diese ihren Vater gewiss überhäufte, lebhaft ausmalen. Ihre Stiefmutter hatte von Beginn an nicht das geringste Maß an Wohlwollen für die Kinder aus erster Ehe ihres Mannes entwickeln können. Vielleicht, weil Martha noch so jung und hübsch war, während ihr selbst das Leben verhärmte Züge ins Gesicht gemeißelt hatte? Vielleicht aus Eifersucht, weil ihr Mann seinen Töchtern eine für die Zeit ungewöhnlich gute Erziehung angedeihen ließ? Vielleicht weil der Vater ihren eigenen Sprösslingen – wie übrigens auch Martha und Ida in frühen Jahren – eine gar strenge Gouvernante zugeteilt hatte? Ida mochte über die Gründe gar nicht nachsinnen, denn es hätte sie veranlasst, ein wenig Verständnis für diese Frau aufbringen zu müssen. Doch das wollte sie nicht, denn diese würde ihrerseits niemals einen Gedanken der Fürsorge für sie und ihre Schwester entwickeln. Selbst dann nicht, wenn sie sich in einer Notlage befänden. Davon war Ida felsenfest überzeugt. Im Gegenteil: Sie würde eine solche sogar zu ihrem eigenen Vorteil ausnützen.

Martha hatte nicht mit nach Nürnberg kommen wollen, die Tante hatte insistieren müssen und Ida war froh darüber. Nun saßen sie zu dritt im Abteil erster Klasse und guckten aus dem Fenster, vor dem der schwarze Qualm der Lokomotive vorbeizog, was einen säuerlichen Kohlegeruch im Abteil verbreitete. Sie waren alleine im Kompartiment, die anderen Reisenden drängten sich meist in der dritten Klasse auf Holzbänken, einige Wenige in der zweiten, wo es ein bisschen komfortabler zuging. Der Zug war kaum aus dem Bahnhof ausgefahren, als die Tante das Wort ergriff.

„*Alors*[43]", ließ sie in mütterlichem Ton einen Seufzer der Erleichterung hören und guckte dabei forsch auf Martha, nur hin und wieder auch auf deren Schwester, „nun sind wir endlich unter uns. Ich wollte ursprünglich mit euch ins Café Kainz oben auf dem Weinberg gehen, das ist doch immer recht nett dort, *n'est-ce pas*[44]? Aber da wären wir womöglich auch nicht ungestört gewesen. Wie dem auch sei, alles der Reihe nach, erzähl es mir, *s'il te plait*[45]!"

Martha erschrak sichtlich. Auch Ida alarmierte sich. Wie konnte die Tante so zielsicher auf Martha losgehen? Sie hatte das Anliegen in ihrem Brief doch geschickt in die Geschichte einer Freundin verpackt? Hatte ihre Tante diesen Brief durchschaut? Auf einmal war sie sich ihrer Gewitztheit nicht mehr sicher. Mit wachsendem Schuldbewusstsein schielte sie auf ihre Schwester, der sie doch geschworen hatte, kein Wort über ihre Lippen kommen zu lassen.

Ida wartete, dass Martha irgend etwas antworten würde. Aber diese wendete stumm den Kopf und sah zum Fenster hinaus, obwohl da außer Qualm nicht viel zu sehen war.

„Es handelt sich um eine Freundin, Tante Génevièv", fing Ida deshalb zögerlich an. Irgend etwas musste sie schließlich antworten. Ihre Stimme schwankte beinahe so sehr wie der Wagon auf den Gleisen.

Die Reaktion folgte auf dem Fuß. Die Augenbrauen der Tante formten einen hohen Bogen. Ein missbilligender Blick traf sie. Ida senkte daraufhin den Kopf und schaute, statt weitere Ausreden hervorzubringen, nur noch auf ihre Hände. Ihre Finger verkeilten sich ineinander. Sie fühlte sich ertappt.

Martha wendete sich so langsam um, wie einer der Kopfverletzten aus dem Lazarett, ab vom Fenster, hin zu ihrer Schwester. Ida spürte deutlich ihren stillen Vorwurf, obwohl oder gerade, weil sie gar nicht sprach. Er traf sie mitten ins Herz.

„Martha! Schau mich bitte nicht so an!", platzte Ida schließlich heraus. Sie konnte alles ertragen, aber nicht diese Zurückgezogenheit, die Martha seit einiger Zeit an den Tag legte. Diese Flucht in eine innere Welt hatte für Ida eine Kluft zwischen ihnen entstehen lassen. Selbst wenn das nicht in Marthas Absicht gelegen hatte, sondern eine Folge der Umstände war, so war diese Distanz für Ida doch schmerzlich. Und nun auch noch dieser vorwurfsvolle Augenaufschlag! „Das Versprechen des Schweigens kann doch nicht mehr gelten! Jetzt, da Heinrich gefallen ist, ist das doch nicht mehr gültig! Das ergibt keinen Sinn! Was willst du denn jetzt machen? Tante Génevièv ist die Einzige, die uns helfen kann!"

Marthas Augen füllten sich jählings mit Tränen. Wie zwei trübe Seen in einer grauen Landschaft stand das Wasser für eine Weile in ihnen, als wollten die

---

[43] Franz.: nun
[44] Franz.: nicht wahr?, stimmt's?
[45] Franz.: persönliche Form singular; bitte

Schleusen erst dann bersten, wenn es unerträglich wurde. Dieses Unerträgliche schien in jenem Moment erreicht zu sein, als Ida noch einen Ausruf der Verzweiflung hinterherschickte: „Lass dir doch um Himmels Willen helfen!"

Nun bahnten sich zwei lange Bächlein über die Wangen ihrer Schwester, die nichts tat, um diese aufzuhalten. Sie schaute Ida an, weinte bewegungslos vor sich hin. Ida hatte das Gefühl, dass Martha durch sie hindurchsah.

Tante Geneviève reichte Martha wortlos ein Taschentuch. Als diese es nicht ergriff, weil sie die helfende Hand gar nicht bemerkte, beugte sie sich hinüber und tupfte ihr die Tränen aus dem Gesicht, wie man es bei einem kleinen Kind tut. Mit lautem Aufschluchzen warf sich Martha daraufhin der Tante in die Arme und verfiel in haltloses Weinen.

Dieser Anblick wirkte auf Ida wie schwerer Rotwein. Sie saß dumpf da, unfähig etwas von sich zu geben, oder auch nur zu denken. Es war für sie beklemmend, ihre bessere, schönere, stärkere und intelligentere Schwester so zerbrochen zu sehen. Martha war stets der Pfeiler gewesen, an den sie sich hatte anlehnen können, das vom Vater geschaffene Vorbild, an dem sie sich hatte orientieren sollen, die Person auf der Empore, zu der sie hatte gelernt aufzublicken. Sie war die Einzige in der Familie gewesen, die ihr seit dem Tod ihrer Mutter Wärme gegeben hatte. Sie ertrug es nicht, ihre Schwester auf diese Weise vom Sockel gestoßen zu sehen. Sie empfand es beinahe als Bedrohung ihrer eigenen Existenz.

Erst nach vier Stationen, als der Schaffner sich näherte, um die Billetts zu kontrollieren, sammelte sich Martha allmählich ein wenig. Ihre Tränen waren ohne Unterbrechung geflossen, obwohl sie sichtlich versucht hatte, sich zusammenzunehmen.

„Verzeih mir, Martha!", murmelte Ida, sobald der Kontrolleur die Tür ihres Abteils wieder hinter sich geschlossen hatte. Sie legte ihr dabei vorsichtig die Hand auf den Arm, wie jemand, der einen Schlafenden zart aus den Träumen zu holen sucht. „Ich konnte einfach nicht zusehen, wie du zugrunde gehst. Du hast überhaupt nicht mehr mit mir geredet. Ich machte mir solche Sorgen. Ich musste etwas unternehmen! Du darfst mir deswegen nicht böse sein!"

Es war ein wenig übertrieben, auffallend pathetisch, Ida wusste es selbst. Aber es diente der Sache und manchmal war es nötig, Dinge extrem auszudrücken, damit die Botschaft ankam. Ida hatte das früh in ihrem Leben gelernt, denn wer wenig Aufmerksamkeit erfährt, muss zu anderen Mitteln greifen, um Gehör zu finden.

„Du hast es ganz recht gemacht, mir zu schreiben, Ida", befand die Tante. „Da gibt es nichts zu verzeihen. Allerdings kränkt es mich, dass du solche Ausreden anwenden musstest. Das bedarf viel eher einer Abbitte, *n'est-ce pas*[46]?"

Ida murmelte ein paar Worte der Entschuldigung, war aber gleichzeitig zutiefst dankbar dafür, dass die Tante ihr die Bürde des gebrochenen

---

[46] Franz: nicht wahr?

Versprechens abgenommen hatte. Das musste Martha damit nun auch tun, sonst wäre sie der Tante gegenüber undankbar gewesen und das würde Martha niemals wagen. Ida richtete sich in ihrem Sitz ein wenig auf, befreit von der Last, die sie beinahe körperlich niedergedrückt hatte.

Die Tante machte nicht weiter Aufhebens darum. Es war immer ihre Art gewesen, gezielt kleine Rügen zu verteilen, diese dann aber großherzig zu verzeihen. Die Mädchen waren diese Art der Erziehung von ihrer leiblichen Mutter gewohnt und hatten sich davon stets leiten lassen. Es hatte in ihnen den Mut zur Ehrlichkeit heranreifen lassen. Das war auch der Grund, warum Ida sich über ihre Lügen in ihrem Brief wirklich geschämt hatte und nun froh war, auch diese Schuld von sich genommen zu spüren.

„Je suis désolée pour ta douleur, ma chérie[47]", flüstere die Tante indes Martha zu, ergriff deren Hände und hielt sie schweigend fest.

Martha schien sich völlig verausgabt zu haben. Sie hing wie leblos in ihrem gepolsterten Sitz, in einer Hand das zerknüllte Seidentuch der Tante, das sie noch immer ab und zu an die Augen führte, um eine verspätete Träne sofort zu beseitigen. Sie war bemüht um Contenance, aber es half über den erbärmlichen Anblick, den sie bot, nicht hinweg.

Nun, da das Eis gebrochen war, näherte sich die Tante vorsichtig dem eigentlichen Thema. Sie ließ Marthas Hände wieder los und lehnte sich zurück.

„Eure Eltern wissen nichts von den delikaten Umständen, nehme ich an?"

„Gott behüte!", entsetzte sich Ida sogleich.

Martha schüttelte stumm den Kopf.

Die Tante nahm es zur Kenntnis, nickte mit schmalen Lippen, als hätte sie nichts anderes erwartet. Aber es zeigte sich auch etwas Beruhigtes in ihrem Antlitz.

„Ich weiß, es wird dir kein Trost sein, Martha", fuhr sie bedacht mit fester Stimme fort, die unmissverständlich nun genau die Haltung forderte, die Martha in vorauseilendem Gehorsam verzweifelt versucht hatte herzustellen. Die Mädchen waren dazu erzogen, in solchen Gesprächen aufmerksam zuzuhören und den geschuldeten Respekt zu erweisen, wobei Letzteres eher Gehorsam bedeutete.

„Du bist in deinem Kummer in diesen Zeiten nicht alleine. Es gibt Zahlreiche wie dich, die um einen Mann, einen Bruder, einen Vater weinen. Und es werden mit jedem Tag mehr. Kaum eine Familie, die nicht wenigstens einen Verlust zu beklagen hat. Es gibt auch manche andere, die sich in deiner Lage befindet, sogar bei uns in der Schweiz, man möchte es kaum glauben. Über diesen Krieg mag man denken, was man will. Aber eure Männer kämpfen für den Sieg. Die Dinge sind wie sie sind. Und wir Frauen müssen unseren Teil dazu beitragen, dass die Geschicke nicht völlig aus dem Ruder laufen. Dein Heinrich hat sein Leben dafür

---

[47] Franz: Ich bedaure deinen Schmerz, meine Liebe

gegeben. Du musst das in Ehren halten und darfst dich deswegen nicht gehen-lassen. Das ist hart, ich weiß. Aber das schuldest du ihm."

Verblüffung malte sich mit runden Augen und offenstehendem Mund in Idas Gesicht. Instinktiv rieb sie ihr rechtes Ohr, weil sie nicht glauben wollte, was sie soeben gehört hatte. Nach der peinlichen Szene in Lausanne, der beschämenden Heimsendung aus den Ferien, gepaart mit der Anweisung, ihren Eltern reinen Wein einzuschenken, hatte sie fest damit gerechnet, eine weitere Abreibung über sich ergehen lassen zu müssen, bevor die Tante ihnen schließlich doch ge-holfen hätte. Immerhin war dieser Gegenstand, diese arge Bedrängnis, in der sie sich – oder vielmehr Martha – befanden, doch eine erhebliche Steigerung an Fehlverhalten. Und gravierend obendrein. Dass die Tante die Angelegenheit in dieser Weise überging, konnte sie nicht einordnen. Diese Tatsache ließ Ida nur noch ehrfurchtsvoll schweigen.

Ob es dieselbe Überraschung oder die Worte an sich waren, die ins Herz ge-troffen hatten, Martha hob zum ersten Mal annäherungsweise kraftvoll den Kopf. Die Tante hatte dieses Zeichen abgewartet, nun sprach sie weiter.

„Du trägst jetzt alleine die Verantwortung für dieses Kind unter deinem Her-zen. Und für die Ehre deiner Familie, lass mich das hinzufügen."

Abermals legte sie eine Pause ein, in der sie die Wirkung ihrer Botschaft über-prüfte. Martha signalisierte Zustimmung, indem sie still und kaum sichtbar nickte.

„Es gibt immer einen Weg", beendete Tante Geneviève ihre Rede mit einem hoffnungsvollen Schlusspunkt. „Wir werden sehen, was wir tun können."

Idas Mund formte sich unweigerlich zu einem breiten, vielversprechenden Lä-cheln. Sie wollte beinahe laut auflachen, so sehr übermannte sie die Erleichte-rung. Martha hingegen nickte kaum spürbar vor sich hin. Sie konnte dieser Be-wegung ihres Kopfes nicht mehr Einhalt gebieten.

Als wollte die Tante sie auf die Folter spannen, wechselte sie zu einem belang-losen Thema, sprach über den sich jährenden Tod des Komponisten Max Reger. Sie hatte die Schlagzeile im Vorbeilaufen am Bahnhofskiosk aufgeschnappt. Sie wusste einiges dazu zu erzählen und was sie noch nicht wusste, erfragte sie von ihrer Begleitung. Schließlich war der Komponist ein Kulturtragender der Ober-pfalz und damit erwartete sie selbstredend von ihren Nichten Auskunft dazu.

Martha und Ida kannten dieses Verhalten. Ihre Mutter pflegte es ebenso zu handhaben, wenn sie über etwas nachdenken musste. Man redete über Ober-flächliches, plauderte vor sich hin. Deshalb waren sie geduldig, antworteten brav und warteten, dass die Tante von selbst wieder auf das Wesentliche zu sprechen kommen würde.

„Und was ist das für eine Sache mit den Saatkrähen, die angeblich so nahrhaft sein sollen?", sprang sie zum nächsten bedeutungslosen Argument. „Die Regie-rung muss ja recht verzweifelt sein, wenn sie der Bevölkerung weismachen will, dass diese Vögel eine schmackhafte Alternative zu Huhn sind! Das wird sich wohl kaum durchsetzen."

Martha und Ida stimmten ihr zu, obwohl sie von dieser Empfehlung noch nie etwas gehört hatten, und auch noch keine Krähe aufgetischt bekommen hatten. Die Tante schüttelte den Kopf und guckte nachdenklich aus dem Fenster, als müsse sie ausgerechnet über Federvieh nachdenken. Inzwischen hatte der Zug den letzten Bahnhof vor Nürnberg passiert. Die Tante warf einen Blick auf ihr zierliches Armband mit einer eingearbeiteten kleinen Uhr, eine Mode, die noch immer hauptsächlich Frauen trugen und Männer als weibisches Geplänkel abtaten. Diese hielten sich lieber an die Taschenuhr als Symbol des maskulinen Status.

„Ich denke, wir machen einen kleinen Spaziergang zum Deutscher Kaiser. Dort speisen wir dann zu Mittag. Bestimmt bekommt man da noch etwas halbwegs Anständiges?"

Damit war die Angelegenheit für den Moment definitiv ad acta gelegt. Das Gespräch würde aber vermutlich nach dem Mittagessen von der Tante wieder aufgegriffen werden und die Mädchen mussten sich bis dahin gedulden.

Der Zug hielt ächzend und quietschend, und die drei stiegen aus. Ida hakte sich sofort bei ihrer Schwester unter, kaum, dass sie den Fuß auf die Plattform gesetzt hatten.

„Ich bin so froh, dass du wieder gut mit mir bist!", zog Ida Martha im Überschwang mit sich, hinter der Tante her, die bereits zügigen Schrittes in Richtung des Ausganges strebte. Martha tätschelte ihr die Hand, die auf ihrem Arm lag, wie eine alterfahrene, um viele Jahre ältere Großmutter es mit ihrem Enkel macht. Normalerweise hasste Ida es, wenn die Jüngere sich so gab und sie hätte irgend etwas in der Art wie „gibt dich bloß nicht so erwachsen!" gesagt. Aber jetzt war sie nur froh, diese trennende Distanz zwischen ihnen beseitigt zu fühlen.

Während sie der Tante in wenigen Schritten Abstand folgten, wiederholte Ida mit vielen vor sich hin gemurmelten Worten immer wieder dasselbe. Nun würde sich alles zum Guten wenden! Damit beruhigte sie sich selbst mehr als ihre Schwester und sie merkte gar nicht, dass Martha weder etwas entgegnete noch hinzufügte. Auf diese Weise liefen sie bis zu dem von der Tante erwählten Hotel in der Kaiserstraße.

Kurz vor dem Hotelrestaurant angekommen, hielt Martha unerwartet einen Augenblick inne. Sie schaute angestrengt in eine Nebenstraße. Ida unterbrach ihren Redefluss, folgte der Aufmerksamkeit ihrer Schwester und blieb ebenfalls stehen. Sie entdeckte eine junge Frau, die einen kleinen Koffer schleppte. Sie war soeben aus dem Nebeneingang des Deutscher Kaisers getreten. Sie war in ähnlichen Umständen wie ihre Schwester, nur dass diese bei der Frau schon nicht mehr zu übersehen waren. Die Person konnte nicht einmal mehr dieses kleine Gepäck richtig tragen. Sie hatte genug zu tun mit dem dicken Bauch, den sie unter einem weiten Gewand vergeblich zu verbergen suchte. Mühsamen Schrittes bewegte sie sich quer über die Hauptstraße in Richtung einer Haltestelle der

Straßenbahn. Dort kaum angekommen, ließ sie das Gepäckstück auf den Boden plumpsen und fasste sich an den Bauch.

„Ist das nicht eine Schwester dieser Maria aus dem Lazarett?", überlegte Ida laut. Sicher war sie sich nicht, denn so gut kannte sie die einfachen Mädchen ihrer Heimatstadt nun auch wieder nicht. Die ausgewählten Freundinnen der Heym Töchter waren natürlich allesamt aus besseren Kreisen. „Was hat die denn im Deutscher Kaiser zu suchen?"

Darüber schien sich Martha weniger zu wundern. Mehr als alles andere beschäftigte sie die Entdeckung einer anderen jungen Frau, die ebenfalls „guter Hoffnung" war.

„Das ist sie", bestätigte Martha mit Überzeugung, denn sie hatte Marias Schwester früher schon ab und zu in dem kleinen Bauernhof gegenüber dem Lazarett gesehen. „Ich wusste nicht, dass eines der Mädchen in Nürnberg verheiratet ist ..."

Ida zuckte die Achseln. „Man kann schließlich nicht jede Familienverbindung dieser Leute kennen", bemerkte sie schlicht. Ihr Interesse daran konnte geringer nicht sein. „Da hätte man allerhand zu tun bei zwanzigtausend Menschen in unserer Stadt!"

Martha ließ es damit gut sein. Die Tante war bereits durch die gläserne Hoteltür verschwunden, hinter der sie mit einem Ober redete, der ihnen einen Tisch in einer ruhigen Ecke zuzuweisen schien. Martha wollte gerade ins Innere des Hotels folgen, als sich die junge Frau auf der anderen Straßenseite sichtbar krümmte. Sie krallte sich dabei mit einer Hand an dem Straßenbahnhalteschild fest, damit sie nicht zu Boden sank.

„Um Himmels Willen!", rief Martha. Mit einem Mal war sie hellwach und schien nichts mehr von ihrer freiwilligen inneren Isolation erübrigen zu können. „Die Frau ist in der Niederkunft! Sie kann doch unmöglich mutterseelenalleine die Straßenbahn zum Krankenhaus nehmen!"

Im Hinwegeilen hinüber zu der Haltestelle ließ sie Ida einfach stehen und befahl gleichzeitig dem Portier des Hotels: „Rufen Sie eine Droschke! Schnell!"

Auf halber Strecke, mitten auf der Straße, wendete sich Martha kurz um, um zu sehen, wo ihre Schwester blieb. Ein heranbrausendes Automobil musste abrupt bremsen. Der Fahrer hupte und schimpfte und brachte damit ein Pferdegespann auf der anderen Seite zum Scheuen, worauf der Kutscher dieses Fahrzeuges wiederum auf das Automobil zu schimpfen begann. Da verstand auch Ida, dass sie besser dem Beispiel ihrer Schwester folgen sollte. Am Ende würde diese vor eines der motorisierten Gefährte laufen oder sich zumindest in ihrem Zustand nun auch noch überanstrengen. Das fehlte gerade noch! Ida eilte ihrer Schwester hinterher, so dass sie beide gleichzeitig bei der Schwangeren ankamen. Gemeinsam ergriffen sie die junge Frau links und rechts unter dem Arm. Diese hing eine Weile wie ein nasser Sack zwischen ihnen, atmete heftig und stöhnte irgendetwas von *„geht scho!*[48]", obwohl es offensichtlich war, dass gar nichts ging.

Unvermittelt richtete sie sich aber wieder auf. Die Frau strich sich ihr Kleid glatt, suchte mit Kopfwenden nach ihrem Koffer und behauptete abermals, vermischt mit wiederholtem Danken, dass es schon gehe.

„Kommen Sie!", beruhigte Martha sie sanft und versuchte sie zurück über die Straße zu führen, hinüber zu dem Hoteleingang. Aber die junge Frau schüttelte vehement den Kopf, wiederholte immer wieder, dass sie in Ordnung sei.

„Die Droschke wird Sie ins Krankenhaus bringen", beharrte Martha im Versuch sie zu überzeugen. Nur mit Widerwillen ließ sich die Frau hinüber zu dem Hoteleingang führen. Ida ergriff mit der anderen Hand das Köfferlein der Schwangeren. Vor dem Hotel war bereits eine Droschke vorgefahren und der Portier hielt die Tür weit auf.

„Ja Fräulein Anna!", rief der alte Portier ihnen entgegen, als er die junge Frau als seine Kollegin erkannte. Auch ihm war es nun nicht entgangen, dass Anna ganz offensichtlich kurz vor der Niederkunft stand. „Warum hast du denn nichts gesagt? Ich hätt' dich doch ins Krankenhaus gebracht!"

„Es geht schon wieder", spielte Anna den Vorfall herunter. Nach den ersten Wehen, die inzwischen wieder abgeklungen waren, hatte sie sich erstaunlich gut im Griff. „Es ist nichts, Franz! Es war nur eine kleine Ankündigung. Ich kann die Straßenbahn nehmen, es geht mir wieder gut. Keine Sorge!"

„Kommt nicht in Frage!", entschied Martha und schob sie vor die Trittstufen der Droschke. Sie hatte im Operationssaal gelernt, wie man in kritischen Situationen Anweisungen erteilen musste, welchen Ton es bedurfte, dass Menschen auf Befehle auch reagierten. An den Kutscher gewandt, orderte sie genau in diesem Habitus und der Haltung der Bürgertochter, die es gewohnt war, Dienstboten Anweisungen zu erteilen: „Er fährt die Frau ins Krankenhaus und begleitet sie hinein! Er lässt sie erst alleine, wenn ein Arzt sich ihrer angenommen hat, hört er? Wir sind hier im Hotel. Wir regeln die Kosten später." Damit schob sie Anna energisch auf die Sitzbank.

Der Kutscher warf dem Portier einen fragenden Blick zu. Anna wollte sich bedanken, versuchte Marthas Hand zu ergreifen, aber dazu kam es nicht mehr. Kaum hatte der Portier dem Kutscher zugenickt und ihm per Handzeichen zu verstehen gegeben, dass es in Ordnung ging, schnalzte der mit der Zunge und die Pferde setzten sich ruckartig in Galopp. Anna fiel nach hinten in die Polster der Kutsche. Die beiden Heym-Schwestern und der alte Mann in Livree schauten dem davonjagenden Gefährt hinterher.

„Das ist die Anna Häring, unsere Köchin", erklärte der Portier überflüssigerweise. „Eine gute Köchin war sie. Jetzt ist's ein armes Luder!" fügte er noch schnell hinzu, bevor er wieder einen Schritt zurück machte und die Tür öffnete,

---

[48] Dialekt: Es geht schon

weil Tante Geneviève von drinnen herauskam. Er machte eine tiefe Verbeugung: „Die Dame ...".

Die Tante würdigte ihn keines Blickes. Stattdessen wandte sie sich tadelnd an ihre Nichten: „Wieso kommt ihr nicht herein? Was gibt es denn so Wichtiges hier draußen?"

Ida war sofort zur Stelle mit einem beflissenen „Wir kommen schon, Tante!", doch Martha stand noch immer unbeweglich da und schaute in die Richtung, in der die Droschke mit der entbindenden Anna verschwunden war. Sie drehte sich nicht einmal um.

„Martha!", ermahnte sie Ida, die bereits in der Tür bei der Tante stand.

Als die Gerufene sich endlich umwendete und auf Tante und Schwester zuging, hatte ihr Gesicht eine Farbe angenommen, die Ida seit Wochen nicht an ihr gesehen hatte. Ihre Wangen waren gerötet, ihre Augen lebhaft und hellwach und ihr Gang wirkte direkt und aufrecht. Es war schwer zu sagen, ob dies ein Anzeichen von Leben oder vielmehr Schreck war. In jedem Fall war es nicht zu übersehen. Eine Verwandlung hatte von Martha Besitz ergriffen, deren Ursache sich weder Ida noch der Tante sofort erschloss.

Beide konnten Martha nur mit Verblüffung hinterherschauen, als diese, erhobenen Hauptes, mit einer höchste Entschlossenheit signalisierenden Kinn- und Mundpartie, an ihnen vorbei in das Hotel trat.

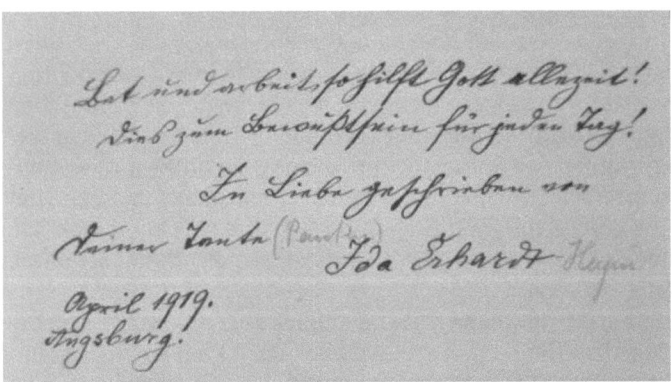

Eintrag in Idas Poesiealbum von Ida Erhardt 1919; später ergänzte Ida Heym selbst mit Bleistift den Zusatz hinter dem Namen mit „-Heym" und den Hinweis „Patin" (die Autorin erkennt die Schrift). Vermutlich war diese Frau die Schwester von Idas Vater.

Kinder der Marienerscheinung in Fatima, Portugal, das Ereignis erregte in katholischen Familien wie den Härings im Mai 1917 Aufsehen; man interpretierte die Erscheinung als Ermahnung an die Welt zum Frieden.

Marthas Optionen
Ida und Martha im Deutscher Kaiser, 10. Mai 1917

Königsstraße Nürnberg mit Straßenbahn vor dem Hotel Deutscher Kaiser, 1916;

„Ich möchte Medizin studieren! Was kann ich tun, Tante?"

Martha verkündete die Entscheidung mit Bestimmtheit, die hinterhergeschickte Frage von Erwartung getragen. Der rasante Wechsel von stumpfer Lethargie zu geradezu heroischer Stärke entging selbst Ida nicht. Etwas daran war beängstigend.

Der Speiseraum des Hotels zeigte sich dürftig besucht. Außer ihnen saßen nur vier Männer in dunklen Anzügen bei Tisch, die in eine heftige Diskussion vertieft waren und den Damen am anderen Ende des Saals keinerlei Aufmerksamkeit schenkten. Tante Geneviève studierte schweigend die Speisekarte. Für die Dauer ihrer Betrachtung war die Liste eigentlich zu kurz. Schließlich legte sie die Karte beiseite, signalisierte dem Kellner mit einem kaum sichtbaren Wink ihrer Hand ihre Bereitschaft. Der hatte auf dieses Zeichen nur gewartet und eilte sofort beflissen herbei. Sie bestellte für alle gebackenen Karpfen, obwohl im Mai die Zeit für diese Fische längst vorüber war. Jung und zart würde dieser vermutlich nicht mehr sein. Aber man musste mit dem vorliebnehmen, was da war. Dazu reichte man Krautsalat und Salzkartoffeln. Als Nachtisch orderte sie Rote Grütze aus Waldbeeren. So einfach das Gericht war, die Frauen wussten wohl, dass manch ein Hungernder draußen auf der Straße sich alle Finger nach solcher Speise abgeschleckt hätte. Erst vor wenigen Tagen waren gerade in Nürnberg wieder Scharen von Frauen auf die Straße gegangen und hatten das Ende des Krieges und des Hungers gefordert. An diesem Tag war es Gott sei Dank ruhig in der Stadt, ansonsten wäre ein so üppiges Mahl bestimmt nicht unbeobachtet geblieben.

„Es ist noch gar nicht lange her", fing die Tante scheinbar zusammenhangslos an zu erzählen, ohne auf Marthas Aussage näher einzugehen, „da haben wir einer jungen Person recht gut aus einer Bredouille geholfen."

Sie ließ offen, wer mit diesem *wir* genau gemeint war. Ida vermutete, dass es sich um ihre Bridgefreundinnen handelte.

„Es gelang uns, ihr einen Platz in einem Kloster zu vermitteln, wo man mit diesen Dingen sehr diskret umgeht und große Sorge dafür trägt, dass für so ein kleines Wesen eine gute Familie gefunden wird. Eine passable Lösung für eine gläubige Frau, die ihre Zukunft in einer zurückgezogenen Klostergemeinschaft sieht."

Zum ersten Mal schaute sie Martha an, die sehr aufmerksam zuhörte und kein Anzeichen erkennen ließ, was sie von dieser Geschichte halten mochte.

„Allerdings ist das für dich als Protestantin keine Option", fuhr die Tante sogleich fort. „Dieser Kontakt läuft über eine gute Bekannte von mir, die leider nur in katholischen Kreisen einen gewissen Einfluss geltend machen kann."

Sie forschte in Marthas Reaktion. Aber Martha nickte nur ein „verstehe", so indifferent, dass auch Ida nicht zu sagen vermochte, was sie wirklich dachte. Ida selbst hörte mit wachsender Betroffenheit zu. Sie war so erleichtert über die Anwesenheit der Tante gewesen, die nun alles zum Guten wenden würde, dass sie nicht einen Augenblick darüber nachgedacht hatte, wie genau das ablaufen sollte. Ihr kindliches Vertrauen in diese vermeintliche Rettung musste nun schlagartig der Realität dieser Worte weichen.

„Außerdem habe ich noch nie davon gehört, dass das Kloster in einem solchen Fall ein Medizinstudium ermöglicht hätte", ließ die Tante in diese Überlegungen einfließen. Sie schüttelte, wie um diese Aussage zu unterstreichen, den Kopf und schloss dabei kurz die Augen.

„Nein, das ist für dich keine Option", befand sie dann mehr zu sich selbst als zu ihren Nichten gesprochen. „Eine Eheschließung mit einem anständigen Mann, der deinem Kind ein guter Vater sein wird, wäre sicherlich das Beste. Aber ob sich auf die Schnelle eine passende Partie für dich finden lässt? Angesichts der Eile, die geboten ist, kann ich wirklich nichts versprechen. Und ob dein Mann damit einverstanden sein wird, dass du ein Studium der Medizin absolvieren willst, das steht auf einem anderen Blatt. Damit solltest du nicht allzu unflexibel sein."

„Je comprends[49]", murmelte Martha, hielt jedoch der Musterung ihrer Tante weiterhin stand.

Ida konnte dieses Gerede von einem Medizinstudium nicht ernst nehmen. In ihren Augen flüchtete sich ihre Schwester in eine Idee, mit der sie sich vor dem eigentlichen Problem nur ablenken wollte. Bereits ohne diese sogenannten anderen Umstände war dieser Wunsch in der Vergangenheit schwierig zu verfolgen gewesen. Es hatte allen Einfluss ihres Vaters bedurft, Hoffnung auf einen Studienplatz in der Schweiz, wo Frauen im Gegensatz zu Deutschland immerhin studieren durften, in dieser männerbeherrschten Domäne zuzulassen. Eine Zusage war bisher dennoch von keiner Universität gekommen, auch ohne erschwerende Hindernisse nicht. Martha konnte dieses Ansinnen unmöglich zum Kernpunkt eines Auswegs aus ihrer Lage machen! Aber heiraten? Ida konnte sich nicht vorstellen, dass Marthas Herz in der Lage war, sich bereits für einen anderen Mann zu öffnen. Noch nicht. Vielleicht sogar niemals? Nicht einmal Ida selbst konnte sich das denken.

---

49 Franz: Ich verstehe

Die Tante behielt beide Nichten streng im Auge, als lese sie hinter deren Stirn die Gedanken. Sie platzierte jeden Satz bedacht wie die Figur in einem Schachspiel.

„Ein dritter Weg wäre dieser", eröffnete sie ihren nächsten Zug. Es entging ihr nicht, dass beide Mädchen sofort erwartungsvoll den Kopf hoben. „Du kommst zu mir in die Schweiz und bringst das Kind dort zur Welt. Freilich müssten wir einen abgeschiedenen Platz für dich finden, aber das lässt sich machen. Eine Adoption ist ebenfalls irgendwie zu organisieren. Aber, und das muss dir klar sein, Martha, in diesen Plan müssen wir eure Eltern einweihen. Daran führt kein Weg vorbei."

So hoffnungsvoll Ida den ersten Teil dieser Rede aufgenommen hatte, so sehr schlug sie der letzte Satz nieder. Ihre Eltern einweihen! Natürlich würde sogar die Stiefmutter einer solchen Maßnahme zustimmen, keine Frage. Um einen Skandal zu vermeiden würde sie, wenn nötig, Martha sogar höchstpersönlich auf den Gipfel des Matterhorns bringen, und zwar über die Nordwand. Aber diesen Weg zu wählen würde für ihr und Marthas Leben stahlharte Konsequenzen bedeuten. Das wollte sich Ida gar nicht erdenken. Keine der Optionen schien ihr erstrebenswert. An Marthas Stelle wüsste sie nicht, was tun. Ihre Enttäuschung über diese sich offenbarende Realität war so groß, dass nun sie die Tränen in den Augen hatte.

Martha schlug sich noch immer erstaunlich wacker, angesichts der wenig verlockenden Angebote, die ihr hier unterbreitet wurden.

„Gläubige Christin, die du bist", sprach die Tante nun sehr leise und schielte kurz hinüber zu dem Tisch der Herren, bevor sie weitersprach, „möchte ich dir von der medizinischen Lösung abraten. Sicher weißt du als interessierte Arztanwärterin was das bedeutet. Abgesehen von den Risiken, einen solchen Weg darf man nicht einschlagen."

Ida runzelte die Stirn. Wovon sprach die Tante da? Sie sah zu ihrer Schwester. Martha schien, im Gegensatz zu ihr, diese voll und ganz zu verstehen, denn sie fragte nicht nach. Sie wirkte hellwach und aufmerksam. Da konnte Ida nicht umhin, ihrer Verwirrung Ausdruck zu verleihen. Verblüffung sprach aus jedem ihrer Worte.

„Man kann das durch eine Medizin lösen?"

„Es ist eher ein Eingriff, Idalein", antwortete die Tante beinahe zärtlich, wie um die grässliche Wahrheit abzufedern. „Aber dabei stirbt das Kindlein und manchmal auch die Mutter."

Durchdringend fügte sie nach einem tiefen Atemzug hinzu: „Außerdem ist es verboten!"

Es erklang wie ein Schlusspunkt. Offensichtlich wollte sie diese Details nicht weiter ausbreiten. Deshalb und, weil Ida von erneuter Bestürzung übermannt war, begnügte sie sich mit der dürftigen Auskunft. In ihrem Kopf verwirbelten sich diese Neuigkeiten mit den Dingen, die das Dienstmädchen Heidi behauptet hatte. Demnach konnte eine Frau also durch einen Kuss von einem Mann in sogenannte andere Umstände geraten. Und nun erfuhr sie, dass man diese Umstände durch ärztliche Kunst wieder rückgängig machen konnte, dass dies aber verboten war. Das musste sie erst einmal verarbeiten. Dabei trieb sie die Frage um, warum es überhaupt nötig war, diese Sache zu verbieten? Wie immer das auch aussehen mochte, so etwas wollte sich doch keine Frau ernsthaft antun? Es musste aber offensichtlich einige geben, die trotz der schrecklichen Gefahren diesen Weg nehmen wollten? Sie wusste nicht, was sie mehr anwiderte: Diese logische Schlussfolgerung über eine Welt, über die man sie bisher wissentlich völlig im Unklaren gelassen, die sie deshalb total ignoriert hatte, oder dass Martha darüber völlig im Bilde gewesen zu sein schien. Ida kam sich dumm und kindisch vor, weil sie nichts wusste und nichts verstand. Dabei war sie doch ein ganzes Jahr älter als ihre Schwester! Warum hatte Martha ihr von diesen Dingen nie etwas erzählt? Sie hatten doch sonst auch keine Geheimnisse voreinander!

Was selbst der Krieg bisher nicht zu bewirken vermocht hatte, dieses Gespräch vollbrachte es: Die Wirklichkeit, die sich durch diese Schilderungen plötzlich vor ihr auftat, schlug mit einem Mal die Tür ihrer Kinderstube hinter ihr zu. Und sie stand nun vor dieser verschlossenen Tür, auf dem dunklen Flur dieser Erwachsenenwelt. Es wäre ihr lieber gewesen, diese Dinge nicht gehört zu haben. Sie sehnte sich zurück in das sichere Dasein ihrer frühen Kindheit, beschützt von einer liebenden Mutter, den Bruder und die Schwester bedingungslos an ihrer Seite, und einem starken, von allen geachteten Vater, der schützend die Hand über die Familie hält.

„Es gibt also keinen Weg, der mir ein Studium der Medizin ermöglicht", fasste Martha nüchtern zusammen. Aber sie wirkte nicht resigniert oder fiel gar zurück in diese abgestumpfte Taubheit, die sie noch kurz zuvor beherrscht hatte. Der Gedanke Ärztin zu werden, schien sie zu halten wie ein Stützkorsett.

Ida war noch immer zu sehr mit sich selbst beschäftigt, sonst hätte sie die Antwort der Tante gefürchtet, die dieses Korsett mit nur einer Aussage aufschnüren konnte. Und die Tante seufzte genau diese Worte: „Ich fürchte, ja."

Dessen ungeachtet hielt Martha den Kopf noch immer hoch.

„Liebe Tante!", hob sie im Ton einer Entschlossenheit zu einem Diskurs an, der für die beiden anderen Frauen am Tisch doch unerwartet kam, obwohl die Anzeichen dafür seit Marthas Metamorphose deutlich sichtbar gewesen waren. „Ihr habt ganz richtig gesagt, dass ich es Heinrich und seinem Kind schuldig bin, dass ich die Verantwortung übernehme. Und das will ich tun!"

Sie beugte sich über den Tisch und ergriff beide Hände der Tante auf der Tischplatte.

„Mit ganzem Herzen will ich das tun, liebe Tante! Ihr habt ja so recht damit! Ich habe das in meinem Selbstmitleid völlig aus den Augen verloren. Ich war nur mit meinem Kummer und mit mir selbst beschäftigt. Meine große Liebe für Heinrich werde ich seinem Kind zuteilwerden lassen, ganz gleich, wie groß das Opfer sein muss. Und ich will sein Werk weiterführen, in seinem Andenken das zu Ende führen, was er nicht einmal anfangen konnte. Ich liebe Heinrich von ganzem Herzen und ich werde ihn immer lieben!"

Die Tante schaute auf ihre Nichte, die ihre Hände noch immer fest umklammert hielt und sie nicht loslassen wollte. Ihr Gesichtsausdruck verriet, was sie dachte. Ihre Nichte heftete sich an eine Hoffnung, die zu einem großen Teil reine Utopie war.

„Das wird vergehen, liebe Martha", antwortete sie sanft, jedoch mit Bestimmtheit. „Ich weiß, dass du das jetzt nicht annehmen kannst, aber glaube mir, mein Kind, auch das wird vergehen. Die Zeit heilt alle Wunden."

„Aber ich trage sein Kind unter meinem Herzen. Das wird die Zeit nicht heilen!"

Martha ließ die Hände der Tante los. Jedoch nicht, weil sie sich von ihr zurückziehen wollte, sondern weil der Ober die Speisen brachte. Schweigend sahen die drei Frauen zu, wie die Teller vor ihnen platziert wurden. Sie ergriffen das Essbesteck und die Leinenservietten, die sie schützend über ihre Kleidung legten. Die Portionen waren klein, es schien, dass ein ziemlich großer Karpfen in drei Stücke zerteilt worden war. Aber immerhin waren diese in Butterschmalz herausgebacken.

Marthas letzter Ausruf schien das Gespräch ausgebremst zu haben. Sie begannen schweigsam zu speisen, wechselten ein paar Worte über den Geschmack, kommentierten den Service und sprachen darüber, welchen Zug sie später nehmen wollten. Erst als alle aufgegessen hatten und der Kellner die Dessertschalen gebracht hatte, griff Martha den Faden wieder auf.

„Ich liebe Heinrich!", wiederholte sie mit ebenso starken Emotionen wie zuvor. „Und ich liebe sein Kind! Ich kann mir nicht vorstellen, einen anderen Mann jemals so lieben zu können. Niemals!"

Nach einer kleinen Pause, in der sie sich sammelte, fuhr sie mit weniger Pathos, gleichzeitig mehr Vernunft fort.

„Selbst, wenn ich in der Lage sein sollte, einem anderen Mann jemals mein Herz zu öffnen, liebe Tante, so wissen wir doch, dass dieser niemals wahre Gefühle für das Kind eines anderen Mannes entwickeln wird. Dazu sind Stiefeltern einfach nicht in der Lage. Sie werden immer das eigene Kind bevorzugen. Und wenn sie keine eigenen haben, es das Kind spüren lassen, dass die Mutter einen anderen Vater gewählt hatte. Das darf ich Heinrichs Kind nicht antun!"

Dieser Ausspruch weckte zumindest wieder die Aufmerksamkeit Idas, die bis zu dieser Stelle noch immer dem Mysterium über Küsse und damit verbundene Umstände nachgehangen war. Über die mangelnde Liebe einer Stiefmutter konnten sie weiß Gott einiges an Erfahrung einbringen, und die sprach nicht dafür. Da musste sie Martha recht geben.

„Das kannst du nicht sagen", korrigierte sie hingegen die Tante entschieden. „Ich kenne reizende Adoptiveltern, die ihren Zöglingen mehr Liebe geben als manch leibliche Väter und Mütter!"

„*Oui, bien sur*[50]!", stimmte Martha sofort zu. „Ein kinderloses Paar, das sich sehnlichst Nachwuchs wünscht, ist gewiss etwas anderes. Das habe ich nicht gemeint."

Die Tante schwieg, sichtbar froh darüber, dass Martha zumindest eine solche Idee nicht völlig abzulehnen schien.

Martha stocherte ein wenig uninteressiert in ihrer Roten Grütze.

„Möchtest du?"

Sie schob Ida die halb volle Schale hin, die sie ihr mit Genuss abnahm. Ida liebte Fruchtnachspeisen über alles.

„*Je vous en prie, ma chère tante!*"[51], wendete sich Martha wieder sehr höflich an ihre Tante, die schweigend kleine Löffelchen der roten Köstlichkeit zum Mund führte. „Ich würde sehr gerne mit der Oberin eines solchen Klosters einmal sprechen. Ein Gespräch wird doch sicherlich möglich sein."

Die Tante löffelte weiter ihr Dessert. Sie sprach immer erst, wenn ihr Mund leer war, deshalb etwas abgehackt.

„Aber, mein Kind, ... das ergibt doch überhaupt keinen Sinn! ... Du bist evangelisch, ... und für dich kommt das, was ich da zu Beginn erzählt habe, doch gar nicht in Frage. ... Wenn ein Kloster so etwas tut, dann ist das ein Ausnahmefall, und ... sie tun es auch nicht gerne, glaube mir! ... Gar nicht! ... Sie akzeptieren diese Umstände nur dann, wenn es sich um eine junge Katholikin in Not handelt, die sich für eine Zukunft als Ordensschwester entscheidet. Nur in solchen Fällen helfen sie. Selbst dann ist das mit größten Schwierigkeiten verbunden."

„Das verstehe ich", antwortete Martha gefasst. „Ich möchte Sie dennoch bitten, mir in aller Diskretion einen Termin zu vermitteln. Ich stelle diese Bitte gewiss nicht leichtfertig, Tante! Sie müssen wissen, ich spiele seit einiger Zeit mit dem Gedanken zu konvertieren."

Ida glitt vor Schreck ihr Löffel aus der Hand, der geräuschvoll auf dem Tellerchen vor ihr landete. Die Herren am anderen Tisch schauten zum ersten Mal auf und zu ihnen herüber. Ida errötete bis unter die Haarwurzeln.

Die Tante lehnte sich in ihrem Stuhl zurück und starrte ihre Nichte an. Sie legte ihren Löffel bedacht ab, ohne jedoch ihre Aufmerksamkeit abzuwenden.

„*Pardon?*[52]"

Blick traf auf Blick.

Martha wiederholte wortwörtlich ihre letzte Aussage.

„Ich habe verstanden, was du gesagt hast!" Nun war die Tante etwas ungehalten. Sie gab sich auch keine Mühe ihren Ärger zu verbergen. „Ich kann es aber nicht fassen, dass du aus reinem Opportunismus einen Gedanken dieser Art aufrichtig in Erwägung ziehst. Nur weil ein katholisches Kloster vielleicht, und unter größten Nöten, möglicherweise hilft, wechselt man nicht einfach den Glauben! Das kannst du unmöglich ernst meinen!"

---

[50] Franz: gewiss! Sicher!
[51] Franz: Ich bitte Sie, meine liebe Tante!
[52] Franz: Wie bitte?

Martha wich dieser Missbilligung nicht aus, sie schien darauf gefasst gewesen zu sein.

„So verhält sich das nicht, Tante!" verteidigte sie sich. „Heinrich und ich haben darüber schon seit langem gesprochen. Er hat großen Wert auf seine Konfession gelegt und mir vieles über seinen Glauben erklärt. Und ich muss zugeben, dass er mich in manchen Punkten überzeugt hat. Wir wollten uns katholisch trauen lassen. Luthers Thesen richteten sich gegen den Vatikan der damaligen Zeit und es war bestimmt nötig, diese Zustände in Rom anzuklagen. Das steht außer Frage. Aber die Dinge haben sich seitdem geändert. Das ist doch längst Geschichte! ... Und mit der Mutter Gottes, die ein durchaus weibliches Schicksal zu tragen hatte, fühle ich mich gerade jetzt sehr verbunden. Warum nicht auch die Frau, die Jesus geboren hat, in unsere Gebete miteinschließen? Unser Protestantismus ist doch sehr männerdominiert, nicht wahr?"

„Und du glaubst, die katholische Kirche ist da anders?!", entgegnete die Tante mit einer Heftigkeit, die keinen Zweifel daran ließ, was sie über diese Frage dachte.

„In einem Kloster, das allein von Frauen geleitet wird, vielleicht weniger?"

Ida hatte ihre schöne Nachspeise völlig vergessen, wie auch die Tante, die das Schälchen nun sogar zur Seite schob.

„Ihr wolltet katholisch heiraten?", fragte Ida, gesteuert von Perplexität, und als wäre das der Kernpunkt des Gespräches. Sie stellte sich vor, welches Drama dies zu Hause heraufbeschworen hätte, wo man die Angelegenheit nach der ersten vorsichtigen Anfrage Marthas schon durch Schweigen zum Tode verurteilt hatte. Doch die Standhaftigkeit, mit der Martha von diesen Dingen nun sprach, machten Ida klar, dass sie es sehr ernst damit meinte. Martha hatte diesen Gegenstand schon lange durchdacht.

Mit diesem Gedanken fühlte sich Ida nun noch verlassener als ohnehin. Ihr dämmerte, dass sich ihre Schwester nicht erst seit dem Tag von ihr zurückgezogen hatte, an dem die Nachricht von Heinrichs Tod gekommen war. Schon viel länger hatte sie sie nur noch in bestimmte Dinge eingeweiht, in romantische Träumereien, in gedankliche Spaziergänge über Heinrichs schönen Charakter, über Unwichtiges. Das Wesentliche hatte sie vor ihr versteckt gehalten.

„Allerdings gebe ich zu, dass ich noch viel nachdenken muss", gestand Martha. „Das ist keine einfache Entscheidung. Bestimmt nicht. Und ich nehme es auch gar nicht auf die leichte Schulter! Ferner ist mir durchaus bewusst, was ich damit unserem Vater zumuten werde. Aber, ich verwerfe diesen Gedanken nicht einfach deswegen, weil mein Verlobter gefallen ist. Sie sehen, Tante, es ist ganz und gar nicht opportunistisch von mir, recht im Gegenteil!"

Nun wischte sie sich doch schnell eine Träne aus dem Auge und trank aus ihrem Glas, um die mühsam gewonnene Fassung zu wahren.

„Ist mit dem Dessert etwas nicht in Ordnung?"

Alle drei Frauen fuhren erschrocken hoch. Der Kellner war von hinten an den Tisch getreten. Keine der drei hatte ihn kommen sehen. Der Ober entschuldigte sich dafür, die Tante versicherte, dass sie ihr Dessert nur etwas später zu sich nehmen wollte, und Ida zog beide Schälchen näher zu sich, weil sie fürchtete, der gute Mann würde sie am Ende davontragen, und versicherte ihn eiligst und mit großer Überzeugung: „Es ist köstlich, ganz köstlich!"

Der Bedienstete entfernte sich hinüber zu dem anderen Tisch und sie hörten ihn fragen, ob die Herren Stadträte und Herr Eisner[53] noch etwas wünschten. Ida fragte sich kurz, wer dieser Eisner war, denn die anderen Herren schienen ihn seltsam distanziert, aber nicht ohne Achtung zu behandeln. Sie schaute verstohlen hinüber, weil sie dachte, vielleicht einen berühmten Schauspieler oder Opernsänger dort zu entdecken. Doch da weder die Tante noch ihre Schwester diesem Tisch überhaupt Aufmerksamkeit schenkten, und ihr eigenes Interesse an Politik zu diesem Zeitpunkt noch nicht erwacht war, hielt auch ihr Interesse nicht lange an. Sobald Martha wieder sprach, drehte auch Ida den Kopf wieder dem eigenen Gespräch zu.

„Ich bin noch zu keinem endgültigen Entschluss gekommen. Manchmal denke ich, dass es genau das ist, was ich tun will. Dann wieder finde ich es, ja ich weiß nicht wie, irgendwie ... außerhalb allem. Heinrich fehlt mir so! Auch in dieser Frage. Sein Rat, sein Wissen, sein Glauben! Einfach alles ...".

Sie sank ein wenig in sich zusammen, als wären schon die Worte alleine zu schwer zu tragen für sie und würden ihr die nötige Kraft für eine aufrechte Haltung schon wieder rauben. Aber sie nahm sich sichtlich zusammen, richtete sich abermals auf und hob das Kinn.

„Ein Aufenthalt der Prüfung, in einem katholischen Frauenkloster, in aller Abgeschiedenheit, vor allen Dingen von dem Einfluss unserer Eltern, ist genau das, was ich bräuchte. Verstehen Sie, Tante?"

Diese schaute ihr andauernd und schweigend in die Augen. Sie sagte lange nichts.

„Also Adoption?"

„Vielleicht, ja, ich weiß nicht."

„Und wenn es nicht gelingt? Wenn dir in dieser kurzen Zeit keine deutliche Erkenntnis reift?"

„Dann gebe ich mich mit jedweder anderen Lösung zufrieden und werde mich in mein Schicksal fügen."

---

[53] Als einer der führenden Köpfe der bayerischen Sozialdemokratie hatte sich Kurt Eisner im April 1917 von seinen alten Genossen getrennt und der neu gegründeten, pazifistisch orientierten Unabhängigen Sozialdemokratischen Partei (USPD) angeschlossen. Seitdem war die SPD gespalten, eben in die USPD und in die sogenannten Mehrheitssozialdemokraten (MSPD), die trotz aller Kritik weiterhin loyal zum Kriegskurs der Reichsleitung hielten.

Eine Silberplatte im Kopf
Maria, Neumarkt, Pfingsten 1917

Neumarkt i.d. Opf„ Oberer Markt 20-iger Jahre

„Pfingsten, das liebliche Fest. Die gewaltige Mehrheit der braven Menschen, die ohne marktschreierische Prahlerei ihr Vaterland lieben, der Bekümmerten und Sorgenden, die still ihr Leid und die schwere Last des Tages tragen, bleibt im Schatten und wird kaum bemerkt."

Maria pausierte und schaute hinüber zur hinteren Ecke des Saals, aus der lautes Stöhnen herüberdrang.

„Lesen Sie bitte weiter, Schwester Maria!", flüsterte der Patient im Bett vor ihr, als sie nach einer Weile immer noch keine Anstalten dazu machte. Sein gesamter Kopf war in einer Art Turban eingewickelt. Ein Schuss hatte ihm ein großes Loch hineingemacht, das man mit einer Silberplatte verschlossen hatte. Die Ärzte zweifelten, ob er je wieder ein normales Leben führen würde können. Zumindest die Platte würde er immer im Kopf behalten müssen. Aber das sagte man ihm noch nicht. Maria kannte den jungen Mann, er war der Sohn der Familie Hahn, die am Oberen Markt ein Lebensmittel- und Kolonialwarengeschäft hatte, wo sie manchmal einkauften.

Maria schüttelte die Zeitung auf und beugte sich wieder näher unter den schwachen Lichtkegel der Petroleumlampe. Sie las weiter: „Immer weiter drängen sich hüben und drüben Journalisten, Redner, Vereinsbonzen und andere Vaterlandsretter nach vorn ans Licht. Sie alle warnen vor einem ‚vorzeitigen' Friedensschluss und werden auf ihrem Lehnstuhl oder ihrer Bierbank ihn immer ‚vorzeitig' finden, heute und morgen, in zwei Jahren und in vier. Und neben ihnen breiten, während die große und gute Masse des Volkes mit tiefernsten

139

Empfindungen durch diesen Frühling schreitet, die Unberührten, die am liebsten nichts mehr davon hören und lesen wollen, ihre Unbefangenheit aus. In den Hotels auf höchsten Preisspitzen und in den Moderestaurants findet man kein Zimmer und keinen Stuhl. Der neue Reichtum, den in Paris schon unzählige Montmartrelieder besingen, wirft sich auf die Errungenschaften der Kultur. Und die älteren Großverdiener dieses Krieges, die fast schon patrizierhaften, kaufen Zeitungen in Berlin und Burgen am Rhein. Damen hüpfen in kurzen Kleidern, die nicht immer ihre Körperlichkeit reizvoll präsentieren, so munter herum, als strahle die ganze Welt im Sonnenlicht. Von den Possenwitzen haben immer noch die dümmsten das meiste Glück. Auf dem Rennplatz im Grünewald wurden am Himmelfahrtstage am Totalisator[54] zwei Millionen umgesetzt. Dies geschieht zur Veredelung der Pferderassen, wie der Krieg, nach einer früher viel gepredigten Ansicht, die Menschenrassen veredeln sollte, und wie bekanntlich alles in der Welt immer nur der Veredelung dient."

Maria ließ das Blatt auf ihren Schoß sinken. Es kam vor, dass sie in seltenen Momenten der Ruhe einem Verletzten etwas vorlasen. Doch Worte wie diese hatte Maria bisher noch nicht vor-, geschweige denn selbst gelesen. Sie war verwirrt, aufrührerische Sätze dieser Art gedruckt in einer Zeitung zu finden, selbst wenn es eine ältere Tageszeitung aus Berlin war, die auf überraschende Weise ihren Weg hierher gefunden hatte.

„Wer hat diesen Kommentar verfasst? Können Sie mir das noch sagen?", wollte der Patient wissen.

Sie hielt die Seite nahe an ihr Gesicht, um den kleingedruckten Namen zu entschlüsseln.

„Theodor Wo...", murmelte sie etwas unsicher, weil sie es nicht gleich deutlich erkennen konnte. Doch dann bestätigte sie, die Zeitung zusammenfaltend: „Ein gewisser Theodor Wolff[55], ja."

Der Mann im Bett vor ihr nickte in Zustimmung.

„Er schreibt sehr treffend, finden Sie nicht, Schwester?"

„Hm, schon." Maria schob die Zeitung vorsichtig halb unter das Kopfkissen des Mannes, wo er sie aufbewahrt hatte, und erhob sich. Doch die Hand des Verletzten fing die ihre mit schnellem Griff ein, und dabei so sicher, als wäre er ein

---

[54] Ein Totalisator ist ein mechanisches Gerät zur Bestimmung der Gewinnhöhen bei Wetten auf Pferderennen, bzw. bezeichnet der Begriff im übertragenen Sinn diese Wettart selbst. Die zugrundeliegende Methode wird beim Lotto, Toto u. Ä. angewendet.

[55] Theodor Wolff, 1868 – 1943; deutsch-jüdischer Schriftsteller, einflussreicher Publizist und Kritiker. Er musste im Dritten Reich ins Exil flüchten. Später strebten Joseph Goebbels und Hermann Göring zwischenzeitlich die Erhaltung des *Berliner Tageblattes* an, in dem Wolff veröffentlichte. In der Schweiz erreichte Wolff ein von Göring ausgehendes Angebot, die Zeitung als Chefredakteur weiterzuführen. Dafür wurde ihm sogar eine „Ehrenarierschaft" in Aussicht gestellt. Obwohl Wolff das Angebot ablehnte, unterstützte ihn das Propagandaministerium beim Verkauf seines Hauses zu einem regulären Preis und bei der Abwicklung seiner Bankguthaben in Deutschland. Vermutlich erwartete Goebbels von ihm im Gegenzug eine Zurückhaltung bei Berichten in ausländischen Zeitungen.

Ringer auf höchstem Leistungsniveau, der jede Bewegung gezielt und präzise zu setzen wusste.

„Gehen Sie nicht, Schwester Maria!", flüsterte er, weil es noch früh am Morgen war und die meisten noch schliefen. „Was denken Sie darüber? Sagen Sie es mir!"

Maria wusste nicht, was sie davon halten sollte. Es fiel ihr schwer zu glauben, dass es Leute geben sollte, die in diesen Tagen des Hungers und des nicht enden wollenden Todes ausgelassene Feste feierten, in teuren Hotels logierten und unglaubliche Summen bei Wetten ausgaben. Zwei Millionen, das war so viel, dass sie sich die Menge Geld auf einem Haufen gar nicht vorstellen konnte. Woher wollte dieser Schreiberling das wissen? Und woher sollte sie wissen, ob das nicht nur ein Revolutionär war, wie die in Russland, die den Zaren gefangen hielten? Die erzählten solche ungeheuerlichen Geschichten, um das Volk aufzuwiegeln.

„Morgen", vertröstete sie ihn, wie immer, wenn sie sich aus einer Verwicklung dieser Art retten wollte. „Jetzt muss ich nach den anderen Verletzten sehen."

„Gut. Versprechen Sie mir, dass Sie mir morgen sagen, was Sie darüber denken?"

Sie zögerte mit einer Antwort. Sie wollte weder darüber nachdenken noch ein Versprechen abgeben. Es geschah ständig, dass die Männer die Schwestern mit irgendeinem Vorwand am Bett festhielten, weil sie die Gesellschaft suchten. Nicht selten, die Gesellschaft einer Frau, die ihre Hand hielt. Hilda hatte ihr schon am ersten Tag gesagt, dass sie nicht zu nachgiebig sein durfte, wenn sie mit ihrer Arbeit nicht ins Hintertreffen geraten wollte.

„Bitte, Schwester Maria!", flehte er und sie war froh, dass sie seine Augen nicht sehen konnte, denn wenn der verlangende Blick darin so herzerweichend gewesen wäre wie seine Stimme in diesem Moment, dann hätte sie dies bestimmt erweicht. Doch dann war es gerade dieser Gedanke, der sie umstimmte. Er war gewiss belesen. Es war bekannt, dass jüdische Familien wie die seine, großen Wert auf Bildung legten. Eben dies würde er vielleicht mit dieser Metallplatte im Kopf nie wieder tun können: in Ruhe lesen.

„Lassen Sie mich darüber nachdenken!", sagte sie deshalb sanft und doch bestimmt, und wendete sich ab.

„Versprochen?", rief er ihr hinterher.

„Ja."

Mit einer gewissen Zufriedenheit ließ der Mann sich wieder auf sein Kissen sinken. Maria ging in die Küche und holte sich einen Kaffee. Dort bereitete man das Frühstück vor. In Kürze würde der gesamte Saal wieder zum Leben erwachen und sie ständig laufen müssen. Den Moment der Ruhe wollte sie noch kurz ausnützen, ging deshalb mit ihrer Tasse hinaus vor die Tür.

Dort traf sie auf Hilda, die ebenfalls mit einem Kaffee in der Hand ihre Nachtschicht beendete. Das Gebräu war so dünn wie Tee und schmeckte nach Verbranntem.

„Wie war's?"

Es war die übliche Frage bei Schichtübergabe. Man gab in kurzen Stichworten weiter, was wissenswert war oder was man dafür hielt. Sie schwatzen kurz Belangloses, weil es guttat, inmitten von Leid, Schmerz und zerschlagenen Gliedern Belangloses zu betrachten. Sie guckten in den Himmel, der blau und sonnig die Dächer der eng stehenden Häuser überspannte, als gäbe es kein Elend auf dieser Welt. Jeden Tag sprachen sie mit Hoffnung vom Frieden und jeden Tag kamen wieder neue Verwundete herein, die das Gegenteil bezeugten.

„Maria!" Der Ruf hallte herüber vom Ende der Gasse. Die Mädchen sahen zur Synagoge, die wie ein übergroßer Grenzstein den staubigen Weg der Adlergasse in die gepflasterte Hallertorstraße markierte.

„Andres!"

Maria drückte Hilda ihre Tasse in die Hand und lief, überwältigt vor plötzlicher Freude, ihrem Cousin entgegen. Sie fielen sich auf halbem Wege in die Arme.

„Ja Andres!", jubelte sie und lachte lauthals. Dann schälte sie sich aus seiner Umklammerung, um ihm ins Gesicht zu schauen. Sein Anblick erschreckte sie. Er trug noch immer die verführerischen Grübchen in den Mundwinkeln, aber da war ein neuer, ihr unbekannter Zug um diesen Mund, und die linke Augenbraue war jetzt permanent leicht hochgezogen, als wollte er über irgendetwas Skepsis andeuten. Die Farbe seines Gesichts glich der seiner Uniform. Da war nichts mehr von der übermütigen Röte seiner Wangen, der von der Sonne und frischen Luft stets gesunden Hautfarbe, die im Sommer so dunkel werden konnte. Er schien um Jahre gealtert. Und das auf so kurze Zeit!

Doch die Freude des unverhofften Wiedersehens war größer als jeder Schreck aufgrund dieser Wahrnehmung. „Was für eine Überraschung! Es geht dir gut! Es geht dir gut! Na! Was für eine Überraschung!"

Anstelle einer Antwort umarmte er sie wieder und drückte sie fest an sich. Dann ließ er von ihr ab und wendete sich um.

„Schau, wen ich mitgebracht habe!"

Maria machte noch größere Augen: „Helene!"

Nun war es an ihrer jüngsten Schwester, sich ihr in die Arme zu werfen.

„Ja Mädchen!" Marias Augen funkelten vor Freude. „Mit dir habe ich doch erst recht nicht gerechnet! Überraschung auf Überraschung! Das ist einfach zu viel auf einmal! Nein, wirklich! *Na, so wos!*[56]"

„Wir müssen morgen schon wieder zurück", bremste Andres ihren Übermut in die Umarmung der Schwestern hinein. Maria ließ Helene los und guckte von einem zum anderen: „Schon?"

„Sonderurlaub."

„Kommt erst mal mit nach Hause!", wischte Maria ihre Enttäuschung hinweg, hakte sich bei Vetter und Schwester jeweils am Arm ein und zog sie mit sich.

---

[56] Dialekt: Nein, so etwas

Gleichzeitig rief sie: „Schau, Hilda, wer auf Besuch gekommen ist! Nein, so eine Überraschung!"

Vor der Gartentür angekommen, ließ sie die beiden los.

„Ich muss wieder hinüber", erklärte sie mit einem Wink des Kopfes auf die andere Seite. „Ich habe Dienst. Geht nur hinein, im Kasten ist ein Brot und ein Glas Marmelade. Ihr kennt den Weg! Ich komme nach, sobald ich kann, ja?"

Hilda trat an die kleine Gruppe heran und streckte den Neuankömmlingen die Hand entgegen. Sie stellte sich als Marias Kollegin vor.

„*Geh*[57]," sagte sie dann zu Maria, „ich mach' das! Gehe du nur mit nach Hause. Die beiden sind bestimmt nur kurz da."

„Aber du hast doch gerade erst die Nacht durchgearbeitet?", protestierte Maria, obwohl sie das Angebot nur allzu gerne annehmen wollte.

„Schon gut!", winkte Hilda ab. „Es ist nicht die erste Doppelschicht, die ich mache. Und die ist für eine gute Sache, wie mir scheint." Bevor Maria noch weitere Worte finden konnte, die sowieso nur ihrer Entschuldung dienen sollten, fügte Hilda hinzu: „Es wird eine Gelegenheit geben, bei der du dich revanchieren kannst. Keine Sorge! Ich wollte sowieso nochmal nach dem Emanuel Hahn sehen, du weißt schon, die Silberplatte im Kopf."

Damit zwinkerte sie ihr zu und wendete sich mit dem Gruß „Feiert das Wiedersehen!" ab.

„Danke schön! Lies ihm was vor, da freut er sich!", rief Maria ihr hinterher. Hilda winkte freundlich, ohne sich noch einmal umzudrehen.

„Die Mama und der Papa sind drüben auf dem Feld, aber sie kommen später zum Morgenkaffee", wendete sich Maria sofort wieder dem Überraschungsbesuch zu. Sie schob das Gartentürchen auf und ließ die beiden an sich vorübergehen. „Wieso habt ihr denn nicht geschrieben, dass ihr kommt? Dann hätte ich einen Kuchen gebacken."

„Ich hab's doch auch nicht gewusst", entgegnete Helene. „Der Andres stand auf einmal vor der Tür und hat mich mitgenommen." Dann fügte sie murmelnd und kaum hörbar hinzu: „Gerade im rechten Moment."

„Ein Sonderauftrag lässt sich nicht planen", erklärte indes Andres. „Ich hab' das Glück gehabt, für einen wichtigen Transport nach München abkommandiert worden zu sein, als Schutz. Da hab' ich jetzt zwei Tage, bevor ich wieder an die Front zurückmuss."

Damit schubste er die Haustüre auf, die nie verschlossen und deren Schlüssel seit Jahren unauffindbar war. Niemand in der Nachbarschaft verriegelte je eine Türe. Es war auch nicht nötig. Man kannte sich im Viertel des Hallertors. Jede ungewöhnliche Bewegung wäre sofort registriert worden.

„Wie geht's der Anna? Ist das Baby schon da?", wollte Helene wissen und folgte Andres ins Haus.

---

[57] Dialekt: ‚geh!' wird an Stelle von ‚komm!' gesetzt und gilt als freundliche Aufforderung, etwas anzunehmen

„Es ist ein Mädchen. Sie heißt Anni", flüsterte Maria hinter vorgehaltener Hand. Sie hielt sich kurz mit der Auskunft. Man sprach nicht viel über das neue Kind, aus Angst, die Nachbarschaft könnte davon etwas mitbekommen. „Das Baby kommt vorerst zu Onkel Wolfgang nach Nabburg. Wenn die Anna dann geheiratet hat, wird sie es zu sich holen."

„Sie darf jetzt doch heiraten?"

Es war Andres, der die Frage stellte, aber sofort weiterredete, bevor Maria mehr dazu sagen konnte. „Sie wird wohl jetzt in Nürnberg wohnen bleiben?"

„Nein."

Maria schüttelte den Kopf. Sie warf ihrem Vetter einen vielsagenden Blick zu, dass er bloß nicht auf dem Thema herumreiten und damit den erfreulichen Besuch in ein erneutes Drama verwandeln sollte. „Sie hat einen neuen Bräutigam. Sie wird bei ihm in Hemau leben und eine Frau von der Sitt werden."

Sein „Was?" war weniger eine Frage, als Ausdruck des Erstaunens. Andres durchbohrte sie fast mit seinen Augen. Er hatte schon immer ihre Gedanken erraten können. Schon als Kind konnte sie ihm nichts vormachen. Nicht einmal beim Versteckspiel. Immer hatte er sie sofort gefunden.

„Nicht der Meisterkoch?" Helene schaute ihre Schwester mit einem ziemlich verwirrten Augenausdruck an.

„Nein. Das hat sie beendet,", antwortete Maria kurz angebunden, weil sie das Thema wechseln wollte. „Und du ...", fragte sie mit sprühendem Esprit, den sie – trotz dieses kurzen Diskurses – dem Wiedersehen erneut abgewinnen konnte, „... die Herrschaften haben dich so mir-nichts-dir-nichts in einen Urlaub gehen lassen? Bei den Dreichlingers musste ich damals immer lange vorher mit der Herrschaft klären, ob so etwas möglich war. Ich hab' mich gar nicht fragen trauen, damals. Da war der ganze Haushalt bis ins Kleinste durchorganisiert. Da hätte ich nicht einfach so plötzlich weggekonnt."

Inzwischen waren sie in der Stube angekommen. Es war noch etwas Glut im Ofen, den sie über Nacht immer mit einem Stück Kohle, umwickelt mit nassem Zeitungspapier, am Glühen hielten. Maria entfachte deshalb mit nur wenigen Handgriffen ein neues Feuer. Sie machte sich daran, den Kaffee aufzusetzen und Brot zu schneiden. Sie holte ein frisches Glas der letzten Heidelbeermarmelade aus dem Schrank. Und während sie so hantierte, Andres und Helene ihre Sachen ablegten und sich an den Tisch setzten, plauderte Maria unbedacht weiter von ihrer früheren Anstellung als Dienstmädchen bei der jüdischen Neumarkter Familie.

„Weißt du noch, Andres", lachte sie, „was das für ein Drama damals war, weil ich ein Messer von denen benutzt habe, um meine Wurst für die Brotzeit aufzuschneiden? Heilige Maria Mutter Gottes! War das ein Theater! Der Herr hat mir befohlen, alle Messer aus der Küche – nicht nur das eine, alle! – für eine Woche im Garten in die Erde zu stecken, damit die Berührung mit der nicht koscheren Wurst wieder reingewaschen werden sollte. Hat man so etwas schon je gehört? Nach ein paar Tagen waren die alle verrostet und wir mussten sie wegwerfen.

Das hätte er sich aber auch denken können! Ich hab' jedenfalls nichts gesagt. Weiß der Kuckuck welche komischen Bräuche diese Leute haben." Sie schüttelte lachend den Kopf: „So eine Verschwendung!"

„Ich geh' da nicht mehr hin!", platzte Helene zusammenhangslos heraus.

Maria drehte sich um. Verblüffung ließ sie einen Moment lang schweigen. Sie war so mit ihrer Erinnerung und damit, gute Stimmung zu verbreiten, beschäftigt, dass die Worte ihrer Schwester erst allmählich in ihr Bewusstsein tröpfelten.

„Was?"

Helene saß am Tisch wie in einer Schulbank, die Arme auf der Tischplatte, die Hände den jeweiligen Unterarm fest umgreifend. Sie starrte auf einen Punkt vor sich als wollte sie durch Hypnose ein Loch in das alte Holz brennen.

„Ich geh' da nicht mehr hin!", bestätigte sie ihre Aussage kategorisch.

„Warum? Was ist passiert, Leni?" So nannten sie die kleine Schwester immer, wenn es um Persönliches ging.

Maria trat an den Tisch, zog sich einen Stuhl heran und setzte sich. Im Hintergrund begann der Wasserkessel auf dem Herd mit einem leisen Singen zu simmern.

„Erst hab' ich gedacht, die haben keinen Anstand im Leib", erzählte Helene und schaute dabei ihre ältere Schwester um Verständnis flehend an. „Aber dann, als ich gesehen hab', wie sie sich aufführen, wenn Besuch kommt, da hab' ich's verstanden. Ich bin ein Niemand für die! Ich bin wie der Hund!"

Maria tätschelte ihr die Hand.

„Nana, so schlimm wird's schon nicht sein", lächelte sie. Sie kannte solche Augenblicke nur zu gut. Auch wenn die Familie Dreichlinger sie damals anständig behandelt hatte, die deutliche Distanz zwischen den Bürgerlichen und ihr als Bauerstochter war immer spürbar gewesen. Die waren einfach viel feiner als sie. Einfach so. Ein Dienstmädchen war für Leute wie die schlicht eine Selbstverständlichkeit. Aber so war die Welt nun mal und Helene musste wohl lernen, das zu akzeptieren.

„Ich bin für die nicht mehr wert als der Hund, vielleicht sogar weniger! Der wird immerhin noch gestreichelt", bestand diese auf ihrer Behauptung, „die nutzen mich auch aus wie ein Tier! Von sechs Uhr morgens, da muss ich die Kinder versorgen, das Frühstück machen und so weiter, bis spätabends, wenn ich bei Tisch servieren muss! Mir macht es nichts aus zu arbeiten, das weißt du, Maria, aber anständig könnten die doch trotzdem zu mir sein!"

„Aber das ist doch ganz normal!", beruhigte sie Maria. „Diese Aufgaben hatte ich damals auch. Das müssen alle Dienstmädchen so machen. Und schau, der Papa und die Mama sind heute Morgen schon um fünf aufs Feld, weil das halt sein muss. Jemand muss diese Arbeiten machen. Und die feinen Herrschaften machen andere Arbeiten. Sachen, die wir gar nicht können. Die haben studiert, das sind gescheite Leute."

„Einmal hat mir die Brunhilde – das ist das andere Mädl, die haben nämlich zwei, weißt du – die hat mir erzählt, was so ein Einkauf für eines der Festmahle gekostet hat. Der Feinkosthändler hat ihr den Beleg einmal mitgegeben und gesagt, sie sollte ihn der Herrschaft aushändigen. Sonst hat der das immer mit der Post geschickt. Aber da, da hat die Brunhilde gesehen, dass so ein Essen mit fast vierzig Mark mehr kostet als wir im Monat als Lohn bekommen! Stell dir das mal vor! Die geben für so ein Essen mehr Geld aus als sie unsereins bezahlen für all diese Stunden und die Schufterei!"

Maria musste unwillkürlich an den Artikel denken, den sie an diesem Morgen vorgelesen hatte. Sie konnte es nicht vermeiden, dass sich ihr ein Zusammenhang aufdrängte. Selbst, wenn sie nicht glauben wollte, dass eine gute katholische Familie, die der Herr Pfarrer vermittelt hatte, auf der Pferderennbahn um Geld wettete oder die Dame des Hauses in kurzen Kleidchen durch Nachtclubs tanzte.

„So ist die Welt nun mal", erhob sie sich wieder, um das mittlerweile kochende Wasser in den Filter zu gießen. Sie hatte sich gesetzt, weil sie Schlimmes hinter diesem emotionalen Ausbruch befürchtet hatte. Doch es war nur die Ernüchterung eines jungen Mädchens, das begann, die Welt zu sehen wie sie war. „Es gibt reiche Leute und es gibt Leute wie uns. Jeder hat seinen Platz in der Welt. Schau, der Andres ist Soldat, die Walli ist jetzt endlich Hilfskraft im Büro in den Expresswerken, so lange hat sie darauf warten müssen! Und ich arbeite als Hilfskrankenschwester ohne Lohn im Lazarett und hier auf dem Hof, und unsere Eltern müssen die restliche Arbeit hier ganz alleine machen. Glaubst du, uns gefällt das? Es sind schlimme Zeiten ..."

Helene senkte für einen Moment das Antlitz, wie aus Ehrfurcht vor der Leistung der anderen Menschen, die, die ihr Leben im Krieg ließen und die, die wie sie, harte Arbeit zu verrichten hatten.

„Anna durfte Köchin lernen!", murmelte sie dann lediglich wie in einem letzten Aufbegehren gegen die Umstände ihres Lebens.

Maria seufzte. Nun waren sie doch wieder bei diesem leidigen Thema gelandet. Es würde alles verderben, wenn das in Anwesenheit ihrer Eltern besprochen wurde. Sowohl ihre Mutter als auch der Vater hatten seit dem Besuch der Frau von der Sitt kein Wort mehr darüber verlauten lassen. Das Aufgebot stand und man wartete schweigend auf den Hochzeitstag. Das erste Enkelkind schien gar nicht zu existieren. Es war beinahe so, als wäre es noch gar nicht geboren, sondern dürfte erst das Licht der Welt erblicken, wenn es in den geordneten und christlichen Rahmen passen würde. Es waren harte Wochen, für alle Beteiligten. Aber danach würde sich für Anna möglicherweise wirklich alles zum Guten wenden? Und für sie alle auch. Bei all dem war es aber fürwahr dennoch nicht nötig, dass sie sich diese kostbaren Momente der überraschenden Zusammenkunft deswegen verderben ließen.

„Ich warte noch auf eure Eltern und trinke einen Kaffee mit euch. Dann will ich aber noch heim auf den Hof zu meinen Leuten", meinte Andres an dieser

Stelle. Direkt an Helene gerichtet fügte er hinzu: „Morgen hole ich dich dann wieder ab und wir nehmen den Zug zurück nach München."

Maria war dankbar, dass Andres das Gespräch so rasch herumriss und von etwas anderem redete. Helene nickte stumm.

Als hätte er mit seinen Worten nach ihnen gerufen, hörten sie in diesem Augenblick das Gartentor quietschen und Schritte auf dem schmalen Kiesweg, der zum Haus führte. Vater Häring riss die Stubentür auf.

„Andres! Was für eine Überraschung!"

Er eilte zu seinem Neffen und drückte ihm lange beide Hände. „Man hat uns die gute Nachricht zugetragen, deshalb sind wir gleich gekommen. Weißt ja, wie das ist!" Er lachte kurz. „Solche Neuigkeiten verbreiten sich in unserer Stadt schneller als der Wind!"

„Dass es dir nur gut geht, Andres!", rief seine Frau, die kurz hinter ihm durch die Tür kam. „Da wird sich dein Vater aber freuen! *Mei*[58], was wird der froh sein, dich gesund und munter zu sehen!"

Erst jetzt schienen die Eltern auch ihre jüngste Tochter zu entdecken.

„Ja Leni!", rief die Mutter und ließ sich auf der Bank nieder, während sie ihrer Jüngsten prüfend in die Augen schaute. „Dass du auch da bist!" Es lag ein Gemisch aus Freude und Überrumpelung, aber auch ein wenig Misstrauen in ihren Gesichtszügen. *„Is' wos bassiert?*[59]"

„Was soll schon passiert sein!", rief Vater Häring, seine Frau ein wenig auf den Arm nehmend. „Der Andres hat sie auf einen Besuch aus München mitgebracht, das sieht man doch! Das ist hoch anständig von ihm! Wann hat *es Moidl*[60] schon Gelegenheit, uns zu besuchen?"

Wieder lachte er seinen Neffen an, warf seinen alten Arbeitshut auf die Bank und ließ sich ebenfalls neben seiner Frau dort nieder.

Helene wurde feuerrot im Gesicht und ließ den Kopf hängen. Maria fürchtete, dass ihre jüngere Schwester die Worte von kurz zuvor wiederholen könnte, weshalb sie schnell den Eltern den Kaffee eingoss und darauf hinwies, dass beide schon am nächsten Tag wieder zurückmussten.

Doch es war Andres, der bisher mit Schweigen geglänzt hatte, der nun die alles verändernde Aussage in den Raum warf. Und die kam in ganz anderer Form daher als Maria befürchtet hatte.

„Die Helene wird nicht zurückgehen zu diesen Leuten! Sie wird am Montag eine Stelle im Hotel Elefanten in München antreten. Der Sohn des Hauses ist ein Kamerad von mir und als ich ihm ihre Geschichte erzählt habe, hat er sofort diese Arbeit vermittelt. Es ist schon alles geregelt. Ihr müsst euch keine Sorgen machen."

---

[58] Bayrisches Füllwort, das häufig keine direkte Bedeutung hat und vielseitig eingesetzt wird. Es kann aber auch „egal", „selbst schuld", „das ist halt mal so" bedeuten. Es wird vermutet, dass es aus „mein Gott" abgeleitet wurde.
[59] Dialekt: ist etwas geschehen?
[60] Dialekt: das Mädchen

Als wäre ein Gespenst durch die Stube gezogen, wendeten die Eltern mit Starre im Gesicht den Kopf ihrer jüngsten Tochter zu, die noch immer mit brennender Miene die Augen gesenkt hielt.

Dafür wurde Maria immer blasser. Sie hatte Andres Worte mit zunehmendem Unwohlsein aufgenommen. Vorbei war's mit der Freude des unverhofften Wiedersehens. Dass in diesen Tagen nichts, aber auch gar nichts lange währen konnte! Nicht einmal die reine, ungestörte Freude eines so kurzen Besuches war ihnen vergönnt.

„*Wos na für a Gschicht*[61]?", fragte Vater Häring so gedehnt, dass die Strenge mit jedem Wort in diesem Satz zuzunehmen schien. Er fixierte seine Jüngste und als diese den Kopf nicht hob, wurde er ungehalten. „Schau mich gefälligst an, wenn ich mit dir rede!"

„Ich kann nichts dafür, *Voder*[62]!" Helene brach in Schluchzen aus. „Das müsst Ihr mir glauben! Ich hab' nichts gemacht!"

Sie begann zu heulen wie ein Schlosshund, dass es sie nur so schüttelte. Sie vergrub ihren Kopf in den Armen.

„In ihre Kammer wollte der Kerl einbrechen!", erboste sich indes Andres.

Niemand beachtete mehr das weinende Mädchen. Alle schauten jetzt nur noch auf ihn, der mit blitzenden Augen und geballten Fäusten dastand, als sei er kurz davor, sich auf ein unsichtbares Gegenüber zu stürzen.

„Unsereins kämpft an der Front täglich ums Überleben und so ein alter Bock hat nichts anderes zu tun, als ein unschuldiges Mädchen zu überfallen!"

Mutter Häring schlug die Hand vor den Mund. Vater Häring formte die Lippen zu einem verbissenen Knurren. Maria hielt den Atem an. Sie schnaufte erst wieder weiter, als Andres fortfuhr.

„Es ist nichts passiert, die Mädchen haben den Schrank vor die Tür geschoben und dann ist die Frau des Hauses von dem Lärm aufgewacht und die feige Sau hat sich verpisst!"

„Es ist nichts passiert?", wiederholte Vater Häring.

Helene zog die Nase hoch, hob den Kopf vorsichtig, wischte sich mit dem Arm die Tränen weg und schaute ihren Vater mit fragenden Augen an.

Die Mutter zog ein gebrauchtes Taschentuch aus ihrer Schürze und reichte es ihrer Tochter mit den Worten: „Da! Schnäuze dich und höre auf zu heulen. Das hat noch nie etwas genutzt!"

Helene ergriff das Tuch, blies laut hinein und versuchte sich zu beruhigen.

Maria legte ihr tröstend den Arm um die Schultern. Sie konnte gut verstehen, dass dieses „nichts passiert" für Helene schwer anzunehmen war. Die Tatsache, dass sich ein Mädchen gegen seinen Arbeitgeber auf diese Weise verteidigen musste, war durchaus ein äußerst unschöner Vorfall. Helene konnte von Glück sagen, dass sie zu zweit gewesen waren. Alleine hätte sie einen Schrank

---

[61] Dialekt: Was denn für eine Geschichte?
[62] Dialekt: Vater

unmöglich vor die Tür schieben können und sie mochte sich gar nicht ausmalen, was dann geschehen hätte können.

Vater Häring lehnte sich zurück, verschränkte die Arme vor der Brust und hüllte sich in düsteres Schweigen, wie es immer seine Art war, wenn ihn etwas aufbrachte. Niemand sprach. Nur Helene schniefte ab und zu laut. Man trank schweigend den Kaffee.

„Was wird da jetzt Hochwürden dazu sagen?", überlegte Mutter Häring schließlich halblaut. „Der hat das doch vermittelt. Mein Gott, was wird der jetzt denken!"

„Gar nichts wird er sagen!" Andres setzte es wie einen Punkt. „Er wird es nicht erfahren. Über so etwas reden die feinen Leute nämlich nicht. So etwas kehren die unter den Teppich. So lange kein sichtbarer Schaden entstanden ist, wird da nichts unternommen. Und wenn doch, dann wird höchstens das Mädchen auf die Straße gesetzt."

Mutter Häring nickte, wirkte aber nicht wirklich beruhigt. Maria kannte die Reaktion ihrer Mutter. Sie ahnte, dass sie hin- und hergerissen zwischen zwei Eindrücken nicht wusste, was sie denken sollte. Auf der einen Seite die Verpflichtung gegenüber der Kirche, der man für die Vermittlung der Stelle Dankbarkeit beweisen musste. Auf der anderen Seite war es auch nötig, dem Neffen beizupflichten, der ihre Tochter zu beschützen versuchte, dabei jedoch womöglich eine Lawine losgetreten hatte.

„Wenn doch nichts passiert ist", fuhr die Mutter schließlich vorsichtig fort, „hättest du ja nicht gleich so ein Aufhebens darum machen müssen! War vielleicht ein Ausrutscher? Wir sind alle bloß Menschen, auch die feinen Herrschaften ... es sind schwere Zeiten, für alle ... wäre vielleicht nie wieder passiert?"

Andres fuhr hoch. „Nein, Tante! Da liegen Sie falsch!", behauptete er mit der Sicherheit des jungen Mannes, der es gewohnt war, dass ihm Frauen nicht widersprechen. „So einer ...", und damit klopfte er mit dem Zeigefinger so fest auf die Tischplatte, dass man meinen konnte, jemand hatte an der Tür geklopft, „... so einer macht das wieder, das sag ich euch! Da kann die Leni nicht bleiben, so viel steht fest. Sonst passiert wirklich noch was!"

Helene verfolgte den Dialog mit ängstlichem Blick, scheu wie ein Reh. Maria hielt sie fest im Arm, damit sie nicht wieder zu heulen begann. Sie alle wussten, dass ihre Mutter Gejammer, wie sie es auszudrücken pflegte, nicht leiden mochte.

An der Stelle schaltete sich Vater Häring mit besänftigendem Tonfall wieder ein. Er schwieg häufig, manchmal zu viel, aber dann sprach er doch meistens im richtigen Moment. Was er sagte, schien somit immerhin gut überlegt, auch, wenn er damit hin und wieder falsch lag.

„Was ist das für eine Stelle in dem Hotel?"

Andres beruhigte sich und gab willig Auskunft. Die Eltern Häring nickten in zunehmendem Maße bekehrt. Die Sache schien Hand und Fuß zu haben. Maria ließ ihre Schwester wieder los, weil diese mit aufrechter Haltung zu sitzen begann. Schließlich wagte es sogar Helene, etwas dazu zu äußern.

„Es kann sein, dass ich da später eine Lehre als Köchin machen kann." Sie schaute dabei nach Zustimmung suchend in die Runde. „So, wie Anna!"

Die Eltern Häring hüllten sich in ostentatives Schweigen. Beide tranken simultan aus ihrer Tasse. Mutter Häring musste sogar nachschenken, weil sie sie bis auf den letzten Tropfen leerten.

Andres wollte seine junge Base ermutigen, weshalb er nickend zustimmte: „Möglich. Wie Anna."

Köchin.

Wie ihre Schwester Anna.

Anna, zu der sie alle aufgeblickt hatten.

Anna, die jetzt aber im Ansehen der Familie tief gefallen war. Das ist kein gutes Omen, dachte Maria bei sich.

Ihre Mutter schien Ähnliches zu empfinden, denn sie bekreuzigte sich und murmelte: „Gott behüte!"

Sonntagsspaziergang: Frauen in der Klostergasse Neumarkt um 1918

Eine Reise nach Regensburg
Ida und Martha, Juni 1917

Regensburg Sicht auf Dom mit
Steinener Brücke;

„Hiergeblieben!"

Eine flache Hand klatschte Ida ins Gesicht. „Du gehst nirgends hin!", geiferte die Stiefmutter und stellte sich mit ausgebreiteten Armen vor die Haustür wie ein Unheil verkündender Cherub. „Wenn deine Schwester euren Vater mit diesem ungeheuerlichen Ansinnen ins Grab bringen will, dann wirst du das nicht auch noch unterstützen! Auf keinen Fall verlässt du das Haus!"

Ida hatte sich immer geduckt vor den Schlägen, im übertragenen Sinn geduckt. Sie hat sie gehorsam hingenommen, ohne sich zu wehren oder auch nur in Deckung zu gehen. Nicht, weil sie selbst glaubte, sie zu verdienen, vielmehr weil es das Gebot der Zeit war, den Eltern unbedingten Respekt zu zollen. Die Form dieses Respektes war definiert durch blinden Gehorsam, nicht durch Achtung vor dem anderen, sie wurde Kraft der Rolle verliehen, nicht verdient.

Diesmal traf sie die Gewalt jedoch völlig unvorbereitet. Sie hatte weder die Stiefmutter, schon gar nicht den Schlag kommen sehen. Sie war völlig in Gedanken versunken gewesen über das Vorhaben, nach Regensburg zu fahren. Martha wartete unten auf der Straße. Sie waren bereits spät dran. Ida war nur zurückgeeilt, weil sie einen Schirm holen wollte. Erst als sie und Martha auf die Straße getreten waren, hatten sie die düsteren Wolken, die sich über den Dächern der Stadt zusammenbrauten, entdeckt. Dabei schien in der Bahnhofstraße die Sonne noch im herrlichsten Licht.

Ein wenig benommen stand Ida für ein paar Momente da. Dann durchfuhr sie wie ein Blitz eine Art Aufbäumen. Es kam ganz plötzlich und ohne, dass sie Zeit hatte, einen klaren Gedanken zu fassen. Sie schnappte sich den Schirm, packte die Stiefmutter an den Schultern und schubste sie mit einem kräftigen Stoß zur Seite. Ida raffte ihren knöchellangen Rock hoch und stürzte die Treppen hinunter als sei der Teufel persönlich hinter ihr her. Die Aggressorin hingegen war so überrascht, dass sie gegen die Wand stolperte, versuchte, sich mit rudernden Armen abzufangen, was ihr aber nicht gelang. Sie stürzte mit einem spitzen Aufschrei zu Boden. Erst als Ida die Straße erreichte, hörte sie, wie oben ein nie dagewesenes Keifen und Spucken anhob.

Sie rannte noch immer, auch auf der Straße, obwohl sich das nun wirklich nicht schickte und obwohl es dafür keinen Grund gab, denn die Stiefmutter würde ihr kaum hinterhereilen. Dafür war sie viel zu ungelenk und steif. Außerdem war Idas Vorsprung schon zu groß.

Martha war bereits ein kleines Stück in Richtung Bahnhof vorangeschlendert. Nun ergriff Ida ihren Arm von hinten und zog sie mit sich, als müsse sie diese aus einer Gefahrenzone retten.

„Gemach, gemach!", lachte Martha überrumpelt, ließ sich aber mitziehen. Sie hielt es für Übermut.

Sie hatten sich auf diesen gemeinsamen Tag in Regensburg trotz allem gefreut, auch, wenn sie, Martha, dabei eine kaum zu verbergende Nervosität offenbarte. Seit sie ihren Vater um Erlaubnis für den Besuch im Kloster Heilig Kreuz gebeten hatten, haftete der traurige Ausdruck seiner Augen an ihnen wie ein nasses Kleid, das man nicht abzustreifen vermag. Er hatte der Bitte letztendlich zwar nachgegeben, jedoch nicht, ohne beiden Töchtern die Verantwortung seines damit verknüpften persönlichen Unglücks aufzupacken. Er empfand es als unerträgliche Schande, als Vorstand der hiesigen lutherischen Kirchengemeinde nicht in der Lage zu sein, seine Tochter beim rechten Glauben zu halten. Das hatte er sogar genauso gesagt. Er hatte sie eine große Enttäuschung genannt. Und das war härter zu erdulden als jedes Verbot, jede Bestrafung es hätte je sein können. Die Abwertung galt freilich in erster Linie Martha, streifte Ida nur. Nicht, weil Martha diejenige war, der dies galt, sondern weil sie, nach dem Sohn natürlich, die Trägerin seiner Hoffnungen war. Nicht einmal in der Maßregelung wurde Ida ihrer Schwester gleichgestellt. Dennoch war es auch für sie kaum zu ertragen. Sie verstand sehr gut, dass dieses Druckmittel des Vaters ein geeignetes war, sogar in dem Maße, dass sie es für möglich hielt, es könnte Martha von der Idee doch noch abbringen. Nichts wünschte sich Martha sehnlicher als den Segen ihres Vaters. Doch es schien, dass ihr dieser verwehrt blieb. Selbst der Tod ihrer großen Liebe konnte an seiner Haltung in dieser Frage nichts ändern.

Ida verlangsamte ihr Tempo. Sie wollte nicht über den Vorfall mit der Stiefmutter sprechen und hoffte nur, dass die Ohrfeige keine Spuren in ihrem Gesicht hinterließ. Ihre Wange brannte heiß wie Feuer, aber das mochte auch gut an ihrer Aufregung und an der physischen Anstrengung ihrer Flucht liegen. Sie versuchte, sich mit aller Kraft zu sammeln. Der Strafe, die sie so sicher wie das Amen am Ende des Vaterunsers erwartete, konnte sie auch noch am Abend ins Auge sehen. Es würde zweifelsohne eine gehörige Bestrafung geben. Dergleichen hatte sie noch nie gewagt, und sie hatte auch nicht gedacht, dass sie je zu solchem Ungehorsam in der Lage sein würde. Es war über sie gekommen wie ein unvorhergesehener Sturm. Sie hatte weder Angst noch Bedenken verspürt. Hätte sie Zeit gehabt nachzudenken, wäre die Sache gewiss anders verlaufen. Sicher war sich Ida darüber dann allerdings doch nicht. Hätte sie Martha in ihrem Zustand wirklich alleine zu dieser Klosteroberin gehen lassen? Gewiss nicht. Was also nützte es, sich darüber jetzt den Kopf zu zerbrechen, wo es Wichtiges zu tun gab?

Martha trug ein weites Kleid, das an der Hüfte mit einem schicken Seidenband zusammengerafft war. Die aktuelle Mode kam ihrem Umstand sehr entgegen. Aber ewig konnte sie auf diese Weise ihren sich verändernden Körper nicht verbergen. Bisher war das erstaunlich gut gelungen, aber sie war auch noch immer ungewöhnlich schlank und schmal. Das weite Kleid wäre nicht einmal nötig gewesen.

Sie nahmen den ersten Zug an diesem Morgen. Es waren nur wenige Menschen unterwegs. Ida und Martha reisten diesmal in der zweiten Klasse, um nicht noch Ärger wegen zu hohen Spesen zu verursachen. Im Abteil saßen bereits zwei Personen. Sie waren elegant gekleidet. Die junge Frau hielt einen Blumenstrauß in den Händen. Erst auf den zweiten Blick erkannte Ida, dass es sich um ein Hochzeitspaar handelte, denn die Braut war nicht weiß, sondern in ein hochwertiges, in Marinefarben gehaltenes Kostüm gekleidet. Sie trug ihr dunkles, langes Haar onduliert, mit einer silbernen Seidenschleife um den Kopf, beinahe wie die, die Marthas Hüfte zierte. Der Bräutigam war ebenfalls in einen dunkelblauen Anzug gehüllt. Er musterte die beiden in Neumarkt zugestiegenen jungen Damen ziemlich unverhohlen, sagte aber kein Wort. Dafür zog er immer wieder mit prüfendem Blick seine silberne Taschenuhr hervor, wie um auf das teure Stück aufmerksam zu machen. Die Braut vermied jeden Blickkontakt mit Martha und Ida, sie schaute immer knapp an ihnen vorbei, wenn sie die Richtung ihrer Aufmerksamkeit änderte.

Ida hatte den Eindruck die um wenige Jahre ältere Frau schon einmal gesehen zu haben, und zwar in Nürnberg. Sie sah der Hochschwangeren, die sie damals in die Droschke gesetzt hatten, zum Verwechseln ähnlich. Aber diese Braut hier war wesentlich schmaler im Gesicht, war gertenschlank, hatte eine Wespentaille, die jede Frau vor Neid erblassen ließ. Unmöglich, dass diese Frau vor kurzem ein Kind geboren hatte! Es musste sich also um eine zufällige Ähnlichkeit handeln. Schließlich sahen diese einfachen Leute doch alle irgendwie gleich aus. Sie kleideten sich alle in dieselben tristen Stoffe, trugen dieselben schlichten Frisuren und hatten denselben, oft ungebildeten Ausdruck in ihren Augen. Wer konnte sie schon auseinanderhalten!

„Entschuldigen Sie bitte, ich möchte mich nicht aufdrängen, aber mir scheint, wir kennen uns? Nicht wahr, wir sind uns vor kurzem in Nürnberg beim Deutscher Kaiser begegnet?"

Es war Martha, die die Person gerade und ohne jeden Zweifel in der Stimme ansprach. Die Angesprochene schaute etwas irritiert auf. Dann lächelte sie auf einmal erfreut.

„Sie sind es also doch!", sagte sie liebenswürdiger als ihr Gesichtsausdruck hatte bis vor wenigen Augenblicken erwarten lassen. „Ich war mir nicht sicher. Entschuldigen Sie bitte!" Sie schaute etwas verschämt auf den Blumenstrauß in ihren Händen.

„Ich bin erfreut zu sehen, dass es Ihnen gut geht", meinte Martha, ohne zu sehr auf Details ihrer Begegnung einzugehen.

Die junge Frau nickte, hielt den Kopf etwas zur Seite, die Augen gesenkt.

„Ich bin Ihnen zu großem Dank verpflichtet, Fräulein Heym." Im Gegensatz zu Ida kannte die Frau ihre Namen offensichtlich genau.

„Nicht doch!", fiel Martha ihr ins Wort, „das war doch selbstverständlich, ich bitte Sie! In so einer Situation ..."

Sie unterbrach sich selbst, fasste unmerklich kurz an ihren Bauch unterhalb des Gürtels. Sie wendete den Kopf zum Fenster, schaute hinaus, als gäbe es dort etwas Unerwartetes zu beobachten.

„Was ist es denn? Ein Bub oder ein Mädl?"

Das schien ihr eine unverfängliche Frage.

Nun fiel auch Ida auf, dass die junge Mutter offensichtlich erst jetzt den Bund der Ehe einging. Sie war also gar nicht in Nürnberg verheiratet, wie Martha damals vermutet hatte.

„Ein Mädchen. Anni heißt sie. Sie ist kräftig, ein gesundes Baby." Die junge Mutter lächelte. Sie schien sich zu freuen, dass Martha sich nach ihrem Kind erkundigte.

„Ein hübscher Name", nickte Martha und schickte eine landläufige Floskel hinterher, die man anlässlich solcher Ereignisse stets in ein Gespräch einfließen lassen konnte. Es war unverfänglich. „Da ist der Papa sicherlich sehr stolz."

Die Mutter wich ihrem Blick aus, nickte ein sehr leises und wenig überzeugt klingendes „ja".

„Das nächste Kind wird ein Bub", mischte sich plötzlich der Bräutigam ein, und es klang wie ein Befehl. Beide Frauen zogen es vor, das Gespräch einzustellen. Ein einziger Ausspruch des Mannes im Abteil genügte, um eine Atmosphäre der Schwere hervorzurufen, die sich wie eine Glocke über die Reisenden stülpte. Das Rattern der Räder schien auf einmal lauter zu werden, das Hin- und Herschaukeln im Rhythmus des fahrenden Zuges die einzige Bewegung.

Inzwischen verlangsamte sich die Fahrt, weil der Zug in einen kleinen Bahnhof einrollte. Wie an jeder Station zog der Bräutigam seine Taschenuhr hervor und beklagte die zunehmende Verspätung. Hin und wieder warfen sich die Frauen ein Lächeln zu, beinahe wie im Einvernehmen, dass es vernünftiger war, dem Mann keinen Anlass für Ärger zu bieten. Er schien es entweder nicht zu bemerken oder als angebrachtes Verhalten hinzunehmen.

In Hemau stiegen die beiden Mitreisenden mit einem schlichten „gute Weiterreise" aus.

„Meinen Glückwunsch zur Hochzeit!", schickte nun endlich auch Ida ihnen hinterher. Aus reinem Formgefühl.

„Die arme Frau", äußerte sie, kaum dass die Tür hinter dem Brautpaar ins Schloss gefallen war. „Die sah gar nicht glücklich aus, *odr*? Die schaute, als ob sie aufs Schafott geführt würde."

Marthas Gesichtszüge hatten sich mit dem Zufallen der Zugtür ebenfalls schlagartig verändert. Hatte sie bis dahin noch höflich gelächelt, fiel nun alle Zurückhaltung von ihr ab.

„Das ist nicht der Vater des Kindes", meinte sie zielsicher und es klang, als würde sie diese Erkenntnis persönlich treffen.

„Wie kommst du darauf?"

Nun war Ida voll bei der Sache. Beide Schwestern hatten oft gute Menschen-
kenntnis bewiesen. Sie hatten die Fähigkeit, nicht nur zu beobachten, sondern
auch intuitiv zu spüren. Schon beim ersten Kennenlernen der Stiefmutter hatten
sie damals gewusst, dass diese einen unguten Charakter hatte. Und dieser erste
Eindruck hatte sich im Laufe der Zeit mehr als bestätigt.

„Diese Eiseskälte gegenüber dem armen Kind", sagte Martha. „Ich meine gar
nicht mal so sehr das, was er gesagt hat. Alle Männer wünschen sich einen Sohn,
das ist ja nichts Ungewöhnliches. Nein, es waren seine Augen. Dieser eisige Blick,
als seine Braut so freudig von dem gesunden Neugeborenen sprach. Ist dir das
nicht auch aufgefallen? Mir ist ein eiskalter Schauer über den Rücken gelaufen!"

Sie schüttelte sich noch in der Erinnerung daran. Sie zog ihre Jacke etwas fester um sich. Es fröstelte sie beinahe beim bloßen Gedanken an diese Erinnerung
von kurz zuvor.

„Jetzt, wo du es sagst", überlegte Ida. „Der hatte etwas Ungutes an sich. So
fesch er auch aussah."

Martha lehnte sich in ihrem Sitz zurück. Ihr Gesicht nahm eine gräuliche Farbe
an.

„Ist dir nicht gut?", erschreckte sich Ida.

„Es geht gleich wieder", beruhigte sie Martha.

Dann erklärte sie doch noch: „Ich ertrage das kaum! Heinrich ist tot! Er hätte
sein Kind so geliebt! Und dieser Kerl da lebt, und dabei ist er so undankbar! Das
ist nicht gerecht!"

„Nein", stimmte ihr Ida zu. „Gerecht ist das nicht."

Das Kloster Hl. Kreuz in Regenburg ist heute noch unverändert
wie auf diesem Stich aus dem Jahr 1880 dargestellt;

155

Im Inneren der Russischen Puppe
Ida und Martha besuchen das Kloster, Juni 1917

Das Kloster Heilig Kreuz lag in der Altstadt Regensburgs, am Judenstein. Eine wuchtige Mauer aus uralten Zeiten zog sich von der barocken Heilig Kreuz Kirche um das Eck bis ans nächste Gebäude. Es war eine Einfassung, die seit der Gründung des Klosters im Jahre 1233 schon einigen Kriegen getrotzt hat. Kirche und Mauerwerk waren seit jeher in blassem Gelb gestrichen. Am Ende dieses Festungsgürtels war ein massives Holztor mit Rundbogen eingelassen. Was sich dahinter verbarg, mochte der Betrachter nur erahnen. Neben dem Tor befand sich ein Zugseil, an dem im Innenhof eine Glocke befestigt war.

Martha und Ida standen vor dem verschlossenen Tor, Idas Hand am Zug, ohne jedoch die Glocke zu betätigen. Sie warf ihrer Schwester einen stummen fragenden Blick zu. Noch konnten sie umkehren, noch hatten sie die Schwelle nicht überschritten. Das verschlossene, mächtige Gebäude flößte Ida Beklemmung ein. Sie mochte sich gar nicht vorstellen, dass ihre Schwester für mehrere Wochen hinter dieser Mauer verschwinden wollte.

Martha schaute Ida in die Augen, legte ihre Hand auf die ihrer Schwester und zog am Seil. Es dauerte ewig, bis sich endlich ein Fensterchen, das in die Tür im Tor eingelassen war, quietschend öffnete. Ein altes Gesicht, von dem man nicht sagen konnte, ob es Männlein oder Weiblein war, so viele Linien hatte das Leben hineingezeichnet, spähte heraus wie ein Specht aus seinem Loch. Ida betrachtete dieses System der Türen, dass sie an jenes der Russischen Puppen erinnerte: Ein Türchen in einer Tür in einem Tor in einer massiven Mauer. Es vermittelte dem Besucher unweigerlich, dass Einlass nicht ohne Weiteres gewährt wurde, dass mehrere Stufen der Prüfung zu überwinden waren, bevor man hineindurfte. Und umgekehrt vermutlich erst recht.

Martha nannte ihre Namen und dass sie zu einem Besuch bei der Mutter Oberin angemeldet waren. Das Fensterchen schloss sich, dafür öffnete sich die Tür knarrend wie von Geisterhand. Die zusammengeschrumpfte Alte, die diesen Eingang bewachte, war dahinter beinahe nicht zu sehen. Sie führte die Besucherinnen in einen großzügigen Innenhof, der auf der einen Seite von der Kirche und auf den anderen von einem zusammenhängenden, dreistöckigen Wohngebäude gesäumt war. Dahinter verbarg sich ein größeres Areal, das dem Besucher jedoch ein Geheimnis bleiben sollte.

Die alte Klosterfrau führte sie quer über das Hofpflaster, nicht weniger historisch als die Mauer, zu einem Eingang in dem linken Gebäude. Dort wurden sie über blitzblank gewienerte Steintreppen in einen bedeutenden Raum im ersten Stock geleitet. In der Wand auf der linken Seite befanden sich gewaltige Öffnungen, wie für überdimensionale Fenster vorgesehen, die wohl ein wenig Einsicht in das geheime Klosterleben dahinter gewährt hätten, wären sie nicht von engmaschigen, weiß lackierten Eisengittern verschlossen gewesen. Vor jedem dieser in die Mauer eingelassen Gitter standen jeweils ein einfacher Holztisch und ein paar kahle Stühle. Zwischen den Wandöffnungen mit den Gittern waren hölzerne Trommeln eingelassen, in die man Gegenstände legen und durch Drehen auf die andere Seite befördern konnte.

So musste es in einem Zuchthaus aussehen, schoss es Ida mit Entsetzen durch den Kopf. Sie hatte so etwas noch nie zuvor gesehen.

An einem der Besuchertische saß eine Frau mittleren Alters und sprach leise zu einer Klosterschwester auf der anderen Seite der Wand. Die hatte einen Finger durch die engen Eisenmaschen geschoben, hinüber zu ihrem Besuch. Es war gerade dieser Finger, der sich so einsam durch das Gitter schob, dem alleine es erlaubt war, den Besucher anzutasten, gerade dieser Finger, der Ida auf erschreckende Weise berührte. Sie musste an das Märchen von Hänsel und Gretel denken, an den armen Hänsel, der in seinem Käfig gemästet wurde. Warum mussten diese Klosterschwestern so eingesperrt leben? Wovon versuchte man sie fernzuhalten? Wovor wollten sie selbst sich schützen? Dieses Dasein konnte Martha doch unmöglich wünschen! Ida mochte nicht daran denken, dass sie eines Tages ihrer Schwester nicht einmal mehr die Hand reichen könnte.

Sie beobachtete die Szene sehr genau und mit reichlich Unbehagen im Bauch, während sie hinter der Ordensschwester über knarrende Holzdielen durch den großen Raum schritten, vorbei an verschiedenen, in Öl gemalten Porträts ehemaliger Klosterschwestern, die auf der anderen Seite zwischen den Fenstern an der Wand hingen. Martha und Ida wurden an keinen der leeren Tische verwiesen, sondern folgten der alten Frau weiter in einen angrenzenden Besucherraum, der sich hinter einer weiß lackierten Holztür befand. Sie mussten die Köpfe ein wenig einziehen, weil die uralte Tür noch niedriger war als andere. Dieser Raum war kleiner, hier gab es nur ein Besucherfenster, auf dem Holztisch davor standen ein Krug frisches Wasser und zwei Gläser. Auch dieses Fenster war vergittert.

„Die Mutter Oberin wird gleich kommen", wies ihre Begleiterin sie an. „Nehmen Sie bitte Platz." Damit zog sie sich zurück.

Gedämpfte Stille machte sich breit. Bereits in dem Bereich des Klosters, der für die Öffentlichkeit noch zugänglich war, empfand Ida die Abgeschiedenheit einer anderen Welt. Einer Welt, die mit der, aus der sie kamen, wo ein schrecklicher Krieg unzählige Menschenleben forderte, wo Frauen und Kinder hungerten, nichts gemein zu haben schien. Allem hinter diesen dicken Mauern haftete eine Art Unwirklichkeit an.

Martha schloss die Augen, atmete tief durch, wie um diese Ruhe einzusaugen. Ida konnte ihrem Beispiel nicht folgen. Unruhe und Aufregung trieben sie um, die Befürchtung, Martha letztendlich in diesem Gemäuer verschwinden zu sehen, ja sie womöglich für immer zu verlieren. In diesem Punkt empfand sie beinahe Einklang mit ihrem Vater. Für einen Moment überlegte sie, ob sie ihn in seinem Bestreben, Martha von dieser Idee abzubringen, nicht doch unterstützen sollte? Ihre Schwester möglicherweise den Rest ihres Lebens nur noch mit einem Finger berühren zu können, das erschien Ida wie eine unverdiente, unvorstellbar schreckliche Strafe.

Auf der anderen Seite öffnete sich eine Tür. Zunächst erschien ein Schatten hinter dem Gitter und gleich darauf das von der Klostertracht umrahmte freundliche Gesicht einer Frau. Sie erschien wie eine Lichtgestalt. Das sahnefarbene Gewand hob sich auffällig ab von dem beschatteten Raum, in dem sie sich bewegte. Ein steifes, weißes Stirnband, das bis über die Ohren reichte, hielt den schwarzen Schleier der Kopfbedeckung. Er verlieh ihr den Anschein von pechschwarzem, langem Haar, das ihr über den Rücken bis ans Ende der Wirbelsäule fiel.

Die Mädchen erhoben sich und grüßten ehrfurchtsvoller als es ihre Erziehung sie ohnehin gelehrt hatte. Es war die Erscheinung selbst, die sie beeindruckte. Die Klosterfrau erschien den Schwestern wie ein Wesen ohne Alter. Ihr Blick war weise, ihre Gesichtszüge nicht unerfahren, die Falten darin verliefen wie solche, die durch vieles Lachen hervorgerufen werden. Es war unmöglich zu bestimmen, wie alt sie sein mochte.

Die Geistliche wies sie mit der flachen Hand und einem Nicken an, wieder Platz zu nehmen. Es war selbstredend, dass sie warteten, bis die Mutter Oberin das Gespräch eröffnete.

„Meine Schulfreundin aus der Schweiz hat mir schon berichtet", fing sie mit getragener Stimme an. „Wer von euch beiden ist nun Martha?"

Martha gab sich mit einer schwachen Geste der rechten Hand zu erkennen.

Die Mutter Oberin nickte. Erst jetzt nahm sie selbst auf einem Stuhl Platz. Sie fragte, ob sie eine Tasse Tee wünschten und als beide Mädchen mit einem „Danke" zusagten, betätigte sie eine kleine Glocke. Sofort erschien ein Kopf in der Tür und nahm die Bestellung entgegen.

„Du wünschst also für einige Zeit hier bei uns zurückgezogen zu leben, um zu prüfen, ob dieser Weg der Dominikanerinnen für dich der rechte ist?"

Martha nickte ein gehauchtes „ja" und fügte dann noch ein „möglicherweise" an.

Die Klosterfrau faltete die Hände auf dem kleinen Podest vor ihr und schaute eine Weile auf diese Hände, als sei sie im Gebet. Dann hob sie das Antlitz und betrachtete Martha.

„Eine Konvertierung des Glaubens ist eine ernste Sache, mein Kind. So etwas will gründlich überlegt sein." Sie sprach leise, als ob fremde Ohren in der Nähe sie hören könnten. Ida schaute sich instinktiv kurz um. Es war niemand außer ihnen in diesem Zimmer und auch die Tür auf der anderen Seite, durch die die Mutter Oberin getreten war, war fest verschlossen.

Martha wartete mit einer Antwort, denn es war unklar, ob die Leiterin des Klosters an dieser Stelle eine Antwort hören wollte, oder ob sie nur eine Pause einlegte.

„Ihr kommt aus einem streng religiösen Hause, wie ich höre", fuhr sie dann fort und brachte damit schon im dritten Satz den Gegenstand des Besuches auf den Punkt. „Euer Vater ist sehr engagiert in der Lutherischen Kirche, wie ich erfahren habe. Er dürfte mit diesem Wunsch unschwer einverstanden sein?"

Es war vorhersehbar gewesen, dass sie angesichts Marthas Konfession gepaart mit ihrer Minderjährigkeit diese Frage stellen würde. Doch weder Ida noch Martha hatten damit gerechnet, dass dieser Punkt und nicht Marthas andere Umstände für die Mutter Oberin das eigentliche Problem zu sein schien. Dabei hatte die Tante ihnen gesagt, dass Marthas Geschichte schon bei Anfrage nach einem Termin genau dargelegt worden war. Martha verstand immerhin, dass nun der Moment gekommen war, etwas zu sagen.

„Ja, das ist richtig. Und ich bin Euch zu großem Dank verpflichtet, dass Ihr Euch dennoch die Zeit nehmt, um mit mir zu sprechen."

Die Mutter Oberin schloss kurz die Augen, machte eine unmerkliche Bewegung mit dem Kopf und sah Martha gleich wieder erwartungsvoll an.

„Unser Herr Vater ist verständlicherweise nicht glücklich darüber," gab Martha zu. Sie hatte sich tagelang auf dieses Gespräch vorbereitet. Wie immer vor wichtigen Zusammenkünften hatte sie zusammen mit Ida mögliche Fragen und Antworten durchgespielt, überlegt, welche Wortwahl die klügste war. Gerade diese Frage hatten sie sehr oft geübt und so sprach sie mit fester Stimme und ohne Zögern. „Ich denke schon lange über Konvertierung nach. Ich habe mich mit den Unterschieden unserer Konfession und der der Römisch-Katholischen lange auseinandergesetzt. Ich möchte gewiss nicht sagen, dass ich schon alle Antworten kenne. Oh nein! Gar nicht. Das wäre anmaßend von mir. Es ist doch eher so, dass sich immer mehr Fragen auftun, je mehr ich darüber nachsinne. Gerade deshalb möchte ich mich als Novizin der Zeit der Prüfung unterziehen."

Ida wendete ruckartig den Kopf und guckte ihre Schwester mit runden Augen an. Diesen letzten Satz hatten sie so nicht geprobt. Novizin! Freilich wusste sie, dass man die Neuzugänge eines katholischen Klosters so nannte, aber was bedeutete das in diesem Fall? Was bedeutete das für ihre Schwester? Was für sie, die alleine zurückblieb? Martha hatte immer nur von Wochen der Besinnung gesprochen, nicht davon, sich dieser ernstzunehmenden Prozedur zu unterwerfen. Der verwendete Begriff der Novizin deutete doch schon einen deutlichen Schritt hin zu einer Entscheidung an!

Die Mutter Oberin reagierte abermals sehr bedacht. Sie hatte wohl schon viele dieser Gespräche geführt und gar manche Wendung erlebt, die sie vorsichtig sein ließen.

„Nun,", schmunzelte sie schließlich. „Vielleicht möchtest du zunächst einmal einen freiwilligen Dienst im Rahmen unseres Klosters verrichten? Das nennt sich Postulat. Die Ausbildung beginnt immer mit dem Postulat. Das ist eine erste Probezeit von 12 bis 24 Monaten, wo die Postulantin unsere Lebensweise kennen lernt und ihre Berufung prüfen kann. Unter der Leitung einer Meisterin selbstverständlich. In dieser Zeit kannst du in Ruhe alle Fragen, wie die der Konvertierung und auch anderes für dich klären. Wie ich höre, hast du

Erfahrung mit Arbeit im Lazarett? Auch unsere Schwestern tun in mehreren Krankenhäusern ihren Dienst. Dabei kann man das klösterliche Leben doch auch schon ein wenig kennenlernen. Bevor wir aber ein unmündiges Mädchen aufnehmen, muss die unbedingte Zustimmung des Vaters vorliegen. Gerade in diesem Fall, möchte ich betonen."

Sie legte eine Pause ein, wartete. Sie wollte gewissermaßen sehen, ob dieser Punkt ein Hindernis darstellte, das weitere Worte schon an dieser Stelle erübrigen würde.

Martha gab sich wenig erschrocken über diese Aussage, antwortete, dass ihr dies sehr bewusst sei.

„Wenn die Postulantin glaubt, dass sie eine Berufung zum dominikanischen Leben hat", fuhr die Mutter Oberin daraufhin fort, „bittet sie um Zulassung zum Noviziat. Das ist eine intensive Probezeit, während der die Novizin in die Gemeinschaft und in das religiöse Leben hineinwachsen kann. Dazu gehören häusliche Tätigkeiten und theologische Studien." Abermals legte die Mutter Oberin eine Pause ein. Nicht zuletzt deswegen, weil sich hinter ihr die Tür öffnete und eine junge Klosterschwester, deren Kopfschleier so hell war wie ihr Gewand, ein Tablett hereinbrachte. Vermutlich eine der soeben beschriebenen Novizinnen, dachte Ida. Sie beobachtete das Mädchen interessiert, das kaum älter war als sie selbst. Was mochte diese dazu bewegt haben, sich für so ein zurückgezogenes Leben zu entscheiden? Kam sie aus gutem Hause oder war sie eine einfache Dienstmagd? Man konnte es nicht mehr sagen, sie hätte beides sein können. In demütiger Haltung und gesenktem Blick verrichtete sie ihre Arbeit. Sie schwebte durch den Hintergrund und stellte das Tablett in der Drehtrommel neben dem Fenster ab.

„Bitte sehr", hauchte sie fast unmerklich und drehte die Trommel um 180 Grad. Wie im Märchen des Tischleindeckdich erschien nun die dampfende Teekanne mit zwei Tassen und ein wenig Gebäck auf Marthas und Idas Seite. Ida erhob sich, entnahm das Tablett und stellte es auf den Tisch vor sich. Sie goss heißen Tee ein. Auch auf der anderen Seite wurde der Mutter Oberin von der Klosteranwärterin eingeschenkt.

Erst als das Mädchen den Raum wieder verlassen hatte, fuhr diese fort.

„Das Noviziat dauert zwei Jahre. Alles dient dazu, die menschliche und geistliche Reifung zu fördern. Der endgültige, entscheidende Schritt ist dann die Profess."

„Sie kann es sich in dieser Zeit aber noch anders überlegen, oder?", platzte Ida heraus. Sie konnte sich nicht zurückhalten. Die Angst, ihre Schwester könnte eine unbedachte Entscheidung dieser Tragweite treffen, nur weil sie sich in einer verzweifelten Lage befand, schnürte ihr beinahe die Kehle ab.

Die Klosterleiterin lächelte Ida nachsichtig zu.

„Erst nachdem die Novizin um Zulassung zur Profess gebeten und die Gemeinschaft in geheimer Abstimmung dafür abgestimmt hat, legt sie ihre Gelübde ab. In aller Freiheit weiht sie sich mit allem, was sie ist und hat, ganz und gar Gott in der Nachfolge Christi, um in dieser konkreten Gemeinschaft ein Leben nach dem Evangelium zu führen, in Armut, Keuschheit und Gehorsam. Sie verpflichtet sich vorerst für drei Jahre zu einem Leben nach den Satzungen des Ordens. Unter Anleitung einer Meisterin führt sie ihre Studien fort."

Für Martha schienen diese Informationen nicht ganz neu. Zwar hörte sie aufmerksam zu, stellte aber nicht eine Frage, was Ida umso mehr aufrührte. Ida wollte ganz sichergehen, alles richtig verstanden zu haben. Manche dieser Formulierungen klangen recht hübsch und harmlos, mochten dabei aber über die Härte der wahren Bedeutung gut hinwegtäuschen.

„Mit allem, was sie ist und hat? Was bedeutet das?"

Die Mutter Oberin schaute auf Martha, obwohl Ida gefragt hatte.

„Das bedeutet, dass wir uns ganz bewusst von weltlichen Dingen befreien," erklärte sie. „Kleider, Schmuck, Mitgift, alles, was so ein junges Mädchen eben besitzt. Wir geben es der Gemeinschaft, wir behalten nichts als unser eigen."

„Fünfzigtausend Schweizer Goldfranken!", empörte sich Ida übermannt von der Information des Augenblicks. Das konnte doch niemand von ihrer Schwester verlangen, die großzügige Zuwendung ihrer Tante herzuschenken? Tante Geneviève hatte diese Mitgift für ihre Zukunft gedacht und bestimmt nicht damit gemeint, das Geld einfach so zu verteilen.

Martha ergriff Idas Hand und zerrte daran, wie man ein ungezogenes Kind zur Raison zwingen möchte.

„Ida!", raunzte sie, als könnte irgendein Wort, das sie hier verlauten ließen, vor ihrem Gegenüber auf der anderen Seite verborgen bleiben. „Was ist denn in dich gefahren!? Wenn ich gewusst hätte, dass du dich so danebenbenimmst, hätte ich dich nicht mitgenommen!"

„Es ist gut, dass sie die Fragen stellt, die du, Martha, nicht stellst", erwiderte die Mutter Oberin.

Martha errötete bis unter die Haarwurzeln und Ida verschlug es glatt die Sprache. Noch nie in ihrem Leben hatte sie erfahren, dass Martha gerügt, und gleichzeitig ihr, Idas Betragen als vorbildlich hingestellt wurde. Noch dazu nach einer spontanen Widerrede, die ganz ihren Emotionen entsprungen war.

„Um deine Frage von vorhin vollständig zu beantworten", sprach die Mutter Oberin weiter und überging damit beide Reaktionen, als wären sie ihr gar nicht aufgefallen. „Nach mindestens neun bis maximal zwölf Ausbildungsjahren muss die junge Schwester sich entscheiden, ob sie für immer Dominikanerin bleiben will. In dieser Zeit prüft aber auch die Gemeinschaft ihre Eignung. Erst durch die Ablegung der Gelübde bis zum Tode bindet sie sich für immer an den Orden."

Beide Mädchen schwiegen. Die eine, weil sie noch immer an der harschen Zurechtweisung knabberte, die andere, weil sie das erhabene Gefühl, das dieses Lob in ihr hervorgerufen hatte, auskosten wollte.

„Wir legen großen Wert auf eine gründliche Ausbildung und eine lebenslange Weiterbildung wie auf die Entfaltung und den Einsatz persönlicher Talente", erklärte die Oberin weiter.

Nun hob Martha den Kopf und sie wagte die Frage, die sie und Ida im Vorfeld sehr verunsichert hatte, weil diese doch nicht die Motivation für so einen Schritt sein sollte. Das war ihnen klar gewesen. Nun aber zeigten die Worte der Oberin von kurz zuvor Wirkung. Und zwar in der Form, dass beide nicht mehr recht wussten, was eine gute und was eine unwichtige Frage war.

„Auch ein Studium der Medizin?"

„Wir führen eine Realschule für katholische Kinder", lautete die unverbindliche Antwort. „Unsere Schwestern arbeiten neben Haushaltsberufen auch als Lehrerinnen, im Kindergarten und in Krankenhäusern. Eine gründliche Berufsausbildung ist in jedem Fall nötig."

Martha konnte nicht vermeiden ein „wie schön!" zu murmeln und wieder feuerrot im Gesicht zu werden. Sie war offensichtlich völlig aus dem Konzept. Sie holte Luft, atmete wiederholt tief ein und aus.

Ida nahm sich vor, nichts mehr zu fragen und sich zurückzunehmen. Sie wollte sich das unerwartete Lob nicht damit verderben, dass sie es zu weit trieb. Außerdem wartete sie darauf, dass endlich die dringende Sache der gewissen Umstände zur Sprache kommen würde. Das alles war doch nebensächlich, wenn es für Martha in dieser Angelegenheit keine Hilfe gab.

Aber die Mutter Oberin saß still. Sie wartete lange, ließ dem bisher Gesagten Zeit zu verfliegen, als wären zu viele Worte im Umlauf. Schließlich richtete sie eine direkte Frage an Martha: „Warum hegst du den Wunsch, unserem Orden beizutreten?"

Natürlich waren die Mädchen auch genau darauf vorbereitet. Aber, wie zuvor, hatten sie die Frage nicht an dieser Stelle des Gespräches erwartet. Martha schien noch immer ein wenig durcheinander, strich sich das Kleid glatt, räusperte sich in die Faust und atmete zu heftig.

„Ich suche …", fing sie an und Ida biss sich auf die Lippen, denn das war nicht die Formulierung, die sie sich zurechtgelegt hatten. „Ich suche …".

Marthas Augen wurden beinahe gläsern, wie sie so zerfahren herumstammelte. „Ach, ehrwürdige Mutter Oberin", seufzte sie. Sie schien völlig den Faden verloren zu haben und schlicht aufzugeben. „Ich weiß nicht, was ich suche. Ich suche etwas, ja, und wie! Aber ich kann es nicht benennen. Kein Wort scheint mir das rechte zu sein. Das ist es ja gerade, was ich hier herausfinden will, deshalb brauche ich ja … aber …"

Ida guckte mit Spannung auf die Klosterfrau hinter den Gittern. Das war nun wahrlich keine gute Antwort gewesen, dachte sie. Jemand, der konvertieren wollte, sollte zumindest in der Lage sein zu erklären, warum dieser Wunsch bestand. Möglicherweise hatte ihr Vater doch recht gehabt? Er kannte seine jüngste Tochter womöglich noch besser als Ida gedacht hatte. Martha handelte unüberlegt. Dabei war er ja nicht einmal im Bilde über alle Bedrängnisse, die dazu führen mochten.

„… aber unter diesen Umständen ist das nicht so einfach, nicht wahr?", beendete die Klosteroberin den Satz an Marthas Stelle.

Ida erlebte ein Déjà-vu. Nun brachen alle Dämme. Martha liefen die Tränen über die Wangen, wie damals im Zug, als sie der Tante schließlich alles gebeichtet hatte. Sie nickte heulend und kramte nach einem Taschentuch.

Ida reichte ihr ein frisches und schob ihr auch eine weitere Tasse Tee mit einem „trink!" hin. Diesmal beruhigte sich Martha zügiger.

„Der liebe Gott wird auch dafür einen Weg weisen", meinte die Klosterfrau. Sie hatte mit diesem Satz gewartet, bis Martha wieder in der Lage schien, zuzuhören. „Es gibt immer einen Weg, wir sehen ihn manchmal nur nicht gleich."

Martha versuchte sich in einem Lächeln.

Ida guckte mit großer Hoffnung im Gesicht, endlich zu erfahren, wie man dieses Dilemma angehen konnte.

„In jedem Fall benötigen wir als Erstes eine schriftliche Einverständniserklärung deines Vaters."

Ida schluckte ihre aufkeimende Enttäuschung hinunter. Auch, wenn sie sich nichts sehnlicher wünschte, als ihre Schwester zu Hause bei sich zu wissen, diese Unterschrift schien ihr der einzige Ausweg aus dem Dilemma, und sie hielt es durchaus für wahrscheinlich, dass ihr Vater diese nicht geben würde. Dann war alles vergeblich gewesen. Der Brief an die Tante, mit dem sie das Vertrauen ihrer Schwester gebrochen hatte, umsonst. Diese Reise hierher, überflüssig. Die ihr noch bevorstehende Strafe der Stiefmutter, unnötig.

Doch dann kam ihr der Gedanke, dass sich ihr hier, im Verlauf dieses Besuches im Kloster, doch auch eine andere Seite gezeigt hatte. Was, wenn Martha tatsächlich etwas unüberlegt handelte?

„Das verstehe ich", hörte sie Martha in ihre Überlegungen hineinsprechen. „Ich werde dafür Sorge tragen, dieses Schreiben so schnell als möglich zu bringen."

„Dann steht dir unsere Tür offen", lächelte die Mutter Oberin wieder. Sie war während der letzten Minuten doch ziemlich ernst geworden.

Martha bedankte sich, stellte dabei die Tassen zurück auf das Tablett und erhob sich. Ida folgte ihrem Beispiel, jedoch noch immer verstrickt in ihre Überlegungen.

Doch als Martha die Tasse abgestellt und sich herumgedreht hatte, erschreckte sich Ida bis ins Mark.

„Da!", zeigte sie mit Entsetzen auf den Rock ihrer Schwester. Ein großer roter Fleck breitete sich auf dem Stoff aus, genau dort, wo beide Schenkel zusammenfanden.

Martha schaute an sich herab und wurde so sahnefarben im Gesicht wie die Gewänder der Klosterschwestern.

„Oh Gott!", schrie sie und hielt sich die Hände an den Bauch.

Sogar die Mutter Oberin auf ihrer Seite sprang erschrocken auf.

Hochzeit in dunkelblau
Maria als Trauzeugin in Hemau, Juni 1917

Die Geburt war nicht leicht gewesen. Fünfzehn Stunden war Anna in den Wehen gelegen, trotzdem war alles ohne Komplikationen verlaufen. Sie hatte ein gesundes Mädchen zur Welt gebracht, das sie Anni nannte. Der Name ähnelte genug dem ihrer Mutter, um dieser Ehre zu erweisen, freilich auch ihrem eigenen, war aber doch ein eigenständiger. Zwei Annas in der Familie genügten. Auf diesen Namen waren der Vater des Kindes und sie damals schnell gekommen, gleich zu Beginn und Anna hatte es beibehalten.

Albrecht Schober, der zumindest sein Kind hatte sehen wollen, hatte man nicht hereingelassen, obwohl er sich als Vater offiziell bekannte. Daraufhin hatte Anna ihm einen kurzen Brief geschrieben, in dem sie versprach, ihm einen baldigen Besuch seiner Tochter möglich zu machen.

Walli hingegen hatte man zu ihr gelassen. Allerdings erst drei Tage nach der Geburt. Nicht einmal sie hatte ihr beistehen können, weil sie keine Unterkunft gefunden hatte, die sich die Familie hätte leisten können und auch das Krankenhaus völlig überfüllt war mit Kriegsverletzten, so dass man sie nicht einmal auf einem Klappstuhl im Gang geduldet hätte. Die Wöchnerinnen behielt man kaum wenige Tage in Pflege, da man dringend jede Pritsche und jede Mahlzeit benötigte. Sobald eine Frau nur den Anschein erweckte, halbwegs stehen zu können, schickte man sie nach Hause, wohl wissend, dass sie dort in den seltensten Fällen die nötige Ruhe vorfand, die sie gebraucht hätte, um wieder zu Kräften zu kommen. Aber Anna hatte nicht einmal ein solches Zuhause. Sie hatte sich noch so schwach gefühlt, dass sie verzweifelt versucht hatte, mit dem Arzt ein oder zwei Nächte mehr auszuhandeln. Sie hatte sogar angeboten, in der Küche zu helfen, obwohl sie sich dazu im Grunde noch gar nicht in der Lage gefühlt hatte. Der Arzt hatte nur stumm den Kopf geschüttelt, als hätte er allein die Frage für derart abwegig gehalten, dass ihm sogar die Worte für eine Antwort fehlten. Er war einfach wortlos weggegangen. Als Anna zu weinen begonnen hatte, war die Oberschwester an ihr Bett getreten und hatte sie schonungslos aufgeklärt.

„Was glauben Sie eigentlich!", hatte sie Anna angezischt. „In anderen Heil– und Pflegeanstalten geht es noch ganz anders zu! Sie wollen wohl, dass das hier auch so wird? Dort müssen Ärzte und Schwestern den ganzen Tag das ständige Geschrei der Kranken und ihren unaufhörlichen Hunger ertragen, ihre beim Gartenbesuch zutage tretende Gier nach unreifem Obst, ja selbst nach Gras! Das sind die Nerven stark angreifende Momente für unsereins! Wer so was gesehen hat, der darf gar nicht anders, als nein zu sagen zu jemandem wie Ihnen! Dort fressen sie in ihrem Hungergefühl faule Kartoffeln und Abfälle und Gras und buddeln Blumenzwiebeln aus dem Dreck, raufen mit Mitkranken förmlich um jeden Bissen. Und bei den Nervenkranken überlebt nur noch der Stärkere, die anderen krepieren einfach, so wie die Soldaten, die da auf den Gängen liegen!"

Sie hatte mit ausgestrecktem Arm hinaus auf den Flur gezeigt. „Und da möchte die feine Dame einfach noch ein wenig ausruhen?"

Die Stationsschwester hatte wohl befunden, der Worte genug gemacht zu haben, sich auf dem Absatz umgedreht und der zutiefst betroffen dreinguckenden Anna den Rücken zugekehrt. Auch die anderen Mütter in ihren Betten hatten entweder still den Kopf hinabgebeugt zu ihrem an der Brust saugenden Kind, oder sich in ihren Kissen versteckt.

„Die wird noch dafür sorgen, dass wir alle rausfliegen!", hatte eine aus den hinteren Reihen zu ihr herübergemault. „Erst rumhuren und dann auch noch Forderungen stellen!"

Der grobe Nürnberger Dialekt hatte auf keine gute Kinderstube schließen lassen. Auch, wenn niemand auf diese Bosheit geantwortet hatte, hatte Anna deutlich gespürt, dass die meisten der anderen Mütter dieser Gemeinheit zustimmten. Die Frauen hatten kein Interesse daran gehabt zu erfahren, welche Geschichte die ihre war. Eine jede hatte genug mit sich selbst und der elenden Lage zu tun. Anna war, wie alle Häring–Mädchen, zu Fleiß und Demut erzogen worden. So waren ihr keine passenden Worte eingefallen, die einer derart groben Beleidigung gerecht geworden wären. Sie hatte sich einfach hingelegt und die Decke über den Kopf gezogen.

Als Walli kam, um sie und die Kleine nach Nabburg zum Onkel zu begleiten, hatten die schweren nachgeburtlichen Blutungen noch keineswegs nachgelassen. Man hatte ihr schlicht einen Packen kräftiger Stoffbinden in die Hand gedrückt, die sie regelmäßig auskochen sollte, und ihr das schreiende Kind gebracht. Manche der Schwestern hatten sie ohnehin sehr herablassend behandelt, sobald sie erfahren hatten, dass Anna nicht verheiratet war. Das hatte es für sie zumindest seelisch ein wenig leichter gemacht, das Krankenhaus so früh zu verlassen. Sie war dankbar gewesen, Walli zu sehen und hatte die gesamte Fahrt nach Nabburg mit den Tränen gekämpft.

Ihr Onkel und ihre Tante hatten die beiden Schwestern mit dem Baby zumindest sehr freundlich aufgenommen und ihnen eine Ecke in der warmen Wohnküche, nahe dem Kamin zugewiesen. Dort hatten früher einmal die Mädge geschlafen, als es noch so etwas wie Knechte in den Gasthöfen gegeben hatte. Das Holzbett über dem Kachelofen war zwar hart, dafür aber immer schön warm. Noch musste ein wenig geheizt werden, es war nach wie vor ein kalter Frühling.

Niemand sonst aus ihrer Familie war gekommen, um das neue Menschenkind zu begrüßen. Anna schmerzte die Gefühlskälte ihrer Eltern mehr als sie erwartet hatte, beinahe mehr als die Trennung vom Vater des Kindes. Und dieser Schritt war weiß Gott hart genug gewesen. Das Kindlein war mit einem Mal das Gefühlszentrum ihres Lebens, alles andere stand dahinter zurück. Alles, was damit verbunden war, schien sie doppelt stark zu empfinden. Deshalb reifte in diesen Tagen auch die Gewissheit in ihr heran, dass sie das Richtige entschieden hatte. Anni durfte nicht als Bastard aufwachsen! Die Erfahrungen, die sie als ledige Mutter bisher gemacht hatte, genügten, um die schreckliche Zukunft, die ihrem unehelichen Kind ohne ordentliche Rahmenbedingungen bevorstünde, nur allzu deutlich vor Augen zu haben. Anni würde in der Schule geneckt werden, die Kinder würden ihr böse Namen nachrufen, sie aus dem Spiel ausschließen, die anderen Mütter würden sie wegschicken, wenn sie deren Kindern zu nahekäme, ja sogar in der Kirche würde sie die Schande zu spüren bekommen. Das durfte sie der kleinen Anni nicht antun!

Anna hatte viel geweint, was Walli darauf zurückgeführt hatte, dass Frauen nach einer Geburt immer sehr empfindliche Phasen durchlaufen. Sie war ihr beigestanden, hatte ihr Anni abgenommen, wenn die Tränen gekommen waren und hatte gewartet, bis sich der Zustand ihrer Schwester wieder stabilisiert hatte. Auf diese Weise waren vier Wochen vergangen, bis zu Annas Hochzeitstermin. Am besagten Tag hatte sie ihr zukünftiger Ehemann schon früh am Morgen in Nabburg abgeholt. Gemeinsam hatten sie den Zug nach Hemau genommen, wo sie vor der Eheschließung Annas wenige Habseligkeiten in die neue gemeinsame Wohnung gebracht hatten. Das Kind war in der Obhut Wallis in Nabburg geblieben, bis man es später, zu gegebener Zeit, nachholen würde. Walli hatte es sehr bedauert, der Hochzeit nicht beiwohnen zu können, aber die Hilfe, die sie Anna dadurch bot, wog mehr als ihre Anwesenheit bei der Eheschließung. Der Bräutigam hatte darauf bestanden, dass man die Flitterwochen alleine verbringen würde, ohne Kind, selbst wenn eine Reise nicht zur Debatte stand. Anna hatte ihm diesen Wunsch gewährt, obwohl es ihr schwergefallen war. Aber sie hatte verstanden, dass es wichtig war, dass sie sich in Ruhe ein wenig näher kennenlernten. Wenn sich alles erst einmal gut eingespielt hatte, war es bestimmt auch für die Kleine besser so.

So stand das Brautpaar schließlich wartend vor dem Gemeindehaus in Hemau, unbeweglich und unnahbar wie zwei Holzfiguren, die Punkt zwölf aus der Öffnung einer Kuckucksuhr treten. Schon nach kurzer Zeit war Annas Wespentaille wieder voll hergestellt gewesen, was zwar im dunkelblauen Kostüm sehr wirkungsvoll war, aber durchaus kein positiver Umstand. Das Stillen und das karge Essen hatten seine Wirkung auf die junge Mutter nicht verfehlt.

**

Maria entdeckte Anna schon von Weitem und dieser Anblick vermittelte nicht den Eindruck des Freudentages, den ein Hochzeitstag ihrer Meinung nach doch sein sollte. Sie und ihre Eltern waren soeben mit dem Mittagszug angekommen. Sie schritt neben Mutter Häring auf das Bürgermeistergebäude zu. Maria sollte die Trauzeugin der Braut sein, für den Bräutigam fungierte eine Gemeindeangestellte, da seine Freunde und Bekannten wohl durchwegs im Kriegseinsatz waren. Die beiden Häring-Frauen schleppten die große, schwarze Einkaufstasche gemeinsam zwischen sich, in der sie das beim Haushaltswarengeschäft Rackl gekaufte gute Kaffeeservice fest eingepackt hatten. Es war im Angebot gewesen, sonst hätte die Familie sich ein solches Geschenk kaum leisten können. Vielleicht war das hochwertige Porzellan mit dem etwas ungewöhnlichen Muster schlichter gerader Linien und eckiger Form ein Ladenhüter gewesen, das den Geschmack der ländlichen Bevölkerung nicht getroffen hatte? Die bevorzugten bunte Blümchen mit Goldrand, wenn sie schon so viel Geld dafür hinlegen mussten. Für ein solches zwölfteiliges Speise- und Kaffeeservice musste man immerhin drei Monatslöhne eines gutbezahlten Facharbeiters ausgeben. Maria war sich sicher, selbst wenn das Design nicht ganz den Geschmack Annas treffen würde, sie würde die Marke und Qualität des Geschenks sehr schätzen.

Der Bräutigam zog prüfend seine Taschenuhr aus der Weste. Es vermittelte den unausgesprochenen Tadel für ein Zuspätkommen, das weder der Fall noch angebracht war. Von der anderen Seite erspähte Maria die Mutter des Bräutigams die Straße herunterkommen. Sie betrat die Bühne des Geschehens ebenfalls erst jetzt. Er begrüßte die Eltern seiner Braut.

„Schwiegerpapa, Schwiegermama …", und reichte ihnen die Hand. Beide musterten den Mann, der ihre Tochter zur Frau nahm, das erste Mal in ihrem Leben.

„Fesch schaun's aus![63]", lobte ihn Mutter Häring.

Maria dachte, dass sie die Wahrheit sagte, denn ihr Schwager sah tatsächlich sehr schick aus. Anna stand ebenfalls wie aus dem Ei gepellt da, auch wenn das Strahlen der Liebe in ihrem Antlitz fehlte. Aber das war auch zu viel verlangt, das würde mit der Zeit schon kommen.

Die Begrüßung zwischen den Männern verlief nüchtern und ohne weitere Worte. Maria erhielt ein flüchtiges Augenzwinkern vom Bräutigam und eine kurze Umarmung von ihrer Schwester. Auch deshalb, weil Frau von der Sitt in diesem Moment hinzutrat und sofort das Wort an sich riss.

„Mein Bester!", säuselte sie und ergriff die Hände ihres Sohnes. „Gut siehst du aus! Der Ehemann steht dir wirklich gut zu Gesicht! Was bin ich stolz auf dich! So einen schönen Bräutigam hat man selten gesehen! Deine Frau kann fürwahr stolz auf dich sein!" Erst dann wendete sie sich der besagten Braut zu, die auch sie zum ersten Mal persönlich kennenlernte. Sie ließ die Augen von oben bis unten schweifen und wartete erkennbar darauf, dass Anna sie als Erste begrüßen würde. Als Anna nicht reagierte, reichte sie ihr die Hand zum Kuss, wie Königinnen aus einer vergangenen Zeit einem Untergebenen.

„Es freut mich, die Frau meines Sohnes endlich kennenlernen zu dürfen", sprach sie von oben herab, um ihre Geste zu unterstreichen.

Anna guckte so verdutzt wie Maria. Auch ein wenig unsicher, weil der noble Name der Frau vielleicht doch Rückschlüsse auf ein bestimmtes Verhalten zuließ, das ihnen schlicht fremd war.

„Ganz meinerseits", antwortete Anna, ergriff die Hand und schüttelte sie. Frau von der Sitt warf ihren Kopf in den Nacken, rümpfte die Nase und zog ihre Hand zurück.

---

[63] Dialekt: Sehr elegant sehen Sie aus!

„Schade, dass wir nicht in weiß heiraten können! Ich hätte dir, mein Kind, mein Hochzeitskleid gerne zur Verfügung gestellt. Es wäre ein kostbares Seidenkleid mit Reifrock gewesen, mit echten Perlen bestickt, sehr wertvoll, ganz zauberhaft, ich habe darin wie eine Prinzessin ausgesehen, alle haben es damals gesagt, wir hätten gar nicht viel ändern müssen, vielleicht nur ein wenig das Bustier ausstopfen, ja ...". Sie legte eine Pause ein, um bei den Anwesenden ein Bild im Kopf entstehen zu lassen. Dann wendete sie sich ab und schaute auf Mutter Häring. „Aber was soll man tun? Dafür war es ja zu spät."

Anna senkte für ein paar Sekunden die Augen auf den Boden, schaute aber gleich wieder auf. Maria konnte ihre Empörung kaum zügeln. Die Frau knüpfte sofort an ihr unmögliches Benehmen von damals an. Und wieder sagten ihre Eltern nichts dazu.

„Wie geht es unserer kleinen Anni?", erkundigte sie sich deshalb sehr deutlich und redete weiter, ohne auf Antwort zu warten. „Bestimmt ist sie schon kräftig gewachsen! Ach, ich würde sie so gerne sehen! Ich habe ein Sommerkleidchen für sie gemacht. Ich hab's dir mitgebracht. Ich hoffe, es passt."

„Danke", murmelte Anna, „das ist lieb von dir."

„Wir müssen hineingehen", fiel ihnen der Bräutigam ins Wort, „es ist Zeit."

Die Trauung verlief reibungslos und dauerte nur wenige Minuten. Maria stand wie verloren neben dem Paar, als der Beamte verkündete, dass die Eheschließung nun besiegelt war und dem Paar als Erster gratulierte. Sie war aufs Tiefste ernüchtert. Wie schnell man doch in den Ehestand trat! Kaum ein paar Atemzüge und schon war die Frau für den Rest ihres Lebens an den Fremden an ihrer Seite gebunden, trug einen anderen Namen, begann eine neue Existenz, war nicht mehr das Mädchen, das sie bis zu diesem Tage ihres Lebens gewesen war. Nun war ihre Schwester Frau Anna von der Sitt. Es befremdete Maria und sie hoffte innigst, dass die sofort im Anschluss folgende kirchliche Trauung dem Ganzen wenigstens den nötigen Rahmen und vor allen Dingen die Ruhe für eine Veränderung dieser Art geben würde.

Auch Anna schien das so zu empfinden, denn sie schrak förmlich zurück, als der Standesbeamte zum Bräutigam sagte, dass er nun die Braut küssen dürfe.

„Erst nach der kirchlichen Trauung!", wehrte sie seinen Versuch lächelnd ab. Was Mutter Häring mit einem gewissen Wohlwollen aufnahm – denn immerhin war die wahre Eheschließung diejenige vor Gott –, entlockte der anderen Mutter eine Bemerkung, die laut genug gemurmelt war, so dass alle es hören konnten. Sogar der Standesbeamte, der jedoch vorgab, nichts gehört zu haben.

„Jetzt ziert sie sich! Wenn sie das nur mal vorher getan hätte!"

Man überging auch dies, aber ihr Sohn hatte die Botschaft aufgenommen und trug sie mit versteinerter Miene sichtbar für alle mit sich in die Kirche.

Die christliche Zeremonie lieferte die von Maria ersehnten Rituale, die dieser Entscheidung fürs Leben ein wenig Gewicht verliehen. Der Priester fand sehr treffende Worte, sprach vom Unterschied des Verliebtseins und der wahren tiefen Liebe, die er erstaunlich treffend erklärte, als könne er aus persönlicher

Erfahrung darüber reden. Er schaffte damit eine feierliche Atmosphäre. Maria lauschte seinen Worten nur am Rande. Sie unterhielt sich währenddessen inständig mit ihrem ganz persönlichen Lieben Gott, bat ihn darum, ihr eines Tages die Wahl ihres Ehemannes selbst zu überlassen. Dann überlegte sie, dass es sehr selbstsüchtig war, am Tag der Hochzeit ihrer Schwester an ihr eigenes Glück zu denken und schickte die Bitte, Anna einen schönen Tag zu bescheren, hinterher. Als Kind hatte sie es sich so zurechtgelegt, dass ihr nächster Gedanke auf eine Bitte hin die Antwort Gottes an sie war. Diese Überzeugung hatte sie nie abgelegt und so fühlte sie sich nun beinahe schuldig, dass er sie an die zweite Bitte erst hatte erinnern müssen. Sie wendete sich wieder mit voller Aufmerksamkeit den Worten des Pfarrers zu.

Schon bald darauf ließ auch der verlauten, was der Standesbeamte bereits zum Bräutigam gesagt hatte: „Sie dürfen die Braut jetzt küssen."

Maria fiel zum ersten Mal auf, dass diese Aufforderung immer nur an den Mann gerichtet war. Die Braut wurde gar nicht gefragt. Die Braut küsste nicht, sie wurde geküsst. Wenn gewiss auch andere Männer vor dem Altar sehnsüchtig diesem Moment als freudige Vorerwartung auf die bevorstehende Nacht entgegenfieberten, so zeigte sich die Reaktion von der Sitts beinahe als verunsichernde Vorahnung. Zumindest empfand Maria es so. Er packte seine Frau um die Taille und riss sie so heftig an sich, dass Anna beinahe das Gleichgewicht verlor. Dann drückte er mit einer Heftigkeit, die kaum noch als Unbeholfenheit zu entschuldigen war, seine Lippen in ihr Gesicht. Als er sie wieder losließ, wendete er sich lachend mit einem Ausdruck wie ein Schafkopfsieger nach gelungenem Stich wieder dem Priester zu. Anna lächelte verlegen und zupfte ihre Kostümjacke wieder an Ort und Stelle.

Der Pfarrer schloss die Zeremonie ab und entließ die kleine Gesellschaft. Er folgte dem Brautpaar nach draußen, um an der Pforte Geldspenden entgegenzunehmen.

„Wir werden das schaffen!", übte sich Anna in einem Lächeln zu ihrem frischgebackenen Ehemann und drückte ihm kurz die Hand.

„Aber selbstredend!", lachte er zurück und küsste sie abermals, wenn auch nur kurz, weil die ersten Glückwünsche der Gäste ihn erreichten.

Maria hatte diese kleine Geste nun mit Erleichterung beobachten können, weil sie als erste von allen Gästen hinter dem Priester hinausgeeilt war. Dieser erste Kuss hatte Eindruck auf sie gemacht. Unklar in ihrer Meinung darüber, ob dieser nun eine Machtdemonstration, schlichte Wollust oder doch echte Leidenschaft war. Ihr fehlte die Erfahrung, um diesen Unterschied zu erkennen. Männer waren grundsätzlich wenig zärtlich, äußerten ihre Zuneigung manchmal ein wenig grob, das kannte sie aus der Tierwelt. Selbst Andres war bisweilen wortkarg und grimmig, ohne Grund, einfach weil er ein Mann war. Und auch ihre Mutter ließ mitunter die Bemerkung fallen, dass Männer halt so seien, wenn Vater Häring grundlos herumschimpfte. Wenn der Mann ihre Schwester so sehr begehrte, dann mochte er sie vielleicht wirklich ein wenig? Dann würde Anna sich mit der

Zeit bestimmt auch in ihn verlieben können. Sie war so angetan von ihren Gedanken und der Schnelligkeit, mit der der Liebe Gott ihre Bitte erhört hatte, dass sie vor Aufregung wie ein zweiter Schatten an dem Paar klebte, um ja nichts zu verpassen.

„Der Herr Brautvater?", sprach der Priester Vater Häring in Marias Rücken an. „Die gnädige Frau von der Sitt meinte, dass ich mich an Sie wenden soll. Wegen der Kosten der Trauung."

„Ähm, ja…". Der Angesprochene hielt in seinem Gang ein wenig überrumpelt inne. Er hatte seiner Tochter noch nicht einmal gratulieren können, weshalb er dann doch mit einem „gleich" einfach weiterging.

„Herr Pfarrer!" Anna drehte sich um. „Lassen Sie! Ich übernehme das. Ich habe ein wenig Erspartes. Ich komme die Tage vorbei, um es zu begleichen."

Der Priester nickte mit einem beflissenen Lächeln.

Anna wendete sich wieder den Gratulanten vor ihr zu. Bevor ihr Vater sich für diese Geste bei ihr entweder bedanken oder sie möglicherweise abwehren konnte, reagierte der Bräutigam und brachte damit alle anderen zum Schweigen.

„Aber mein Liebes!", ermahnte sie ihr Mann von der Seite. „Wie kannst du solche Versprechen abgeben, bevor du mit mir gesprochen hast? Deine Ersparnisse, das gibt es jetzt nicht mehr. Ich bin jetzt der Haushaltsvorstand, der solche Entscheidungen trifft." Als er ihr bestürztes Gesicht sah, tätschelte er ihre Hand. „Aber das wirst du schon noch lernen!"

Maria ließ sich davon in ihrem Traum, den sie für ihre Schwester zurechtspann, nicht beirren. Schließlich hatte der junge von der Sitt mit der Rüge recht, wenn es auch kein passender Moment war, diese anzubringen. Anna hätte sich mit ihm vorher besprechen müssen. Kein Mann ließ sich derart von seiner Frau vorführen, da wurde er gleich zum Pantoffelhelden gekürt. Außerdem entsprach es dem Gesetz, das hatte der Standesbeamte gesagt.

Anna erwiderte nichts, sondern ließ sich von ihrer Schwiegermutter umarmen, die bei dem kleinen Vorfall dasselbe starre Hyänenlächeln zur Schau trug, das sich bereits zu Anfang der Feierlichkeiten in ihre Züge zementiert hatte. Maria, die ihr dabei genau ins Gesicht guckte, wie sie ihre Wange über Annas Schulter hinweg an deren Seite drückte, hatte es deutlich vor Augen. Am liebsten hätte sie der falschen Person ins Gesicht gespuckt. Sie wäre günstig gestanden, hätte auf alle Fälle gut getroffen. Selbstverständlich hatte Maria so etwas nie getan und würde es auch nie tun, aber denken durfte man es. Das war keine Sünde, nicht bei der bösen Hexe! Selbst, wenn dieses Lächeln tatsächlich eines Tages ein wahrhaft herzliches werden sollte, so würde sie es vermutlich nicht mehr als solches erkennen. Sie mochte diese Frau nicht.

***

Ansichtskarte Hemau um 1910;

Das Wirtshaus am Ort hatte für die Hochzeit im Hinterzimmer eingedeckt. Im Gastraum spielten alte Männer am Stammtisch Karten und hatten sich durch nichts vertreiben lassen. Das hatte der Wirt als dürftige Entschuldigung angebracht. Er hatte ferner, und nach eigenen Angaben, zum Fest des Tages geschlachtet. Es gab demnach Schweinebraten mit Kartoffelklößen und Blaukraut. Dazu Bier. Sogar ein Kompott aus Pflaumen mit einem süßen Klößchen als Nachtisch. Der Geschmack der Speisen hätte normalerweise kein besonderes Lob verdient, weder der Braten noch die Knödel, aber sie waren in diesen Tagen so rar, dass man unmöglich etwas daran aussetzen konnte. Außerdem war es nun mal hier in der Gegend für den guten Ruf eines Restaurants wichtiger, große Portionen aus der Küche zu tragen als feine Gerichte.

Da es bereits später Nachmittag war, bis der Tisch vom Mittagessen abgedeckt war, orderte man den Kaffee mit einem Stück Marmorkuchen für nur eine knappe halbe Stunde später. Die kurze Pause bot keine Zeit, wie sonst üblich, um ein paar Schritte durch das Dorf zu laufen, und so ging jeder Gast nur schnell seinen individuellen Bedürfnissen nach. Der Bräutigam gesellte sich zu den Kartenspielern, um sich von diesen beglückwünschen zu lassen. Er schien sie gut zu kennen. Frau von der Sitt entschuldigte sich für einen Gang zur Damentoilette, Mutter Häring war damit beschäftigt, das Geschenk auf einem Nebentisch zu drapieren und Vater Häring sprach mit dem Wirt, nachdem ihn die Dame von der Sitt im Hinausgehen zwecks der Rechnung an ihn verwiesen hatte. Das bot Maria endlich Gelegenheit, mit Anna ein wenig alleine zu plaudern. Sie ließ sich auf den freigewordenen Platz neben der Braut gleiten.

„Ich glaube, er mag dich wirklich", drückte sie mit freudiger Stimme ihrer Schwester den Arm. Ein Lächeln huschte über Annas Augen, aber es hielt sich nicht lange auf. „Nur deine Schwiegermutter, die ist ein rechter Besen!", flüsterte Maria. „Die musst du dir vom Hals halten!"

„Da hast du recht. Liebenswert ist etwas anderes", stimmte ihr Anna zu und nickte. „Gottlob wird sie nicht bei uns leben! Sie hat jetzt das Haus ihrem Sohn überschrieben, hat er mir heute morgen erzählt. Als Hochzeitsgeschenk. Sie wird im Austragshäusl[64] wohnen. Aber es wird schon werden! Es braucht halt ein bisschen Zeit bis sich alles ein wenig einspielt."

Maria hatte Anna Hoffnung zusprechen wollen, ihr ein Bild vermitteln, wie sie die Lage selbst nur allzu gerne sehen wollte. Nun gewann sie den Eindruck, dass ihre Schwester eher sie zu beruhigen versuchte.

„Austragshäusl? Da musst du dich ja trotzdem um das Weib kümmern!"

Der Gedanke war zwar gerechtfertigt, aber schon als sie es sagte, ärgerte sich Maria über sich selbst. Wieder hatte sie sich zu einer negativen Zukunftsaussage hinreißen lassen! Man durfte das Unglück nicht heraufbeschwören, wenn der Liebe Gott doch so großzügig reagiert hatte!

„Ach, das macht mir nichts aus", winkte Anna ab. „Ob ich nun für zwei koche und wasche, oder für drei, das macht keinen großen Unterschied."

„Dreieinhalb!", ermahnte sie Maria lächelnd und setzte dann gleich hinterher: „Erzähl! Ist Anni schon gewachsen? Hält sie den Kopf schon? Schläft sie durch? Jetzt könnt ihr sie endlich bald zu euch holen! Willst du das Kleidchen sehen, das ich für sie gemacht habe? Komm, ich zeig's dir! Und Mama hat dir ein wirklich ganz feines Kaffeeservice gekauft, beim Rackl![65] Komm, schau's dir an!"

Und damit sprang sie auf und winkte Anna zu sich an den Tisch, wo mittlerweile das neue Geschirr aufgebaut war. Anna ließ sich mitziehen. Sie nahm die Geschenke entgegen und bedankte sich mehrfach. Desgleichen lagen von Walli und Helene kleine Gaben auf dem Tisch, wenn auch kein Wort darüber fiel, warum diese bei der Feier nicht anwesend waren. Von der Mutter des Bräutigams war kein Präsent für die Braut zu finden. Es wäre zu erwarten gewesen, dass bei diesem Anlass ein Familienschmuckstück von Frau zu Frau übergeben wurde. Selbst wenn es ein kleines und wenig wertvolles gewesen wäre. So war es eben die nichtvorhandene Geste, die wog.

„Jetzt wird alles gut, wirst' sehen!", näherte sich Mutter Häring unvermittelt von hinten an ihre frischvermählte Tochter an. Es war dem Tonfall zu entnehmen, dass sie selbst zutiefst davon überzeugt war. „Jetzt bist du versorgt, lebst sogar im eigenen Haus und deine Anni wird im rechten Glauben aufwachsen! Sie wird ein braves Mädl werden, bestimmt! In ein paar Monaten kannst du uns sogar besuchen kommen!"

---

[64] Kleines separates Häuschen auf einem Hof, wo Alte ihren Lebensabend verbringen und von den Jungen versorgt werden.
[65] Erstes Haushaltswarengeschäft am Platz, das noch heute existiert;

Es war das erste Mal, dass Mutter Häring die Geburt der kleinen Anni öffentlich zur Kenntnis nahm. Anna bekam glasige Augen. Maria wurde bei diesen Worten von ihren eigenen romantischen Gefühlen völlig überwältigt. Auch ihr schossen Tränen in die Augen, aber aus Freude. Spontan fiel sie Anna um den Hals.

„Ach! Ich freu' mich so für dich, dass sich alles doch noch zum Guten wendet! Vertrau mir, der Liebe Gott hat mir ein Zeichen gegeben!"

Neumarkter Reklamemarken, die bereits vor dem 1. Weltkrieg gerne gesammelt wurden,
Maler Albert Reich;

Ansichtskarte Rückansicht des Neumarkter Rathauses mit Stadtpfarrkirche
Sicht vom Unteren Markt, ca. 1920;

Idas Bestrafung
Neumarkt, Juni 1917

Die Stille war unerträglich.

Nein, es war nicht die Stille, es war die Sorge. Ida hatte kein Auge zugetan. Erst als sie die Schwestern zur Morgenandacht durch die Gänge ziehen gehört hatte, war sie halbwegs eingeschlummert. Aber schon bald darauf hatte man ihr Kaffee und eine Scheibe Brot mit Marmelade gebracht und gesagt, sie dürfe Martha in Kürze sehen. Ida saß an ihrem Tischchen unter dem Kreuz an der Wand, trank den Kaffee und knabberte appetitlos an dem Brot. Kirschmarmelade, ihre liebste. Aber sie wollte ihr heute nicht recht schmecken. Draußen herrschte noch Morgenstimmung. Das kleine Fenster gewährte einen Blick in den Hofgarten, dorthin, wo kein Gast je einen Fuß setzen durfte und wo drei Schwestern bereits dabei waren, Gemüsebeete zu harken.

Man hatte Martha sofort auf die Krankenstation des Klosters gebracht und nach einer bestimmten Schwester gerufen. Ida hatte nicht mitgehen dürfen. Sie hatte auf dem Gang auf einer Bank warten müssen. Irgendwann hatte ihr jemand Abendbrot gebracht, sich neben sie gesetzt und gesagt, sie sollte sich keine Sorgen machen. Schwester Hildegard sei eine hervorragende Hebamme und wisse immer genau, was zu tun sei. Dann hatte die Ordensschwester Ida den Vorschlag gemacht, ihren Eltern ein Telegramm zu schicken, denn bestimmt müsse Martha die Nacht hier verbringen und wenn Ida wünsche, dürfe auch sie hier übernachten. Ida war lange vor dem leeren Formblatt für eine telegraphische Botschaft gesessen. Sie hatte keine Begriffe gefunden, die ihr unverfänglich erschienen. Schließlich war die Schwester wiedergekommen und hatte ihr geholfen. Gemeinsam hatten sie einen kurzen Text aufgesetzt, den sie dann aus Kostengründen nochmals so weit wie möglich gekürzt hatten: *Martha Schwächeanfall Stopp Keine Sorge Stopp Krankenstation Kloster Stopp Kommen morgen Stopp.* Die Schwester hatte sich darum gekümmert, dass die Depesche noch am selben Abend zugestellt wurde. Dann hatte man Ida eine Kammer zugewiesen, ihr eine Bibel zum Lesen überreicht und sie alleine gelassen.

Nun war es Morgen und sie hatte noch immer keine Nachricht von Martha. Dafür hatte man ihr ein kleines Frühstück serviert. Sie trank ihren Kaffee aus. Das Brot hatte sie zurück auf den Teller gelegt, es erinnerte sie zu sehr an das Blut. Dieses dicke Blut! Marthas Rock hatte sich zunehmend dunkel gefärbt und einen Augenblick später war ihre Schwester in einer Blutlache gestanden. Ida würde diesen Anblick ihr Leben lang nicht vergessen. Nie hatte sie gedacht, dass aus einem Menschen so viel Blut herausfließen konnte.

Ida schob den Teller von sich. Sie trat an das Fenster und spähte hinaus auf die Kirchturmuhr. Es war kurz nach sieben. Um halb acht klopfte es an ihre Tür und eine Schwester führte sie auf die Krankenstation.

Martha lag in einem weißen Metallbett, alleine in einer Kammer, die ebenso nüchtern gestaltet war wie die, in der Ida übernachtet hatte. Das Gesicht ihrer

Schwester war so weiß wie das Kopfkissen, ihre Lippen waren blutleer und ihre Augen geschwollen. Aber sie schien kräftig genug, um mit einem Kissen im Rücken halbwegs aufrecht sitzen zu können.

Ida eilte an ihr Bett. Sie setzte sich auf die Kante und ergriff Marthas Hand. „Wie geht es dir?"

„Ganz gut."

„Und das Kindlein?"

„Das Kindlein ... Heinrich hat es zu sich geholt."

Ida zuckte über diese Wortwahl zusammen.

„Es war ein Bub", murmelte Martha in eine unbestimmte Richtung, als spräche sie zu einem unsichtbaren Wesen über ihr. Dann wendete sie den Kopf auf dem Kissen ihrer Schwester zu. „Es war fürchterlich, Ida! Ganz schrecklich! Ich habe das Beinchen aus meinem Körper hängen sehen. Es hatte ein Füßchen mit fünf Zehen, alles fertig, wie ein richtiger Mensch, Ida. Wie ein richtiger Mensch ... es wollte nicht drinbleiben, es wollte einfach nicht drinbleiben, es wollte nicht leben ... und dann haben sie mir die Einzelteile aus dem Bauch geholt. Ein Ärmchen, ein Füßchen, eine kleine Hand, alles, alles, es hat kein Ende genommen! Alles war tot ...."

Eine Gänsehaut zog sich über Idas Rücken. Sie wollte sich diese Bilder nicht vorstellen, aber Martha hörte nicht auf, davon zu reden. Immerzu wiederholte sie dieselben schrecklichen Schilderungen, beschwor diese abscheulichen Abbilder herauf. Es war das Gift in diesem Erlebten, das Martha unaufhörlich zum Reden zwang. Sie musste es loswerden, das verstand Ida. So, wie zuvor das Blut aus ihr herausgeflossen war, strömten jetzt diese abstoßenden Schilderungen hervor.

Ida wollte eine geduldige Zuhörerin sein, wollte ihrer Schwester helfen, das Erduldete zu verarbeiten. Oft genügt es ja völlig, nur das zu tun. Mehr musste man gar nicht machen. Aber Ida schaffte nicht einmal das. Sie wollte das alles nicht in sich aufnehmen, wie sie doch tat. Sie spürte es genau, wie sich diese Bilder in ihr Gedächtnis bohrten, wie sie sich dort einnisteten, um sie in Zukunft damit zu quälen. Es gelang ihr nicht, sich vor diesem Bombardement an fürchterlichen Beschreibungen zu schützen. Sie erhob sich und begann vor Marthas Bett im Raum auf und abzulaufen. Sie war so sehr mit sich selbst beschäftigt, dass sich keine Worte des Trostes finden wollten. Nichts wollte ihr einfallen, um Marthas grausige Wunde auch nur ansatzweise zu heilen. Nichts, um Marthas Redefluss einzudämmen. Dabei fühlte sich Ida doppelt schuldig. Nicht nur, weil sie unfähig schien, für Linderung zu sorgen, sondern auch deshalb, weil sie tatsächlich dachte, dass es letzten Endes besser so für Martha war. Dieses schlimme Ereignis war am Ende doch eine Befreiung für ihre arme Schwester. Diese vermaledeiten Umstände, die den Stein überhaupt erst ins Rollen gebracht hatten, die waren jetzt doch weg! Ob es nun Heinrich war, der sich das Kind geholt hatte, der liebe Gott selbst oder die Natur, der das vielleicht zu viel geworden war, Ida war das gleich. Was zählte, war der neue Umstand, der dadurch eingetreten war! Nun musste Martha sich nicht in ein Kloster zurückziehen um nachzudenken. Jetzt konnten sie wieder gemeinsam in eine Zukunft schauen, in eine nach dem Krieg. So, wie es vor Heinrich gewesen war. Alles konnte nun wieder werden wie früher.

Aber Ida ahnte auch, dass das nicht stimmte. Nichts würde wieder wie vorher sein. Es kam ihr Shakespeares berühmter Satz in den Sinn: Was getan ist, ist getan, und kann auch nicht mehr ungeschehen gemacht werden[66]. So war das also gemeint, dachte sie. Sie hatte diesen Satz des großen Meisters immer banal gefunden und darüber mit ihrem Lehrer endlos diskutiert. Jetzt verstand sie ihn erst wirklich. Sie wünschte, sie würde ihn nicht verstehen.

Irgendwann erschöpfte sich Martha und war still. Sie hielt ihre Augen geschlossen. Vorsichtig ließ sich Ida wieder an Marthas Bett nieder, weil sie glaubte, ihre Schwester sei eingeschlafen. Doch kaum hatte sie sich bewegt, sprach Martha wieder.

„Du musst alleine nach Hause fahren, Ida!", sagte sie tonlos, ohne die Augen zu öffnen. „Sonst sorgt sich unser Vater. Ich kann noch nicht aufstehen. Ich komme in ein paar Tagen nach."

Mit Schrecken dachte Ida an das, was sie zu Hause erwartete.

„Aber was soll ich denn sagen?!", bangte sie und versuchte dabei, nicht allzu verzweifelt zu wirken. Sie wollte Martha in diesem Zustand nicht unnötig belasten, aber sie wusste beim besten Willen nicht, wie sie das hier unverfänglich erklären sollte.

„Sag, dass man mich zur Beobachtung noch ein paar Tage hierbehalten will. Nur zur Beobachtung. Sag aber unbedingt auch, dass kein Grund zur Beunruhigung besteht, hörst du?"

Ida hielt das für keine gute Idee. Sie war überzeugt, dass man ihr zu Hause keine Silbe davon abnehmen würde. Aber ihr leuchtete ein, dass sie zurückfahren musste, wenn sie nicht riskieren wollten, dass ihre Eltern die Schutzmänner nach ihnen ausschickten.

„Ich schreibe ein paar Zeilen an Papa. Bitte bringe den Brief zu ihm in die Brauerei, bevor du nach Hause gehst."

***

Der Weg ins Büro des Brauereidirektors glich dem hinein ins Kloster: Es waren mehrere Pforten zu überwinden, bis man in das Allerheiligste des Bierbrauerreiches gelangte. Nur dass die Tür vor dessen Reich nicht von einer Alten mit Runzeln im Gesicht bewacht wurde, sondern von einer gutaussehenden Sekretärin. Dieser neue Beruf für junge Frauen hatte auch in der Brauerei Einzug gehalten.

Schließlich stand Ida mitten in dem mit Eichentafeln verzierten Raum, wartend, wie eine Bittstellerin. Ihr Vater saß hinter dem schweren Schreibtisch der

---

[66] What is done is done, and cannot be undone. 5. Akt, erste Szene, Lady Macbeth, Drama.

Größe eines Flaggschiffes und musterte sie mit gekräuselter Stirn über seine Brille hinweg.

„Was sind das für Geschichten! Wo ist Martha? Was ist mit ihr? Warum kommst du alleine? Und warum hierher und nicht nach Hause?"

Die Fragen beschossen Ida und sie wusste nicht, auf welche zuerst antworten. Also entgegnete sie nichts, trat einen Schritt näher, legte stattdessen den Brief auf dem Schreibtisch ab. Dann machte sie wieder einen Schritt zurück, so wie Dienstboten, die eine höfliche Distanz zu wahren hatten. Sie fühlte sich wie vor Gericht und bestimmt war es auch die Absicht des Vaters diese Begegnung so aussehen zu lassen.

„Es ist alles gut", versicherte Ida, weil es das war, was sie mit Überzeugung vorbringen konnte. Es entsprach immerhin dem, was sie als Wahrheit empfand, nur dass sie das kleine Wörtchen „wieder" in ihrer Aussage unterschlug. Sie hoffte inbrünstig, dass ihr Vater nicht weiter bohren würde, denn dann würde es schwer für sie werden.

Direktor Heym nahm den Brief an sich und wendete ihn kurz in den Händen, aber er öffnete ihn nicht.

„Martha hat in dem Schreiben alles erklärt", beeilte sich Ida zu sagen, weil sie hoffte, dass er den Umschlag öffnen würde und sie keine weiteren Erklärungen abgeben musste. „Sie wird in ein paar Tagen nach Hause kommen."

Der Blick ihres Vaters durchbohrte sie förmlich. Ida versuchte standzuhalten, gleichwohl sie innerlich bebte. Er weiß es, dachte sie, oh mein Gott, er weiß es! Jetzt ist alles aus! Am liebsten wäre sie in Ohnmacht gefallen, hinein in ein pechschwarzes Loch, nur um diesem bis auf den Grund ihrer Seele schauenden Scharfblick zu entgehen.

„Nun gut", meinte der Vater dann gedehnt. „Ich werde den Brief lesen."

Ida atmete auf und versuchte dabei, die Erleichterung nicht allzu deutlich zutage treten zu lassen. Doch es war zu früh, denn er fuhr sie gleich darauf erneut an.

„Und nun zu dir!"

Die eingelegte Pause ließ erahnen, dass das, was folgen sollte, wenig erfreulich war.

„Was sind das für Ungeheuerlichkeiten, die ich von dir hören muss? Hast du völlig den Verstand verloren? Deine Mutter niederzuschlagen wie ein ordinärer Straßenvagabund! Als Mädchen aus gutem Hause! Das ist so empörend, dass ich dafür keine Worte habe! Ist das die Erziehung, die ich euch angedeihen ließ? Woher hast du nur diesen schlechten Charakter? Mir scheint jeder Pfennig, den ich je in dich investiert habe, eine blanke Verschwendung! Deine Verfehlungen werden immer unglaublicher! Man mag es sich gar nicht vorstellen. Ich hoffe, du bist dir darüber im Klaren, dass das nicht ohne Konsequenzen bleiben kann."

Ida heftete die Augen auf die Bodendielen zu ihren Füßen. Es war nicht die Androhung der Strafe, die sie versteinern ließ. Damit hatte sie nicht nur gerechnet, sie empfand es bis zu einem gewissen Grad sogar als gerechtfertigt, bestraft zu werden. Es war vielmehr die alte Kränkung, die jedes Mal aufs Neue dieselbe Stelle ihrer Seele verwundete. Dieses Aburteilen durch den Vater, der sie jedes Wertes beraubte, schnitt tief. Es schien umso mehr zu schmerzen, je öfter sie diesen Moment erleben musste. Und sie erlebte ihn immer wieder seit achtzehn Jahren. Wie versuchte sie doch, es zu vermeiden! Aber es war ihr nie gelungen. Es geschah andauernd wieder. Sie hatte diese Kränkung im Verlauf ihres Lebens oft genug erfahren, um es mittlerweile selbst zu glauben. Sie war unfähig. Unfähig zu lernen, machte dem Vater nichts als Kummer, sie war dumm, obwohl sie ihr Leben lang bemüht gewesen war, es nicht zu sein. Die Tatsache, dass es ihr nicht gelang, eine gute Tochter zu sein, so wie Martha, die der Vater lieben konnte, war Beweis genug ihrer Blödigkeit. Die Tränen, die nun auf ihre Schuhspitzen tropften, beweinten ihr Dasein. Es waren immer dieselben Tränen gewesen, die sie seit dem Tod ihrer Mutter vergossen hatte. Doch gleich wie viel sie auch weinte, sie hatten nie vermocht, diesen Geschmack der Bitterkeit wegzuwaschen.

Der Vater hielt es für Reue. Das hatte er immer auf diese Weise interpretiert und es hatte ihn stets nur noch wütender gemacht. Er hatte es schon immer als Katzenjammer betrachtet.

„Spar dir das Geflenne!", herrschte er sie an. „Du bist alt genug, um dir das vorher zu überlegen. Ich bin es leid, mir ständig diese Klagen deiner Mutter anhören zu müssen! Jedes Mal höre ich `Ida hat ...! Ida ist...! Ida war ...!' Ida, Ida, Ida! Ich habe wirklich Wichtigeres zu tun!"

Ida stand wie an den Pranger gestellt. Sie wartete einfach, bis ihr Vater fertig sein und sie wegschicken würde. Dann wäre der schlimmste Teil endlich überstanden, wenn auch nicht vorüber. Es war schon immer diese Kränkung gewesen, die sie am meisten fürchtete. Gerechtigkeit gleicht Gewalt aus, aber Gerechtigkeit hatte Ida nie erfahren. Das, was sie zu Hause von der Stiefmutter erwartete, war weitaus leichter zu ertragen. Davor hatte sie, nach all dem, was sie in den letzten Tagen durchgemacht hatte, keine Angst mehr.

Ihr Vater erhob sich, und für einen Moment fürchtete Ida, er würde sie diesmal sogar schlagen. Das hatte er bisher nie getan. Unwillkürlich machte sie einen Schritt rückwärts. Doch er stützte beide Arme auf den Schreibtisch, Marthas Brief in der Mitte, schaute auf dieses Kuvert und knurrte: „Geh mir aus den Augen!"

Ida konnte gar nicht schnell genug aus dem Raum flüchten, ohne dass er ihr diesen bösen Befehl ein zweites Mal hinterherschickte.

Sie benötigte den Spaziergang an der frischen Luft bis in die Bahnhofstraße, um sich zu beruhigen. Sie hatte Mühe, die Tränen in der Öffentlichkeit zurückzuhalten. Nur einmal blieb sie im Stadtpark kurz hinter einem Busch stehen und putzte sich die Nase. Es wäre ein schöner Skandal gewesen, hätte man das junge Fräulein Heym auf der Straße weinend laufen gesehen. Das hätte die nächste Standpauke zur Folge gehabt.

Die Begrüßung in der Wohnung war wie erwartet. Das Dienstmädchen Heidi konnte Ida gerade noch eine Warnung „die gnädige Frau ist außer sich" zuflüstern, als die benannte gnädige Frau auch schon wie ein Berserker den Flur entlang gerauscht kam. Sie schob Heidi unsanft zur Seite, fauchte sie an, ob sie in der Küche nichts zu tun habe, ergriff Idas Handgelenk und zerrte sie hinter sich her den Flur entlang. Am Ende des Ganges streifte Ida, bei einem Blick zur Seite, zwei erschreckte Augen eines jungen Mädchens. Ihre Halbschwester Lissy drückte sich an die Tür, hinter der sie hervorlugte. Sie stand dort ganz alleine, ganz so, als ob sie sich von irgendeinem Vorgang, einem Unterricht oder Zeitvertreib, davongestohlen hätte und nun Zeugin eines Ereignisses wurde, das für sie zu beobachten nicht vorgesehen war.

„Wo ist das andere Luder?", fauchte indes die Stiefmutter. Sie erwartete keine Antwort. Das war offensichtlich. „Die ganze Nacht außer Haus bleiben! Wie zwei gewöhnliche Huren! In Grund und Boden muss man sich mit euch Weibsbildern schämen! Keinen Anstand habt ihr im Leib! Sich herumzutreiben wie die Huren! Huren sag ich! Das ist es, was ihr seid: Huren!"

Damit riss sie Idas Zimmertür auf und schleuderte sie mit der Kraft ihrer maßlosen Wut hinein. Ida stolperte ins Dunkel des Raumes, dessen Fensterläden geschlossen waren. Sie hatte keine Entschuldigung auf den Lippen gehabt, doch selbst wenn, die Gelegenheit sie anzubringen, gab es nicht.

„Du hast Hausarrest!", kam das Urteil über sie. „Da kannst du jetzt nachdenken bis du schwarz wirst!"

Damit wurde die Tür zugeknallt. Ida hörte den Schlüssel zweimal im Schloss drehen, während Lissy im Hintergrund zu jammern begann, ihre Klage laut hinausbrüllte „Aber Frau Mama! Sie dürfen die arme Ida nicht einsperren! Da drin ist es doch ganz dunkel! Ich hab's gesehen! Ganz dunkel ist es da drin! So etwas darf man doch nicht machen!", was wiederum einen wütenden Ruf nach der Gouvernante nach sich zog.

Ida stand einen Moment still, beinahe erleichtert, endlich alles überstanden zu haben. Die unerwartete Zuneigung, die ihr die Halbschwester, der sie so wenig Beachtung schenkte, tapfer entgegengebracht hatte, rührte sie. Sie tastete sich ans Fenster, öffnete es und wollte die Läden aufstoßen. Doch sie waren fest mit einem Vorhängeschloss verriegelt. Einen Augenblick erstarrte sie vor dieser Entdeckung. Dunkelhaft.

Langsam ließ sie sich auf ihr Bett nieder und saß lange einfach nur da. Es war diese unfassbare Steigerung in der Härte der Strafe, die sie unfähig machte, einen klaren Gedanken zu fassen. Doch nach einer Weile konnte sie endlich weinen. Die Dunkelheit war auch Schutz. Niemand konnte sie sehen.

***

Die Tür öffnete sich dreimal am Tag. Morgens wechselte das Dienstmädchen das Waschwasser in der Schüssel auf der Kommode und leerte den *Pot de Chambre*[67], dann brachte sie ein karges Frühstück ohne Kaffee. Mittags und abends lieferte sie ebenso dürftige Speisen auf einem Tablett, das sie schweigend abstellte. Alles geschah unter den wachsamen Augen der Stiefmutter, die mit dem Schlüssel in der Hand auf dem Flur wartete und darüber wachte, dass Heidi auch ja kein Wort an die Gefangene richten mochte. Dann schloss sie die Tür sofort wieder ab.

Ida konnte nicht einmal lesen, weil das schwache Tageslicht, das durch die Lamellen der Fensterläden fiel, dazu nicht ausreichte. Obwohl sich ihr Augenlicht an die Düsterheit schnell gewöhnt hatte, konnte sie nichts anderes tun als schlafen und im Zimmer auf und ab gehen. Sie versuchte, sich mit Leibesübungen, die sie auf dem Boden machte, die Zeit zu vertreiben. Nicht einmal die Kirchturmuhr schlug, um ihr das Gefühl für Zeit zu bewahren. Die Glocken waren allesamt zu Waffen umgegossen worden. Anstatt die frohe Botschaft und die Zeit zu verkünden, brachten sie nun Tod und Elend. Jedes Geräusch, das draußen auf dem Flur zu vernehmen war, scheuchte Ida an die Tür, wo sie lauschte. Manchmal spähte sie sogar durch das Schlüsselloch. Zu den Mahlzeiten konnte sie beobachten, wie ihr Vater ging und kam, kam und ging, aber nie fragte er nach ihr oder näherte sich gar ihrer Tür, um nach ihr zu sehen. Am dritten Tag ihrer Gefangenschaft hörte sie mehrere Stimmen auf dem Flur. Es waren ihr Vater und Martha, dann auch die Stiefmutter. Ida kniete sich vor das Schlüsselloch.

„Du gehst jetzt sofort auf dein Zimmer! Da wirst du nachdenken, ob das ein Benehmen ist, eurem Vater eine solche Schande zu bereiten!"

Das war die Stiefmutter, die mit ausgestrecktem Arm den Flur entlang wies, wo am Ende auch Marthas Zimmer neben Idas lag. Der Vater hatte dem Geschehen den Rücken zugewendet, machte sich selbst an der Garderobe zu schaffen, da das Dienstmädchen offensichtlich weggeschickt worden war.

„Wo ist Ida?", wollte Martha wissen und schaute in einer Vorahnung in die Richtung des Zimmers ihrer Schwester. Ida wollte schon laut rufen, sich bemerkbar machen, aber sie kam nicht dazu.

„Die denkt ebenfalls nach!"

Die Stiefmutter schob Martha den Flur entlang. Aber sie wagte es nicht, sich an ihr so zu vergreifen, wie sie es bei Ida getan hatte. Sie wahrte das, was man als angemessene Strenge durchgehen lassen konnte.

„Nutze die Zeit deiner Strafe, um über dein Ansinnen der Konvertierung nachzudenken, Martha! Ich bitte dich darum", schickte ihr der Vater hinterher.

Martha konnte es nicht sehen, denn sie ging folgsam bereits den Gang entlang auf ihr Zimmer zu. Aber Ida sah es. Die Augen des Vaters waren von tiefer Trauer befallen, ja eingefallen. Im Glauben, unbeobachtet zu sein, nahm er seine Brille ab, rieb sich lange mit gesenktem Kopf zwischen den Augen die Stirn. Er wirkte

---

[67] Nachttopf

erschöpft, geradezu zerbrechlich, wie er mit herabhängenden Schultern im Flur reglos verharrte. Ida überkam großes Mitleid. Am liebsten wäre sie zu ihm gelaufen und hätte ihn schützend in ihre Arme genommen. Just in diese Emotion hinein setzte er die Brille wieder auf und mit ihr seine Maske des starken Mannes. Mit festem Gang und geradem Rückgrat schritt der Brauereidirektor auf den Salon zu.

Ida ließ sich auf den Boden sinken.

Sie weinte.

***

Am nächsten Morgen wurde Ida sehr früh und brüsk aus dem Schlaf gerissen. Die Tür flog auf, das schwache Licht des Ganges drang wie ein blendender Blitz in den Raum. Draußen auf der Straße war es noch dunkel. Die Ritzen der Fensterläden wurden noch nicht vom Licht des Tages durchbrochen.

„Morgen ist Kirchgang!", verkündete die schwarze Figur im Lichtschein. „Um sieben Uhr bist du fertig!" Damit schlug die Tür wieder ins Schloss.

Am nächsten Tag wiederholte sich der Vorgang, nur die Worte waren andere.

„Da drin stinkt es wie in einem Rattenloch! Heidi! Sieh' zu, dass du diesen Schweinestall wieder in Ordnung bringst, bis wir von der Kirche zurück sind!"

Damit machte die Stiefmutter auf dem Absatz kehrt. Sie ließ das Dienstmädchen knicksen, das schon mit einem Eimer Wasser und dem Wischmopp und allerhand Putzzeug unter dem Arm wartete, und lief den Gang hinunter in Richtung Haustür. Ida verließ ihr Gefängnis zum ersten Mal seit vier Tagen. Obwohl der Flur alles andere als hell beleuchtet war, musste sie ihre Augen erst an dieses Licht gewöhnen. Martha stand bereits an der Garderobe und sah ihr entgegen.

Auf dem gesamten Fußweg über den Oberen Markt, vorbei an der Sparkasse, dem Spirituosenladen Mehl, dem Modehaus Kraus & Ambach, durch die Rosengasse bis zum Beginn der Wildbadpromenade, wo sie abbogen zum Evangelienstein, bis zum Eingang der Kirche, konnten beide Schwestern nicht ein Wort wechseln. Sie liefen still nebeneinander her, das Ehepaar Heym an ihre Fersen geheftet wie Kletten.

Im Gotteshaus nahm Direktor Heym seinen gewohnten Platz neben dem Kirchenrat in der vordersten Bank ein. Die Stiefmutter wies Ida zu ihrer Linken und Martha zu ihrer Rechten in die Bank auf der anderen Seite des Kirchenschiffs. Martha kniete in der Bank nieder, verschränkte ihre Hände, legte ihren Kopf auf diese, schloss die Augen und begann zu beten. Sie wurde deswegen von allen misstrauisch beäugt. Protestanten knieten nicht, nicht so. Schließlich zog sie die Stiefmutter energisch hoch auf ihren Platz und wies mit ihrem spitzen Kinn in Richtung des Pastors.

Der Rückweg gestaltete sich wie gehabt. Die Schwestern konnten nur stumme Blicke tauschen und mussten selbst damit vorsichtig sein. Aber die Bewegung an der frischen Luft tat unsagbar gut.

Nach diesem Kirchgang blieben zumindest die Fensterläden unverschlossen und sie konnten sich mit Lektüre die Zeit vertreiben. Arrest wie diesen hatte es auch in der Vergangenheit schon gegeben. Er hatte nie länger als ein paar Tage gedauert. Aber noch nie waren die Fensterläden verschlossen gewesen. Und, dass Martha und Ida sich selbst auf dem Weg in die Kirche nicht unterhalten durften, war bisher auch noch nie vorgekommen. Es war nicht absehbar, wie lange es diesmal dauern würde. Vielleicht bis zum Frieden?

Ida (links) und Martha (rechts) als junge Frauen;

Postkarte aus dem Jahr 1916, der Kriegswinter war eisig kalt gewesen;

Auf Besuch
Maria und Walli in Hemau, 25. Oktober 1917

Neumarkt, Oberer Markt, 1920-1924

Der Bevölkerung bangte vor dem kommenden Winter. Wer keinen Zugang zu einem Wald hatte, fürchtete zu frieren, wer keinen Kartoffelacker besaß, zu hungern, und selbst die, die beides ihr Eigen nennen konnten, mussten die Rationen kürzen. Der Herbst kam im Gewand des Vorboten der erwarteten schlimmen Zeit. Selbst die Bäume schienen sich nicht mit buntem Laub schmücken zu wollen. Der nasse Wind fegte die braun gewordenen Blätter vom ersten Tag an durch die Luft.

Man versuchte, die Bürger mit patriotischen Festen abzulenken und bei Laune zu halten. Der 2. Oktober 1917 war der 70. Geburtstag Hindenburgs und in der Gemeinde Neumarkt ein willkommener Anlass, die Bahnhofstraße mit viel Tamtam in Hindenburgstraße umzutaufen. Was als Geste der Beruhigung gedacht war, brachte nichts als zusätzliche Unannehmlichkeiten für die Bewohner der Straße. Sie waren wenig erbaut. Nicht nur ist jede Art der Veränderung dem Menschen ein Gräuel, es brachte auch überflüssige Behördengänge mit sich. Ärger, den man gut und gern hätte entbehren können.

Die Bemühungen der Ablenkung fruchteten auch in anderen Städten wenig. Viele Gemeinden protestierten beim Reichstag gegen die hohen Kartoffelpreise. Der Zentner kostete mittlerweile neun bis zehn Mark. Das war beinahe die Hälfte eines Monatslohnes eines Dienstmädchens. Selbst Familien, die noch Arbeit hatten, und wo mittlerweile hauptsächlich Frauen das Einkommen besorgten, weil deren Männer im Krieg waren, konnten sich dieses Grundnahrungsmittel nicht mehr leisten. Der Hauptausschuss des Deutschen Reichstags beschloss daraufhin eine neue Wuchergesetzgebung. Die Strafe für Wucher sollte danach mindestens das Doppelte des erzielten Gewinns betragen. Der Bevölkerung half das wenig. Ganz Europa rutschte in eine Hungersnot. Sogar in der reichen Schweiz wurden die Lebensmittel knapp, weil man nicht auf die Auswirkungen der zerstörten Handelswege vorbereitet war. Aus Russland wehte der von den Machthabern gefürchtete Wind der Revolution herüber. Dort hatte auch die provisorische Regierung aus Arbeiter- und Soldatenrat keine Besserung der Versorgungslage herbeigeführt, da die Regierung den Krieg weiter fortsetzte. Von diesen Missständen profitierten vor allem die Bolschewiki. Sie versprachen der Bevölkerung Frieden, Land und Brot und dieser Ruf wurde auch in anderen Ländern gehört. Selbst in Neumarkt kannte man jetzt die Namen Lenin und Trotzki.

Am 25. Oktober kam es zu dramatischen Entwicklungen, im Großen wie im Kleinen. Maria und Walli befanden sich an diesem Tag auf dem Weg nach Hemau. Anna hatte für die Familie zwei junge Legehühner besorgen können, für ihre Schwestern ein willkommener Anlass für einen Besuch bei dem jung vermählten Paar und ihrer kleinen Nichte, die nun bei ihrer Mutter war. Sie hatten ihre Schwester seit der Hochzeit nicht mehr gesehen, und sie freuten sich auf dieses Wiedersehen. Walli hatte für die kleine Anni, die mittlerweile ein halbes Jahr gewachsen war, aus altem Leinen eine Schürze, wie sie alle Mädchen zum Schutz der Kleidung trugen, genäht. Maria hatte bei Semi Haas zwei Wollknäuel gekauft. Der führte zwar sein Stoffgeschäft am Oberen Markt, bot seine Waren jedoch auch, als einer der Letzten, der diese jüdische Tradition noch pflegte, in einem Rucksack in den umliegenden Dörfern feil. Maria war ihm eines Abends auf dem Rückweg vom Feld begegnet und hatte ihm die letzten beiden rosafarbenen Knäuel für einen reduzierten Preis abgekauft. Daraus war ein Jäckchen für Anni entstanden. Vater Häring hatte ein Holzpferdchen geschnitzt, das allerdings eher einem Bären glich als einem Pferd. Die ganze Familie hatte ihn im Entstehungsprozess damit aufgezogen. Er selbst nannte es schließlich ein Bärenpferd und war der Meinung, als Spielzeug würde es durchgehen, zumal der Opa ja beim Bärenwirt beschäftigt war. Die Mutter hatte Schokoladenplätzchen für die Kleine gebacken. Jetzt, da Anna konfessionsgerecht verheiratet war und auch Anni endlich bei ihrer Mutter lebte, hatte sich alles zum Guten entwickelt.

So bepackt stiegen Maria und Walli am Bahnhof in Hemau aus dem Zug. Die gesamte Fahrt hindurch hatte es geregnet. Nun spitzte die Sonne zaghaft hinter den Wolken hervor. Der Bahnsteig schien durchlöchert von Pfützen, in denen sich das Sonnenlicht spiegelte.

„Die Plattform sieht aus wie ein Schweizer Käse!", spaßte Maria und Walli musste darüber laut lachen. Angestachelt von dieser Bemerkung schlängelten sie sich scherzend in übertriebenen Kurven um die Wasserlachen, in Richtung Ausgang. Sie ernteten stirnrunzelnde Blicke vom Bahnhofsvorsteher, der wichtigtuend mit der Pfeife um den Hals darauf wartete, den Zug weiter nach Regensburg abfahren zu lassen.

Im Dorf beäugte man sie stumm, jedoch unverhohlen.

„Was glotzen die denn so?", flüsterte Maria ihrer Schwester zu.

Walli zuckte die Achseln: „Die kennen uns halt nicht."

Sie waren nicht von hier, Fremde aus der Stadt und man wollte sehen, in welches Haus sie gingen. Das war nicht neu für Maria und Walli, diese Neugierde der Leute war in ihrem Heimatort nicht anders, auch wenn der viel größer war als dieses Nest. Aber da waren sie es selbst, die schauten. Das Objekt des Interesses zu sein, das war für sie auf diese Weise ungewohnt.

Bei der Schusterei von der Sitt angekommen, blieben sie stehen und guckten ins Schaufenster. Dort lagen ein paar Lederlappen in schwarz und braun, und ein vergilbtes Plakat mit einem Abbild eines Schusters, der an einem Schuh arbeitete. Darauf stand in gotischer Schrift: *Goldenes Handwerk*. Maria war ein wenig enttäuscht. Sie hatte sich vorgestellt, dass ein paar fertige Schuhe in gängigen Größen in der Auslage zu sehen gewesen wären. Walli schien dasselbe zu denken.

„Er arbeitet wohl nur nach Maß und auf Sonderanfertigung", mutmaßte sie.

„Das wird es sein."

Die Tür war verschlossen. Hinter der Scheibe hing ein Schild: *Bin gleich wieder da.*

Maria und Walli sahen sich ein wenig ratlos um.

„*Wenn's ebba zum Schuasta wolln, do müssn's scho' a weng worten! Des ko a wei sei!*[68]", rief ihnen eine Stimme von der anderen Seite der Straße zu. Eine Frau stand, auf einen Spaten gestützt, in einem halb umgegrabenen Gemüsebeet. Sie wischte sich eine klebende Haarsträhne aus der Stirn.

„Wir möchten zu seiner Frau, Anna von der Sitt."

Die Nachbarin wies mit einem Zeichen des Kopfes in eine Richtung und schaufelte dann weiter, ohne jedoch das Vorgehen aus den Augen zu lassen. Dem stummen Hinweis folgend, fanden Maria und Walli schließlich einen Seiteneingang mit dem Namensschild zur privaten Wohnung der Familie von der Sitt. Kaum hatten sie geläutet, öffnete sich oben ein Fenster.

„Maria! Walli! Ich komme!"

Sie hörten Schritte eine Holztreppe herabeilen, die Tür flog auf und Anna stand mit ausgebreiteten Armen vor ihnen. Es gab eine überschwängliche Begrüßung. Anna bekam glasige Augen.

„Nun übertreib nicht!", wiegelte Maria ab und lachte. „So lange ist es nun auch wieder nicht her, seit wir uns gesehen haben." Sie stand noch immer unter dem Einfluss guter Laune und hatte keine Lust auf Sentimentalitäten. Oben hob das Weinen eines Kindes an. Erst leise, dann immer lauter.

„Jetzt ist sie aufgewacht", seufzte Anna. „Ich habe sie gerade erst hingelegt. Wir waren wohl zu laut."

Die drei Frauen gingen hinauf in die Wohnung und Anna holte das verheulte Kind aus dem Bettchen. Maria und Walli waren verzückt von der pausbäckigen Kleinen.

„Wie groß du geworden bist", flüsterte Walli und Maria strich Anni liebevoll über den Kopf. „Du siehst deiner Mutter immer ähnlicher."

Tatsächlich hatte sie, bis auf das Haar, viel Ähnlichkeit mit Anna. Blonde Locken kringelten sich um das Köpfchen wie bei einem Engelchen. Ein kräftiges,

---

[68] Dialekt: Wenn Sie zum Schuster wollen, müssen Sie ein wenig warten. Das kann eine Weile dauern.

gesundes Kind war in Zeiten wie diesen nicht selbstverständlich. Und so blond! Niemand in ihrer Familie hatte so helles Haar! Das hatte sie offensichtlich von ihrem Vater geerbt.

Sie stritten sich beinahe, wer Anni zuerst auf den Arm nehmen durfte, was das Kind veranlasste, die Ärmchen ängstlich um den Hals der Mutter zu schlingen und den Kopf vor den Tanten in deren Schulter zu vergraben.

„Ihr verängstigt mir die Kleine ja völlig!", schalt Anna sie lachend. Sie setzte das Kind in einem, mit einer alten Decke ausgelegten, Laufgitter auf dem Boden ab und drückte ihm eine Rassel in die Hand. Für den Moment war es abgelenkt. Anna machte sich daran, Kaffee aufzusetzen, stellte Brot und Marmelade auf den Tisch.

„Ich habe keine Butter mehr bekommen", entschuldigte sie sich. „Und Zucker fehlt auch. Für einen Kuchen hat's nicht mehr gereicht. Tut mir leid."

Maria und Walli wehrten ab. Sie kannten das nur zu gut. Sie zogen ihre Geschenke hervor und legten alles der Reihe nach auf den Tisch, nicht ohne sich über das Bärenpferd lustig zu machen. Wieder füllten sich Annas Augen mit Tränen, wie sie eins nach dem anderen in die Hand nahm, es betrachtete und sich für jedes Teil extra bedankte.

„Zieh ihr das Jäckchen an!", lenkte Maria schnell ab. „Ich will sehen, ob es passt." Anna erschien ihr auf eine Weise sentimental, die sie nicht von ihr gewohnt war. Es verunsicherte sie.

„Es ist noch etwas zu groß, siehst du", hielt die Mutter die Strickjacke an den Rücken des Babys und faltete sie dann sorgfältig zusammen. „Aber für den Winter wird es genau recht sein." Sie legte sie pfleglich zu der neuen Schürze.

„Schau! Das hat der Opa für dich gemacht." Anna reichte das Bärenpferd in den Laufstall, das Kind warf die Rassel in die Ecke, ergriff das neue Spielzeug und steckte es sofort in den Mund.

„Das sollten wir vielleicht vorher nochmal waschen?", schlug Walli vor, aber Anna winkte ab.

„Ach was!", lachte sie. „Dreck macht Speck. Wie sind wir denn aufgewachsen? Ich möchte nicht wissen, was wir alles in den Mund gesteckt haben. Und schau uns an: Wir sind kerngesund!"

Das überzeugte.

Walli erinnerte sich scherzend: „Maria hat immer an dem silbernen Griff des Holzofens geleckt, erinnerst du dich? Bis sie sich dann mal die Zunge verbrannt hat, weil der Ofen angeschürt war. Das war ein Theater! Tagelang mussten wir dir kalte Suppe einflößen." Walli feixte über ihre Erinnerung, Maria über die Erzählung. Anna hingegen befiel eine Ernsthaftigkeit, die ihren Schwestern zunächst entging.

Maria tauchte ein Stück Brotrinde in Marmelade und hielt es Anni hin, die sofort danach griff. Das Bärenpferd landete neben der Rassel in der Ecke.

„Als Frau muss man viel schlimmere Dinge in den Mund nehmen", bemerkte Anna abrupt, wendete sich ab, beschäftigte sich mit dem Wasserkessel.

Ihren Schwestern blieb das Lachen im Hals stecken. Der Satz hing erst in der Luft wie ein vom Wind fortgewehtes Halstuch, das sich alsdann herabsenkte und über die allzu fröhliche Stimmung legte, um sie zu ersticken. Maria und ihre Schwestern waren auf einem Bauernhof aufgewachsen. Sie wussten, dass es zweierlei Geschlechter gab und dass ein Ganter auf die Gans springt und das sogar mit einer Portion Brutalität. Eben wie Tiere. Maria war nicht ganz unbedarft, was diese Dinge betraf. Auch, wenn sie die christliche Ehe und die damit verbundenen salbenden Worte des Pfarrers noch nicht ganz mit diesen Beobachtungen in Einklang hatte bringen können. Doch was Anna da gesagt hatte, wusste sie nun nicht zu deuten, auch wenn sie eine vage Vermutung hatte. Was wollte Anna damit andeuten? Sie schaute Walli fragend an. Walli aber achtete gar nicht auf sie, sondern beobachtete mit zusammengezogenen Augenbrauen ihre Schwester Anna.

Doch es schien, als sei dieser Satz ihrer älteren Schwester schneller über die Lippen gekommen als es ihr selbst lieb war. Anna klapperte auffällig heftig mit Wasserkessel und Kaffeekanne, drehte sich schwungvoll um und kam mit einem künstlich klingenden „Der Kaffee ist fertig!" an den Tisch.

Walli ließ sie nicht aus den Augen und Maria folgte diesem Blick.

„Du meinst, er zwingt dich, sein …", fing Walli an.

„Lassen wir das!", fiel ihr Anna ins Wort. Sie goss ein, stellte die Kanne in die Mitte des Tisches und setzte sich.

Maria ließ sich mit geweiteten Augen in die Lehne ihres Stuhles sinken und starrte ihre Schwestern an. Obwohl Walli ihre Aussage nicht beendet hatte, obwohl Anna sich nun bemühte, ein fröhliches Gesicht zu zeigen, obwohl Maria es würgte, den Satz selbst zu Ende zu denken, hatte sie verstanden.

Ihre Schwestern tranken. Sie ergriffen jeweils einen Keks und knabberten daran herum.

„Männer tun so etwas?", kam Maria auf das zurück, was sie noch immer stark bewegte. Ekel darüber war ihr ins Gesicht gemeißelt.

„Was glaubst du, warum viele zu den Huren gehen?", entgegnete Walli. „Die werden für so etwas bezahlt."

Anna senkte verschämt das Haupt. Sie trank endlos lange aus ihrer Tasse, als könnte sie sich dahinter verstecken.

„Aber …!", stotterte Maria. Es war ihr geläufig, dass es Frauen gab, die man Huren nannte, und dass das durchaus keine schmeichelhafte Bezeichnung war. Es war ihr auch klar gewesen, dass manch eine die Betitelung vielleicht sogar verdiente. Darüber hinaus hatte sie sich aber noch keine Gedanken dazu gemacht, jedenfalls nicht über diese Details. Es war sündiges Geistesgut, das man später nur wieder beichten musste, das hatte sie von klein an so gelernt. Und dem Herrn Pfarrer solche Dinge dann sagen zu müssen, das war überaus beschämend. Deshalb hatte sie lieber erst gar nicht darüber nachgedacht.

„Aber Anna ist doch keine Hure! Sie ist eine christliche Ehefrau!" Ihr letzter Ausruf glich einem Schlachtruf.

Anna setzte ihre Tasse ab und tätschelte ihr die Hand auf dem Tisch.

„Ach Kindchen!", seufzte sie und lächelte gequält. Dann zog sie ihre Hand zurück und meinte: „Lasst uns doch nicht von den Männern sprechen! Die bekommen sowieso schon zu viel Aufmerksamkeit in dieser Welt. Sprechen wir über etwas Erfreuliches! Wie geht es Leni? Gefällt es ihr im Elefanten? Kann sie nun eine Lehre zur Köchin machen? Ich würde es ihr so wünschen! Das ist ein schöner Beruf."

Sie sprachen von Helene und vom Beruf der Köchin. Aber Maria nahm an dem Gespräch nicht teil. Sie konnte die scheußlichen Bilder in ihrem Kopf nicht ausradieren. Niemals würde sie so etwas je tun! Niemals! Wenn das Bestandteil einer christlichen Ehe war, wollte sie lieber nie heiraten. Aber bestimmt war das nicht im Sinne der Kirche. Der liebe Gott würde so etwas nicht wollen. Vielleicht konnte Anna mit dem hiesigen Herrn Pfarrer sprechen und ihn dazu bringen, mit ihrem Mann ein ernstes Wort zu reden? Keine ordentliche Ehefrau sollte zu so abscheulichen Dingen gezwungen werden. Möglicherweise hatte Anna das auch schon getan und der Herr Pfarrer hatte nur noch keine Zeit gehabt, mit ihrem Mann zu sprechen? Mit dieser Hoffnung beruhigte sie sich wieder ein bisschen.

Anni hatte die Süße von ihrem Brot geschleckt und begann zu quengeln. Maria strich ihr ein neues Stück und brachte sie damit wieder zur Ruhe. Die Schwestern berichteten den neuesten Tratsch aus Neumarkt. Maria erzählte von den Dingen, die sich im Lazarett ereigneten, erwähnte ihre neue Freundin Hilda, ihre Hilfsschwesterkollegin, mit der sie sich in den letzten Wochen immer mehr angefreundet hatte, sie plauderten über eine Postkarte von Andres und sprachen allgemein über den Krieg. Man hoffte auch in Hemau, dass es bald Frieden geben würde.

Kurz darauf hörte man unten den Schlüssel in der Tür.

„Anna!"

Schleppende Tritte auf der Treppe, dann Poltern, wieder drei Schritte und abermals Krach.

„Was gibt's zu essen?", schallte eine Forderung von unten herauf.

Anna war mit einem Mal schreckensbleich. Ihr Kind begann ohne ersichtlichen Anlass mit weit aufgerissenem, marmeladeverschmiertem Mund zu schreien, und sah auf einmal gar nicht mehr goldig aus. Anna sprang von ihrem Stuhl auf, nahm Anni auf den Arm und versuchte sie zu beruhigen. Aber mit jedem Wiegen, mit jedem „schschsch" steigerte sich die Kleine mehr in Rage.

Die Tür zur Stube tat sich auf.

„Ah! Besuch."

Von der Sitt schlug die Tür ohne weiteren Gruß hinter sich zu: „Die Damen sitzen beim Kaffee! Ich verstehe." Er zog die Nase hoch, schlurfte an den Herd, wo er einen Deckel hochnahm und in den Kochtopf spähte.

„Warum ist das kalt?", schnaubte er verächtlich. „Ich habe Hunger!"

Wenige Momente waren ausreichend gewesen, Maria und Walli in Entsetzen zu versetzen. Maria konnte nicht fassen, wie verändert sie den von der Sitt vorfand. Da war nichts mehr von dem eleganten, großzügigen feinen Herrn, der ihnen in Nürnberg Torte gekauft und viel von der Zukunft erwartet, der mit Champagner auf bessere Zeiten mit ihnen angestoßen hatte. Seine Kleidung offenbarte schlechten Wandel, das Hemd hing aus der Hose, die Haare klebten wirr an seinem Kopf. Nicht einmal die lehmverschmierten Schuhe hatte er unten an der Treppe abgestreift. Es zog sich eine nasse Spur des Drecks hinter ihm über den Boden. Er fuhr sich mit dem Ärmel seines Hemdes über die Nase und schniefte dabei. Er zeigte ein Benehmen, das gegensätzlicher zu dem Treffen im Café nicht sein konnte. Maria verfolgte seine Gesten und Bewegungen in grausigem Unbehagen. Das hier war ein anderer Mensch. Und kein guter. Er gab sich keine Mühe, das zu verbergen. Im Gegenteil: Es drängte sich der Eindruck auf, er wolle den Frauen diesen Schock, den er mit seinem Auftritt hervorrief, geradezu mit Freude versetzen.

„Schon wieder Linseneintopf!", maulte er missmutig. Er hatte Mühe das lange Wort in einem Stück hervorzubringen, seine Zunge verhedderte sich beim ersten Anlauf.

„Ich kann nichts Neues kaufen", erklärte Anna in ruhigem Tonfall. „Ich habe kein Haushaltsgeld mehr. Das habe ich dir doch gesagt."

„Da habe ich mir so etwas angeheiratet!", murmelte er und begann den Brotkasten zu durchwühlen. „Eine Köchin! Aus dem feinen Hotel! Pah! Was Anständiges auf den Tisch bringen kann sie nicht! Aber Kaffeekränzchen halten, das kann sie!"

Vom Ärger angespornt, rollten ihm die Worte auf einmal fließend von der Zunge, wenn auch undeutlich. Maria und Walli stockte der Atem. Die Szene wurde zunehmend peinlich für sie als Schwägerinnen. Auf diese Weise in einen Ehestreit hineingezogen zu werden, war mehr als unangenehm. Der hatte seinen Anstand völlig verloren! Von der Sitt sollte doch zumindest warten, bis sie als Besuch wieder aus dem Haus waren. Uneinigkeiten zwischen Eheleuten gingen andere doch nichts an! Außerdem war es offensichtlich, dass Annas Mann etwas getrunken hatte. Da waren Männer sowieso nicht gut zu haben. Dem ging man als Frau besser aus dem Weg. Ihr Vater hatte oft genug von Szenen erzählt, wenn weinende Frauen ihre besoffenen Männer oder Söhne aus dem Wirtshaus holten und er, der Schankwirt, Streit schlichten musste. Fast täglich konnte er von solchen Dingen berichten, auch wenn er es selten tat, denn es war ja doch immer wieder das Gleiche.

Von der Sitt fand nichts im Brotkasten und schlug diesen deshalb verärgert zu. Er schritt zur Speisekammer neben dem Spülstein und begann seine Untersuchung dort.

Plötzlich stand Anna dicht neben Maria und drückte ihr das schreiende Kind in den Arm. „Nehmt sie bitte mit!", flüsterte sie ihr, dicht an Marias Ohr gebeugt, zu. "Sie kann nicht länger hierbleiben!"

Dann huschte sie an den Herd und begann eilig, den Eintopf aufzuwärmen. Maria verstand nicht. Sie hatte wohl die Worte vernommen, aber nicht deren Sinn. In einiger Verwirrung hielt sie die brüllende Anni auf dem Schoß, hopste sie etwas unbeholfen auf ihren Knien, damit die Kleine vielleicht auf diese Weise aufhören wollte zu schreien. Was sie nicht tat. Walli holte die Spielsachen aus dem Laufgitter und versuchte, ihre kleine Nichte damit abzulenken. Aber das Kind jaulte immer lauter. Es war kaum zu fassen, dass dies überhaupt möglich war, doch sie steigerte das Geschrei nun in eine Hysterie.

„Stopf doch endlich dem Schreihals das Maul! Das ist ja nicht auszuhalten!", brüllte Annas Mann und schlug gleichzeitig die Tür zur Speisekammer wieder zu. Dort hatte er außer einer halben Tüte Mehl, ein paar Haferflocken und einem Korb Winteräpfel auch nichts Essbares gefunden.

„Ich habe beim Kramer schon anschreiben lassen", versuchte Anna sich weiter in einem ruhigen Gesprächston. Vater Häring hatte seinen Mädchen immer gepredigt, dass sich eine Frau im Umgang mit einem betrunkenen Mann um Himmels Willen ruhig verhalten sollte. Auf keinen Fall durfte sie ihren Ehemann provozieren. Was zu besprechen war, so hatte er immer gesagt, das musste man bei klarem Verstand besprechen. Und den hatte ein Besoffener nun mal nicht.

„Morgen bekomme ich das Geld von meiner Putzstelle, dann können wir wieder etwas kaufen", versuchte Anna, ihren Gatten zu beschwichtigen.

„Geld, Geld, Geld!", zischte von der Sitt und trat auf seine Frau zu. Er stand beinahe auf ihren Zehen, so nah sprach er ihr ins Gesicht. „Ich höre von dir nichts anderes! Wenn du nicht alles für deinen Bastard ausgeben würdest, dann hätten wir vielleicht mehr zu beißen! Schau dir das Gör an, fett und wohlgenährt!"

„Das Essen ist gleich fertig", antwortete Anna und machte einen Schritt zur Seite. „Setzt dich bitte einstweilen, ich bring's gleich."

Für einen Augenblick verlor ihr Gegenüber tatsächlich den Faden seiner Wut. Er ließ sich auf einem Stuhl am Tisch plumpsen, den Walli ihm schnell hingeschoben hatte. Anna schöpfte zwei Kellen Linseneintopf in einen tiefen Teller, schnitt eine Scheibe Brot dazu ab und stellte ihm beides mit einem Löffel auf den Tisch direkt vor ihm.

"Ich begleite Maria und Walli nur schnell zur Tür!" Sie entriss Maria das Kind und winkte beide Schwestern hinaus vor die Stube.

„Auf Wiedersehen", beeilten sich beide gerade noch loszuwerden, bevor sie hinter Anna die Treppe hinuntereilten. Das Kind plärrte weiterhin wie am Spieß, als müsse es die Ereignisse dramaturgisch untermalen.

Anna riss die Haustür auf, drückte Maria das schreiende kleine Mädchen in die Arme und beschwor sie abermals: „Nehmt die Anni bitte mit! Wenn er so betrunken ist, ist er nicht zurechnungsfähig. Der bringt mir das Kind sonst noch um!"

„Aber Anna!", stotterte Maria und wollte ihr die Kleine zurückgeben. Bei allem Drama, das sich hier abspielte, das hielt sie nun doch für übertrieben. Man musste ja nicht gleich so weit gehen. Der Mann hatte kein Benehmen, das konnte jeder sehen. Aber dem Kind würde er doch wohl nichts tun.

„Das ist jetzt aber wirklich etwas übersteigert", meinte auch Walli. „Der beruhigt sich schon wieder, wenn er erst mal etwas gegessen hat."

„Ich beschwöre euch!", flehte Anna und schob sie samt ihrer Tochter hinaus vor die Haustür. „Der beruhigt sich nicht. Der holt nur Anlauf. Geht! Bitte geht! Nun geht doch, bevor etwas passiert! Fahrt heim! Sofort!"

Damit schlug sie ihren Schwestern die Tür vor der Nase zu. Maria und Walli standen mit der brüllenden Anni verdattert auf der Straße. Gleich darauf riss Anna die Tür noch einmal auf, lief zu ihrem Kind, küsste es, und beschwor ihre Schwestern aufs Neue: „Zum Bahnhof! Haut ab!"

Sie schob die beiden auf die Straße.

„Haut ab! Ich flehe euch an!"

Dann verschwand sie wieder im Haus und schloss hinter sich die Tür.

„*Is ebba wieder moi so weid?*[69]", schallte die Stimme von der anderen Straßenseite herüber. Das Gemüsebeet war jetzt umgegraben und die Frau stand mit verschränkten Armen am Gartenzaun und schaute zu ihnen herüber. „*Des bassiert efter. Besser wars, Sie nemma de Kloine mit[70].*"

Oben hörte man etwas gegen die Wand fliegen, Gebrüll, dass das Essen ungenießbar sei und dann mehrere Schläge und Annas Schreie.

„Aber da muss man doch einen Schutzmann rufen!"

Maria konnte sich kaum verständlich machen, weil Anni so laut brüllte, dass sie kaum ihr eigenes Wort verstand.

„*Jo, frali! Do mischimi ned ei!*[71]" Damit drehte sich die Nachbarin um und ging ins Haus.

„Wo ist hier die Polizei?", rief Walli und drehte sich um die eigene Achse.

„Zum Bahnhof!", schrie Maria. „Da ist doch immer irgendwo ein Schutzmann! Lauf voraus, ich kann mit der Anni nicht so schnell."

Walli raffte ihre Röcke und sputete los. Maria eilte ihr mit dem jaulenden Kind auf dem Arm hinterher, die nicht enden wollenden Schreie ihrer Schwester im Ohr. Als sie in Hemau angekommen waren, hatten viele gegafft, jetzt, da sie Hilfe suchten, war keine Menschenseele auf der Straße.

Als Maria endlich mit letzten Kräften am Bahnhof ankam, fand sie dort auch keinen Schutzmann vor, nur den Vorsteher. Walli stand bereits mit fuchtelnden Armen neben dem Mann in seinem Häuschen. Der hatte die Sprechmuschel seines Bahntelefonapparates in der Hand. Maria war völlig außer Atem, ihre Lungen brannten. Sie konnte sich nur noch schleppend dem Vorsteherhäuschen nähern. Anni schrie noch immer, als ginge es um ihr Leben, aber Maria achtete gar nicht mehr drauf. Sie ließ sie gewähren. Sie würde schon irgendwann aufhören, wenn sie zu müde geworden war.

---

[69] Dialekt: Ist es wohl wieder einmal so weit?
[70] Dialekt: Das passiert öfter. Es wäre besser, wenn Sie die Kleine mitnähmen.
[71] Dialekt: Ja freilich! Da mische ich mich nicht ein!

Es schien gerade kein Personenzug zu fahren, da außer ihnen niemand an dem kleinen Bahnhof wartete. Walli kam ihr mit dem Bahnangestellten entgegen.

„Er hat den Schutzmann benachrichtigt", beruhigte sie Walli schon von weitem. „Der wird hingehen und nach dem Rechten sehen."

„Gleich?", keuchte Maria. „Geht er gleich?"

„Sofort, natürlich", versicherte sie der Bahnhofsvorsteher, der hinter Walli herangetreten war. „Er weiß schon Bescheid. Wir alle wissen Bescheid."

Maria drückte Walli das Kind in den Arm. Sie konnte es nicht mehr halten, so sehr schmerzten ihre Arme. Sie schnaufte noch immer wie ein Postross und musste erst ein paar Mal Luft holen, bevor sie ihre Frage formulieren konnte. „Wie meinen Sie das: Alle wissen Bescheid?"

„Na, den von der Sitt kennen wir doch alle hier!", winkte der Mann ab. „Ein ewiger Spieler und Säufer ist das! Ist eigentlich ein netter Kerl, aber halt der Alkohol. Der hält das ganze Wirtshaus aus, wenn er gut drauf ist. Und wenn er sein Geld verloren hat, geht's rund. Wir haben uns schon alle gewundert, wo der die hübsche Braut gefunden hat. Von unseren Mädchen hier wollte den doch keine!" Er kratzte sich am Kopf und fügte dann hinzu: „Aus gutem Grund!"

Maria und Walli guckten den Mann an, als hätte er soeben so etwas wie den ewigen Krieg verkündet. Das Entsetzen über diese Nachricht lief ihnen kalt über den Rücken. Das ganze Dorf hatte es gewusst und, davon durfte man ausgehen, auch seine Frau Mutter. Aber niemand hatte die arme Anna gewarnt. Alle hatten sie zugesehen, wie ihre Schwester ans Messer geliefert wurde. Zugesehen, so wie die Nachbarin am Zaun noch immer zu- und wegschaute. Und sie selbst hatten sich von seinem großzügigen Benehmen blenden lassen. Das war das Schlimmste. Vielleicht hätten sie diese Entwicklung sogar verhindern können, wenn sie nur etwas genauer hingeschaut hätten. Aber auch sie hatten allzu gerne an das geglaubt, was sein sollte. An das gute Ende. Sie alle hatten sich das gute Ende herbeigewünscht, anstatt die Augen aufzumachen.

„Jetzt fahren Sie erst mal mit dem Kind nach Hause!", meinte der Bahnvorsteher bestimmt. „Das ist besser so. Unser Schupo ist schon unterwegs. Seien Sie beruhigt."

Er zog seine Taschenuhr aus der Uniform, klappte sie auf und verkündete fachkundig: „In einundzwanzig Minuten geht der nächste Zug nach Nürnberg, mit Haltestopp in Neumarkt. Den nehmen Sie. Ich werde am Bahnhof dort für Sie eine Nachricht hinterlassen, damit Sie beruhigt sein können."

„Aber unsere Schwester… !", rief Maria aufgebracht.

Der Mann zuckte die Achseln.

„Sie hat ihn geheiratet."

***

Die Bolschewiki besetzten an diesem 25. Oktober die wichtigsten Petrograder Garnisonen, umstellten den Winterpalast und übernahmen die Regierung. Unblutig.

Nachwort

Wenige Monate nach dem Vorfall in Hemau kam die Einberufung von der Sitts. Er musste noch vor Weihnachten einrücken an die russische Front. Annas Schwiegermutter erlitt anlässlich der Nachricht einen Herzinfarkt, von dem sie sich nicht wieder erholte. Sie verließ ihr Bett nicht mehr.

Marthas und Idas Arrest wurde nach vier Wochen aufgehoben. Ida musste sich bei ihrer Stiefmutter in aller Form entschuldigen. Vater Heym hatte Martha das Versprechen abgerungen, bis zum Frieden, jedoch mindestens ein Jahr zu warten, bevor sie ihre Bitte wiederholen sollte, für eine Probezeit ins Kloster Heilig Kreuz gehen zu dürfen. Niemand rechnete damit, dass beide Termine zusammenfallen würden. Sie und Ida kehrten zurück in den Lazarettdienst. In der Familie wurde kein Wort mehr darüber verloren. Die Stiefmutter wachte seitdem jedoch mit Argusaugen über jeden ihrer Schritte.

Anmerkungen zum Roman

Der Roman basiert auf Tatsachen und wirklichen Ereignissen. Die Geschichten könnten sich im Detail so oder ähnlich abgespielt haben. Die Erlebnisse der Familien stammen aus überlieferten Erzählungen und Fotografien, Daten aus dem Geburts- und Sterberegister, soweit vorhanden und nicht im 2. Weltkrieg verbrannt, bzw. aus Quellen, die unter „Quellen" genannt sind. Die Namen der Protagonisten, der Freundin Hilda und der jüdischen Familien sind authentisch, andere Namen von Nebenfiguren sind teilweise frei erfunden, um Lücken in der Erzählung zu schließen. Aus Gründen einer flüssigen Schilderung wurden einige Änderungen vorgenommen, die hier erklärt sein sollen.

o Manche familiären Ereignisse wurden zeitlich verschoben, um die Erzählung des Romans schlüssiger zu machen.

o Helene Häring war 1916 nicht dreizehn, sondern zwölf Jahre alt. Sie ging später nach München. Helene Häring war niemals in einem Haushalt angestellt, sondern war gleich als Dienstmädchen im Hotel Elefant beschäftigt gewesen. Die Geschichte des Hausmädchens ist frei erfunden und steht stellvertretend für das Schicksal vieler Hausmädchen der Zeit. Die Erzählungen Marias über ihre Zeit als Dienstmädchen bei der jüdischen Familie Dreichlinger entsprechen jedoch der Überlieferung.

o Anna Häring brachte ihre Tochter Anni bereits im Jahre 1915 in Nürnberg zu Welt und heiratete von der Sitt. Ihr Mann war nicht vom Kriegsdienst zurückgestellt, sondern wurde mit der allgemeinen Mobilmachung eingezogen.

o Es ist nicht bekannt, ob Annas Schwiegermutter von der Sitt noch lebte, als sie heiratete. Die antisemitische Einstellung der Frau, wie im Roman geschildert, ist frei erfunden und stellvertretend für vorhandene Tendenzen in der Gesellschaft in dieser Zeit.

o Walli Häring arbeitete nie als Hilfskraft in den Expresswerken. Die von der jüdischen Familie errichtete Fabrik war jedoch ein wichtiger Arbeitgeber in Neumarkt und wurde deshalb auf diese Weise in die Geschichte eingebaut.

o Es ist nicht bekannt, ob Hilda Neuburger, die nicht aus Neumarkt stammte, als Hilfsschwester gearbeitet hat. Hilda und Emanuel Hahn führten später eines von vielen jüdischen Geschäften in Neumarkt. Maria war nicht näher befreundet mit Hilda, aber sie kannten sich.

o Die Familie Heym lebte nicht in Neumarkt i.d. Opf, sondern in dem Schweizer Fribourg. Die Familien Heym und Häring lernten sich erst später kennen.

o Vater Heym war angestellter Direktor der Brauerei Cardinal in Fribourg, nicht, wie im Roman geschildert, Eigentümer einer Brauerei in Neumarkt.

o Der Name der Tante Geneviève ist frei erfunden; der wahre Name der Tante ist nicht mehr bekannt. Jedoch bestand tatsächlich die innige Beziehung zwischen den Nichten und der Schwester der Mutter, geborene Frida Brand.

o Die Darstellung der Halbgeschwister Heym ist ein Romanelement. Es ist nicht bekannt, ob die jüngeren Geschwister Heym Kinder der ersten oder der zweiten Mutter waren;

o Das Motiv der Martha Heym für den Eintritt in ein Kloster ist nur vage bekannt. Aus Erzählungen von Ida Heym ist jedoch überliefert, dass die Entscheidung ihrer Schwester mit einem im Krieg gefallenen Verlobten eng verbunden war. Ob eine Schwangerschaft vorlag, ist unbekannt.

o Die Ortschaft Hemau hat keinen Bahnhof; es besteht nur eine Busverbindung.

Quellen

Schilderungen und Zitate im Lazarett und Krankenhaus sind folgenden Quellen entnommen:

o Paula Schlier; „Petras Aufzeichnungen – Konzept einer Jugend nach dem Diktat der Zeit"; Otto Müller Verlag;

o Artikel von Thomas Weber; Experte für den Ersten Weltkrieg. Quelle: University of Aberdeen;

o Helen Wiedmaier unter Leitung: Prof. Dr. Birgit E. Klein, Dr. Susanne Bennewitz; „Jüdische Krankenschwestern im Ersten Weltkrieg, Tagebucheinträge von Rosa Bendit".

o https://www.aerzteblatt.de/archiv/167694/Erster-Weltkrieg-1914-1918-Hunger-und-Mangel-in-der-Heimat

***

Geschichte und Hinweise über jüdische Familien in Neumarkt sind folgender Quelle entnommen:

o Jüdisches Leben in Neumarkt und Sulzbürg; Hans Georg Hirn, Historischer Verein Neumarkt

o https://stolpersteine-guide.de/map/biografie/2276/familie-hahn-oberer-markt-5

***

Fotos und Bilder sind folgenden Quellen entnommen:

o Private Fotographien;
o Historisches Archiv Neumarkt;
o Gemeinfreie Bilder:
  https://commons.wikimedia.org/wiki
o https://wikipedia.de
o Statistik der im 1. Weltkrieg gefallenen:
  https://de.statista.com/accounts/cl:
o Mit Genehmigung des Hotels Palace, Lausanne:
  https://www.lausanne-palace.ch/de/homepage

Hinweise über Gebäude und Geschäfte entstammen neben überlieferten Erzählungen folgenden Quellen:

o Alte Ansichten und Bilder aus Neumarkt i.d. Opf. Herbert Heinrich, MK-Verlag; Erscheinungsjahr: 1979; mit Genehmigung Stadtarchiv Neumarkt;

- Die Stadt vor der Zerstörung, Neumarkt i.d. Opf.; Dr. rank Präger; Sutton Verlag GmbH; 2020;

- Shutterstock Fotogalerie;

**

Geschichtliche Hinweise und Zitate sind folgenden Quellen entnommen:

- Vollendete Tatsachen; Theodor Wolff 1914–1918; Nabu Press.

- „Höhenrausch", Das kurze Leben zwischen den Kriegen; Harald Jähner; Rowohlt Verlag, Berlin; 2022;

- Stadtarchiv Neumarkt in der Oberpfalz:
  https://stadtarchive-metropolregion-nuernberg.de/das-neumarkter-tagblatt-im-ersten-weltkrieg-ein-erschliessungsprojekt/

- https://chroniknet.de/extra/was-war-am/?ereignisdatum=31.12.1917

**

Erklärungen zum Klosterleben sind Erinnerungen der Autorin und wurden folgenden Quellen aus dem Internet entnommen:

- https://dominikanerinnen-bamberg.de/unsere-gemeinschaft/ordensausbildung/noviziat

**

Andere Inspirationen, Schilderungen gesellschaftlichen Lebens, Zitate wurden in Anlehnung an folgende Literatur verarbeitet:

- „Münchnerinnen"; Ludwig Thoma; Hofenberg Verlag,

- „Drei Kameraden"; Erich Maria Remarque, KiWi Verlag,

- „Schloß Gripsholm"; Kurt Tucholsky; Anaconda Verlag,

- „Königliche Hoheit"; Thomas Mann, Fischer Verlag; Ausgabe 1952,

„Die Buddenbrooks, Thomas Mann, Fischer Taschenbuch Verlag;

Danksagung

Großen Dank an viele Zeitzeugen und deren Nachkommen, die private Ereignisse und Fotos für diese Romanserie zur Verfügung gestellt haben, und die Erlaubnis gaben, persönliche Erfahrungen der Familie in dieser Buchserie zu verarbeiten.

Meiner Schwester Nicola Lahner, geb. Naubert danke ich für die Hilfe bei der Recherche im Kirchenregister zu fehlenden Familiendaten, sowie für historische Aufnahmen aus St. Johann und Neumarkt.

Herzlichen Dank gebührt besonders Herrn Dr. Präger des Historischen Vereins Neumarkt, der mit Informationen und Bildmaterial meine Recherchen immer wieder intensiv unterstützt hat.

Das Schicksal der besseren Schwester
Buch 1 (1916-1917)
Das Erbe der Frauen

Taschenbuch/E-Book
ISBN: 9798854867443

Illustrierte Ausgabe/E-Book
ISBN: 9783769368482

Im Jahr 1916 sind Ida Heym und Maria Häring knapp achtzehn Jahre alt. Es ist das Einzige, das sie gemeinsam haben. Denn beide Mädchen wachsen in verschiedenen Welten auf, obwohl sie in derselben Stadt und in derselben, sich rasant verändernden Zeit leben. Ida, die Bürgerstochter aus wohlhabendem Hause hat wenig mit der Bauerntochter Maria zu tun. Und doch kreuzen sich ihre Wege durch die Wirren des Ersten Weltkrieges. Die jeweiligen Schicksale ihrer geliebten Schwestern vor Augen, deren Leben in jeweils völlig andere Bahnen gezwungen wird als sie es wünschen, lehrt sie, schnell erwachsen zu werden.

Ehre und Ehrfurcht
Buch 2 (1918 – 1919)
Das Erbe der Frauen

Taschenbuch/E-Book
ISBN: 9798864057810

Illustrierte Ausgabe/E-Book
ISBN: 9783769368482

Im Jahr 1918 sind Ida und Maria knapp zwanzig Jahre alt, ihre Jugend geprägt vom Krieg und einem Leben mit wenig Vergnügungen. Die heimkehrenden Soldaten tragen den Krieg nach Hause. In der Kleinstadt Neumarkt beobachtet man wie aus der Distanz, was im Land passiert. In der Familie Heym wächst die Angst einer Entwicklung wie in Russland, während Familie Häring den Zusammenbruch des Königreichs Bayern in Orientierungslosigkeit erlebt. Inmitten dieser wirren Zeiten verliebt sich Maria Hals über Kopf in den Soldaten Friedrich. Ida ist über ihren Verehrer Gottfried zunächst irritiert, dann geschmeichelt, bis sie sich in einer Rolle wiederfindet, auf die sie im Grunde nicht vorbereitet ist.

Zeit der Weichenstellung
Buch 3 (1920-1923)
Das Erbe der Frauen

Taschenbuch/E-Book
ISBN: 9798324636944

Illustrierte Ausgabe/E-Book
ISBN: 9783769368482

Im Jahr 1920 sind Maria und Ida bald 21 Jahre alt. Trotz einiger Neuerungen, die den Frauen mehr Rechte gebracht haben, besteht das Patriarchat fort, die Vormundschaft für die jungen Frauen geht nahtlos vom Vater auf den Ehemann über. In dieser Zeit werden sowohl im Land als auch im Leben der jungen Frauen die Weichen für die Zukunft gestellt. Marias und Fritzens Liebe trotzt allen Widerständen. Sie heiraten. Während Maria lernen muss, sich ihr Glück im Sturm der Ereignisse zu bewahren, wird die Trauung von Ida und Gottfried immer wieder verschoben. Nach einem Streit flüchtet Ida völlig verunsichert in die Schweiz. Der Tod des Vaters raubt ihr die Sicherheit der bürgerlichen Familie. Erst eine Reise nach Berlin bringt endlich die Entscheidung. Die Hochzeitsnacht entpuppt sich dann als eine Komödie.

Erwachen der ewigen Vergangenheit
Buch 4 (1923 - 1932)
Das Erbe der Frauen

Demnächst 2025

Die Jahre 1924 bis zur Machtergreifung der NSDAP sind für Maria und Ida die ersten Jahre ihrer Ehe. Sowohl Maria als auch ihre Freundin Hilda und auch die bürgerliche Ida bekommen drei gesunde Kinder, leben aber nicht mehr in derselben Stadt. Der Aufbau der Familienexistenzen gestaltet sich nicht einfach. Als Marias Vater stirbt, kommt es in der Familie zu Streitigkeiten. Während Fritz versucht, eine Lösung herbeizuführen, gestaltet sich auch Idas Leben nicht leichter. Das Geschäft, das Gottfried mit ihrer Mitgift eröffnet hat, läuft nicht so gut wie er es sich erhofft hatte. Die Lage spitzt sich zu, sie drohen alles zu verlieren. Beide Familien werden von diesen Alltagssorgen aufgesogen; deshalb sind politische Veränderungen für sie nicht so bedrohlich wie der Existenzkampf.

Ferner von der Autorin erschienen:

.

Massimiliano
Dolce Vita auf leisen Pfoten
Buch 1

Taschenbuch/E-Book
ISBN: 9781549894930

Illustrierte Ausgabe/E-Book
ISBN: 978-3748166931

Es scheint ein eigenwilliger, aber liebenswerter Kater zu sein, der sein neues Zuhause bei der deutschen Lisa sucht, die für ihre Firma drei Jahre in Italien arbeiten wird. Doch während die junge Frau nach ihrer Ankunft mit den ersten praktischen und kulturellen Unterschieden zu kämpfen hat, entpuppt sich das kluge Tier als römischer Hausgeist in Designeranzug und Sonnenbrille. Massimiliano verfolgt, ganz Kater, seine eigenen Ziele und setzt dabei, ganz Hausgeist, seine über zweitausend Jahre entwickelten Fähigkeiten geschickt ein, um Lisas Liebesleben nach seinem Gusto zu gestalten. Eine humorvolle Liebeskomödie in Italien mit spritzigen Dialogen über kulturelle Missverständnisse, in welcher ein eleganter Hausgeist als Kater im Designeranzug herumspukt.

Massimiliano
Verliebt in Bella Italia
Buch 2

Taschenbuch/E-Book
ISBN: 9781983344312

Illustrierte Ausgabe/E-Book
ISBN: 978-3748192923

Die bis über beide Ohren verliebte deutsche Lisa ist mit ihrem neuen Leben und ihrer neuen Liebe in Bologna überglücklich, als eine geheimnisvolle Nachricht sie in den Süden des Landes, in das einst durch den Vulkanausbruch verschüttete Pompeji lockt. Während sich dort die Ereignisse überstürzen und Lisa und der charmante *Carabiniere* Marco mit kulturellen Unterschieden in ihrer deutsch-italienischen Beziehung kämpfen, spinnt der *geist*reiche Kater Massimiliano seine Fäden, um die beiden in seine ganz eigenen Pläne zu verwickeln. Eine humorvolle Beziehungskomödie in Italien mit spritzigen Dialogen, in welcher ein eleganter Hausgeist als Kater in Designeranzug herumspukt.

Massimiliano
Rezept für Liebe piccante
Buch 3

Taschenbuch/E-Book
ISBN: 9781796650327

Illustrierte Ausgabe/E-Book
ISBN: 9783734785115

Endlich darf die deutsche Lisa nach dreimonatiger Trennung ihren italienischen Traummann wieder in die Arme schließen. Doch das verliebte Paar kann seine Frühlingsgefühle in Bologna kaum genießen. Eine Überraschung nach der anderen stürmt auf die beiden von deutscher und italienischer Seite ein. Sogar der *geist*reiche Kater Massimiliano kann dem Treiben nicht entkommen, obwohl er selbst gehörigen Anteil an manchem Durcheinander hat. Die frische Liebe wird ernsthaft auf die Probe gestellt. Eine humorvolle Beziehungskomödie in Italien mit spritzigen Dialogen, in welcher ein eleganter Hausgeist als Kater in Designeranzug herumspukt.

Spiele der Tiere
Fabeln für Erwachsene
auf Basis der Spiele-Theorie der
Transaktionsanalyse

ISBN: 9783753435374

Märchenwelt der Transaktionsanalyse
Märchen für Erwachsene
zur Entwicklung
der Persönlichkeit

ISBN: 978-3-7431-6319-5

„Spiele der Tiere" ist eine Sammlung neuer Fabeln für Erwachsene nach der Spiele-Theorie der Transaktionsanalyse (TA). Die Geschichten sind leicht verständlich, kurz und in traditionellem Stil gehalten. Die Erzählungen behandeln ausschließlich das Thema der psychologischen Spiele nach Eric Berne (teilweise auch Gefühlsmaschen). Die Fabeln erzählen anschaulich und verständlich verschiedene Beispiele von typischen Maschen und Spielen Erwachsener, deren vorhersehbares, ungutes Ende, und auch, wie man aus dieser Dynamik aussteigen kann. Sie vermitteln auf diesem Wege eine Botschaft, die der Leser auch ohne Vorkenntnisse der TA auf sich wirken lassen kann.

Diese Sammlung neuer Märchen in traditionellem Stil ist für alle Erwachsenen, die die Entwicklung der Persönlichkeit als einen nie abgeschlossenen Prozess betrachten. Die unterhaltenden Erzählungen basieren auf der Lehre der Transaktionsanalyse (TA) und vermitteln eine Botschaft, die der Leser auch ohne Kenntnisse der TA auf sich wirken lässt. Jede Geschichte ist in sich abgeschlossen. Doch sie fügen sich zu einem großen Gesamtbild zusammen, da sie in einem Königreich spielen und die verschiedenen Figuren in den Märchen immer wieder auftauchen. Die Erzählungen brechen auf sanfte Weise mit traditionellen Rollenvorbildern, ohne die Faszination der historischen Figuren zu verlieren.

Weiß der Kuckuck,
wie der Hase läuft
Tiergeschichten für Kinder
über Streit und Versöhnung

ISBN: 9783753463834

Warum transportiert ein Hai einen kleinen Hund auf seinem Rücken? Wer hat jemals ein fleißiges Faultier gesehen? In diesem Buch ist es so. Aber die Tiere haben Ideen. Doch vielleicht hast ja auch du noch einen Einfall und kannst ihnen helfen? „Weiß der Kuckuck, wie der Hase läuft" ist ein Kinderbuch zum Vorlesen und Besprechen. Die Fabeln erzählen von Streit zwischen Tieren, wie sie sich wieder versöhnen und daraus lernen. Die Geschichten eignen sich gut, um in Gruppen mit Kindern darüber zu diskutieren. Es geht um Verantwortung für das eigene Verhalten. Die Geschichten sind ausgewählte Fabeln aus dem Sachbuch zur Spieletheorie der Transaktionsanalyse „Spiele der Tiere".

Kleine
Feigheiten
Geschichten zum Nachdenken und
Nachfühlen für Erwachsene

ISBN: 9783751972895

Wie würde unser Leben verlaufen, wenn es die kleinen Feigheiten nicht gäbe? Diese Momente, in denen wir davor zurückschrecken zu tun, was richtig ist, wir eine neue Erfahrung zulassen könnten? Wenn wir uns nicht aus einem Impuls heraus *abschirmen* würden? Wenn wir überlegt und bewusst handeln könnten? Nicht aus abgewogenem Risiko, sondern aus dem Grund, den Mut dafür aufbringen zu können, aus der eigenen Komfortzone zu treten. Dieses Buch ist eine Aneinanderreihung von Kurzgeschichten in den späten siebziger Jahren, zum Nachdenken und in sich gehen, über Personen, die unterschiedlicher nicht sein könnten und doch etwas gemeinsam haben.